L'IMPÉRATRICE DES ROSES

Du même auteur aux Éditions J'ai lu

La belle chocolatière (6228)
Le bel italien (7586)

BERNADETTE Pécassou-Camebrac

L'IMPÉRATRICE DES ROSES

ROMAN

© Éditions Flammarion, 2005

À Frédéric.

1

« Dans la vie on est toujours seul ! »

La grand-mère de Louise le disait à tout bout de champ, ce qui avait le don d'exaspérer la jeune fille.

— Seul !!! Ce serait trop beau ! Tu radotes, grand-mère, comme toujours.

Louise était jeune, le ciel était bleu et la grand-mère paraissait si vieille ! Ces menaces ne voulaient rien dire.

— Au contraire, on n'est jamais assez seule ! râlait Louise. Il y a les parents qui me houspillent en permanence pour le travail, l'inévitable famille d'oncles, tantes et cousins qui, à chaque réunion familiale, me demandent où j'en suis, ce que je fais, si je vais enfin me marier, sans compter qu'au-dehors il y a la boulangère ou le boucher, ces commerçants et ces voisins qui me connaissent depuis l'enfance et m'observent du coin de l'œil sans avoir l'air d'y toucher. J'étouffe ! On m'empêche de respirer, de vivre !

Vivre ! Ce mot évoquait dans sa bouche un paradis sans contraintes, ce ne pouvait être que du bonheur. Du moins, c'est comme ça qu'à seize ans Louise voyait les choses.

Comment croire à l'orage ?

Comment croire qu'un jour la nuit puisse glisser sur vous quand vous êtes si jolie et que vous venez de tomber éperdument amoureuse d'un jeune homme aux yeux clairs ? Comment imaginer dans l'éblouissement des printemps de jeunesse que la vie puisse devenir noire et dure ? Jamais Louise n'avait connu la souffrance. Or, sur cette terre, il n'est donné à personne d'échapper à la vision des gouffres noirs de l'humanité et même ceux qui connaissent enfin la chaude lumière du soleil ont un jour vécu l'effroi.

Seulement le sort n'est pas le même pour tous.
Certains sont fabriqués d'une matière qui semble ne jamais devoir s'éteindre et rien, ni les plus violentes douleurs ni les plus grandes injustices, n'a le pouvoir d'empêcher qu'un jour leur ciel redevienne clair. Ceux-là sont des êtres exceptionnels qui accèdent à l'infini de l'amour et de la liberté. Ils ont au fond du cœur quelque chose qui ne peut pas mourir.

Louise, elle, fut emportée à la première désillusion. Ses rêves étaient d'une banalité terriblement dangereuse parce qu'ils ne menaient nulle part. « Le Prince Charmant », « l'âme sœur », elle avait mis derrière ces mots les images idylliques que son imagination avait fabriquées avec des bouts de rêves attrapés çà et là, dans des livres d'enfance, dans des contes de fées qui se terminaient par des unions sans nuages et sans difficultés. L'horizon de l'amour ne pouvait être que d'un bleu pur comme l'éternité. Louise ne mesurait pas la complexité des sentiments humains, l'immensité des mondes à bâtir. Elle tomba au champ de la vie comme on tombe au champ de bataille, à la première rafale, sans avoir eu le temps de comprendre.

La vie allait pourtant lui donner une chance comme elle le fait pour chacun de nous ici-bas. Et cette chance Louise la portait en elle, au creux de son ventre.

*
* *

— Bon sang ! Et vous n'auriez pas pu me prévenir avant ?

Allongée sur son lit de fer, tremblant de froid et de peur, Louise écoutait la voix tonitruante qui se rapprochait. Le givre collait aux vitres fines de la fenêtre de sa chambre minuscule, un rez-de-chaussée au numéro 2 de la rue de La Trinité, à Troyes. Elle entendit des pas lourds racler le sol et s'arrêter juste derrière sa porte. Elle reconnut la démarche du concierge. Il voulut parler mais la voix le coupa net :

— Ils disent tous la même chose, ils pensaient pas que ça irait si vite. Vous croyez que j'en ai qu'une à voir ? À croire qu'elles se donnent le mot pour rencontrer le grand amour ! J'en ai cinq avant ce soir. Et s'il y a des pépins, je me débrouille comment, hein ? Après, on s'étonne qu'il y ait des morts, je ne peux pas être partout à la fois...

Sur ces derniers mots la porte s'ouvrit bruyamment et une sage-femme entra, suivie du concierge qui était allé la prévenir. Contrairement à ce que sa voix imposante laissait entendre, la sage-femme était petite et sèche, mais elle dégageait une force et une sûreté étonnantes. Elle comprit tout de suite ce qu'on ne lui dirait jamais et qu'elle n'aurait d'ailleurs pas le temps d'écouter. Elle vit le visage de Louise meurtri par la désillusion, osseux, maigre, elle vit ses yeux cernés, ses lèvres sèches. Elle comprit l'abandon du jeune homme aux yeux clairs, elle comprit la mise à la rue, la fuite, la honte, elle comprit tout le drame. Il était si banal. Elle savait ce qu'il y avait à faire et alla droit au but, y mettant une dureté artificielle qui la protégeait et lui évitait de trop s'attendrir. Elle qui avait appris le métier en rêvant de mettre au monde les enfants du bonheur, elle avait trop souvent pleuré le soir en rentrant chez elle au souvenir de ces petits corps nus et gluants qui échouaient à la naissance dans des lieux sordides.

— Tu veux que l'enfant vive ?

Louise ne saisit pas tout de suite et la sage-femme ne renouvela pas sa question. Ce fut une petite fille. Elle naquit dans le froid glacial d'un hiver de l'Aube. Nous étions le 26 février 1862.

La sage-femme fit bien son métier, le concierge et sa femme le leur. Ils vinrent voir, aider, du moins les premiers jours. C'était déjà bien et Louise leur en fut reconnaissante. Mais dès le lendemain de son accouchement, elle prit tout naturellement l'aiguille et le fil de corsetière. C'était le métier de sa mère et de sa grand-mère.

Désormais il fallait survivre. Seule.

2

La porcelaine était d'une finesse inouïe et le rire de Madeleine tintait dans le luxueux salon.

— Quel tintamarre ! fit-elle tout en brandissant un journal grand ouvert. Tout ça pour une Légion d'honneur !

Assis bien confortablement dans un fauteuil capitonné de velours rouge sombre, un homme gras au visage satisfait la regardait. Légèrement penché sur la droite, il souriait et frisait sa grosse moustache du bout de ses doigts :

— Enfin ! Comme vous y allez, ma chère Madeleine ! Mlle Rosa Bonheur est la première femme à recevoir la croix, la presse lui rend hommage, et vous trouvez à y redire ! Décidément, je ne comprendrai jamais rien aux femmes. Vous vous plaignez sans cesse de ne pas être aux cimaises et pour une fois qu'une de vous est décorée, ça ne va pas non plus.

— Une, une... C'est vite dit, mon cher Cassignol !

Surpris, le célèbre critique d'art se retourna vers son hôtesse, une petite dame d'âge avancé et extrêmement soignée, assise dans un fauteuil cossu semblable au sien. Mathilde Herbelin, tante de la jeune Madeleine, recevait volontiers dans son grand appartement de la rue des Saints-Pères. Célèbre peintre de miniatures, elle avait acquis une réelle aisance, et jouissait de nombreuses relations. On venait chez elle après le déjeuner, pour prendre le thé ou le café, et on était sûr d'apprendre quelque nouvelle car elle connaissait beaucoup de monde. Le soir, en revanche, pas question de la déranger.

— Après 18 heures je ne suis plus bonne à rien, disait-elle.

Cassignol avait ses habitudes, il passait tous les vendredis pour apprendre les derniers ragots avant le week-end. Du moins quand Mathilde Herbelin acceptait de lui en livrer. Excellente miniaturiste, elle avait formé beaucoup de jeunes filles, dont sa nièce Madeleine et, tout au long de la semaine, c'était chez elle un défilé continuel de femmes venant solliciter ses conseils et partager avec elle leurs secrets intimes. Ce qui expliquait que concernant toutes les choses du cœur et des coucheries dans le petit monde de l'art parisien, Mathilde était inégalée.

Aussi ce « Une, une » lâché avec un air de deux airs fit sourire le critique :

— Oui, chère Mathilde, renchérit-il, je sais ce que vous allez me répondre. Mlle Rosa Bonheur n'est pas tout à fait une femme, c'est ça ?

— Je ne vous le fais pas dire, mon ami. Son *Marché aux chevaux* est une œuvre remarquable, je vous l'accorde. Mais elle l'a peint comme un homme. Vous savez aussi bien que moi qu'elle a obtenu des autorités le droit de porter votre habit masculin et qu'elle vit au vu et au su de tous avec son amie, Nathalie Micas. De qui accepterait-on cela ? Dites-le-moi. Seulement voilà, Mlle Rosa Bonheur est très riche et très très célèbre, elle est l'amie de la reine Victoria, de l'impératrice, elle a vendu des œuvres au duc de Morny… Alors, forcément, elle a quelques passe-droits, c'est une statue vivante ! (Elle eut un court instant d'hésitation puis elle ajouta :) Vos confrères avancent pourtant quelques doutes sur son identité sexuelle.

— Et alors ! répliqua Cassignol agacé, tout en picorant négligemment dans le plat en argent rempli de délicieux petits fours qu'une domestique furtive venait de disposer sur un guéridon près de lui. Ça ne change rien à son talent exceptionnel. Son œuvre est d'une puissance et d'une force extraordinaires. C'est un monument... !

Que se passa-t-il exactement dans la tête de Mathilde Herbelin à ce moment précis ? Difficile à dire. Toujours est-il que c'est à ce mot-là, « monument », qu'elle explosa. Plus de quarante années de silence, d'assentiments toujours souriants, d'émerveillements simulés, tout ce passé sous la coupe écrasante des critiques qui font la pluie et le beau temps remonta à la surface, telle une « monumentale » boule d'air comprimée dans les tréfonds de son ventre. Plus de quarante années de miniatures exceptionnelles de fraîcheur et de talent et pas une seule fois ils ne lui avaient accordé une seule ligne. Juste, à l'occasion, quelques « comme c'est délicat, comme c'est gracieux ! » lâchés de façon distraite et polie dans un salon ou dans un entrefilet. Pour ces hommes qui faisaient la pluie et le beau temps, l'art de Mathilde n'était pas de l'art. Elle-même n'avait d'ailleurs jamais eu l'audace de comparer son travail aux œuvres épiques qui embrassaient la mythologie ou les champs de bataille, bref tous ces univers immenses et puissants qui font la Grande Histoire et où les artistes peintres masculins excellent. Seulement voilà, ce vendredi précisément, entre le thé et les petits fours, elle eut une autre vision : celle de son art. Des centaines de portraits délicats et de bouquets de fleurs où elle avait appris le sens de la nuance et de l'humilité. Patiemment et discrètement, au fil des années, cependant qu'elle peignait ses miniatures, elle s'était fait une certaine idée de son talent car il mettait en avant d'autres valeurs que celles de la force et du pouvoir. Aujourd'hui, elle estimait que son travail en valait bien d'autres et que ce n'était pas à ce M. Cassignol d'en décider. Avec sa manie de puissance et son « monument », le critique tombait mal et au mauvais moment. Il ne vit pas venir l'explosion.

— Un monument ! éructa Mathilde. Ah, nous y voilà !!! Le mot est lâché ! Mais alors, si je comprends bien, il faut vous en mettre plein la vue sinon vous n'y voyez rien. Il est vrai que dans ce tableau Rosa Bonheur vous a bluffé, elle a fait plus puissant que vous et ça, ça vous en a bouché un coin ! De grosses croupes, des crinières en furie, du muscle, du mâle. Ça vous a remué, ça vous a peut-être même donné des idées ! Forcément !

— Donné des idées ! sursauta Cassignol en éclaboussant malencontreusement son plastron immaculé de thé brûlant.

Surpris par cette situation incongrue, manquant de laisser échapper la délicate tasse fleurie qu'il était en train de porter à ses lèvres, très contrarié d'avoir taché son plastron, quasi effrayé du tour de la conversation, il hésita un court instant entre la colère et la bienséance. En appui sur l'accoudoir de son fauteuil, la très digne Mathilde Herbelin avait porté son torse vers l'avant et Cassignol pouvait voir de près son visage déformé par une colère aussi extraordinaire qu'inexpliquée. Il eut un mouvement de recul, posa la tasse sur le guéridon, se recala dans le fauteuil et décida d'être prudent :

— Mais voyons, de quelles idées parlez-vous, ma chère ? Que vous arrive-t-il ? Je ne vous reconnais pas, vous avez dû vous méprendre. Qu'allez-vous imaginer ! Nous avons au contraire admiré la finesse du travail de cette œuvre, la précision du dessin de Mlle Rosa Bonheur, la délicatesse des coloris et...

Mathilde Herbelin l'interrompit sèchement. Pour une fois qu'elle osait dire ce qu'elle pensait à l'un de ces

« crétins », comme elle les appelait, elle n'allait pas se gêner :

— Tiens, tiens ! Vous admirez la finesse maintenant, et la délicatesse ! Pourtant, depuis le temps que vous venez chez moi, vous n'avez pas une seule fois pris le temps de vous pencher sur la finesse de mes miniatures ! Celle-là est ici depuis toujours, mais vous ne l'avez jamais vue.

Et elle lui tendit un portrait de sa propre mère qu'elle avait peint vingt ans plus tôt sur un ovale d'ivoire qui tenait dans le creux de la main. Le portrait était merveilleux, il n'y manquait rien. Ni le talent d'exécution, ni la vibration du visage peint avec son doux sourire maternel. Un véritable bijou plein de tendresse. Cassignol chaussa ses lunettes, admira, complimenta, tenta des excuses :

— Je... je n'avais pas vu, sur ce guéridon vous avez tant de choses, je...

— Ne vous fatiguez pas, trancha la miniaturiste calmée. J'ai la réputation de faire les œuvres les plus fines qui soient. Pas une cour d'Europe qui n'ait un de mes portraits. Mais il est vrai que la Puissance, la Force, vous ne les y trouverez pas. Pas plus que vous n'y verrez de croupes. Simplement des visages et des fleurs, voilà ! Dans mon travail, il n'y a que des visages et des fleurs ! Rien à chevaucher !!!

Cassignol, son plastron taché, son petit-four dans une main et sa tasse de thé dans l'autre, en resta coi. Jamais il n'avait eu l'idée de regarder les productions de son hôtesse avec son œil de critique d'art. Pour lui, ces miniatures faites sur de l'ivoire, des boîtes ou des camées et parfois même sur de tout petits formats, destinées à être encadrées ou montées en bijoux, étaient de gentilles œuvrettes, dignes d'un bon artisan. Il fut sidéré de réaliser que cette femme dodue, à ses yeux mollement installée dans son salon bourgeois, ait pu un seul instant penser qu'il pourrait regarder ses productions comme des œuvres à part entière. Pour lui, c'était d'une incongruité telle qu'il ne trouva rien à dire, et il serait resté là un bon moment, lorgnons sur le nez, bouche ouverte, l'air béat, si Madeleine n'était intervenue.

Aussi surprise que le critique par la colère de sa tante d'ordinaire si affable et si soucieuse de plaire, Madeleine était intérieurement ravie de cet esclandre inattendu. Peintre elle-même, aquarelliste, elle avait compris très tôt qu'il y avait, dans l'art, deux mondes très distincts : celui des hommes et celui des femmes. Ce dernier, bien que très vivace, était inexistant et, si elle avait eu quelques illusions, la lecture, un jour d'automne 1860, de la très érudite et très sérieuse *Gazette des Beaux-Arts* les lui avait enlevées :

« Le génie masculin n'a rien à craindre du goût féminin. Les hommes conçoivent les grands projets qui exigent une conception élevée de l'idéal artistique ! Quant aux femmes, qu'elles s'en tiennent au pastel, à la miniature, aux portraits ou à la peinture de fleurs… »

Madeleine n'avait jamais pensé revendiquer quoi que ce soit car c'était justement ce qu'il lui plaisait de peindre : des portraits et des fleurs. Mais il se dégageait de ces lignes signées Léon Lagrange quelque chose qui ressemblait à du mépris et, pour parler franc, l'article lui restait encore en travers de la gorge. Du coup, les paroles de sa tante envoyées à la figure de ce Cassignol, dont elle supportait mal l'arrogance et les mains parfois « baladeuses », lui faisaient un immense plaisir et sans qu'elle y prenne garde, son visage irradiait. Mais quand elle surprit l'œil perplexe du critique qui l'observait, elle se reprit et adopta une expression consternée. Pas question de le laisser sur une note aussi négative. Elle décida de faire diversion :

— Voyons, ma tante, je suis sûre que M. Cassignol adore les fleurs. D'ailleurs, en arrivant, il m'a complimentée sur le bouquet que je viens de terminer pour l'éventail de la princesse Metternich.

Bien qu'incertain de la sincérité de cette intervention, Cassignol s'en saisit immédiatement :

— Ah, vous voyez ce que dit votre nièce ! Bien sûr que j'aime les fleurs, qui ne les aime pas d'ailleurs ? s'écria-t-il, soulagé de se sortir d'un mauvais pas et agacé d'avoir été déstabilisé par cette « bonne femme », comme il l'appelait volontiers.

Tout en parlant, il réfléchissait, ne voulant pas se couper de la source d'information que représentait Mathilde Herbelin. Il en rajouta :

— Votre éventail est ravissant, Madeleine ! J'ai toujours pensé, et je l'ai même écrit, que les femmes étaient douées pour des travaux minutieux : ils conviennent si bien au rôle d'abnégation et de dévouement que toute honnête maîtresse de maison se réjouit de tenir ici-bas, ce rôle qui est sa religion...

Emporté par son propre lyrisme, certain d'avoir trouvé les mots justes pour atténuer la colère de Mathilde, il s'exalta et, avisant soudain le décor fleuri de la fine tasse qu'il tenait au bout de ses doigts, il conclut avec un sourire qui se voulait complice et un brin séducteur :

— Quelles mains plus délicates que les vôtres pourraient décorer les fragiles porcelaines dont nous aimons nous entourer ? Qui d'autre pourrait reproduire avec un exquis sentiment de tendresse naturelle les traits de l'enfant bien-aimé, ou de la mère ? Et qui d'autre qu'une femme aurait la patience minutieuse de colorier les images pieuses, les estampes et les planches de botanique, les fleurs ? Pensez, mes chères amies, combien nous, les hommes, aimons vos fleurs ! Nous ne pourrions nous en passer !

Au fur et à mesure qu'il parlait, son visage prenait l'expression béate de l'homme subjugué.

Madeleine l'écoutait, un étrange sourire aux lèvres.

Trop confiant, relâchant sa vigilance, le critique se crut tiré d'affaire et, après avoir enfourné un petit gâteau et bu une longue gorgée de thé – tout en protégeant instinctivement son plastron de sa main libre –, il en rajouta encore sur la « haute qualité » de leurs fleurs, de leurs bouquets.

Madeleine ne perdait pas une miette de ses palabres. Une idée venait de germer dans sa tête et faisait son chemin. Le moment était particulier, le critique dans ses petits souliers. Lui d'habitude si péremptoire, elle ne l'avait jamais vu ainsi. Il fallait saisir l'occasion, en tirer quelque chose et tant qu'à oser elle décida d'oser très fort. Comme si de rien n'était, elle dit d'une voix douce :

— Vous aimez nos fleurs, cher ami, et je ne doute pas un instant de votre sincérité. Pas plus que je ne doute d'ailleurs qu'un jour, pour la délicatesse de celles que je peindrai, vous m'aiderez à obtenir la même Légion d'honneur que celle que vient de recevoir Mlle Rosa Bonheur pour ses puissants chevaux.

Cassignol manqua s'étouffer. Son sourire se transforma en horrible grimace et le petit-four de sucre rose qu'il était en train d'avaler se coinça dans son larynx. Il crut sa dernière heure venue et se leva d'un bond, toussant, hoquetant, crachant, ouvrant largement sa bouche sans pudeur aucune, découvrant son gosier, bavant, éructant. Les yeux dilatés, le visage cramoisi, il étrangla sa gorge pour tenter d'en faire sortir le petit gâteau si délicat, et il fallut que Madeleine et la domestique, encouragées par les hurlements de la tante, s'y mettent à deux pour taper fort sur son dos. Devant le spectacle hallucinant du visage convulsé et de plus en plus violacé du critique, Mathilde se voyait déjà avec un mort à domicile. Tout paraissait irrémédiablement perdu quand, dans un ultime crachat que l'on n'espérait plus, le petit gâteau gluant se décoinça, décrivit un arc de cercle au-dessus de la tante et vint s'échouer sur sa merveilleuse robe noire de satin broché.

— Quelle horreur ! hurla Mathilde, aussi tétanisée que si on lui avait jeté un crapaud dessus. Léontine ! Léontine ! Ôte-moi ça de là ! Vite, vite !

Abandonnant Cassignol, la pauvre domestique s'empressa d'emporter la friandise méconnaissable dans ses larges mains. Pendant ce temps, le critique défait tentait de se redonner un peu de lustre. Il essuya son visage avec un linge que lui avait tendu Madeleine et passa ses doigts dans ses cheveux pour leur imprimer un semblant de tenue. En vain, son faux col remontait le long de son cou tel un artifice déglingué, sa cravate arrachée dans un geste de désespoir pendait lamentablement et son plastron amidonné et taché avait jailli de sa veste et restait là, rigide, à l'horizontale.

Une heure plus tard, remis tant bien que mal avec l'aide de ces dames empressées, il enfila la redingote que lui passait la domestique dans le hall et reprit sa canne au pommeau dernier cri, en tête de chien. En quittant les lieux, il fustigeait intérieurement ces femmes qu'on ne sait jamais par quel bout prendre et qui ne connaissent rien d'autre que des ragots. Il se jura de ne plus revenir. Hélas pour lui, à peine la porte franchie, il tomba sur Mlle Eugénie de Veillac qui arrivait en visite et qui le questionna sur sa mine et son plastron taché. Il s'en tira par un bredouillement indistinct et s'enfuit, sûr à présent qu'avec cette dame « de la haute » tout Paris serait au courant de sa mésaventure.

Madeleine souleva légèrement le rideau et le regarda qui s'éloignait.

— Qu'est-ce qui t'a pris de lui parler de cette Légion d'honneur ? demanda Mathilde.

La jeune femme laissa retomber le voile et se tourna vers sa tante :

— Et pourquoi pas ?

La vieille dame sourit – au fond, se disait-elle, ma nièce n'a pas tort. Pourquoi pas ? Mais elle en avait trop vu pour ne pas l'avertir.

— Il ne va pas se gêner pour le répéter et tous vont rire de ta crédulité. Une Légion d'honneur pour une femme qui peint des fleurs ! Mais, ma pauvre Madeleine, pour eux tu n'es même pas une artiste.

Mais Madeleine était remontée :

— Écoute, ma tante. Ils veulent de la quantité, de la masse ? Eh bien, ils en auront des tonnes aussi lourdes que celles des croupes de leurs canassons ! Je vais leur en faire, moi, du monumental fleuri ! Des masses de fleurs si parfaites qu'ils plieront sous leur poids à défaut de plier devant leur délicatesse !

— Qui veux-tu faire plier, Madeleine ? Tu as l'air bien agitée !

Eugénie venait de faire son entrée dans le salon. Amie intime de Madeleine, elle était ici comme chez elle et passait pour un oui ou pour un non. Elle éclata d'un rire libérateur une fois qu'on lui eut raconté l'étranglement du pauvre Cassignol :

— Bien fait, dit-elle. Parce qu'avec celui-là, on en avale des couleuvres ! Ces critiques n'ont pas le moindre égard pour les femmes, à moins qu'elles ne soient prêtes à se vendre pour une bonne ligne dans une revue.

Mathilde saisit l'occasion :

— Tiens ! Madeleine ! Écoute ce que vient de dire Eugénie. Tu peux toujours courir pour qu'ils s'intéressent à ton travail. S'il est bien rond, c'est ton c... qui attirera leur attention, pas tes fleurs ! Et tu as intérêt à faire vite parce qu'il y a toujours plus jeune et plus fraîche derrière toi.

Madeleine prit un air offusqué mais Eugénie éclata à nouveau de son rire franc :
— Comme vous avez raison, Mathilde ! Je suis bien heureuse de ne pas avoir à me soucier de ce genre de choses.

3

Alba, l'aube.

C'est le prénom que Louise donna à sa petite fille. Un prénom de clarté pour conjurer un sort si noir. Quinze années étaient passées mais elle s'en souvenait comme si c'était hier. Le gris, le froid glacial de la chambre et ce poids d'angoisse au fond de son ventre qui avait remplacé l'enfant qui en était sortie. Une solitude plus lourde qu'un sac de pierres.

« Dans la vie on est toujours seul ! »

Les mots ont un sens et les paroles de sa grand-mère résonnaient tout autrement aujourd'hui. Louise découvrait leur dure réalité.

Ni les jours ni les années n'avaient atténué le souvenir du jeune homme aux yeux clairs qu'elle n'avait jamais revu. Elle vivait avec cette souffrance. Ce jour de février 1865, quand elle s'était retrouvée seule avec le bébé, elle avait pensé mourir, étouffer l'enfant. Mais en plongeant ses yeux dans ceux de la petite, elle y avait découvert cette extraordinaire couleur d'or qui l'avait fait chavirer ce soir de bal, lorsqu'elle avait croisé le regard du jeune homme inconnu. Alba était sa fille et celle de ce jeune homme. Dans l'état d'extrême désarroi et de dénuement où elle se trouvait, Louise eut comme un moment de délire. Elle imagina sa fille devenue grande auprès d'un homme. Ils s'embrassaient, ils étaient heureux, et Alba avait une longue robe blanche avec dans ses cheveux une couronne de fleurs d'oranger. Une couronne comme Louise avait rêvé d'en porter un jour. Un flot de larmes l'avait envahie, elle avait pleuré longtemps et, d'épuisement, elle s'était endormie en serrant l'enfant contre son cœur. Au réveil, elle avait eu la certitude que ce rêve était prémonitoire : sa fille aurait une histoire exceptionnelle, brûlante, une histoire belle et forte, digne des contes de fées.

« Alba ! Mon amour, ma petite, tu seras aimée, un homme viendra pour toi, j'en suis sûre. Il sera bon et beau. Je le sens, je t'en fais la promesse ! »

Louise avait enfin compris qu'Alba était le cadeau de sa vie, qu'elle serait sa chance et son destin. Alors pour cette enfant Louise avait décidé de se battre. Il fallait au plus vite sortir de cette chambre misérable. Le chemin serait long et difficile mais elle avait promis, elle y arriverait. Sa petite Alba connaîtrait la lumière.

*
* *

La bataille fut immédiate.

Pour garder Alba, il fallait gagner de quoi les faire vivre toutes les deux ! Se faire une clientèle et coudre au moins vingt corsets par semaine pour manger et payer le loyer de la chambrette. Louise dut se séparer de l'enfant et la laisser en nourrice chez des meuniers.

Quel déchirement pour Louise que de laisser Alba chez des inconnus ! Quelle violence !

Au retour, elle avait pleuré la nuit entière, s'était enfermée et avait vécu hors du monde. Loin, très loin des gens qui s'agitaient dans les magasins, à mille lieux des informations qu'ils lisaient dans les journaux et qui les faisaient parfois lever les bras au ciel ou pousser des cris de joie. Louise ne pensait qu'à sa fille. Elle ne savait rien de ce qui se passait au-dehors et connaissait à peine le nom de celui qui dirigeait son pays. Elle tentait de survivre. Dans son immense solitude, une femme vint à son aide.

— Ne pleurez pas comme ça, lui dit la concierge un matin en poussant sa porte. Vous allez y arriver. Je vous ai trouvé une cliente, la dame du premier. Elle a des moyens et connaît beaucoup de monde. Elle et ses amies sont toujours à faire les magasins. Y a des sous là-haut, c'est du gratin.

Cela avait commencé comme ça. De fil en aiguille, les clientes étaient venues car le travail était impeccable et les prix au plus bas. Louise n'avait qu'un but : travailler, coudre jour et nuit et reprendre Alba le plus vite possible.

Les meuniers n'étaient pas de mauvais bougres mais elle savait qu'ils ne s'occupaient pas bien de sa petite. Il est vrai qu'elle leur donnait si peu d'argent, comment demander plus ? À peine Alba avait-elle pu marcher qu'elle traînait aux alentours du moulin du matin au soir avec de maigres habits récupérés çà et là. La meunière la fagotait tant bien que mal. Louise envoyait ce qu'il fallait mais, au moulin, on ne connaissait pas la lessive, juste une fois par an, au printemps. La petite passait ses journées dehors par beau et par mauvais temps, au milieu des poules et des canards, les pieds dans l'humidité boueuse de la cour. De temps à autre, quand elle toussait trop, la meunière lui faisait des cataplasmes à sa façon, avec de la bouillie de maïs, et la petite se remettait.

C'était un miracle qu'elle ait survécu.

Alba était devenue sauvage et crasseuse comme un petit animal. Comment soupçonner en la voyant qu'elle puisse un jour connaître un destin hors du commun ? Ceux qui la voyaient étaient fascinés par son regard inoubliable. Un regard d'or ! Comment des yeux pouvaient-ils avoir une pareille couleur ?

— Oh, faisait la meunière. Ça doit être le bon Dieu. Il avait plus de sous pour elle alors il lui a donné la couleur de l'or. C'est toujours ça de pris…

Et elle laissait sa phrase en suspens, perplexe. Puis, d'un geste bourru, elle frottait le crâne de l'enfant comme elle frottait le dos de ses bêtes, énergiquement. L'enfant semblait loin de tout. Quand elle disparaissait parfois le soir et qu'on la cherchait, on la trouvait toujours agrippée avec ses petites menottes à la barrière de bois qui menait au chemin. C'est de là qu'arrivait cette jeune femme si douce, dont la voix semblait un chant. Cette toute jeune femme qui l'embrassait et la serrait si fort, c'était Louise. Sa maman.

Parfois, la petite disait ce mot : « Maman. » Elle le disait comme ça, sans raison, juste pour faire exister un peu plus ce qu'elle désirait de façon si pressante dans son cœur innocent.

— Mon amour, mon enfant, disait Louise entre deux sanglots, à chaque visite, je reviendrai vite, attends-moi, n'aie pas peur. Tu verras, on vivra toutes les deux, bientôt j'aurai tout ce qu'il faut pour toi, je te le jure ! Surtout, attends-moi.

Alba attendait.
Elle avait confiance.
Louise ne perdait pas une seule minute. Au fil des jours, la chambre avait pris un air pimpant. Que de sacrifices quotidiens pour en arriver là, pour se procurer la moindre chose ! Il y avait une table et deux chaises, de jolis rideaux de cretonne et un dessus-de-lit assorti. Louise avait taillé dans des restes de tissu donnés par une cliente.

Enfin, un jour de juin, elle réussit à installer dans la cheminée un poêle à charbon sauvé de la ferraille par la femme du concierge. De nouveaux locataires dans un immeuble voisin tenu par sa cousine en avaient acheté un plus beau, en faïence bleue, et ils se débarrassaient de celui-là, vieux et noir de fumée. Ce poêle arrivait comme un sauveur. Grâce à sa chaleur, elle allait pouvoir reprendre l'enfant. Avant, la petite pièce était trop glaciale. Louise avait laissé ses doigts geler pendant trois longs hivers pour économiser sou après sou. La concierge l'avait trouvée une après-midi, grelottante, étouffant d'une toux rauque. Effrayée, elle lui avait confectionné, avec l'aide de son mari qui était originaire d'Alsace, une sorte de « cuvot » comme on disait là-bas, un seau en cuivre avec un couvercle perforé que les Alsaciennes remplissaient de braises et plaçaient ensuite sous leurs amples jupes. Cela leur permettait de repriser tard le soir, une fois le feu éteint, et bien souvent malgré des doigts gourds.

Le concierge avait bricolé un seau en fer et, grâce à ce cuvot de fortune, Louise avait pu tenir malgré la température souvent proche de zéro.

Le poêle transforma la chambre, l'hiver pouvait venir, la petite aurait chaud. Louise n'attendit pas un jour de plus et nettoya toute la nuit durant. Quand elle prit la diligence pour la gare, au matin, elle tremblait de bonheur. Elle avait jeté un dernier coup d'œil à son petit paradis, au sol qui brillait, au bouquet de marguerites, et au pain rond posé bien en évidence au centre de la table.

Elle partit chercher sa petite sans prévenir personne, elle n'aurait pu attendre une minute de plus.

Alba se souviendrait toujours de l'auréole de lumière dans ce matin d'été. Elle avait quatre ans. Sa mère s'était détachée de l'éblouissante clarté matinale comme une fée qui serait arrivée du soleil, sans prévenir. Elle l'avait soulevée de terre dans un cri animal et l'avait arrachée à la boue pour l'emporter à jamais.

Ce jour-là commença véritablement l'histoire d'Alba. Ce jour-là, elle eut le sentiment de venir au monde pour la première fois.

*
* *

— Non, Monsieur Lachaume, je ne veux ni des orchidées ni des cattleyas mauves, je sais qu'ils sont votre spécialité mais je tiens aux roses. Et des roses de Brie-Comte-Robert et aussi... du lilas. Oui, du lilas ! Débrouillez-vous comme vous voulez mais faites en sorte que tout soit recouvert. Cette soirée doit être inoubliable !

— Et la serre, Madame Lemaire, j'en mets dans la serre ? Et que fait-on autour de votre chevalet ?

Madeleine Lemaire se retourna d'un air surpris vers le fleuriste qui, sur un petit carnet, notait calmement ses désirs pendant que ses trois jeunes employés relevaient les dimensions des pièces surchargées de meubles et bibelots de l'hôtel particulier de la rue Monceau. En cette année 1880, Madeleine Lemaire était au faîte de la gloire. Elle en avait fait du chemin depuis ce jour de rencontre avec Cassignol. Elle avait réussi le tour de force exceptionnel pour une femme de vivre de son art. D'en vivre fort bien. Portraitiste choyée des grandes dames de ce monde qui se trouvaient sublimées par le talent réparateur de son pinceau, elle était devenue très célèbre pour ses tableaux de roses. On se les arrachait et il fallait attendre longtemps pour en avoir un, d'autant que Madeleine était réputée pour sa « légendaire lenteur ».

— Ils sont drôles, disait-elle un jour à ce sujet à Alexandre Dumas fils, un de ces fameux mardis où elle recevait dans son atelier, à l'hôtel de la rue Monceau. Ils aiment mes aquarelles parce qu'elles sont très minutieuses et ils voudraient que je bâcle le travail. Mais enfin ! Il y a des choses qu'on ne peut pas faire en courant. Il faut du temps et de la patience !

— Mais oui, ma chère, avait répondu le grand homme à moitié moqueur, à moitié admiratif devant les quantités florales qui sortaient de l'atelier. Nous vous comprenons mais voyez-vous on s'impatiente, c'est que vous êtes inégalée, vous êtes... vous êtes... (*Lui, d'ordinaire si vif, cherchait un qualificatif à la hauteur de l'impressionnant travail.*) Ça y est, je sais ! hurla-t-il soudain de sa voix tonitruante. Madeleine, vous êtes l'Impératrice des roses ! »

« L'Impératrice des roses !!! » L'expression fit ce jour-là le tour du salon. On se la dit, on se la redit et les jours suivants elle fit le tour de tous les salons de la capitale. Pour tous, Madeleine Lemaire était donc bel et bien devenue « l'Impératrice des roses ». Depuis, elle tenait beaucoup à ce titre bien plus efficace que s'il eût été quelque peu officiel. Il était la reconnaissance du milieu des artistes et des mondains de son temps, il était son sésame et la désignait tout en haut de la liste des peintres de fleurs. Tant qu'elle était la première elle ne risquait rien.

« Euh... mettre des fleurs dans la serre ? Je ne sais pas, qu'en pensez-vous ? » répondit-elle au fleuriste.

Jules Lachaume avait du métier. Il avait ouvert une boutique de fleurs rue de la Chaussée-d'Antin et chez lui on ne vendait que des fleurs naturelles. Née sous le Second Empire, la fleur artificielle avait fait des progrès considérables mais Jules Lachaume résistait à l'attrait de « cette fleur facile », il était sans concession. Contrairement à son concurrent Lacassagne qui travaillait avec succès la plume et la fleur de soie, il ne pouvait admettre l'idée qu'une fleur soit fausse. Artiste bien plus que commerçant, convaincu de ses choix, il avait même, fleuriste et théoricien, écrit un traité pour s'en expliquer et pour magnifier l'art du naturel. Il régnait sur les fêtes les plus huppées de la capitale car il était passé maître dans l'art de la mise en scène et de la réalisation des couronnes. Cette fête était largement dans ses possibilités, mais il s'inquiétait. Bien que rompu aux fastes de ses clients, il craignait que Mme Lemaire ne voie un peu grand. Elle l'avait habitué à plus de mesure. Aussi alla-t-il droit au but :

— C'est une question de coût, Madame Lemaire, autant le dire franchement. (*D'un geste large il désigna l'ensemble des pièces.*) Pour que tout soit opulent comme vous le voulez, il va falloir des quantités de roses, et le lilas en ce moment est très cher, ce n'est pas tout à fait la saison. Les serres de Brie-Comte-Robert en ont, c'est vrai, ils arrosent les pieds à l'eau tiède depuis plus de deux mois, mais ça fait cher le lilas. Sans compter que vu la quantité de roses qu'il va me falloir je ne pourrai pas m'approvisionner aux halles, il faudra que j'aille directement au train des roses, et vous savez à quelle heure il arrive le train des roses ?

— Non, je n'en ai aucune idée, fit Madeleine qui n'avait pas pensé à tous ces détails.

En bon professionnel, Jules Lachaume prit un air consterné et donna ses explications pour bien montrer à sa cliente dans quoi elle s'aventurait.

— Il arrive à minuit quarante-cinq très exactement. Vous voyez le combat ! On y passe la nuit et le lendemain il faut enchaîner et venir tout installer chez vous, pas question de se coucher. Sinon tout sera mou. On doit tout faire au dernier moment et pulvériser les bouquets jusqu'en début d'après-midi. Là, vous aurez quelque chose de tonique. On se croira dans un vrai jardin avec des fleurs encore humides de rosée, sinon... vous aurez du mou. Ça demande du travail, beaucoup de travail, mais ne croyez pas que je ne veux pas le faire, vous êtes bonne cliente. Seulement, mes lascars, il va falloir que je les dédommage d'une façon ou d'une autre. Ils ne peuvent pas travailler le jour et la nuit ! Tout ça va chiffrer !

Madeleine Lemaire était perplexe. Elle voulait une brillante soirée mais son vieux fond de maîtresse de maison n'aimait pas les excès, surtout quand ils coûtaient aussi cher.

Seulement, comment y échapper ? Dans le grand monde qu'elle fréquentait, le luxe était encore plus fastueux que sous les ors du Second Empire. Les grandes familles d'Europe jetaient leurs derniers feux, éclaboussant les nuits de la capitale de leurs raffinements fascinants et complexes. Le monde des affaires prenait le pouvoir et les fortunes des nouveaux capitaines d'industrie, comme on les appelait déjà, se mettaient en place. Les deux mondes se jaugeaient, puis se côtoyaient et se mêlaient parfois. De fastueux mariages scellaient les accords. Dans cette société occidentale de la fin du XIXe siècle, le raffinement pouvait difficilement se passer d'argent. Du Ritz à Versailles, tout se fêtait en permanence. Les hôtels particuliers poussaient les uns après les autres et c'est à qui donnerait les réceptions les plus grandioses. La fleur coupée était le symbole éclatant des fortunes qui pouvaient se permettre de payer à prix d'or leur beauté éphémère. Juste le temps d'un bal. Pas une fête digne de ce nom qui ne soit un véritable événement floral !

— Ah, je ne sais que vous dire ! lâcha Madeleine contrariée, mais je vois mal comment faire autrement.

— Et si on mettait des fougères, pour garnir, avec çà et là quelques bouquets. Je peux faire quelque chose de très bien, vous savez. Ça économiserait les roses, suggéra le fleuriste.

— Des fougères...

Madeleine réfléchissait, lentement, comme tout ce qu'elle faisait. Au quotidien, il n'était pas question, pour elle comme pour toute dame respectable, de trop fleurir sa maison. La fleur coupée chez soi, c'était mauvais signe. Il n'y avait que les « cocottes » pour en recevoir, les accepter par brassées et les laisser se faner pour rien. La tante Mathilde fulminait dès qu'on abordait le sujet :

« Que d'imbéciles ! Ils se ruinent en fleurs pour leurs maîtresses et ils laissent leurs familles se geler dans leurs vastes demeures sans chauffage. Ah ! ils peuvent parader ! »

Une femme bien n'accepterait donc pas de tels hommages. En revanche, les potées, fleurs en pot ou plantes vertes étaient très appréciées pour leur durée et les salons les plus riches de la capitale en regorgeaient. Jardinières perchées sur des pieds de rotin, hortensias opulents dans de gros pots vernissés, azalées, rhododendrons, Madeleine, comme les autres, en remplissait son hôtel particulier qui avait fini par ressembler à une immense serre. La fleur coupée ne retrouvait pleinement ses droits que lorsqu'elle recevait, car elle devenait alors un hommage aux invités.

Quant au fleuriste, trouver les quantités florales nécessaires à ces extravagances, au bon moment et au bon prix, relevait du tour de force.

Longtemps le marché était resté local. Les horticulteurs de la proche banlieue suffisaient à la demande. Selon la saison, on avait des jacinthes, des tulipes et des tubéreuses qui venaient d'Ivry et de Montrouge, cependant que Fontenay-sous-Bois cultivait les primevères et les cinéraires. La violette de Parme venait de Bourg-la-Reine. Chacun avait sa spécialité. Sur le carreau des halles on trouvait selon la saison des pensées, des résédas, des roses, du lilas, des jonquilles des bois. Mais les quantités restaient mesurées. En trois ou quatre ans à peine, la multiplication soudaine de toutes ces fêtes entraîna une explosion de la demande et ce marché devint le plus important du monde. Jamais la fleur n'avait connu pareil apogée depuis l'Antiquité, et la rose était reine parmi les fleurs. Malheureusement, les architectes des halles Baltard, qui venaient d'être achevées, n'avaient pas anticipé ce phénomène et aucun espace pour les horticulteurs, aucun pavillon pour les fleurs n'avait été prévu. Le marché continua donc de se tenir en plein courant d'air, coincé entre le pavillon de la marée et celui des volailles, débordant ensuite de toutes parts et s'étalant de façon quasi anarchique. Certains jours, l'affluence était telle qu'il était impossible pour les fleuristes d'approcher les voitures pour charger leurs achats. Jules Lachaume se voyait mal en train de trimbaler pareille quantité de roses et de courir les revendeurs. Heureusement pour lui, depuis peu, les horticulteurs de la banlieue proche s'étaient efficacement organisés et ils affrétaient tous les soirs un train spécial pour acheminer les roses fraîchement coupées à la capitale. On l'appelait le « train des roses » et c'est à l'arrivée de ce train que Jules Lachaume prévoyait d'aller se fournir.

Le chignon haut noué, vêtue d'un grand tablier blanc de peintre qui recouvrait sa robe, Madeleine Lemaire donna la réponse que le fleuriste attendait depuis de longues minutes :

— Je paierai le prix, laissa-t-elle enfin tomber. Je veux ces roses, je les ai gagnées. (Elle hésita puis ajouta :) Cette fête est un grand jour pour moi ! Le plus grand peut-être de toutes ces années. J'ouvre mon « université » pour jeunes filles.

— Vous méritez les roses de Brie-Comte-Robert. Vous êtes vraiment l'Impératrice de cette fleur. Je ferai au mieux, comptez sur moi, votre hôtel sera un palais de roses.

Puis il lui serra fermement la main et s'en alla. Jules Lachaume aimait ceux que le travail et l'application aident à se dépasser et Madeleine Lemaire était de cette race-là. Elle méritait qu'on lui rende hommage et il se promit de lui faire une décoration exceptionnelle. Les mots du fleuriste avaient porté, Madeleine était émue. Sans que rien ne soit dit de plus, la reconnaissance de Jules Lachaume la toucha car elle venait d'un homme dont elle connaissait les critères exigeants. Ils se comprirent.

Elle était au sommet de la gloire, on se bousculait pour venir à ses mardis et les soirées musicales qu'elle donnait dans son hôtel particulier attiraient les foules les plus brillantes. Tout cela ne s'était pas fait sans un énorme travail et le prix à payer avait été à la hauteur de la réussite. Son mari, qui l'avait soutenue dans ses débuts, était mort la laissant veuve avec une petite fille, Suzanne. Il n'avait pas de fortune sauf un château à Réveillon. Pour les femmes qui avaient dépassé les quarante ans, qui étaient veuves et sans argent, avec enfant à charge qui plus est, l'avenir ne promettait que des difficultés majeures. On ne vous invitait plus, on trouvait un bon prétexte pour ne plus se rendre à vos invitations. Vous finissiez abandonnée et ruinée. Qui plus est, sans grande beauté et un peu austère, Madeleine n'était pas de ces femmes qui inspirent la romance ; elle était lucide, même si parfois il lui arrivait encore de penser à l'amour en acceptant la danse offerte par un homme plein de civilité. Pas une seule fois elle n'avait senti chez l'un d'eux autre chose que de la politesse ; la blessure était profonde mais elle l'avait enfouie plus profondément encore. Pas question de tristesse ou de vague à l'âme, c'eût été sa ruine et celle de Suzanne. Il fallait impérativement garder le contact avec le grand monde et le grand monde aime la gaieté ; il était sa seule ressource.

Elle fit des toiles parfaites et cultiva la clientèle qui va avec, assumant travail et mondanité avec une énergie incroyable, ne comptant que sur elle. Outre ses fameuses réceptions hebdomadaires où artistes et mondains accouraient, trois fois par an elle sortait ce qu'elle appelait la « grande liste ». Aristocrates, femmes du monde, hommes politiques en vue, artistes et écrivains, elle mettait tout en œuvre pour que ces soirées soient des réussites exceptionnelles dont on parlait ensuite dans tous les dîners de la capitale. Elle s'arrangeait pour faire exécuter une œuvre inédite par un compositeur ou déclamer des textes en avant-première par un acteur à la mode. Bartet, Coquelin, Saint-Saëns, Massenet, Fauré qui donnerait sa pavane, et le comte de Montesquiou qui lisait ses vers, Madeleine était à l'affût. Il fallait exister à tout prix. Le château de Réveillon, l'hôtel particulier, l'éducation de Suzanne, tout coûtait horriblement cher. Souvent elle était épuisée – peindre, recevoir, sortir –, courir, elle se vidait :

— Que veux-tu ? disait-elle à son amie Eugénie. Je dois assurer l'avenir de ma petite Suzanne. Tant que mes roses se vendent, ça va, mais je ne peins pas vite. C'est difficile, comment peindre et tout gérer ? Je dois tout faire toute seule ici, tu sais. La petite à éduquer, les domestiques qui ont toujours un problème, l'hôtel qu'il faut entretenir, le château ! Ah, ce château, si je pouvais m'en passer, si tu savais ce qu'il me coûte ! Mais je dois avoir une campagne, sinon… et les soirées, les mardis, je n'ai pas une minute.

— Mais tu es heureuse ? Tu as réussi !

— Oui, j'ai du succès. Mes roses sont belles mais… je n'atteins pas à l'essentiel, il manque… je ne sais pas…

— Ne te pose pas toutes ces questions, la rassurait Eugénie, et continue comme ça. Qui atteint à l'essentiel ? Qui peut dire ? Tu fais des portraits et des fleurs qui donnent du bonheur. Ce n'est pas ça l'essentiel ?

Madeleine souriait mais ne répondait pas. Malgré son succès et son argent, sous ses airs d'assurance elle avait une peur terrible. Les fêtes auxquelles elle courait désormais avaient quelque chose d'excessif qui lui laissait chaque fois un arrière-goût amer. Impossible de revenir en arrière, au temps où elle croyait que peindre serait un paradis.

« Ils ploieront sous la masse de mes fleurs », annonça-t-elle à sa tante Mathilde en ce jour lointain. Elle y était parvenue.

Mais aujourd'hui, elle avait obtenu une victoire autrement plus importante qui lui avait demandé beaucoup de diplomatie et, surtout, beaucoup de moyens financiers. Ouvrir une université des arts dont elle serait la directrice et qui accueillerait les jeunes filles exclues de l'enseignement artistique des Beaux-Arts. Cette université était sa revanche sur le mépris profond de l'art officiel qui dominait tout et qui l'excluait de la reconnaissance, elle et toutes celles qui, comme elle, consacraient leur talent à sublimer les êtres et les fleurs. Dans son université, elle enseignerait comme elle l'entendait, selon ses propres critères.

« Il faut plus d'amour que de force pour peindre des fleurs, lui avait dit tante Mathilde quand elle était encore enfant. Et tu sais, l'amour c'est ce qu'il y a de plus difficile. C'est exigeant, c'est souvent douloureux, c'est parfois même ingrat. Tu es bien sûre que tu veux quand même peindre des fleurs ? »

Madeleine avait acquiescé et malgré tout ce qu'elle avait traversé, elle ne regrettait rien, au contraire.

*
* *

Les années passèrent.

Alba venait d'avoir dix-huit ans et Louise était fière. Sa fille pourrait affronter la capitale où elles allaient bientôt s'installer. Alba avait suivi une éducation solide chez les ursulines, là où par charité chrétienne on permet aux petites filles sages et démunies de côtoyer les jeunes filles de la haute société. Elle avait acquis un maintien et des savoirs. Louise remerciait tous les jours la Sainte Vierge de lui avoir fait rencontrer sœur Clotilde.

Un jour qu'elle priait la Sainte Vierge à l'église du quartier, une sœur qui faisait les bouquets au pied de la statue de marbre blanc avait caressé la tête d'Alba et quand la petite avait levé les yeux vers elle, elle n'avait pu retenir un cri :

— Quel beau regard, quelle étonnante couleur !

Le cœur de Louise s'était serré, comme chaque fois que les gens s'émerveillaient de cette couleur d'or qui lui rappelait le jeune homme perdu.

— Comment s'appelle-t-elle ?
— Alba, avait répondu Louise.
— Alors Alba, avait insisté la sœur, tu n'es pas à l'école ?

Louise avait baissé la tête.

— Si vous voulez, elle peut venir chez nous, avait alors dit la sœur sans en demander plus. On lui fera une place aux cours et si elle veut apprendre, on la gardera.

Louise avait réfléchi. Cette rencontre était un message du ciel, il fallait que la petite étudie. Le couvent était proche, elle l'y accompagna.

Au cours de sa première promenade en forêt avec sa classe, Alba s'assit sur un gros rocher pour se reposer, quand sa main s'écrasa sur un tas de croûtes de peintures qu'un peintre avait raclées de sa palette. La paume de sa main se constella de couleurs. Au lieu de pousser les hauts cris et de chercher à la nettoyer, elle fut émerveillée et regarda longuement le rouge carmin, le jaune vermillon et le bleu de cobalt. Puis elle respira cette odeur si particulière de la térébenthine qui lie les pigments de couleur et, à l'aide d'un papier qu'elle roula en cornet, comme on récupère un trésor, elle emporta les croûtes de peintures.

Depuis, Alba peignait et dessinait, on ne pouvait l'arrêter. Sœur Clotilde disait qu'elle avait le dessin dans le sang et les sœurs encourageaient ce don en la laissant s'exercer sur les modèles des livres illustrés de leur bibliothèque. Tulipes, jacinthes, papillons, arbres, rivières, poissons, comme les maîtres qu'elle admirait dans ces livres, Alba laissait courir librement ses crayons de couleur.

Croquis après croquis, elle faisait ses gammes avec le désir d'atteindre au geste le plus sûr.

Un monde s'était ouvert pour elle. Son destin était en marche.

4

La fête de l'« Impératrice » fut une apothéose.

Les bougies brillaient dans les lustres de cristal et jusque dans le regard des hommes qui frissonnaient au sensuel frou-frou des longues robes de soie et de velours portées par de frivoles comtesses. Toutes, duchesses ou princesses, adoraient venir s'émanciper dans le salon de Madeleine, en l'hôtel de la rue Monceau où l'aristocratie des survivants de l'Ancien Régime se mêlait à celle des avant-gardistes. Sculptées par leurs vêtements, droites plus que de raison, éventail à la main et gantées de long, rieuses et effrontées, elles arboraient des airs légers qui eussent paru totalement incongrus à leurs proches ancêtres. Mais le parfum enivrant des roses surchargées de Jules Lachaume, le claquement des éventails coquins et la musique de Ravel sur le grand piano noir les projetaient dans le monde étourdissant des artistes et des créateurs qui leur faisaient rêver le monde. Les frivoles comtesses étaient subjuguées.

Quant aux artistes, ils se pressaient eux aussi au salon de Madeleine, sûrs d'y rencontrer des mécènes suffisamment fortunés pour leur passer commande ou les encourager par des aides substantielles. Aristocrates, riches industriels et banquiers arrivaient sur un tapis rouge recouvert de pétales de rose qui avait été déployé à leur intention sur les marches de pierre du grand perron de l'entrée et jusque dans la rue. Madeleine n'avait rien négligé. Au mieux de sa forme, elle les saluait tour à tour avec empressement.

Cependant que sa nièce accomplissait des mondanités, la tante Mathilde, assise dans l'angle du grand salon sur un canapé chargé de plaids et de coussins brodés, bien calée, lorgnon sur le nez, observait le ballet des arrivants par la grande fenêtre sur sa droite d'où elle avait une vue en perspective de toute la rue Monceau. Elle adorait ces réceptions. Voir les plus belles toilettes du moment, deviner les turpitudes et les passions en cours, vérifier la véracité des derniers ragots, c'était son grand plaisir. On ne savait rien de précis sur la vie de Mathilde, juste qu'elle avait été mariée mais dans un temps ancien. Elle n'avait eu qu'un frère, le père de Madeleine, et il avait accaparé toute l'attention familiale. Alors que lui poursuivait des études, on l'avait mise chez les sœurs pour apprendre les bonnes manières, la broderie, l'aquarelle et le dessin. Douée pour la précision de portraits miniatures, elle avait très rapidement reçu de multiples commandes et, dès ses vingt ans, elle gagnait sa vie. Cette autonomie financière, si rare à son époque, avait été sa force et son drame. Quelque mélancolie la prenait parfois, de lourdes tristesses, mais elle ne racontait jamais son passé. Puis sa nièce avait comblé son manque d'enfant et son talent de peintre avait fait le reste de son bonheur. Elle aimait les histoires des autres, elle aimait les histoires d'amour mais elle portait sur le monde des hommes un regard sans concession. C'était du moins l'avis de Madeleine. Pourtant, tout le monde aimait côtoyer Mathilde car elle était drôle et ne se privait jamais de dire ce qu'elle pensait.

— Tenez, Louise, regardez là-haut, qu'est-ce que je vous disais ! fit-elle à sa voisine en désignant l'étage de la maison d'en face.

La marquise Louise de Brantes se pencha et aperçut un couple à l'affût qui soulevait discrètement les voiles d'un rideau.

— Ce sont les voisins, continua Mathilde. Ils sont à la tête de la rébellion des gens du quartier contre Madeleine. Ils veulent lui faire démolir tout le perron de l'hôtel en prétendant qu'il n'est pas dans l'alignement et qu'avec ces fêtes la vie du quartier devient impossible. Ils ont réussi à faire faire des ordonnances à la préfecture et le conseil municipal a même pris la décision de démolir.

— Mon Dieu ! s'écria la marquise surprise, mais alors...

— Alors rien du tout, trancha Mathilde. Ma nièce est une personne puissante aujourd'hui, elle a le bras long. La preuve, malgré tout ce tintouin le perron est toujours là. Ils ont fait tout ce raffut en vain. On ne démolira pas !

Louise de Brantes esquissa une moue vaguement désapprobatrice.

— Je vois ce que vous pensez, fit Mathilde pas dupe, et je suis bien d'accord. Mais c'est ainsi, quand vous avez des relations tout est possible, la preuve ! Je ne vous cache pas que si j'étais les voisins je serais furieuse, mais que voulez-vous, les mardis de Madeleine ont acquis une telle notoriété. Et puis il faut bien des fêtes, que serait la vie à Paris sans les fêtes !

— C'est vrai, ajouta la marquise soudain compréhensive. De toute manière, si le bruit ne venait pas d'ici, il viendrait d'ailleurs et il y aurait d'autres mécontents...

— Oh ! coupa Mathilde, fébrile, en se penchant vers la fenêtre et en ajustant ses lorgnons. Voici la jeune comtesse Greffulhe dont on parle tant, et derrière, tenez, tenez, le comte de Castellane et sa femme, oh !

la victoria de la princesse Mathilde se gare tout au bout, là-bas. Voyez, Louise, voyez…

Louise de Brantes était ravie, la soirée serait prestigieuse. Le ballet des grands de ce monde était impressionnant. Le comte et la jeune comtesse Élisabeth Greffulhe, très digne dans une mousseline jaune brochée semée d'orchidées, le comte et la comtesse de Castellane dans un taffetas azur, la comtesse d'Ivernois, moulée dans un fourreau de satin rose chair poudré, la princesse Mathilde, Anatole France, Debussy, Coquelin, Saint-Saëns, le général Brugère, la princesse Potocka… Les noms les plus en vue se succédaient. Très rapidement, l'hôtel ne fut pas assez grand pour tant de monde. Tassés dans le hall, les invités se massèrent devant l'entrée, sur les marches et dans la rue, créant une confusion grandissante. Madeleine était dépassée. Le succès de sa soirée allait au-delà de ses espérances.

— Et voilà, fit Mathilde effarée, sentant la rébellion naissante dans la foule des privilégiés mécontents de ne pouvoir entrer. Je l'avais avertie, je lui avais dit qu'elle lançait trop d'invitations.

— Mais enfin, rétorqua la marquise stupéfaite de la tournure que prenaient les événements, elle a l'habitude… Elle sait bien que tout le monde veut être de ses fêtes.

— Pensez donc, elle n'est sûre de rien, au contraire, elle a toujours peur de manquer, peur qu'ils ne viennent pas, alors elle en rajoute, elle sort sa grande liste. Et voilà le résultat !

À l'extérieur, l'agitation était à son comble et, dans l'hôtel d'en face, les Durtell avaient ouvert leurs fenêtres. Penchés sur leur balcon de fer ouvragé, ils observaient la pagaille, stupéfaits de voir tous ces gens titrés dans un tel imbroglio. À l'angle de la rue, les cochers s'interpellaient, l'embouteillage était épouvantable. Un jeune homme voulant à tout prix être de la soirée réussit à se dégager de la masse agglutinée sur le perron et, sans rien demander à personne, fila par le jardin derrière l'hôtel pour tenter d'accéder à l'intérieur par l'atelier de Madeleine, ce qui provoqua une bousculade désastreuse. Soudain, une duchesse se mit à hurler.

— Ma robe, ma robe ! Ils ont déchiré ma robe.

Madeleine se précipita sur le perron, poussant les invités. La merveilleuse robe thé de la duchesse de Clermont-Tonnerre, un bouillonné de satin recouvert de mousseline ivoire, avait été arrachée sur tout l'arrière. Un jeune homme que la tante Mathilde ne connaissait pas essayait de détacher la délicate mousseline qui s'était malencontreusement accrochée au pommeau ciselé de sa canne.

La duchesse hurlait mais quand elle se retourna et qu'elle vit l'auteur du massacre, elle se calma aussitôt. Madeleine respira. L'inconnu avait un front pâle, une lourde chevelure noire, et apparemment un savoir-faire incomparable en matière de séduction. Il se confondit en excuses avec dans le regard tout le désarroi du monde, et dans le même temps il prit la main de la comtesse avec une autorité surprenante et y appuya un baiser du bout de ses lèvres comme cela ne se fait jamais. La duchesse retira sa main d'un geste vif, mais le mal était fait, elle était sous le charme de ce comportement inhabituel et ambigu. Madeleine laissa paraître un sourire un peu crispé. Qui pouvait bien être cet invité ? De peur d'être indiscrète, elle ne demanda rien. Elle connaissait tant de monde, le souvenir de celui-là avait dû lui échapper.

— Eh bien, souffla la tante Mathilde qui avait tout suivi, je ne sais pas d'où vient ce jeune homme mais il a un sacré toupet.

— Il est bel homme, fit remarquer sa voisine.

— Ah, vous trouvez, ajouta Mathilde. Pas moi. Baiser ainsi la main d'une duchesse qu'on ne connaît pas, c'est excessif. Un homme bien élevé se serait simplement contenté de faire ses excuses. Il faudra que je pense à demander à ma nièce de qui il s'agit.

Après quoi, oubliant l'incident, elle tourna son regard vers l'intérieur du salon. Un mouvement indiquait l'ouverture des festivités. Mathilde ne voyait rien de la scène dressée pour le concert mais cela lui était indifférent. La coloriste en elle se remplissait les yeux et elle nota que l'anglomanie avait définitivement gagné l'élégance masculine. Ces messieurs étaient habillés d'un noir dont le sombre bleuté venait au gré de leurs déplacements soulever les clairs acidulés des robes luxueuses. La richesse du décor des roses et les pas sourds sur les lourds tapis chamarrés enveloppaient l'ambiance d'une extrême opulence. Tout le monde parlait à la fois, on ne s'entendait plus.

Soudain, dans cette atmosphère saturée, un violon impétueux fit violemment éclater sa touche tzigane. Le *Concerto en si mineur* de Saint-Saëns venait de commencer, et les conversations s'éteignirent d'un coup. Le mouvement dura huit minutes très exactement et il fut impossible aux invités de se départir ensuite de la fervente passion que le solo de ce violon fou avait inspirée.

Madeleine rayonnait. L'incident qui avait failli lui coûter la réussite de la soirée avait été effacé par le génie de ce coup d'archet. Elle se précipita pour féliciter l'interprète. Mais ce n'est que dans le mouvement qui s'ensuivit, quand les groupes se formèrent autour des tables, quand ces dames s'assirent enfin, qu'elle put voir le visage du violoniste. C'était l'inconnu au front pâle. Métamorphosé par la musique, très entouré par de nombreuses admiratrices qui le félicitaient, il dégageait une vibration animale des plus inattendues dans ce salon où la séduction masculine arborait d'ordinaire une présentation beaucoup plus policée.

De son côté, pour la deuxième fois de la soirée, malgré la force de sa musique, la tante Mathilde éprouva à l'égard de cet inconnu un sentiment de réserve.

— Encore lui ! fit-elle contrariée.

Louise de Brantes, surprise, ne put s'empêcher de relever cette animosité. Elle-même était sous le charme, et du violon et de l'inconnu. Elle ne comprenait pas pourquoi Mathilde était si réticente, méfiante même.

— Mais que vous a-t-il donc fait ? Vous ne le connaissez même pas.

— Non, mais j'ai peint tant de visages et dans de si minuscules détails que j'ai appris à lire sur chacun d'entre eux. Un pli du front, une bouche trop fine, une forme de menton, une tenue générale trop molle, je devine l'âme de l'individu derrière ses traits.

— Allons donc, Mathilde, les êtres ne se réduisent pas à leurs traits, ce serait trop simple.

— Vous croyez ? Les êtres sont complexes, mais j'ai souvent vérifié que ma première impression était la bonne. Et, décidément, cet inconnu ne me rassure pas.

— Chuuuuut... un peu de silence, s'il vous plaît !!!

La forte voix de baryton du peintre Bonnat venait de lancer un appel cependant qu'il aidait Madeleine à monter sur une chaise du salon. Mathilde rajusta son lorgnon avec empressement.

— Ah ! Enfin ! Ma nièce va parler, elle va annoncer la création de son école.

Effectivement, une fois le silence établi, Madeleine annonça officiellement l'ouverture prochaine de son Académie pour jeunes filles dans un très bel atelier rue La Boétie. Ce ne fut une surprise pour personne car tout le monde savait qu'elle la préparait depuis plus de trois années. Elle avait sollicité des aides, des autorisations et avait fait jouer ses relations. Pour l'accompagner dans son enseignement, de grands artistes avaient donné leur accord : Léon Bonnat, Detaille, Flameng, Gervex, Boldini. Ils se tenaient près d'elle ainsi que deux littérateurs en vogue, Richepin et Jules Lemaître. Très applaudie, félicitée de toutes parts, Madeleine allait des uns aux autres, multipliant les remerciements, les mots aimables. Elle voulait surtout n'oublier aucun des parents qui lui avaient confié leurs filles.

— Mais, fit Louise, et les élèves, elle a ce qu'il faut ?
— Et comment, elle a même dû en refuser.
— Ah bon ! Les jeunes filles sont donc si attirées par la peinture ? De mon temps, on faisait ça chez soi avec un professeur. On n'aurait jamais pensé y consacrer plus.
— Les temps changent, ma chère, aujourd'hui les jeunes filles s'émancipent.

À ce moment précis, un jeune homme vint s'affaler sur le canapé, près de la marquise de Brantes.

— Je n'en peux plus, vite, un siège !

Toujours à la pointe de la mode, Anatole de Montaiglon, le critique de la *Gazette des Beaux-Arts*, arborait sous un col cassé d'une blancheur immaculée une lavallière noire artistiquement nouée. À ses longs poignets de chemise impeccables brillaient deux boutons de manchette en or ciselé qu'il mettait en valeur par de larges mouvements de main.

— Qu'avez-vous donc, cher Anatole ? demanda Mathilde, heureuse de cette diversion.
— Rien, je suis épuisé, c'est tout.
— Déjà ? Et qu'avez-vous donc fait de si éreintant ? questionna-t-elle, intriguée et ravie d'avoir sous la main quelqu'un à agacer.

D'un ultime revers de main, l'élégant Anatole remit en place une mèche rebelle qui tombait sur son visage aigu. Il affichait l'air accablé des gens trop intelligents pour être soumis à la médiocrité générale.

— Nous venons d'avoir un grand débat sur les impressionnistes avec Yriarte, dit-il, et nous luttons en vain.

— Vous luttez ! Et pour quelle raison, mon Dieu ?

— Pour défendre nos idées, fit Anatole d'un air déterminé. La mode des impressionnistes gagne du terrain. Les peintres s'y rallient tous, il est vrai qu'ainsi ils ont moins de travail que les peintres de notre académie : il leur suffit de faire quelques taches imprécises çà et là et le tour est joué. Pas besoin de s'embêter avec les détails et le dessin. Quelle duperie ! Et Yriarte s'y rallie. C'est un mondain, il est insupportable.

— Celle-là, c'est la meilleure, sourit Mathilde qui connaissait par cœur le grand débat du moment dans le landernau des artistes. Mais nous sommes tous des mondains ici, cher Anatole, vous y compris. C'est d'ailleurs pour ça que nous sommes là, non ?

— Sûrement pas, sursauta Anatole, crispé. Nous sommes là parce que le salon de votre nièce est plein d'imprévus, d'artistes remarquables. Avez-vous entendu ce violon ? Quelle habileté, quelle élégance !

— Décidément, s'empressa Mathilde qui avait horreur de ce ton sentencieux, vous aimez les gens habiles. Moi qui lis régulièrement vos chroniques, j'ai dû rencontrer ce mot-là des centaines de fois sous votre plume. Surtout pour louer le talent de notre célébrissime Carolus-Duran. Il a vos faveurs.

Anatole se redressa.

— Et alors, où est le mal ? Oui, je l'admets, c'est un peintre sérieux dont je parle souvent. Mais il le mérite, il respecte la forme. Son geste est joli, fin, modelé et – voyez, je n'hésite pas à employer le mot qui vous fait sourire – il est habile, très habile.

— Certes, surtout pour faire parler de lui, reprit Mathilde. Peindre sa jeune et séduisante femme en train d'enlever son gant, c'est d'une habileté incroyable, je le conçois.

— Nous y voilà ! s'exclama Anatole. Je ne comprends pas le scandale qu'a fait ce tableau. Qu'y a-t-il à redire ?

— Tout. Il y a tout à redire, répliqua Mathilde. Jusqu'où iront les artistes pour se faire remarquer ? Si Carolus-Duran peint sa femme enlevant son gant tout en regardant dans les yeux le spectateur d'un air provocant comme si elle commençait un long déshabillage, jusqu'où ira le prochain pour qu'on parle de lui, hein ?

Anatole leva les yeux au ciel, signifiant par là qu'il venait d'entendre une monstruosité. Il frisa sa moustache fine du bout de ses doigts interminables en affichant un air dédaigneux.

— Mais qu'est-ce qui vous prend ? Mme Carolus-Duran enlève un gant et alors, la belle affaire !

— Comme vous dites si justement, Anatole : la belle affaire ! C'est précisément ce que semble nous dire son mari en nous la montrant ainsi. C'est une mise en vitrine, comme s'il cherchait pour elle un acquéreur. Et vous savez comment on appelle une femme dans une vitrine, cher Anatole ? Je ne vais pas vous faire un dessin.

Outré, le critique se redressa.

— Ma chère, que vous arrive-t-il ? Vous insultez la femme d'un de nos plus grands maîtres, c'est indécent, c'est...

— Ne vous fatiguez pas, coupa Mathilde avec un sourire en coin, je n'insulte personne. Je vois ce qu'on me montre et j'appelle un chat, un chat, c'est tout. M. Carolus-Duran voulait qu'on parle de lui et il a usé d'un sujet vieux comme le monde.

Louise de Brantes ne savait que dire. Surprise du tour pris par la conversation, elle se collait au dos du canapé comme pour s'extraire de ce débat qui partait dans une drôle de direction. Mais elle ouvrait grandes ses oreilles car le tableau en question avait beaucoup fait jaser dans sa propre famille. De tradition aristocratique, l'art du portrait était pour Louise plein de sens. En montant le grand escalier du château familial, elle avait toujours eu sous les yeux les portraits de ses ancêtres. Depuis sa toute petite enfance, elle s'était familiarisée avec les visages lointains et cette proximité régulière avait créé un attachement réel. Elle aimait les siens, et même une fois disparus, grâce à ces portraits, ils étaient vivants en elle. Elle les côtoyait et pouvait leur donner un visage et un nom. Enfant, en montant l'escalier pour aller se coucher, elle avait posé des questions, sur un tel qui avait une drôle de perruque blanche, ou une telle qui avait un gros nez et cette autre dans sa belle robe. Ainsi, au fil des années, elle avait fait la connaissance de Louis, d'Hélène, de Gustave, et tissé les fils qui la reliaient au passé. Il y avait une continuité dans ces visages et dans la façon dont les peintres des XVIIe et XVIIIe siècles les avaient représentés. Grâce à leur présence, Louise savait d'où elle venait et elle s'en sentait heureuse, fortifiée. Mais le monde changeait. Après la Commune, après les violences sociales et la guerre de 1870, les certitudes étaient balayées. On vivait au présent et l'image que l'on donnait de soi s'en trouvait modifiée. Des hommes au talent académique comme Bonnat ou Morot perpétuaient le traditionnel portrait de famille mais un glissement irréversible s'était opéré. L'inquiétude se lisait désormais dans les regards et le peintre prenait des libertés avec l'Histoire. Sa clientèle changeait et s'élargissait. Tout grand bourgeois, tout mondain voulait son portrait car il était le signe triomphal de sa réussite et les femmes couraient les ateliers pour obtenir au bas de leur image l'une des signatures les plus cotées, celle de Carolus-Duran, Madeleine Lemaire, Boldini, Sargent, Helleu Alexandre de la Gandara ou plus tard Philip de Lazlo. Fini la discrétion et la modestie ! Les représentations se faisaient lyriques. Embellir, sublimer, il fallait plaire, exalter, et ces dames étaient toujours longilignes, racées et nostalgiques.

Le portrait de Mme Carolus allait encore plus loin. Il mettait en relief une notion nouvelle : le rôle de l'argent et de la sexualité. C'est dire le bruit qu'il fit !

— Comparer Mme Carolus à une prostituée ! Vous divaguez, s'insurgea Anatole de Montaiglon en se levant du canapé, je ne puis en écouter davantage.

— Calmez-vous, mon ami, lâcha Mathilde blasée, il faut bien se distraire un peu dans ces soirées. Ne vous piquez pas pour si peu, vous savez bien que j'ai raison.

— Rien du tout, je ne sais rien du tout. Où voyez-vous une femme en « vente » dans ce tableau si élégant ?

— Nulle part, mon cher ami, nulle part. C'est là toute l'astuce de Carolus, il suggère et c'est imparable. On n'avait pas encore osé...

Louise n'en perdait pas une miette.

— ... D'ordinaire, pour faire scandale, nos grands artistes dénudent des modèles, femmes sans importance à leurs yeux. Voyez Manet avec son *Déjeuner sur l'herbe*. Il a mis Victorine nue sur l'herbe entre deux hommes bien habillés et il a réussi son coup : on n'a parlé que de ça pendant des jours et des jours. Carolus nous sert sa propre femme, et on frémit de son audace, on s'émerveille.

La tante Mathilde avait haussé le ton et un petit groupe s'était formé.

— De quoi s'émerveille-t-on ? questionna une jeune actrice en vue, désireuse de se tenir au courant.

— Pas de vous, ma chère, soyez rassurée... lâcha avec indélicatesse un homme rondouillard qui, coupe de champagne à la main, avait suivi la fin de la conversation.

Cassignol avait encore en travers de la gorge le petit-four de chez Mathilde et depuis un moment il cherchait à placer quelque pique.

— ... C'est vous qui dites qu'on s'émerveille, ma chère Mathilde, et d'où tenez-vous vos informations ? J'ai entendu ici et là, dans des conversations masculines qui échappent à votre sagacité, quelques remarques peu favorables. Deux messieurs dont je tairai les noms disaient qu'il valait mieux que Mme Carolus n'enlève que son gant car, à part ses mains et son visage, il paraîtrait que le reste n'est pas terrible. Et vous parlez d'émerveillement ! Voyez comme vous vous trompez ! Vos informations de potins seraient-elles en baisse ?

— Je ne fais pas dans le ragot, cher ami, répliqua Mathilde et je constate que la mode est lancée.

Effectivement, Mme Carolus-Duran en train d'enlever son gant avait lancé la mode. Depuis le scandale de ce tableau, toutes ces dames adoraient se donner un genre. Mimiques de séduction, provocations permanentes par le détail d'un geste, enlever un gant, ouvrir une ombrelle, découvrir un pied, il y avait tout un cérémonial qui faisait fureur. On appelait cela « faire la Parisienne ».

C'est à ce moment que Louise de Brantes intervint :

— Si je puis me permettre... ce portrait est séduisant et il m'aurait beaucoup plu enfant car je n'y aurais vu aucune malice. J'aurais même été heureuse de le voir au milieu des visages sévères de la galerie de famille. Mais je suis sûre que cela n'aurait pas été une bonne chose pour moi. Je l'aurais regardé davantage et il m'aurait peut-être donné le goût de la « pose », qui est une chose très gaie, je n'en doute pas, mais qui est pleine de perversions. On pose pour jouer et on finit par croire au personnage qu'on joue.

Il y eut un long silence interrogatif.

— Tous les portraits ne sont pas faits pour garnir des galeries d'ancêtres ! trancha alors Anatole de Montaiglon. Les portraits de famille sont d'un ennuyeux. Enfin de la variété, de la légèreté ! Soyons modernes !

Anatole avait lancé ce dernier mot dans un grand élan de confiance envers cet avenir pictural qu'il voyait plein d'insolence et de vie. Lui qui tout à l'heure fustigeait les impressionnistes et ne jurait que par l'académisme des anciens, voilà que sur le terrain du portrait il changeait de point de vue.

— Et si on parlait de vous plutôt que de Mme Carolus-Duran ? ajouta Mathilde avec malice. Ça changerait.

Saisissant opportunément une coupe de champagne qu'un serveur lui présentait, Anatole se leva du canapé où il s'était assis et s'éloigna avec un haussement d'épaules fatigué.

— Méfiez-vous, Mathilde, à force, vous allez vous créer des inimitiés.

— Allons donc, mon cher Cassignol, fit-elle en se retournant vers son interlocuteur, vous-même, que je n'ai jamais ménagé, vous êtes toujours revenu après une petite bouderie.

— C'est vrai, concéda bonnement le critique, mais je relativise vos excès. Tout le monde n'est pas aussi indulgent que moi.

Mathilde sourit. Cassignol lui signifiait élégamment que, si ses remarques sur l'art amusaient la galerie, elle ne rentrerait jamais dans la cour de ceux dont l'avis compte.

— Ce que je ne comprends pas, Mathilde, lui avoua Louise de Brantes quand elles furent à nouveau seules, c'est votre besoin de « moucher » tout le monde...

— Ah ! permettez, Louise, pas tout le monde. Juste les arrogants. Et nous en avons de belles brochettes dans ces soirées. Je ne sais combien d'années il me reste à vivre et j'ai trop longtemps gardé au fond de moi ce que je pensais. Il est temps de me faire plaisir !

Louise ne put s'empêcher d'acquiescer en souriant. Mais tout de même, sa vieille amie avait la dent dure. Pourtant elle n'insista pas, c'est ainsi que dans son milieu on lui avait appris à vivre.

Pendant ce temps, la fête avait trouvé son rythme et les invités allaient des uns aux autres dans un mélange de négligence et d'excitation, de regards complices, de discussions ferventes, de danses. Mathilde et Louise observaient ce ballet étourdissant, piochant assez d'anecdotes pour nourrir leurs conversations jusqu'à la prochaine sortie. L'odeur persistante des roses manqua les étouffer souvent mais, près d'elles, la fenêtre entrouverte laissait fort heureusement passer un air frais qui leur faisait du bien. La nuit touchait à sa fin. Une lueur bleutée tombait à l'extérieur sur le perron de pierre et les premiers invités commençaient à repartir quand un homme vint chercher un peu d'air frais. C'était le violoniste. Il prit quelques grandes inspirations et se tourna vers les deux amies :

— Excusez-moi, Mesdames, fit-il d'une voix veloutée, en souriant, mais j'ai cru périr sous les roses.

— Vous n'aimez pas les fleurs ? répliqua Mathilde, agacée.

— Bien sûr que si, je les adore. Mais comprenez-moi, sous l'enivrant parfum des fleurs de femmes, les hommes courent de graves dangers. Ils risquent leur vie...

Il laissa sa phrase en suspens. Mathilde s'était raidie cependant que Louise, aimable, lui rendait son sourire. Il prit alors une dernière inspiration et, avant de s'éloigner, laissa tomber cette conclusion mystérieuse :

— ... comme les pauvres damnés d'Héliogabale.

— D'hélio... quoi ? Qu'est-ce qu'il a dit ? demanda Louise ahurie.

— D'Héliogabale, répondit Mathilde, pensive.

Elle expliqua à Louise qu'Héliogabale était un empereur romain qui avait voulu éblouir tout le monde pour une fête. Il avait chargé les plafonds des salles de son riche palais de pétales de roses emprisonnées sous des toiles. À son signal, des serviteurs libérèrent les toiles pour faire choir les pétales sur les invités, mais la mesure avait été tellement dépassée que plusieurs d'entre eux, exténués par les excès de la fête, périrent étouffés. Cette extravagance contenait les ferments de la chute de Rome. À cause de ces fous, l'Occident perdit longtemps le goût des fleurs. Elles furent interdites et leur utilisation bannie. Perverties par les hommes, elles étaient devenues signes de débauche, de déchéance.

Louise n'en revenait pas.

— Les fleurs symboles de décadence et de débauche ! Jamais je n'aurais imaginé pareille hérésie.

— Et pourtant, précisa Mathilde, l'Église a longtemps banni la fleur en souvenir de ces orgies romaines. Heureusement, dans les monastères, les moines cultivèrent celles qui avaient des vertus médicinales et, petit à petit, elles revinrent fleurir les églises. Mais il fallut du temps, beaucoup de temps... (*Elle plissa le front.*) Ces idiots avaient fait des dégâts avec leur démesure. Ils ne voulaient pas des fleurs pour leur beauté mais pour manifester une puissance. Rien à voir avec le décor de Madeleine. Je trouve la remarque de cet inconnu mal venue. Je l'avais bien senti, il n'est pas clair celui-là.

— Pourtant il joue si bien du violon ! soupira Louise.

Un couple de jeunes danseurs passa en riant, fatigué et heureux.

Dehors, dans le bleu de la nuit finissante, la lune s'évanouissait. On sentait l'aube venir et le cœur des deux vieilles amies se serra sans qu'elles sachent trop bien d'où leur venait cette mélancolie de fin de bal.

5

Par-delà les fenêtres, il y avait à l'horizon un ciel radieux plein de promesses qui n'étaient pas pour elles. Voilà ce que pensait Alba en regardant sa mère tordre ses doigts sur le fer des baleines de corset, dans leur chambre coincée sous les toits, là où le soleil ne pénétrait jamais que de biais, et fort tard, juste avant de décliner derrière les hauts immeubles de pierre.

— Mon Dieu ! Où êtes-vous ? hurlait Alba en silence, les yeux secs.

Le déménagement à Paris avait créé dans sa vie et celle de sa mère une rupture plus dure qu'elles ne l'avaient imaginé. Elles qui, dans le train, avaient naïvement rêvé de paradis... Quelle désillusion ! Sœur Clotilde n'avait pas menti en disant qu'il y avait beaucoup de travail à la capitale, mais dans quelles conditions ! Au fond de chaque mansarde et à l'arrière des cours, il y avait des familles fragiles, des hommes et des femmes seuls, prêts à tout faire et pour pas cher. Travailler du neuf était un luxe rare. Louise dut se contenter de réparer pour une boutique de vieux corsets d'occasion qu'on lui portait en tas.

— Voilà mesdames, avait lancé le jeune garçon envoyé par la boutique en jetant au sol le drap lourd qu'il portait noué sur l'épaule. Y a du boulot pour huit jours et n'oubliez pas, je repasse vendredi !

Et il était reparti en décochant à Alba son plus large sourire. Louise se dépêcha de refermer la porte puis elle défit le nœud du drap plein à craquer. Les corsets roulèrent au sol et s'étalèrent, avachis, éventrés, laissant entrevoir dans les craquements de leurs coutures défaites l'horrible fer des baleines rouillées. Une odeur nauséeuse emplit la pièce. Ils empestaient un mélange de parfums tournés et de sueurs âcres. Louise crut suffoquer.

— Ça ! Des corsets !

Sa gorge se noua.

Que dire et que faire devant ce tas d'étoffes sales et informes qu'on lui demandait de faire revivre de ses doigts ? Où en trouverait-elle l'énergie ? Le jour de leur arrivée, pour ne pas laisser la moindre parcelle de découragement les envahir, elle avait entraîné Alba dans un nettoyage énergique et vivifiant. Elles partageaient ce sens inné de l'action qui sauve et elles avaient frotté, lessivé à genoux un parquet noir de crasse, monté et descendu quantité de seaux d'eau jusqu'à ce qu'il ne reste plus que le blanc sec des fibres de bois. La cire était trop chère et il avait fallu s'en passer mais au moins tout sentait le propre et cela faisait tellement de bien ! Elles savaient que leur force venait du lien qui les unissait et le découragement n'était pas au programme de leur vie.

Mais quand ces corsets impudiques vinrent s'échouer dans leur chambre, ce fut comme si se déversaient les désastres humains. Les habits en avaient l'apparence déchue et l'odeur atroce. Ils balayèrent d'un coup les dernières résistances de Louise qui s'effondra en pleurs, et provoquèrent chez Alba un choc violent. Surmontant son dégoût, elle replia les vieux corsets à l'intérieur du drap, les poussa dans un coin et ouvrit grande la fenêtre. Puis, d'un geste d'une tendresse infinie, elle embrassa sa mère et lui parla d'une voix douce, trouvant instinctivement les mots qui rassurent. Louise se laissa bercer. C'était si doux de s'abandonner. Elle trouva le courage de sourire entre ses larmes.

— Ma petite fille, j'oublie que tu es devenue une jeune femme maintenant. Tu es aussi grande que moi et c'est toi qui me consoles.

Elle essuya son visage d'un revers de manche.

— ... quelle idiote je fais ! Ne t'inquiète pas, j'ai eu un mauvais moment, c'est tout. C'est déjà passé.

Les mots avaient calmé la peine mais le découragement était profond et elles restèrent ainsi immobiles jusqu'à la nuit, enlacées et silencieuses.

Du jour de sa naissance à ce jour d'été où elle avait quitté la ferme dans les bras de sa mère, rien n'avait existé pour Alba. La vie de sa toute petite enfance au moulin s'était effacée de sa mémoire. C'était il y a si longtemps, l'oubli avait tout recouvert.

Comme un rideau que l'on déchire violemment, Alba revit la cour et la boue du moulin, la barrière de bois et la silhouette de sa mère qui s'éloignait en agitant la main, le visage inondé. Elle entendit nettement ses pleurs déchirants. En un éclair, elle revit tout de ces années de misère, de faim et de froid. Elle sentit la boue puante de la cour s'écraser sous ses pieds nus d'enfant et elle retrouva dans sa bouche le goût âcre de la pâte épaisse qu'elle volait dans l'auge à cochons. La peur lui tenaillait le ventre mais la faim plus encore, et elle crut sentir sur sa peau le souffle du groin hideux qui brûlait sa petite main. Dans ses oreilles, elle entendit siffler le vent des nuits d'hiver qui s'engouffrait sous la porte du moulin jusque sous l'escalier où elle avait son lit de paille. Ce vent la terrorisait ! Elle était si petite... Un frisson la parcourut tout entière. Quel était ce monde qui revenait à la surface ? D'où venaient ces souvenirs angoissants ancrés dans sa chair ?

Oublier, il fallait oublier. Depuis cette nuit-là, il n'y avait pas une seule minute où elle ne réfléchissait à la manière de se libérer du poids de son passé. En ce moment même où tout son être hurlait en implorant le Seigneur, elle y songeait encore. Rien pourtant dans son apparence calme ne laissait supposer le feu qui brûlait en elle. Au contraire, absorbée par sa tâche, elle semblait parfaitement sereine. Assise à la table près de sa mère qui cousait, elle peignait minutieusement le dessin d'un entrelacs de clématites et de liseron des champs aux couleurs variées sur un magnifique éventail de soie naturelle. Alba avait dessiné ce motif pour les broderies des sœurs. Le décor floral était à son apogée et celui-là avait tellement plu aux dames qui venaient faire broder leur linge que l'une d'elles avait à tout prix tenu à avoir le même motif sur un éventail-bijou en nacre et bois des îles, qu'elle avait fait réaliser par un jeune ouvrier éventailliste dont ces dames se disputaient le travail : à quatorze ans, Désiré Fleury était capable de percer plus de deux cent cinquante-six trous dans la nacre des montures, la transformant en un tulle d'une légèreté inouïe ! Il travaillait pour de grands éventaillistes comme Develleroy et Kees qui avaient bâti une véritable fortune grâce à ces petits accessoires. Mères et grands-mères, jeunes et petites filles, riches ou pauvres, les femmes avaient la folie de cet objet plein de fantaisie. Pour le matin, le soir, les jours de fête, il existait des éventails de toutes sortes. Le « plein vol », qui s'ouvrait en demi-cercle, le « ballon », de forme ronde, et le modèle « à la Fontange » tout en hauteur, sans compter les éventails à système qui cachaient des miroirs, des carnets de bal, et même des nécessaires à coudre. Rien ne pouvait arrêter cette frénésie et c'était même devenu un défi pictural tel que les plus grands peintres en décoraient. Les éventaillistes français jouissaient d'un prestige mondial et ouvraient des succursales à l'étranger.

— Regardez, avait dit Kees ébloui en venant livrer la monture de Désiré à sœur Clotilde. Ce travail est exceptionnel.

Et d'un seul geste professionnel, il avait déplié le modèle « plein vol » qui s'ouvrait en demi-cercle. On eut dit une dentelle de Chantilly.

— Le prix de cette monture est exorbitant, je vous confie le décor des soies. Mme de Veillac s'est entichée du motif de fleurs réalisé par votre jeune dessinatrice. Personnellement je pense que cette jeune fille manque d'expérience. Mais bon, la cliente est reine et je m'incline. Seulement faites attention...

Sur ces paroles lourdes de menaces l'éventailliste était reparti, flanqué d'un serviteur qui devançait le moindre de ses besoins, ouvrant les portières à sa place et donnant les ordres au chauffeur.

— M. Kees a soixante employés et devant sa boutique il y a même un groom, avait expliqué sœur Clotilde à Alba. Il est très riche et il ne faudrait pas le décevoir, il fait de nombreuses commandes, et notre congrégation a grand besoin de lui.

Alba repensait à ces paroles et son pinceau glissait délicatement le long d'une tige de clématite, allongeant sur la soie tendue entre les montants de nacre un vert émeraude d'une fraîcheur de printemps. En parlant du jeune Désiré, M. Kees avait dit ces mots inquiétants :

— Il ne pourra pas faire longtemps des pièces pareilles, je dois en profiter tant qu'il est jeune et qu'il voit. On devient vite aveugle dans le métier. Bientôt je devrai lui trouver un remplaçant.

Éloignant son visage de son dessin, Alba penchait la tête et fermait les yeux à moitié pour mieux juger de l'effet.

« Et moi, se disait-elle intérieurement, est-ce que je pourrai peindre longtemps, est-ce que mes yeux ne me trahiront pas un jour comme ceux des éventaillistes ? »

C'est alors que le drame se produisit. Louise se coupa avec le fer rouillé d'une baleine de corset que l'usure avait rendu aussi tranchant qu'une lame et un jet de sang vint s'écraser sur l'éventail, éclaboussant le chef-d'œuvre de Désiré. L'éventail était irrémédiablement perdu. Louise ne vit rien du désastre, elle courut à l'évier et entortilla son doigt dans un chiffon pour arrêter le sang qui en jaillissait.

— Saletés de baleines ! Encore une ! J'en ai assez, je ne veux plus les voir, je ne veux plus en coudre une seule !!!

La douleur l'avait mise hors d'elle. Son visage était blême et elle serrait les dents tout en maintenant le chiffon contre son doigt. Elle détestait se mettre dans des états pareils car elle en sortait plus épuisée qu'autre chose.

Alba était restée bouche bée, pinceau en l'air, saisie. Le visage de M. Kees lui apparut, grimaçant. Qu'allait devenir la congrégation de sœur Clotilde ?

Louise revint vers la table et vérifia ses corsets. Ils n'avaient rien.

— Heureusement, fit-elle tout en continuant son inspection, la marchandise n'est pas gâchée. Il ne manquerait plus que ça !

En entendant ces derniers mots, d'un geste vif et sans que sa mère ait le temps de rien voir, Alba fit disparaître l'éventail maculé de sang sous la table. Elle n'avait aucune idée de ce qui allait se passer avec M. Kees et la riche propriétaire de cet objet mais elle était sûre d'une chose : sa mère avait assez souffert.

Dans la nuit qui suivit, Alba se leva et alla chercher l'éventail.

Délicatement, à l'aide d'un couteau très pointu, elle gratta le sang qui s'était coagulé sur les montants de nacre. Ce fut un travail plus long que prévu, les montants étant si dentelés qu'elle dut s'aider d'aiguilles fines pour enlever le sang de certains trous plus étroits que des têtes d'épingle. N'importe qui d'autre aurait abdiqué devant l'ampleur de la tâche, mais l'endurance d'Alba était exceptionnelle, et elle en vint à bout. Elle récupéra la dentelle de nacre parfaitement, jusqu'à ses fils les plus ténus. Ce fut un tour de force inespéré. Elle travailla toutes les nuits de la semaine. Quiconque l'aurait vue ainsi, obstinée, grattant millième de millimètre par millième de millimètre sans jamais émettre le moindre signe de fatigue ou de découragement, aurait été fasciné, troublé même par cette minutie et cette obstination extrêmes. Alba avait placé dans la récupération de cet éventail un enjeu qui dépassait, et de loin, l'objet lui-même : elle avait décidé de faire basculer le destin.

Pour cela, elle avait choisi d'utiliser la seule chose qu'elle possédait, ce don qui faisait naître de ses doigts des dessins miraculeux.

Sous la clarté de la lune, les taches de sang avaient des formes étranges. Alba se sentait capable d'égaler les forces du Seigneur et, ce que Dieu n'avait pas créé, elle allait le faire naître de son imaginaire et l'imposer aux yeux de tous. M. Kees, la riche propriétaire, sœur Clotilde et même la congrégation tout entière, plus rien ne lui faisait peur. Cette nuit-là, habitée d'une volonté farouche, elle se mit à peindre avec une ferveur quasi divine, faisant naître de son pinceau les plus étranges corolles qui aient jamais existé.

Au matin, quand Louise vit l'éventail qui séchait, elle ne put retenir un cri. Le ravissant accessoire de nacre et de soie avait perdu toute sa délicatesse, les fleurs d'Alba l'avaient transformé en un objet étrange et fascinant.

— Comme c'est... beau ! fit Louise ne sachant trouver le mot exact qui aurait convenu. Mais où as-tu pris le dessin de ces fleurs si curieuses ?

— Là, fit Alba en pointant du doigt le sommet de son crâne.

Louise sourit, intriguée et émerveillée du talent de sa petite. Jamais elle ne devait savoir ce qui s'était véritablement passé.

6

Dans le cabriolet qui roulait sur le boulevard, Madeleine lisait à Eugénie de Veillac l'article que *L'Illustration* venait de consacrer à sa soirée et à son université des arts. Mais Eugénie avait la tête ailleurs.

— J'ai hâte d'avoir ton avis sur le décor de mon éventail. J'ai eu un coup de cœur pour ce dessin si délicat de clématites et de liseron. Je suis sûre que tu vas l'adorer, peut-être même l'adopter, pour une parure de lit par exemple. Cela te changera des roses !

Comme nombre de ses amies qui couraient les fêtes et les soirées, l'essentiel de l'activité d'Eugénie de Veillac consistait à se mettre en scène. Ses journées passaient à déposer des cartes de visite de tous côtés et à aller de rendez-vous de couture chez Worth en rendez-vous de bottier ou de coiffeur. Quand elle n'était pas chez son chapelier ou chez sa corsetière. Justement, elle arrivait de chez le fourreur qui lui fabriquait une pelisse de renard roux en prévision de l'hiver et, comme elle allait ce soir au bal de la princesse Léon, elle voulait à tout prix récupérer au couvent des ursulines cet éventail qu'elle n'avait pu avoir à temps pour la fête de Madeleine. Kees lui avait annoncé un prix exorbitant pour le travail de la nacre et, sur un coup de tête, elle avait accepté de confier cette merveille au pinceau de cette jeune inconnue dont elle n'avait pu voir qu'une seule aquarelle.

— Il faut un peintre de renom pour un objet pareil, avait dit Kees, vous prenez des risques.

Mais Eugénie avait maintenu, elle adorait avoir ce genre d'audace. « Oser » était un maître mot dans son univers, il fallait en matière d'art faire quelques folies. Cela vous situait au rang des femmes d'avant-garde. Seulement l'affaire tardait. Sœur Clotilde lui avait dit que la jeune fille n'avait pas tout à fait fini et, non sans une certaine inquiétude, elle avait accepté d'attendre jusqu'à ce jour.

— Dernière limite, avait-elle menacé en pointant le bout de son doigt ganté.

Sœur Clotilde avait promis.

La voiture venait de s'arrêter devant le couvent et Eugénie s'apprêtait à en descendre, ce qui n'allait pas sans un certain cérémonial. Louise de Brantes avait raison, Mme Carolus-Duran avait fait des émules dans la minauderie. Eugénie prit son ombrelle de dentelle noire puis, d'un geste savamment calculé, elle releva délicatement le pan de sa robe à tournure bleue, découvrant un pied gainé de soie beige dans une chaussure en agneau clair d'une finesse exquise. Ensuite, aidée de son ombrelle, elle s'appuya sur le marchepied de cuivre et descendit enfin.

— Allons Madeleine, dit-elle, tu liras cet article plus tard. Dépêche-toi, j'ai hâte, tu me retardes !

Madeleine soupira et replia le journal.

Au couvent, la jeune novice les conduisit le long d'un couloir austère, très haut, éclairé par des vitrages placés au ras du plafond, de sorte qu'on ne pouvait voir l'extérieur. Madeleine regardait la coiffe immaculée de la novice et le mouvement régulier des plis lourds de sa robe ivoire sur les dalles du sol. Elle avait pour les sœurs un respect profond mais elle n'aimait pas la rigueur des couvents et n'était pas sensible aux lignes pures de leurs vêtements. Il y avait dans ces lieux coupés du monde quelque chose qui l'angoissait, la rebutait même. Elle interrompit là ses réflexions car la novice venait de les faire entrer dans une salle où sœur Clotilde les attendait avec Alba. À la raideur et à la pose crispée de la jeune fille, Madeleine devina qu'il s'était passé quelque chose. Sœur Clotilde semblait très embarrassée.

— Madame de Veillac, votre éventail est là mais...

Alba ne la laissa pas terminer sa phrase. Elle s'avança :

— J'ai pris l'initiative de changer le décor, dit-elle d'un ton sûr. À bien y réfléchir je le trouvais trop fade.

Et, sur ces paroles stupéfiantes, elle ouvrit l'éventail d'un claquement sec.

Déstabilisée, Eugénie esquissa un sourire qui se tordit en une vilaine grimace. Où était passé le gracieux entrelacs de clématites et de liseron qu'elle avait commandé ? Sœur Clotilde était dans ses petits souliers. Devant la grimace d'Eugénie, Alba était devenue toute pâle. Madeleine sentit venir le désastre. Sans trop savoir ce qui la motivait, elle s'extasia :

— Oh, quelle merveille ! fit-elle en prenant l'éventail des mains de son amie pour le détailler de plus près. Ce décor est exceptionnel, mademoiselle, d'une originalité sans pareille. Et quelle réussite dans l'asymétrie ! Il fallait oser, c'est remarquable. Quel âge avez-vous ?

— Dix-huit ans, répondit Alba dans un souffle.

— Vous êtes très douée, enchaîna Madeleine tout en lui tendant une carte de visite. Venez chez moi après-demain, je viens d'ouvrir une université des arts et je sélectionne des élèves. Si cela vous dit, on ne sait jamais.

Le discours de Madeleine avait tué dans l'œuf la crise qu'Eugénie s'apprêtait à faire. Après un moment de stupeur, retournée par l'enthousiasme de Madeleine, elle s'empressa de trouver « un ton et une modernité époustouflants » à ces étranges fleurs rouge sombre. Il ne fut plus question que du talent d'Alba et elle en profita pour passer commande d'une parure de lit.

Sœur Clotilde poussa un discret et très profond soupir de soulagement : la réputation du couvent était sauvée. Elles n'étaient pas passées loin de la catastrophe.

— Tu sais, dit sœur Clotilde à Alba quand les deux femmes furent parties, les Chinois disent que « vue d'en haut, la montagne n'est pas la même que vue d'en bas ». Souviens-t-en. Tu es sortie victorieuse de cette affaire mais... le drame n'était pas loin !

Alba ne saisissait pas très bien la signification du proverbe de sœur Clotilde mais elle venait de comprendre une chose capitale.

Si elle avait pleuré ou gémi, elle aurait été perdue. C'est son assurance qui l'avait sauvée.

On pouvait réussir à changer le cours de son destin. Jamais elle ne l'oublierait.

7

— Ah ! vous voilà, je suis heureuse que vous vous soyez décidée. Venez vite, les autres sont déjà arrivées.

Quand elle franchit pour la première fois la porte de l'hôtel particulier de Madeleine Lemaire et, qu'à sa suite, elle traversa le hall et le grand salon pour arriver à l'atelier, Alba eut le souffle coupé par ce qu'elle découvrit.

Ses pieds foulèrent avec stupéfaction les lourds tapis chamarrés à motifs d'indienne et elle respira une odeur qu'elle n'avait jamais sentie auparavant. Elle sut immédiatement que cette odeur faite d'effluves multiples et raffinés était celle de la richesse. Odeurs de bois, de cires, de parfums et de fleurs. Odeurs du luxe. Elles traversèrent le salon, passèrent de hautes portes sculptées à double battant qui desservaient une succession de pièces aux murs recouverts de tissus et de gravures, chargées de vases, de bibelots et de statues. Écrasée par tant d'opulence, Alba ressentait comme un vertige intérieur.

« Où suis-je, se disait-elle, dans quel monde ? Ces cours, cette université, ce doit être payant, hors de prix, je me suis précipitée sans réfléchir. Comment vais-je faire, qu'est-ce que je vais dire ? »

De son côté, Madeleine avait espéré qu'Alba ne viendrait pas, se doutant qu'elle ne pourrait pas payer les cours. Au couvent, elle n'avait pas voulu que les caprices d'Eugénie créent un drame et puis elle avait été sincèrement impressionnée par la peinture sur l'éventail. C'était un travail étrange qui dénotait un réel talent.

« Après tout, tant pis, pensa-t-elle en jetant un coup d'œil à Alba qui la suivait, si elle veut rester, je la garde. Même sans payer. »

— Voilà, nous y sommes, dit-elle à haute voix en désignant dans son atelier une chaise libre sous la grande verrière emplie de plantes vertes, de toiles et de peintures diverses. Entrez, Alba, maintenant nous sommes au complet, je vais pouvoir commencer.

Une vingtaine de jeunes filles à la mise raffinée arrêtèrent leur bavardage. Alba s'installa rapidement et Madeleine se lança dans une longue explication des cours qu'elle allait donner. Elle parla des professeurs prestigieux de l'Académie qui interviendraient, des sujets d'étude qu'elle privilégierait comme les « fleurs » et les portraits, et elle termina en disant que la peinture lui avait apporté « ce que rien d'autre ne lui avait donné : le bonheur et la liberté ».

— Ce n'est pas par hasard qu'on me surnomme l'« Impératrice des roses », car c'est avec mes peintures de ces fleurs que j'ai acquis tout ce qui est dans cette maison et ces murs eux-mêmes. Apprenez comme moi à ne compter que sur vous, même si cela ne vous semble pas indispensable. Il y a dans la vie des coups du sort qu'on ne peut pas prévoir...

Alba n'entendit pas la fin de la phrase. Son regard fixait un tableau de l'aquarelliste, un jeté ruisselant de roses pâles impressionnant de maîtrise technique et de minutie. Les mots et les idées tournaient dans sa tête. Elle avait bien compris qu'on pouvait gagner sa vie avec des dessins, sœur Clotilde le lui avait expliqué. Mais accumuler une telle fortune rien qu'en peignant des roses, ça, Alba ne l'aurait jamais envisagé.

Les élèves se levèrent, créant un léger brouhaha.

Madeleine dit un mot à chacune puis s'approcha d'Alba qui, sous le choc de sa découverte, affichait un visage hébété.

— Mon exposé ne vous a pas plu, dit Madeleine, vous ne voulez pas venir à mon université ?

— Oh si, bien sûr, s'empressa de répondre Alba, je veux... je veux apprendre avec vous mais je ne sais pas si je pourrais... enfin si le prix...

— Ne vous inquiétez pas pour ça, on s'arrangera. En échange, vous décorerez des commandes d'éventails que je n'ai pas le temps de faire. Soyez là au premier lundi de septembre, j'ouvre les portes à 9 heures. Venez avec votre matériel, nous ferons le point.

— Le matériel ?

— Eh bien oui, vous avez bien de quoi peindre ?

— Euh, oui oui bien sûr, enfin j'ai quelques pinceaux et des gouaches.

— C'est tout ?

— ...

— Bon, ça ne fait rien, venez avec ce que vous avez.

Alba remercia et s'échappa sans demander son reste, courant pour traverser au plus vite le grand salon puis le hall.

C'était l'après-midi, au cœur de l'été. La pierre grise des avenues avait emmagasiné l'intensité des lourdes chaleurs et la restituait comme dans un four. Le feu montait du sol et tombait du ciel, écrasant dans son étau les rares passants qui cherchaient l'ombre vaine des porches.

Alba longea les avenues et rentra chez elle sous ce soleil de plomb. La chaleur avait vidé la ville. Elle marchait lentement, indifférente à l'intensité de la fournaise.

Elle avançait avec, dans sa tête, une idée qui allait devenir obsessionnelle : devenir elle aussi une « Impératrice des roses ».

— Je les peindrai si parfaitement qu'on les croira véritables et on paiera mes tableaux à prix d'or. Moi aussi j'achèterai une belle maison pour maman. Elle y sera à l'abri pour la vie entière et plus jamais elle n'aura à coudre un seul corset. On y vivra toutes les deux, il y aura de la lumière ! Plus jamais du sang ne coulera de ses doigts !

Alba était méconnaissable. Tête droite, elle marchait d'un pas sûr, prête à dévorer le monde.

Juste au même instant, à l'autre bout de Paris, Madeleine poussa un cri. Elle réajustait le bouquet de roses qu'elle était en train de peindre quand une épine s'enfonça au bout de son doigt. Une goutte de sang rouge vif perla.

— Qu'est-ce qui t'arrive maman, tu t'es fait mal ?

Suzanne venait d'entrer.

La fille de Madeleine avait à peu près le même âge qu'Alba mais, contrairement à cette dernière, tout en elle dénotait l'aisance d'une vie protégée. Son sourire, sa voix posée et ce timbre sensuel et suave, un peu étiré, épargné par les peurs de la vie. La mort de son père était survenue alors qu'elle n'était encore qu'un nourrisson et, autour d'elle, tout le monde avait redoublé d'amour. On ne pouvait s'empêcher d'admirer le doux contour de ses traits et la jeune fille connaissait le pouvoir de sa beauté.

— Rien de grave, ma chérie, juste une éraflure, répondit Madeleine en tendant les bras vers sa fille. Mais toi, dis-moi, où vas-tu pour être si apprêtée ?

Suzanne s'avança tout en prenant soin de protéger les dentelles de son ravissant chemisier et d'éviter le contact du mouchoir taché que sa mère serrait au bout de son doigt. Madeleine sourit, elle savait que si sa fille venait à cette heure de l'après-midi avec une aussi élégante toilette, c'est qu'elle avait une permission de sortie à lui demander.

— Isabelle m'a invitée à passer prendre le thé, fit Suzanne de sa voix pleine de charme, et après on ira sans doute faire quelques boutiques car elle veut choisir du cuir pour des bottines...

— Qu'est-ce que tu me chantes ? répondit Madeleine méfiante. Choisir du cuir en ce moment ? Le carnet de commandes de M. Bally est rempli depuis plus d'un mois, souviens-toi le mal qu'on a eu à ce qu'il accepte de faire les tiennes.

Suzanne rougit et bafouilla quelques arguments bancals sur cette visite au bottier mais comme Isabelle de Baillancourt était une amie à laquelle Madeleine tenait pour sa fille, elle finit par accepter la promenade de Suzanne.

— Attention, ajouta-t-elle, pas question d'aller ensuite vous promener au bois en cabriolet. À moins que Mme de Baillancourt ne vous accompagne, bien sûr.

Ravie, Suzanne promit, embrassa sa mère et s'éclipsa en courant, laissant derrière elle les délicats effluves d'un parfum de vanille, le dernier-né de la maison Coty.

Quand elle fut partie, Madeleine s'assit à son chevalet et se remit à peindre. Sous le trait sûr de son pinceau d'aquarelliste une dernière rose naissait, légère et épanouie. Pensant à la gaîté de sa fille, elle revit par contraste le visage grave de la jeune Alba.

— Je me demande si j'ai bien fait de prendre cette jeune fille, se dit-elle alors. Elle le mérite sûrement mais...

Derrière ce « mais » Madeleine ne mettait rien de plus qu'une vague inquiétude. Elle la chassa et reprit le tracé d'un pétale de rose. Il fallait aller vite, la chaleur séchait trop rapidement l'eau de la grande aquarelle qu'elle devait impérativement finir pour la duchesse d'Illiers. Celle-ci lui avait passé commande d'un immense bouquet qu'elle mettrait à la place d'honneur sur les murs du grand salon, pour le bal qu'elle donnerait le mois suivant. Les pensées de Madeleine changèrent subitement.

— Qu'est-ce que je vais mettre pour ce bal ? La robe pêche ? Non, je l'ai déjà portée le mois dernier, alors voyons... celle en dentelle d'Alençon ? Mais je ne l'ai pas essayée depuis l'été dernier et je suis sûre qu'avec les deux kilos que j'ai pris, je ne peux plus la passer. Le fourreau noir ? Non, c'est un habit d'hiver...

Peindre ne l'empêchait pas de penser à l'argent que le tableau allait lui rapporter et elle se dit qu'elle allait pouvoir s'acheter une nouvelle tenue. Puis elle songea qu'il serait plus urgent de payer une partie de la facture du toit nord de son château de Réveillon. Comment faire ? Il fallait bien pourtant répondre à l'invitation.

— Que de bals, que de bals, soupira-t-elle, en finira-t-on jamais ?!

8

Alba y consacra tout l'été, l'automne et puis l'hiver.

Il neigeait maintenant sur la capitale et les roses lui résistaient encore. Elle avait couru chez tous les fleuristes pour en voir par centaines. Pour mieux connaître leur diversité, elle était allée les attendre aux trains d'où elles arrivaient des serres de Brie-Comte-Robert, elle était allée à la bibliothèque voir les planches de Redouté, elle les avait observées, disséquées, elle avait étudié leurs moindres pétales, feuilleté dans les livres d'herboristerie aux gravures austères le plus petit détail de leur diversité, elle avait été la plus assidue et la plus sérieuse des élèves du cours de Madeleine, elle avait dessiné et redessiné inlassablement leurs contours et, malgré tous ses efforts, la magie des roses lui échappait. Découragée, le soir, elle en pleurait de rage.

Comment faisait donc Madeleine Lemaire pour peindre ces fleurs si parfaitement ?

De son pinceau d'Impératrice, les roses naissaient par gerbes, encore et encore, aériennes et immatérielles. Alba s'était arrangée pour avoir la table de travail la plus proche d'elle, ce qui n'avait pas été très difficile car la plupart des élèves préféraient au contraire avoir un peu de distance. De là où elle était, Alba suivait le moindre de ses gestes, elle scrutait sa technique et Madeleine, qui dans un premier temps avait douté de la motivation de cette élève peu commune, constatait avec plaisir son assiduité et sa rigueur. Alba retenait tout et le mettait en application immédiatement. On la sentait portée par une puissante nécessité qui la faisait aller de l'avant et travailler inlassablement. Elle était la première arrivée, la dernière partie, et elle ne lâchait le pinceau qu'au tout dernier moment.

— C'est bien Alba, lui dit-elle un matin, je suis très contente de toi. Tu progresses vite.

Alba sourit. Son visage d'ordinaire sombre rayonna juste une fraction de seconde puis elle reprit son air studieux. Madeleine se demandait parfois ce qui la motivait ainsi.

— Préfères-tu dessiner ou peindre ? lui demanda-t-elle.

Alba la regarda avec étonnement. C'était la première fois qu'on lui demandait sa préférence sur quelque chose et elle ne savait quoi répondre, elle aimait tout.

— Ça m'est égal, j'aime les deux, répondit-elle.

Madeleine essaya de parler peinture, en vain. Alba parlait de travail, de technique, demandait des précisions sur le séchage de la feuille, la fuite des couleurs, mais jamais elle ne communiquait d'émotion. Pourtant, Madeleine sentait chez elle une sensibilité à fleur de peau et un talent unique. En quelques mois, Alba arrivait à dessiner toutes sortes de fleurs. Elle saisissait leurs différences de pétales d'un seul coup de crayon. Ce qui était certainement le plus difficile, car une fois le dessin maîtrisé, on pouvait tout envisager.

— Je te félicite, lui dit Madeleine en regardant le dessin d'une rose qu'elle venait de terminer, mais laisse-toi aller et sois plus souple ; tu vois, là (et ce disant elle désignait le bord des pétales), il faudrait qu'il n'y ait pas de rupture aussi nette entre le fond et la fleur. Comme si tu dessinais l'atmosphère en même temps que la rose, qu'on sente que celle-ci appartient à un tout. Quand tu arriveras à dessiner l'air qui enveloppe la rose et qui fait frémir ses pétales, tu auras gagné.

Alba se contentait de sourire et se remettait au travail. Pendant que Madeleine l'observait du coin de l'œil, elle serrait les lèvres en traçant méticuleusement les contours d'une rose « Blush Noisette » tout en se demandant comment elle pourrait bien faire pour dessiner de « l'air ». La « Blush Noisette » était une pure merveille, la reine au cœur des bouquets. C'était une rose tendre au parfum de girofle qu'un certain Louis Noisette, passionné de rosiers grimpants, avait produit au début du siècle par divers croisements dont il avait le secret. Madeleine l'utilisait souvent car elle avait l'incomparable vertu de fleurir tout au long de l'année et il fallait des froids extrêmes pour l'empêcher de s'épanouir. Son parfum flottait en permanence dans l'atelier.

Alba venait aux cours avec un immense bonheur. Elle avait conscience d'apprendre dans un cadre exceptionnel, au contact de la plus grande des peintres de roses. C'était une situation unique dont elle découvrait la richesse jour après jour. Ailleurs, il aurait fallu des années pour savoir ce qu'ici, sous les doigts de Madeleine, elle voyait naître tous les jours. Rien d'autre ne comptait pour Alba. Le matin, il lui tardait d'arriver. L'atelier était élégant, elle s'y sentait bien. L'Impératrice avait le sens du détail et de la mise en scène raffinée. Elle tenait à ce que les élèves arrivent bien coiffées, cheveux tirés vers l'arrière ou remontés en chignon et il était impératif que les blouses blanches soient changées toutes les fins de semaine. Pas de désordre sur les tables, en fin de journée tout devait retrouver sa place. Sur les murs de l'atelier, elle avait peint des gerbes de fleurs. Quand on entrait, on aurait pu se croire dans une roseraie au printemps, quand les fleurs explosent en bouquets plus exubérants les uns que les autres. Il y avait l'avalanche si gracieuse et si pure de « Neige d'Avril », le jaune vif de « Canary Bird », qui chante en mai, et les nuées d'églantines roses carminées à cœur blanc de juin qu'on a appelées « Mozart » tant elles vibrent de nuances et de parfums. Et puis la célèbre « Maiden Blush » et ses pétales bouillonnés dont le cœur est une prouesse à dessiner tant il demande de netteté et de précision. Enfin venaient les pourpres violacées et les rouges sombres de l'automne. Madeleine avait groupé les roses par saison et sur le dernier mur, elle avait réservé toute la place pour peindre les dernières. Celles des mois de splendeurs dont les puristes disent qu'elle est la rose ancienne dans toute sa perfection : « Souvenirs de la Malmaison », avec ses blancs d'ivoire et ses rosés évanescents. Entrer dans l'atelier de Madeleine, c'était entrer dans un univers où régnait la délicatesse des univers féminins privilégiés. Madeleine ne sacrifiait pas à la mode bohème de son temps. Tout chez elle était net.

Le nez sur sa « Blush Noisette », Alba laissait vagabonder ses pensées. Elle aimait cet endroit et l'élégance des jeunes filles qui le fréquentaient. Elle pensait à sa robe de laine triste et la comparait aux velours de Gênes ou de soie de celles de Suzanne. Sa détermination de devenir « impératrice » à son tour s'en trouvait renforcée. Elle aussi se hisserait au plus haut niveau.

— Je ferai mieux ! lâcha-t-elle à haute voix.

— Faire mieux que qui ?

Alba sursauta, elle avait parlé sans s'en apercevoir et Suzanne, qui venait d'arriver, l'observait avec surprise. Sur son visage aux traits si doux, juste à la commissure des lèvres, un pli dédaigneux laissa entrevoir un vague mépris. Alba ne sut que répondre et Suzanne s'en alla rejoindre sa mère. Elle chuchota quelques mots à son oreille et Madeleine regarda Alba qui se sentit blêmir.

— On veut toujours faire mieux que quelqu'un, c'est normal.

La voix avait un léger accent étranger. Alba, sous le choc, se retourna vers sa voisine de gauche, une jeune femme au visage d'ange. Studieusement assise à son chevalet, celle-ci tâchait de reproduire le plus fidèlement possible la composition de feuillages et de « Blush Noisette » dont Madeleine avait fait le sujet d'étude de la journée. Dans le groupe des jeunes filles qui fréquentaient comme Alba l'université, Marie B. était plus âgée mais elle était la seule qui semblait mettre dans ce qu'elle faisait une passion totale, délaissant les conversations des autres élèves pour continuer à affiner inlassablement les leçons de l'aquarelliste. Jusqu'alors, acharnées l'une et l'autre à leur chevalet, Alba et Marie n'avaient échangé que peu de mots, « bonjour », « bonsoir », quelques phrases sur le travail en cours, sans plus. Marie était intriguée par Alba, elle sentait qu'il y avait chez cette jeune fille une distance. Ce n'était pas de l'orgueil mais autre chose. Sans en avoir aucune conscience, Alba dégageait un certain mystère. Cela venait de ce qu'aucune autre élève ne connaissait les conditions de son entrée à l'université. Pour toutes, elle était une élève comme une autre qui payait ses cours. Alba évitait leur contact. Elles n'avaient pas les mêmes préoccupations.

— Ne t'inquiète pas pour Suzanne, continua Marie, c'est une demoiselle très gâtée. Heureusement, Mme Lemaire est intelligente et sait faire la part des choses.

Alba se sentit mise à nu.

Madeleine avait repris son pinceau et traçait sur sa toile les premiers contours de l'aquarelle. Pour motiver ses élèves, elle faisait souvent le même travail qu'elles, en même temps et au milieu d'elles. Bien qu'elle ne veuille pas se l'avouer, Madeleine aimait vérifier dans le regard de ses élèves émerveillées par son coup de pinceau, qu'elle restait toujours l'indétrônable Impératrice.

À la sortie du cours, Marie invita Alba à venir prendre un café avec elle chez Tortoni ou à la brasserie des Martyrs.

— J'adore cet endroit, dit-elle, j'y vais de temps à autre, c'est gai, plein de lumières. C'est sur les grands boulevards !

Alba n'allait jamais dans les cafés, elle n'en avait ni les moyens ni l'envie et, d'ailleurs, jamais l'occasion ne s'était présentée. Elle vivait dans Paris comme une passagère qui regarde les vitrines des boutiques et des restaurants sans imaginer une seconde y entrer un jour. Avec qui y serait-elle allée, et avec quel argent ? D'ailleurs ce n'était pas sa place, sa place était au bout de son crayon et de son pinceau. Travailler, travailler, encore et encore.

Et puis l'hiver était glacial, il avait neigé. Les grands boulevards brillants, pleins de foule et de vent, c'était un autre monde qui ne l'attirait pas.

— Merci, dit-elle poliment, mais je n'ai pas le temps.
— Pas le temps, et pourquoi ? Que dois-tu faire ?
— …

Alba ne trouva pas de réponse et Marie, joyeuse, en profita pour l'entraîner en riant vers le tumulte de la ville.

Alba venait de rencontrer l'une des personnalités les plus marquantes de son époque, une jeune fille noble venue de Russie, belle, passionnée, riche, très riche, mais très controversée. Maria Konstantinovna Baskirtseva, connue en Europe sous son nom francisé de Marie Bashkirtseff, avait vingt-trois ans et elle voulait tout de la vie : elle connaissait son talent et savait qu'elle pourrait devenir une grande artiste peintre. Mais elle ne voulait pas pour cela délaisser le bonheur d'aimer et d'être aimée. Les hommes la faisaient vibrer, sa beauté lui attirait tous les regards, et sa séduction était forte, mais sa personnalité fascinait et faisait peur. Marie était libre avant tout et, dans ce cercle infernal de l'art et de l'amour, elle broyait sa vie.

La « capitale des arts » comme devait la désigner quelques années plus tard Albert Wolff, le célèbre critique du *Figaro*, rayonnait dans l'Europe entière et au-delà des mers. Montmartre, Clichy, les Batignolles, le Quartier latin, la rue Notre-Dame-des-Champs et plus au sud vers Montparnasse, partout, dans la moindre impasse et le plus petit recoin de cour, dans les immeubles neufs, on voyait fleurir des ateliers de toutes sortes. Luxueuses verrières des immeubles de pierre pour riches artistes en vue, ou bric-à-brac de tôles et planches récupérées pour artistes maudits. L'univers de l'art n'échappait pas à la règle commune. D'un côté l'argent et la reconnaissance, de l'autre la misère et le mépris. Paris grouillait. Dans les cafés du coin et dans les brasseries pleines de lumières le long des grands boulevards flambant neufs, les jeunes artistes réinventaient le monde. Ils trouvaient dans la grande histoire de l'art des maîtres absolus, chacun à leur façon. Quelque vingt ans auparavant, une satire parue dans la presse avait montré Ingres et Delacroix luttant aux portes de l'Académie. Le premier incarnait le conservatisme, le second préfigurait la modernité. Respectueux du passé, rigoureux, Ingres était le plus efficace dessinateur qui soit. À l'inverse, Delacroix enthousiasmait les plus jeunes par sa liberté d'exécution et le souffle d'émotion qu'il imprimait à ses œuvres, quitte à délaisser la rigueur du dessin au profit de la couleur. Dans leur mise aussi ils étaient dissemblables et affichaient leur tempérament. Ingres était habillé sobrement, de vêtements de qualité bien coupés mais sans fantaisie, cependant qu'avec sa chevelure défaite et sa lavallière négligemment nouée, Delacroix jouait au dandy inspiré. Ce romantisme plaisait follement aux nouvelles générations d'artistes qui se revendiquaient de son héritage.

Des courants différents naissaient jour après jour sur des concepts picturaux divers, symbolisme, réalisme, romantisme, impressionnisme, synthétisme, onirisme, ça n'en finissait pas. Sous ces « ismes » variés, chacun tentait d'ouvrir une nouvelle voie et de créer son propre salon pour accéder à la reconnaissance et donc à la vente. C'est dire si les conversations étaient mouvementées, autant, si ce n'est plus, que dans les cercles politiques. On arrivait à s'écharper et à s'insulter pour un trait de crayon trop parfait ou au contraire pour un tableau qui se contentait de donner des « impressions ».

De ces courants divers, les jeunes filles qui venaient étudier l'art à Paris étaient exclues. À moins d'être modèle ou muse d'un grand artiste, il était difficile pour elles de sortir le soir dans les cafés et de s'y attarder pour refaire l'histoire de la peinture.

Les garçons buvaient souvent, ripaillaient, et les filles n'étaient pas toujours très bien traitées. Celles qui n'avaient pas la chance d'être parisiennes et qui étaient venues de leur province ou d'un autre pays rentraient directement après les cours dans leurs chambres mal chauffées et vivaient dans une grande solitude. Faire de l'art était un engagement qui demandait de leur part une extrême exigence, bien plus grande encore que celle de leurs compagnons d'atelier. Mais de ces mondes-là, de ces courants multiples, Alba ne savait rien. Elle regardait du coin de l'œil cette Marie qui paraissait bien dégourdie, bien au fait de beaucoup de choses, et qui l'entraînait de l'autre côté du fleuve dans la ville nouvelle. Elles marchaient d'un même pas, emmitouflées dans leurs capes de laine. L'air était vif, et la ville, blanche.

Elles firent un grand tour, traversèrent la Seine sur le pont des Arts, longèrent les quais. Survolant son jardin blanc de neige en plein cœur de Paris, une étendue ininterrompue s'ouvrait du Louvre jusqu'à l'Arc de triomphe. Il y avait dans cet espace immaculé quelque chose d'immense et d'inhabituel, un vide qui dégageait le ciel. Alba, qui vivait au fond des ruelles, n'avait pas l'habitude de tant de clarté. Elle pressa le pas. En vain. Avenue de l'Opéra, boulevard des Capucines, boulevard des Italiens, boulevard Haussmann, partout l'espace ouvrait des perspectives, la laissant perdue dans la foule pressée et les voitures en mouvement. À son côté, souriante, Marie allait d'un bon pas, parfaitement à l'aise dans cet univers d'attelages et d'hommes fuyant le froid de l'hiver à grands pas sur les larges trottoirs. L'après-midi touchait à sa fin. Les hautes vitres de la brasserie des Martyrs laissaient voir depuis la rue le riche et palpitant décor d'hommes en conversation et de femmes rieuses. Marie entra comme chez elle, s'assit à une table et d'un geste sûr commanda un café :

— Non, deux cafés, se reprit-elle, c'est bien ça Alba, tu veux un café ?

Alba acquiesça et le serveur demanda d'un air complice :

— Votre amie est russe elle aussi ?

— Je vous laisse deviner, dit en riant Marie avec son délicieux accent.

— Non.

Marie éclata de rire :

— Bravo !

Joueur, le serveur se tourna vers Alba

— Vous êtes parisienne. Je le sens.

Le rose monta aux joues d'Alba, trop intimidée pour parler.

— Et voilà, j'ai trouvé !

Il eut un sourire plein de fraîcheur. Gagnée par sa gaîté, par le brillant des lumières, par la fièvre qui régnait dans les conversations autour d'elles et la modernité des lieux, Alba se laissait aller à trouver l'endroit plus qu'agréable, confortable et luxueux. Elle se défit de sa cape de laine trop ordinaire et la glissa discrètement entre son dos et celui de la chaise. Mais l'aimable serveur vint la prendre ainsi que celle de Marie et il les suspendit à un portemanteau de cuivre près de l'entrée. Alba esquissa un sourire de remerciement gêné. Au milieu des pelisses et des beaux draps de laine, sa petite cape avait l'air d'un pauvre filet rêche et sec.

— J'aime venir ici, fit Marie, frétillante. C'est important les lieux qu'on fréquente. On s'inspire de ce qu'on voit et de ce qu'on sent. Ici, c'est notre époque, c'est là que ça se passe, qu'on développe de nouvelles idées, il y a toujours un débat dans l'air, même si on ne participe pas on s'en imprègne, c'est capital. Il faut de temps en temps voir autre chose que les roses de cette chère Madeleine sinon on se destine à finir comme elle : Impératrice mais aussi prisonnière des fleurs ! Une vraie caricature, non ? Qu'en penses-tu, Alba ?

Alba se redressa. Impératrice ! Prisonnière ! Marie avait touché un point sensible. Issue d'une riche famille russe, Marie n'avait pas besoin d'argent. Elle avait fréquenté l'atelier très en vogue de Chaplin et, auprès de peintres académiques comme Thomas Couture ou Gérôme, elle avait acquis une solide base technique ainsi que des relations. Elle avait beaucoup voyagé en Italie, en Espagne et aussi aux Pays-Bas. Les maîtres italiens du XVIIe, Vélasquez, Murillo et Goya, Rubens et Franz Hals, rien ne lui était inconnu. Alba sentait bien chez son amie la culture des gens aisés qui parcourent l'Europe et vont d'une ville à l'autre aussi facilement que s'ils faisaient le tour du pâté de maisons. Que répondre à quelqu'un qui était si loin de son univers ? Que répondre à cette question qui n'en était pas une et qui affirmait qu'en peignant des fleurs on en était prisonnière. Alba ne comprenait pas ce que Marie voulait dire. Elle, derrière les tableaux de fleurs, c'était la liberté qu'elle entrevoyait. Et l'argent. Son silence laissa Marie perplexe mais elle était décidée à lui faire partager son amour pour les peintres impressionnistes. La jeune Russe sentait chez Alba un talent très particulier et elle voulait lui faire découvrir autre chose que les « gentilles fleurs de Madeleine » selon son expression.

— Un jour, dit-elle enthousiaste, j'ai vu par hasard le tableau d'un certain Degas dans la vitrine d'une galerie et je suis restée le nez écrasé contre la vitre en essayant d'absorber tout ce que je pouvais de son art. Depuis, je l'ai rencontré et il m'a présentée à ses amis, ce sont des peintres extraordinaires. Tu as entendu parler de Degas ?

— ... Non.

— Degas a changé ma vie, Alba. Depuis, je sais qui sont mes véritables maîtres : lui, Manet, Courbet, ses amis. Grâce à Degas je commence enfin à travailler dans la liberté la plus absolue, je commence à vivre, à vivre, Alba, à vivre...

Marie s'exaltait et Alba la regardait sans comprendre. De quoi parlait-elle, de qui ? Ces « impressionnistes », qui étaient-ils ? Elle brûlait de poser une question :

— Et... Degas, Manet, Courbet, ils sont riches comme Mme Lemaire ?

Une douche froide n'aurait pas fait pire effet sur Marie.

— Riches !!! Quelle question, je ne sais pas, je ne crois pas, non. Les impressionnistes ne sont pas riches. Mais qu'est-ce que ça vient faire là, je te parle de leur peinture et toi...

Elle s'interrompit. Alba regardait fixement à l'autre bout de la salle, bouche ouverte. Marie tourna la tête pour voir ce qui la fascinait ainsi et elle reconnut au milieu d'un groupe de jeunes gens élégants Suzanne Lemaire et son amie Isabelle. Visiblement sous le charme d'un homme qui parlait, Suzanne riait exagérément.

— Tiens, tiens, fit Marie, revoilà notre demoiselle. Elle vient très souvent ici mais je doute que sa mère sache qu'elle fréquente les cafés. Elle ne songe qu'à ses toilettes, à ses sorties et, comme par hasard, il y a toujours des hommes à sa table et à celle de ses amies.

Le serveur venait de poser sur la table deux petites tasses de café fumant.

— Mais toi, Alba, poursuivit Marie, que fais-tu en dehors des cours, tu as une famille, tu sors, tu fais les galeries ?

Alba réfléchissait. Que dire ? Elle choisit la vérité, c'était plus simple.

— Je vis seule avec ma mère et je ne sors jamais, sauf dans mon quartier. Maman coud des corsets et moi, j'apprends le dessin et l'aquarelle parce que sœur Clotilde m'a dit qu'ainsi je pourrai bien gagner ma vie. Il y a une grosse demande pour les éventails en ce moment, et pour les porcelaines aussi. D'ici peu, je devrais assurer un salaire correct mais il faut d'abord que j'aille voir du côté des dessins d'étoffes et de papier peint...

Marie était stupéfaite. Contrairement à son habitude, Alba avait répondu d'une traite et Marie se demandait si elle avait bien entendu : des porcelaines, des étoffes, des bijoux, du papier peint ? Elle avait lancé la conversation sur les impressionnistes et Alba lui parlait de papier peint !!! Marie n'était pas une mauvaise fille mais elle réalisa tout d'un coup que derrière le mystère d'Alba il n'y avait peut-être pas ce qu'elle croyait. Elle s'était imaginé une jeune fille tourmentée en quête d'absolu pictural et elle découvrait une personne préoccupée de gagner sa vie en faisant n'importe quoi. Des dessins d'étoffes et de papier peint !

Un malaise s'installa et la conversation en resta là. Grâce à son éducation, Marie sut avoir les mots de politesse, les phrases convenues sur l'ambiance, le temps, la qualité du café qu'elle régla, l'heure tardive et la nécessité de rentrer. Elles se quittèrent gentiment en se disant « à demain » et Marie s'en alla contrariée. Bien que déçue par les préoccupations ordinaires d'Alba, elle continuait à la trouver énigmatique. Non, Alba ne cherchait pas à inventer de nouveaux mondes ni à ouvrir des voies. « Pourtant... pensait Marie en prenant un fiacre, cette fille a quelque chose que les autres n'ont pas. » Mais elle chassa cette pensée de sa tête et réfléchit à l'article qu'elle allait écrire pour la revue *Le Jour et la Nuit* que ses amis Degas, Pissarro et Bracquemond voulaient lancer.

Alba se retrouva seule sur les grands boulevards, la gorge nouée. Elle avait d'autant plus vivement ressenti la surprise et le désintérêt soudain de Marie que c'était la première fois qu'elle sortait avec quelqu'un d'autre que sa mère. Elle avait croisé d'autres jeunes filles comme elle au cours des sœurs, à Troyes, mais aucune ne l'avait jamais invitée. Pourtant elle ne regrettait rien. Surtout pas d'avoir parlé franchement.

— À quoi ça sert d'avoir des amis qui se font des illusions sur vous, se disait-elle. À rien. C'est mieux comme ça.

Elle jeta un dernier coup d'œil vers la brasserie et aperçut Suzanne derrière les vitres qui riait toujours.

La nuit commençait à tomber et les lumières brillaient dans ce demi-jour bleuté, créant de douces auréoles.

Alba quitta les grands boulevards illuminés et s'enfonça dans les ruelles noires du vieux quartier du Marais. En haut des réverbères encrassés, de petites lumières falotes éclairaient çà et là les façades délabrées des maisons anciennes.

Louise s'était inquiétée. Alba fut heureuse de retrouver sa mère, son petit univers. Mais, à peine eut-elle refermé la porte derrière elle qu'un monceau de paquets dans un coin attira son regard. Elle fit la moue :

— Qu'est-ce que c'est encore que tout ça ? Comme si on avait assez de place !

Louise la rassura, heureuse. Elle avait une très bonne nouvelle à lui annoncer : elle allait faire quelques armatures de chapeaux pour une certaine Mme Bonni qui possédait une petite maison de mode au n° 3 de la rue du Faubourg-Saint-Honoré. Une jeune apprentie était venue lui porter les matières nécessaires pour une dizaine de modèles, et si le travail convenait à la patronne, il y en aurait d'autres ensuite. La gamine avait déposé du bougrain, de l'apprêt et, pour la qualité supérieure, des fibres végétales et de la mousseline blanche amidonnée.

— Regarde, regarde, disait Louise toute fière, si ça marche j'en aurai fini avec ces vieux corsets. Je décorerai les chapeaux et je deviendrai « apprêteuse », c'est mieux payé.

« Mieux payé ! » pensait Alba en regardant le fatras de toutes ces matières entassées, «... mieux payé ! Pauvre maman, elle s'échine et elle gagnera juste de quoi manger, au mieux de quoi s'offrir une fois dans l'année un bout de tissu ordinaire pour se faire une jupe. »

L'élégance des femmes dans la brasserie et leurs rires insouciants tournaient dans sa tête. Elle eut un sursaut :

« Des roses, des roses ! » se dit-elle. « Je dois réussir à les peindre, je vais réussir... »

— Au fait, continua Louise, ravie et bien loin de se douter des pensées qui occupaient sa fille, demain matin, si je suis partie en commissions, tu ouvriras à la petite Omnibus, elle avait oublié de me porter l'organdi.

— La petite Omnibus !!!

— Oui, c'est une gamine des faubourgs, elle est dégourdie, si tu la voyais. Elle court du soir au matin faire des livraisons pour Mme Bonni.

— Mais elle s'appelle comme ça, Omnibus ?

— Bien sûr que non, elle s'appelle Jeanne Lanvin mais comme elle économise les sous de l'omnibus pour faire la course et qu'elle va à pied en courant tout le temps, on la surnomme « la petite Omnibus ».

Alba en eut froid dans le dos. Se faire surnommer « Omnibus ! », une machine de fer ! Elle se souvint qu'à l'atelier, Suzanne s'était approchée de Madeleine Lemaire qui lui avait chuchoté ce mot plein d'amour :

— Viens m'embrasser, Princesse.

« Princesse » était le petit nom de Suzanne.

Quand on vous appelait princesse, vous aviez des chances de devenir un jour une femme. Mais que pouvait-on bien devenir quand on vous surnommait « Omnibus » ?

Alba ne connaissait pas la petite Jeanne Lanvin, peut-être même ne la rencontrerait-elle jamais. Mais ce soir-là elle lui adressa une promesse.

— Cours, Jeanne Lanvin, cours. Un jour tu cesseras de courir et tu auras de quoi te payer de bien plus beaux chapeaux que ceux que tu vas livrer et moi je serai l'Impératrice des roses ! On sortira de cette pauvreté qui nous écrase, je le jure !!!

Et elle cracha dans sa main.

Des envolées lyriques dans le secret de la nuit, c'était la seule façon qu'avait trouvée Alba pour ne pas désespérer de son destin. Et rien dans ces moments-là ne semblait pouvoir s'opposer à la puissance de ses rêves.

9

Il semblait n'avoir vécu que pour aller de ville en ville, de casino en casino. Il avait pris ce train comme on prend le hasard. Par défi.

Là ou ailleurs… !

Il savait juste que là-bas, dans ce Sud-Ouest occidental, les villes balnéaires et thermales poussaient comme des champignons et que dans le sillage de ces lieux de santé naissaient des villes de plaisirs. Biarritz, Cauterets, Bagnères-de-Bigorre, Eugénie-les-Bains, Salies-de-Béarn, Luchon, les noms résonnaient les uns après les autres et, dans ce chapelet ininterrompu, il se plaisait à imaginer ce que le hasard lui donnerait à vivre.

La renommée des eaux et le luxe des installations de ces nouvelles cités attiraient les riches clientèles internationales ; les investisseurs voyaient grand. Théâtres, salles de bal et de concerts, casinos, le jeu s'introduisait partout. Les ligues de vertu avaient beau s'insurger, certains médecins avaient beau en appeler à la morale et à l'hygiène mentale de ces nouvelles stations, en vain. Le jeu s'infiltrait jusqu'au cœur même des thermes où curistes et mondains venaient purifier leur corps.

Pour toutes ces raisons complexes, l'inconnu avait décidé de s'y rendre.

On lui avait parlé à Paris d'un somptueux hôtel face à l'Atlantique qui réunissait tout ce que l'Europe comptait de plus aristocratique et de plus fortuné, mais aussi de plus trouble : l'hôtel du Palais, à Biarritz. Il avait réfléchi et il avait vite conclu : trop exposé. Il lui fallait des endroits moins en vue où l'argent circulait discrètement et où il risquait peu de rencontrer d'anciens partenaires de jeu. Dans les cercles avertis, on lui avait soufflé une adresse qu'on se passait comme un sésame :

« L'hôtel Frascati », à Bagnères-de-Bigorre.

Bagnères-de-Bigorre ! Ça lui disait quelque chose. Lamartine y était allé, il ne savait plus très bien pour quelle raison mais, comme il aimait Lamartine, lui revint en mémoire ce livre des *Méditations* que son père aimait à ouvrir, et ce poème dont il redisait certains passages à haute voix...

Ainsi, toujours poussés vers de nouveaux rivages,
Dans la nuit éternelle emportés sans retour,
Ne pourrons-nous jamais sur l'océan des âges
Jeter l'ancre un seul jour ?
Ô lac [...]
Un soir, t'en souvient-il ? nous voguions en silence ;
On n'entendait au loin, sur l'onde et sous les cieux,
Que le bruit des rameurs qui frappaient en cadence
Tes flots harmonieux.
[...]
« Ô temps, suspends ton vol ; et vous, heures propices !
Suspendez votre cours ;
Laissez-nous savourer les rapides délices
des plus beaux de nos jours ! »

Il eut juste le temps de prendre un billet et de monter à la volée, s'accrochant à la poignée de la porte. Sur le quai qui fuyait, il vit disparaître le chef de gare dans un écran de fumée. C'en était fait, le Paris-Pyrénées-Express l'emportait vers cet autre Sud où il n'avait jamais été. Il aimait la fièvre incontrôlée de ces décisions trop rapides et il jouait à croire – car il jouait toujours – que dans ces brefs moments d'incertitude, il se passait quelque chose qui remplissait sa vie. Il avait déjà beaucoup voyagé malgré son jeune âge et il avait pris tant de trains. Sébastopol, Le Havre, Hambourg, Vichy, Vienne, Venise, les lignes de chemin de fer s'ouvraient les unes après les autres et les compagnies organisaient des voyages incessants.

Bercé par le rythme régulier du wagon, étranger à toute sensation autre que celle qui l'emportait à toute vitesse, il tournait et retournait sans cesse au fond de sa poche une pièce d'argent qui lui avait servi tant de fois déjà. Le jeu fut le plus fort. Il sortit la pièce, y posa un baiser comme sur un talisman. Pile, l'hôtel du Palais à Biarritz, face, l'hôtel Frascati à Bagnères-de-Bigorre. D'un geste vif il retourna la pièce sur le dos de sa main.

— Face !

Il s'en remettait au choix du sort, comme toujours. Ce serait Bagnères et l'hôtel Frascati !

« Drôle de nom pour un hôtel », pensa-t-il.

Il releva la tête, par-delà les vitres le paysage défilait toujours. Un sentiment trouble, qu'il n'avait jamais connu auparavant, l'envahit et ce sentiment, sur lequel il lui était impossible de mettre un nom, persista tout au long de l'interminable voyage. Les noms des villes se succédaient sans que jamais le Paris-Pyrénées-Express n'arrive à destination. Ce train semblait aller au bout du monde. Était-ce encore la France ?

L'inconnu en doutait.

— Lourdes ! Lourdes !

Il avait passé le voyage debout dans les couloirs à aller et venir, incapable de rester en place. Quand le contrôleur annonça la ville des apparitions, il y eut un brouhaha invraisemblable dans les compartiments. Les voyageurs se ruèrent dans le couloir et toutes les fenêtres furent prises d'assaut. Tous voulaient voir la fameuse grotte au pied de laquelle on venait s'agenouiller des quatre coins de l'Europe. La curiosité l'emporta sur l'indifférence. Il ouvrit une fenêtre et, dans la foulée, les autres voyageurs l'imitèrent. Un air vif s'engouffra dans le couloir. Le train roulait lentement le long d'un gave tourmenté aux eaux vertes et bleues. Il y avait des brumes, des filets de soleil qui trouaient les feuillages, et là-haut, de grands oiseaux aux ailes sombres planaient dans un ciel changeant. Des murmures lointains se mêlaient au vacarme des eaux. Il régnait en ces lieux un mélange troublant qui tenait du divin. Les voyageurs se turent.

Le train ralentissait de plus en plus, jusqu'à rouler si doucement qu'on aurait pu toucher les feuilles des arbres. Les yeux fermés, une jeune fille imprudente se pencha, laissant l'air fouetter sa chevelure et caresser son visage. L'inconnu sursauta et, d'un geste protecteur, la prit par les épaules et la ramena vers l'intérieur du wagon. Elle eut à peine le temps de voir son regard sombre et lui de croiser ses yeux d'or. Un cri retentit dans le wagon :

— La grotte ! Elle est là !

La grotte apparut brusquement après un rideau de peupliers, minuscule tache sombre au bas d'un énorme rocher gris qui supportait une basilique de pierre. On l'apercevait tout juste, écrasée en contrebas sous l'impressionnante église. Une foule priait et le murmure sourd de ses prières arrivait jusqu'aux oreilles des voyageurs en même temps que des sortes de chants, ou plutôt des litanies. C'était doux et un peu mystérieux, ces chants qui allaient et venaient au hasard du vent, portés de la basilique de pierre jusqu'aux oreilles de ces passagers venus de si loin. L'émotion gagna les compartiments. Spontanément, beaucoup se signèrent, murmurant à leur tour un « Je vous salue, Marie ». Du bout de son pouce, l'inconnu fit une croix sur son front, retrouvant le geste furtif et malhabile qu'il faisait enfant quand il allait encore à l'église avec sa mère. Remontèrent en lui des souvenirs d'odeurs de pierre grise, de lumières colorées à travers des vitraux et de statues de plâtre aux doux visages. Puis la grotte s'éloigna, le train reprit son rythme et les voyageurs leur place.

L'inconnu ne bougeait pas. Il regardait sans les voir les oiseaux dans le ciel, il pensait à ces chants mystiques, à cette jeune fille au regard d'or et il se demandait ce qu'il lui avait pris de venir dans ce Sud-Ouest occidental où il pressentait que les mystères seraient plus difficiles qu'ailleurs et où il ne lui suffirait pas d'avoir au fond des poches une pièce d'argent pour défier le destin.

*
* *

Un peu plus loin, dans un autre compartiment de l'Express qu'elle avait pris le matin même avec Alba, Louise avait été saisie par la vue de la grotte. Enfin, elle était en face de ce lieu où l'on disait que la Sainte Vierge apparue avait accordé tant de choses à ceux qui étaient venus la voir. Un immense espoir l'envahit. Elle qui depuis si longtemps comprimait tant de rêves d'amour et n'osait plus y croire, elle qui en avait tant souffert, en passant devant cette grotte de pierre elle s'abandonna, libérant l'immense flot d'espérance qu'elle portait en son cœur. Blottissant son visage contre ses mains jointes, elle avait adressé à la Vierge une prière fervente de mère :

— ... Sainte Vierge, je n'ai pas connu l'amour mais je ne vous en veux pas parce que vous m'avez donné Alba et, avec elle, j'ai de l'amour pour la vie entière et même plus. Seulement voilà, j'ai peur. Pour Alba. Elle ne pense qu'à sa peinture, elle dessine sans arrêt et je vois bien, moi, qu'elle m'en veut un peu quand elle m'aide aux chapeaux et qu'elle ne peut pas dessiner. Son dessin et sa peinture c'est bien beau, ça la fera peut-être vivre et encore, avec beaucoup de chance. Mais ça ne la protégera pas de tout dans la vie même si elle le croit, même si elle réussit. Et moi je veux qu'elle soit aimée, protégée. Il lui faut un homme. Vous le savez bien vous, Sainte Vierge Marie, que les hommes et les femmes sont faits pour vivre ensemble et s'aimer. Les uns sans les autres ils vont si mal... (*À ce moment de sa prière les larmes la submergèrent. Elle releva la tête, le train avait ralenti et la grotte était encore là. Elle eut peur de ne pas avoir le temps de finir et, regardant la grotte à travers ses larmes, elle se dépêcha d'ajouter dans un dernier sanglot :*) Sainte Vierge Marie, faites qu'elle rencontre cet homme qui la rendra heureuse et la protégera. J'ai peur parfois, vous comprenez, la vie est si dure... S'il m'arrivait quelque chose un jour, elle serait seule, comme moi. Elle souffrirait ce que j'ai souffert et ça, je ne peux pas le supporter. Sainte Vierge ! Je vous en fais la prière ! Donnez-moi le bonheur de voir un homme près de mon Alba.

Elle avait dit ces derniers mots à voix haute sans s'en apercevoir et le monsieur qui lui faisait face sur la banquette et qui la regardait pleurer fronça les sourcils d'un air interrogatif.

Cet homme idéal que Louise imaginait avait dans sa mémoire un visage précis. Celui de l'homme de sa jeunesse qui avait disparu du bal et qui avait des yeux d'or, comme Alba. Pensa-t-elle à lui quand elle resta ainsi après sa prière, prostrée ? Quand elle releva la tête, la grotte avait disparu et les voyageurs étaient tous revenus. C'est alors qu'elle réalisa que sa fille avait disparu. Après un instant de panique, Louise se précipita dans le couloir. Elle n'eut pas à aller très loin, elle la trouva appuyée contre les fenêtres, pas très loin d'un homme jeune au costume sombre qui, comme elle, regardait le paysage défiler lentement. L'homme semblait absorbé dans ses pensées et Alba dans les siennes. Pourquoi Louise fut-elle immédiatement inquiète, pourquoi demanda-t-elle à Alba de revenir s'asseoir ? Elle n'aurait pas su le dire car la jeune fille revint à sa place sans aucune difficulté. Pourtant, Louise eut un pressentiment.

— Qui est cet homme, demanda-t-elle, tu le connais ?
— Un homme, quel homme ? fit Alba, surprise.

Elle avait l'air sincère et Louise esquissa un geste pour signifier que cela n'avait aucune importance. L'homme était trop élégant, la couturière en elle avait d'un seul coup d'œil noté la coupe impeccable et le tissu souple de son costume. Il ne venait pas du même monde qu'Alba, et il ne pouvait rien y avoir entre eux. Mais, du coin de l'œil, Louise observait sa fille qui avait un peu trop rapidement plongé le nez dans un livre sur les techniques de l'aquarelle. Alba paraissait calme ; cependant une intuition continua à tracasser Louise.

Alba sentait le regard de sa mère et s'attachait à ne rien laisser paraître du trouble qui l'avait envahie. Elle était sortie dans le couloir au moment où tous les voyageurs voulaient voir la grotte et, dans sa hâte de sentir le grand air, elle s'était appuyée contre le rebord de la fenêtre ouverte et penchée sur l'extérieur, laissant le vent frôler sa peau et caresser ses yeux. Quelque chose de léger et de pur l'avait submergée et, les yeux fermés, elle s'abandonnait à l'amplitude de ce sentiment quand l'inconnu posa ses deux mains sur ses épaules et la tira vivement vers l'intérieur du wagon juste au moment où une branche d'arbre plus longue que les autres aurait pu la blesser. Jamais de toute sa vie d'enfant, d'adolescente et de jeune fille, Alba n'avait connu la rassurante douceur des mains masculines, jamais elle n'avait été portée dans les bras d'un père, jamais elle n'avait eu la complicité d'un frère, d'un cousin ou d'un ami. Les hommes, elle ne les croisait que de loin. Le geste de l'inconnu l'avait bouleversée parce qu'il venait d'un monde masculin dont elle ressentait pour la première fois la merveilleuse force. Tout avait été si rapide et pourtant, tout au fond d'elle, quel bouleversement ! En ce moment même, elle faisait tout pour que sa mère ne s'aperçoive pas de son trouble, s'attachant à lire les conseils techniques de son ouvrage qui se perdaient dans le brouillard de ses pensées.

Le train roulait vers Tarbes et le ciel entièrement dégagé était devenu d'un bleu étincelant. Le soleil éclaboussait les grands champs de blé de la plaine tarbaise. L'air sentait la chaleur de l'été.

— Je me fais des idées, se dit Louise en quittant Alba du regard et en se tournant vers le paysage. Je pense trop, ce séjour est un miracle. L'air des montagnes, les bienfaits de l'eau, de la cure et ce soleil, quel plaisir ! Quelle chance nous avons eue de venir ici, je ne bénirai jamais assez la petite Jeanne !

Louise n'aurait jamais pensé pouvoir quitter Paris comme le font les touristes aisés, pour l'été, mais l'opportunité avait été trop belle. C'est grâce à la petite Omnibus qu'elles faisaient ce voyage. En effet, Jeanne Lanvin lui avait raconté que parmi les clientes de sa patronne, beaucoup allaient prendre les eaux dans les Pyrénées :

— Ces dames disent que, là-bas, il y a beaucoup de fêtes, et beaucoup de riches étrangères se bousculent pour passer des commandes car elles veulent de la mode française. Sur place, les couturières et chapelières sont débordées. Il faut attendre cent sept ans pour se faire faire la moindre fantaisie. C'est saisonnier bien sûr, je me suis renseignée. Mais ça paie bien, mieux qu'ici. Vous devriez y aller plutôt que de rester enfermées tout l'été. Moi je vais aller travailler en Espagne... pour voir.

Si cette gamine n'hésitait pas à partir en Espagne, pourquoi Louise hésiterait-elle à partir pour les Pyrénées ? Elle gagnerait plus d'argent qu'en restant ici où il n'y avait quasiment pas de commandes pendant ces mois creux, et l'air pur des montagnes ferait du bien à Alba qui avait des crises de toux inquiétantes. Sœur Clotilde avait tout arrangé avec les sœurs du couvent de Bagnères qui leur avaient trouvé une pension pas chère chez l'habitant, et, grâce à l'entremise de Jeanne, il y avait déjà des commandes en vue pour ces dames.

« C'est un miracle, pour ça oui, un vrai miracle ce voyage », se disait continuellement Louise qui n'avait jamais connu que son village et ses quartiers de Troyes et de Paris. Elles avaient mis leurs économies dans le prix de deux billets de train, malgré la réticence d'Alba à cause de sa peinture et de son dessin.

Les cours de Madeleine se terminaient à l'arrivée des beaux jours. L'Impératrice des roses partait en villégiature dans son château de Réveillon et au bord de la mer, à Deauville, où elle rejoignait son nouvel ami, un écrivain qui avait en projet un roman-fleuve sur les soirées parisiennes. C'est du moins ce qu'avait compris Alba quand elle avait vu cet homme à l'air éternellement fatigué chez Madeleine, à l'atelier.

L'année précédente, une fois Madeleine partie, faute de pouvoir aller aux cours de dessin et de peinture, Alba avait passé l'été à fabriquer des chapeaux avec sa mère pour faire rentrer un peu plus d'argent. Elle aurait préféré courir au Louvre comme Marie et d'autres jeunes filles du cours Julian qui, chaperonnées par une mère ou une tante, allaient au musée copier les maîtres pour acquérir plus vite une technique solide. Mais qui aurait chaperonné Alba ? Personne. Or impossible d'aller seule au musée, cela ne se faisait pas pour une jeune fille. Et puis comment laisser Louise se débrouiller seule avec ses montagnes de corsets et d'armatures à chapeaux ? Non sans regret, Alba avait choisi d'aider sa mère, mais Louise ne réalisait pas le sacrifice de sa fille. Il lui semblait qu'Alba pouvait dessiner le matin puis l'aider l'après-midi et qu'ainsi les choses étaient bien réparties. Louise ne mesurait pas que pour le niveau qu'Alba désirait atteindre, il fallait dessiner sans cesse et sans cesse dessiner encore, rêver, regarder des roses, les toucher puis les rêver encore jusqu'à les avoir tellement en soi qu'elles sortent naturellement du bout de vos doigts, telles qu'en un jardin, juste dans un trait de crayon ou sous la ligne d'un pinceau d'aquarelle précis, comme posées là par la rosée du matin. Pour aller là où Alba désirait aller, il fallait que rien ne vienne interrompre sa quête laborieuse. Trois mois de perdus l'été, c'étaient trois mois de trop. Elle avait senti la différence à la rentrée quand elles avaient retrouvé les chevalets. Marie B. avait fait du chemin, ses portraits de mères et d'enfants avaient dépassé la simple technique et atteint l'émotion. Ils dégageaient de la paix et de la douceur, beaucoup de douceur. Marie avait travaillé tout l'été pendant qu'Alba montait de la toile brute sur des armatures de chapeaux, dans son recoin, où l'on ne croisait ni Degas, ni Manet, ni Courbet. En revanche, Alba avait croisé la petite Omnibus, celle qui portait la marchandise. La petite n'avait rien pour elle, ni ses origines humbles, ni sa beauté. Elle avait un visage dur, sévère déjà, et un corps marqué par une enfance de misère et de travail. À force de porter des poids et de courir d'un bout à l'autre de Paris, elle avait pris une démarche massive, sans grâce. Mais Alba avait lu dans son regard la même détermination féroce que la sienne. Elles s'étaient peu parlé mais s'étaient immédiatement reconnues, elles étaient sœurs de misère et de volonté. Quand Jeanne avait appris la réticence d'Alba à faire le voyage pour le Sud-Ouest, elle lui avait dit :

— Moi je vais aller en Espagne. Une cliente de chez Félix vient de Madrid tous les ans voir les modèles, prendre les tendances. Elle n'a pas de main-d'œuvre. J'y vais, je verrai d'autres choses. Ça ne sera plus pareil après.

Alba croyait au destin. « Ça ne sera plus pareil ! » C'était la pointe de mystère de cette petite phrase, ajoutée à une information de dernière minute, qui l'avait soudain décidée à partir pour le Sud-Ouest. Elle sut que Marie, ainsi que beaucoup de peintres et de jeunes artistes du cours Julian, descendaient aussi pour dessiner en plein air dans une lumière qu'on disait extraordinaire :

— Dessiner au Louvre c'est bien, avait dit Marie, mais maintenant il faut le plein air. Dans les Pyrénées, on dit que la lumière est si belle, divine. On y va !

Dans ce train qui l'emportait, le nez obstinément plongé dans son livre, Alba pensait à cette lumière dont avait parlé Marie. Elle était venue pour cela, le grand air et la peinture. Or voilà que le premier choc de ce voyage était celui qu'elle n'avait pas prévu : un homme en costume sombre qui avait pris ses épaules avec tant de douceur !

Dans la vaste plaine de Bigorre, juste après les toits d'ardoise de Tarbes, le train prit un virage net et fila vers Bagnères. Alba leva les yeux. La chaîne des Pyrénées était là, juste en face de la fenêtre, posée comme une aquarelle fine au bout d'une immense plaine de champs de blé. Son cœur se mit à battre. Dans ce paysage, tout comme l'inconnu un moment auparavant, Alba sentit régner un souffle divin et elle pressentit que ce voyage serait le plus troublant de sa vie. D'où lui venait ce sentiment ? Elle leva les yeux vers le ciel au-dessus des montagnes et en fut éblouie. Il était si vaste !

— Bagnères ! Bagnères ! Avis à tous les voyageurs, nous entrons en gare de Bagnères.

10

Au temps des Romains faire une cure était un acte de foi.

En cette fin du XIXᵉ siècle, Bagnères-de-Bigorre était une petite ville pyrénéenne dont l'histoire avait été marquée par l'activité thermale, et ce depuis l'époque de la Rome antique. Au Moyen Age puis à la Renaissance, au Grand Siècle comme au siècle des Lumières, l'acte de santé prit le relais de l'acte de foi mais il y eut toujours une tradition de bains qui amenèrent dans la ville des curistes, et ceux-ci furent de plus en plus prestigieux. Située au pied des montagnes, la ville était facile d'accès. Très vite, les autorités comprirent que pour faire le succès d'un endroit, la vie sociale comptait au moins autant que les soins de la cure. Et ce n'est pas un hasard si, dès les débuts, la ville accueillit des hôtes comme Jeanne d'Albret, Henri IV ou la reine Margot. Mais l'hôte le plus prestigieux fut incontestablement Montaigne. Dans ses très célèbres *Essais*, il expliqua qu'il avait choisi Bagnères « car c'est là, dit-il, que j'ai trouvé le plus d'aménité de lieu, de commodités de logis et de vie de compagnie ». De vie de compagnie ! Ainsi, bien avant la Révolution, Bagnères était déjà une des villes thermales préférées des grands intellectuels mais aussi des aristocrates français et étrangers. Pourquoi ? Ces visiteurs avaient de l'argent, ils aimaient se distraire et ils étaient exigeants sur la « compagnie ». Qu'avaient-ils trouvé ici qui n'était pas ailleurs ?

Le duc de Maine et Madame de Maintenon directement arrivés de Versailles, le maréchal d'Ornano, le duc d'Épernon, Monsieur de Montespan, de riches Espagnols comme les marquis de Fuentes et de Mora, on voyait se croiser, sur ce qui n'était pas encore la promenade des Coustous, des ambassadeurs, des officiers, des intellectuels, des gens de robe et des moines, des religieuses, des princesses et des ducs attirés au moins autant par les plaisirs de la ville que par les vertus de ses eaux chaudes dont on disait qu'elles agissaient sur les nerfs, rendant aux agités calme et sérénité.

Le thermalisme, disait-on alors, était une des « distractions obligées des gens de qualité ».

Pourtant, il régnait en ces lieux un mystère dont on ne pouvait se défaire et qui dépassait largement les bienfaits des eaux et l'air pur des montagnes. On disait que ce pays de beauté avait été élu par tous les dieux du monde pour y déposer leur part d'amour. Pour cette raison, c'était ici qu'il y a bien longtemps les troubadours inspirés avaient inventé les premiers textes et les premiers poèmes courtois. La terre de Bigorre était littéraire, divine et poétique.

Les artistes le sentirent avant tout le monde et, en ces temps de romantisme où les grands sentiments avaient besoin de terres vierges, ils affluèrent. Comment résister à ces paysages extraordinaires et tourmentés, à ces lumières et à ce temps changeant, à cette nature sauvage qui cachait la faune la plus belle mais aussi la plus dangereuse qui soit ? Comment ne pas rêver à ces ours au pelage sombre qui hantaient les hautes forêts et aux isards si fins qui jouaient sur les sommets aigus ? Comment échapper à ce mystère si pur qui ne donnait envie que d'aimer ?

Les Pyrénées furent l'obligation mondaine la plus fascinante qui soit. De l'Angleterre à l'Italie en passant par l'Espagne et même la Russie, il fallait avoir fait son « voyage aux Pyrénées » au moins une fois dans sa vie d'artiste, d'aristocrate ou de grand bourgeois. Ce XIXe siècle fut la très grande et très magnifique époque romantique des montagnes du Sud. Le premier grand bal de Bagnères eut lieu dans les salons d'un palace qui allait longtemps faire parler de lui : l'hôtel Frascati.

Ce bal fut si prestigieux qu'il marqua à jamais la mémoire collective de l'hôtel mais aussi de la ville et de ses habitants. Des calèches arrivèrent de partout, déposant des femmes apprêtées, aux robes d'un luxe invraisemblable et des hommes qui avaient dans les yeux des airs de conquérants. Bien qu'habitués aux voyageurs aristocratiques et cosmopolites, les Bagnérais en furent durablement impressionnés. Dans le sillage parfumé de ce bal, la ville se para de ses plus beaux atours. La fête dura longtemps. Comme toutes les fêtes, elle aurait pu ne laisser derrière elle que de grandes salles désertes, mais restèrent ancrées à Bagnères les plus fortes personnalités, celles qui avaient compris qu'il y avait, derrière ce luxe éphémère venu d'ailleurs, un pays profond. Bagnères portait en son cœur la merveilleuse culture occitane et sa langue. Elle dégageait ce qu'on appelle un tempérament et ne pouvait retenir en ses murs que des hommes exigeants et cultivés, des hommes de véritable aventure et des originaux de talent. Il y eut Ramond de Carbonnières qui avait un beau nom et un charisme particulier ! Savant, montagnard, élégant, il courait les Pyrénées en herborisant, entraînant dans son enthousiasme énergique des savants étrangers, de hautes personnalités de l'Empire et, plus tard, les premiers des grands romantiques : Rossini, George Sand, Lamartine et tant d'autres encore.

Dans un entremêlement de circonstances et d'engagements dus à la présence active de ces fortes personnalités, naquirent des sociétés savantes et musicales diverses. Une vie théâtrale, musicale, scientifique et sportive prit toute son ampleur.

À Bagnères, il était possible de gravir des sommets et aussi de dormir le soir au Frascati, cet hôtel luxueux créé au temps faste et qui gardait fidèlement sa riche clientèle internationale. La tradition d'accueil qui avait tant séduit Montaigne était intacte. Épuré des bulles de champagne qui l'avaient fait briller de mille feux, le Frascati n'en était que plus mystérieux et plus fascinant.

Il réunissait le soir dans ses salons discrets et cossus des aristocrates et intellectuels exigeants qui adoraient le contraste fort de ce pays sauvage et cultivé et qui aimaient à en parler entre eux. Ils sortaient rarement une fois qu'ils étaient entrés, juste quelques promenades. Ils ne hantaient pas les sommets comme tous les sportifs, botanistes ou artistes, mais ils en parlaient. Le Frascati était devenu un lieu d'intimités raffinées et érudites. En cette fin de siècle, il cachait aussi dans le secret de ses murs le souvenir vibrant de grandes histoires d'amour et les restes d'un casino qui avait eu de belles heures et où jouaient encore de rares clients avertis mêlés à quelques aventuriers de passage.

— Conduisez-moi à l'hôtel Frascati !

On reconnaissait un nouvel arrivant à ce qu'il disait « hôtel Frascati », car tout habitué du palace disait : « Au Frascati, et vite ! »

Jean Caussade eut un froncement de sourcils. Il ouvrit la porte de sa voiture, fit monter l'étranger et prit le volant. « Encore un qui vient se faire plumer », se dit-il en l'observant dans son rétroviseur. Le chauffeur, qui faisait inlassablement et depuis des années le court voyage qui allait de la gare à l'hôtel, avait vu passer nombre de ces joueurs qui ne restaient pas et qui laissaient sur les tapis verts les quelques pièces d'or avec lesquelles ils se donnaient des airs. Seuls les princes revenaient. Eux, ils avaient beau perdre, ils semblaient toujours riches et, d'une saison à l'autre, étaient toujours là. À se demander où ils trouvaient l'argent.

— Vous vous faites du souci pour moi ?

Le voyageur du Paris-Pyrénées-Express avait parlé sans accent, d'une voix posée, comme s'il disait quelque chose de tout à fait naturel à un ami de longue date. Pris en défaut, Jean Caussade ne trouva rien à répondre.

— Les Espagnols sont là ? reprit le voyageur.

Jean Caussade hésita :

— Ça dépend desquels vous parlez, monsieur.

Il avait dit « monsieur » par prudence. Il avait sans doute jugé un peu trop vite cet inconnu. Si celui-ci connaissait la présence des riches Espagnols au Frascati, il valait mieux lui manifester quelque déférence. Caussade s'en voulut de sa négligence, c'était un homme du coin éduqué aux valeurs des gens simples. Il ne comprenait pas que l'on puisse jouer de l'argent juste pour le plaisir. C'était si dur à gagner, l'argent. Comment faisaient-ils tous et d'où le sortaient-ils pour le jouer aussi facilement ? Ils n'avaient pas de famille, pas d'enfants à nourrir, à habiller ? Non, décidément, Caussade ne comprenait pas. L'inconnu renouvela sa question :

— Je parle des Espagnols qui sont là pour la même chose que moi. Ils sont arrivés ?

— Je crois, se contenta de dire Caussade.

L'inconnu n'insista pas : comme tous les chauffeurs de palace il se disait que celui-là était au courant de tout, mais qu'il n'en dirait pas plus. Et l'inconnu sentait qu'une pièce ou même plusieurs n'y changeraient rien. Caussade prit par la rue de la gare, passa devant le jardin des Vignaux, fila jusqu'aux Coustous et tourna juste avant de s'y engager vers le boulevard Carnot. Tout au bout : le Frascati. L'inconnu détaillait le palace, visiblement surpris. De l'extérieur, on ne pouvait deviner que derrière les murs de cet hôtel d'apparence simple, voire austère, se cachait le raffinement dont il avait entendu parler. Caussade aimait lire cette stupéfaction sur le visage des voyageurs qu'il emmenait pour la première fois au Frascati, et ça ne manquait jamais. Comme tout Bagnérais, il était fier de ce palace caché dont l'aura rejaillissait sur toute la ville. Le Frascati dégageait un mystère pour les voyageurs, mais aussi pour la population locale. Les gens du pays y entraient rarement et n'en avaient que les échos distillés par les employés du coin. Mais comme ils en rajoutaient par goût du récit, on attribuait au Frascati des aventures plus romanesques les unes que les autres. Et, ensuite, on ne savait plus démêler le vrai du faux. La magie de l'hôtel n'en était que plus grande. L'inconnu régla sa note sans rien dire et Caussade le vit s'engouffrer dans le grand hall.

— Encore un sans bagages, se dit-il.

Caussade avait appris qu'il y avait deux sortes de voyageurs sans bagages. Ceux que les domestiques suivaient avec tout le nécessaire, et ceux qui n'attendaient personne derrière eux.

Ceux-là étaient des météores qu'en général on ne revoyait pas.

Sur le chemin qui le ramenait vers la gare, le conducteur bigourdan resta songeur. La réputation des Espagnols qui séjournaient au Frascati, et auxquels venaient se frotter les joueurs de casino les plus aventuriers de toute l'Europe, était intacte : ils gagnaient toujours. Pourtant, cette fois, il eut un doute : celui-ci pourrait bien être à la hauteur.

11

— Trop de cassonade ! Je te dis que tu mets trop de cassonade, Léontine. L'été dernier tu as gâché toutes les fraises, on ne pouvait même pas étaler la confiture. Tu vas faire pareil et ça sera immangeable. On aurait dit de la colle.

— Immangeables, mes confitures ! Ça, c'est la meilleure ! Je dois cacher les pots pour vous empêcher de les dévorer et voilà qu'elles sont immangeables. Qu'est-ce que ça serait alors si elles étaient mangeables ! Laissez-moi donc, je sais ce que je fais. Moitié fruits, moitié sucre, il faut exactement le même poids. Pour les fraises de l'an passé j'avais laissé trop cuire, c'est tout. Vous voulez toujours avoir raison sur tout, mais pour les confitures j'en connais un rayon. Contentez-vous de les manger et ne me contrariez pas, Madame Madeleine a invité M. Saint Alban et sa femme, j'ai du boulot par-dessus la tête.

Léontine avait parfois la repartie un peu verte mais la tante Mathilde préféra se mordre les lèvres plutôt que de répondre. Pas question de vexer sa bonne. Depuis trente ans qu'elle la suivait partout, Léontine lui était devenue indispensable. Mathilde rabattit sa légendaire mauvaise humeur sur Madeleine qui venait d'entrer dans la grande cuisine.

— Madeleine, quelle idée d'inviter Saint Alban ! Encore un critique. Comme si on n'en avait pas assez à Paris ! Et moi qui pensais venir passer quelques jours en paix dans ta campagne, m'occuper tranquillement des conserves de haricots et des confitures, c'est réussi ! Ça n'arrête pas de défiler, tous les jours un visiteur s'annonce. Tu es incorrigible.

Ce fut au tour de Madeleine de pousser un long soupir. À peine était-elle arrivée à son château de Réveillon pour passer le printemps et les mois d'été que la tante débarquait avec ses valises, son personnel et ses multiples récriminations.

— Écoute, tante Mathilde, je dois recevoir, je n'ai pas vraiment le choix. Comment faudra-t-il te le dire ? Saint Alban vient parce que je dois peindre le portrait de sa femme, ils logeront ici pendant quelques jours.

Mathilde faillit s'étrangler.

— Oh non, je n'en puis plus, on va les avoir à demeure. Mais qu'est-ce qui t'a pris ? Tu ne pouvais pas attendre d'être rentrée à Paris pour ce portrait ?

— Mais qu'est-ce que tu crois ? Que ça m'amuse ? Je préférerais préparer des confitures, moi aussi ! Mais mon université est en danger et je dois réagir tout de suite.

— En danger, s'étonna Mathilde, et en danger de quoi, grands dieux ?

— Rodolphe Julian s'est débrouillé pour que sa meilleure élève fasse le portrait de la fille du directeur d'un grand journal, comme par hasard.

Le sang de Mathilde ne fit qu'un tour.

— Tiens tiens. Il s'intéresse aux demoiselles pour autre chose que pour les mettre dans son lit maintenant ? Il n'en a pas assez de ses ateliers de garçons...

— Apparemment non, il vient d'en ouvrir deux coup sur coup.

— Encore ! Mais il n'en finit pas, bon sang de bon sang ! Et il faut encore qu'il vienne nous enlever le pain de la bouche. Comment sais-tu qu'il a eu cette commande ?

— C'est Wolff qui a recommandé la jeune femme auprès du directeur.

— Le critique d'art du journal ! On aurait pu s'en douter, celui-là, il n'en rate pas une. Quel faux-jeton, il soutient ses petits copains dans notre dos. Quand je pense qu'il court à tes réceptions en faisant plein de manières : Madeleine par-ci, Madeleine par-là ! Attends que je le voie cet automne, il va être bien reçu, je te le dis.

— Méfie-toi, il a le bras long et la haine tenace. Je suis sûre qu'il veut se mettre sur le marché des commandes de portraits : incidemment, les quatre jeunes femmes peintres dont on parle le plus à Paris en ce moment sont toutes de son académie.

— S'il a les critiques avec lui, forcément. Wolff recommande l'élève et donc on aura droit à de grandes tirades enflammées sur la qualité du tableau.

Une merveilleuse odeur de fraises cuites se répandit soudain dans la cuisine. Léontine s'était mise à tourner énergiquement la confiture qui cuisait doucement dans le chaudron de cuivre.

— Hmmm ! fit Mathilde que l'odeur du sucre mettait sens dessus dessous, c'est prêt ?

— Dans deux heures, répondit Léontine en cessant de tourner. Mais si vous voulez mon avis, c'est l'université de Madame Madeleine qui risque d'être cuite avant la confiture. Parce qu'il s'en passe dans votre dos, je vous le dis, moi.

Les deux femmes regardèrent Léontine avec stupéfaction.

— Mais que se passe-t-il dans notre dos ?

Satisfaite de son effet, Léontine posa sa grosse cuillère en bois contre un bol de faïence et vint poser ses deux gros poings sur la table, face à ses patronnes qui la regardaient avec des yeux ronds.

— Michaux, l'académicien, le membre du jury pour le grand salon, vous le connaissez ?

— Bien sûr, dit Madeleine, qui n'aimait pas trop les familiarités de Léontine, il est de mes relations et vient à toutes mes réceptions. Il est charmant d'ailleurs, très discret...

— Discret et charmant ! Ah ça, oui. Il manquerait plus qu'il morde ! Il fait des ronds de jambe à toutes les dames, mais attention, en tout bien tout honneur. C'est pire qu'un curé ! Mais derrière ses airs, il aime les honneurs, et les médailles. Et surtout, il aime les sous, il est radin comme pas un. À choisir, je préfère encore votre Julian. Au moins celui-là il joue franc jeu et il fait quelque chose dans sa vie. Tandis que le Michaux, il est comme un serpent et il sert à rien, sauf à faire courber l'échine de ses domestiques.

Ahuries par cette charge contre un homme auquel elles auraient donné le bon Dieu sans confession, Madeleine et Mathilde restèrent sans voix. Mathilde ne voyait pas où sa bonne voulait en venir.

— Mais où es-tu allée pêcher tout ça Léontine, tu es dans les petits papiers de ce monsieur ou quoi ?

— Presque, madame. C'est mon amie Fifi qui y est.

— Ah ! la fameuse Fifi dont tu me rebats les oreilles pour que je la prenne à mon service !

— Oui, c'est elle, et vous feriez une bonne affaire, croyez-moi. Fifi c'est une vaillante et chez Michaux elle en voit des vertes et des pas mûres. Elle était orpheline comme moi, on l'a placée au service de la famille Michaux depuis qu'elle a douze ans.

— Et c'est pour ça qu'elle lui en veut ? fit Madeleine. Vous n'avez pas été trop malheureuse vous, Léontine, alors je ne pense pas que M. Michaux soit si méchant que ça. Seulement votre Fifi doit être comme vous avec ma tante, elle doit en prendre trop à son aise.

Léontine faillit avoir un coup de sang.

— Ça alors, c'est la meilleure ! Trop à son aise pour vous dorloter du matin au soir, vous voulez dire, parce que si vous, vous avez des invités à cause de vos problèmes, qui c'est qui va les nourrir et faire leurs lits, hein ? C'est moi ! Tous les étés c'est pareil, on vient soi-disant pour être au calme et c'est pire qu'à Paris. Alors c'est simple, vos vacances, moi je m'en passe et je rentre dès ce soir avec le chauffeur. Votre Saint Alban, il mangera des nèfles !

Léontine avait le sang chaud et rendait son tablier pour un oui ou pour un non. Madeleine était horripilée par cette manie, mais Mathilde avait appris à faire avec.

— Allons allons, ma Léontine, murmura-t-elle avec douceur. Ne t'énerve pas, on est toutes à vif avec ces contrariétés. Saint Alban qui arrive, Julian qui nous vole le pain de la bouche et Michaux alors, qu'est-ce qu'il a fait de si terrible ?

Léontine se calma aussi vite qu'elle s'était énervée et se remit à tourner la confiture avec énergie.

— Il a reçu M. Julian plusieurs fois. L'autre voulait qu'il vienne donner des cours dans son académie. Mais le Michaux il faisait des mines, il disait qu'il était occupé, qu'il n'avait pas le temps. Tu parles, il fout rien de toute la journée à part voir des filles modèles dans le dos de sa femme. Là, ce qu'il voulait, c'était des sous. Alors il a été convenu qu'il viendrait juste une heure en fin de semaine, et il serait payé en entier comme un professeur qui fait sa semaine. « Je serai attentif à vos chères élèves au moment de la sélection du jury », qu'il a dit à Julian.

Madeleine et Mathilde n'en croyaient pas leurs oreilles. Michaux ! Lui qui semblait si réservé, si probe.

Lui qui avait épinglé une Légion d'honneur au revers de sa veste, il acceptait ce genre de compromissions !

— Mais d'où sortez-vous tout ça ? demanda Madeleine, sceptique.

— De Fifi. Il la prend pour une andouille qui ne comprend rien et il parle devant elle comme si elle n'était pas là. Mais elle n'est pas bête, Fifi, et elle en a assez de tous ces mensonges. D'ailleurs on devrait la prendre ici et...

— Léontine, assez avec cette histoire d'embauche. On verra plus tard.

Léontine ravala sa salive. Mathilde ne doutait pas une seconde de sa bonne. Jamais elle ne l'avait prise en défaut de mensonge, au contraire. Mathilde la croyait, et puis comment Fifi aurait-elle pu inventer tout ça ?

Critiques, juges, académiciens, ils se rendaient des services et la place était chère. Les premières à être exclues du jeu étaient bien sûr les femmes, celles qui risquaient de leur faire de l'ombre.

— Bientôt tu verras, ils se mettront à peindre des roses, soupira Madeleine, effondrée.

Madeleine avait raison de se méfier. Les jurés et les académiciens avaient toléré son ascension mais ils voulaient aussi cette part du gâteau et ils envoyaient d'autres jeunes femmes sur son terrain. Pas question bien sûr pour eux de se mettre à peindre des fleurs, ils continueraient à flamber avec leurs grandes scènes historiques, leurs portraits d'hommes politiques influents et leurs théories d'intellectuels qui refaisaient le monde. Mais pour prendre discrètement les commandes et l'argent des portraits de dame et de fleurs, ils ne disaient pas non.

Mathilde savait ce que sa nièce avait enduré pour arriver là où elle était arrivée et, comme elle gagnait plus d'argent qu'eux et qu'elle se mettait en tête d'enseigner, c'était plus qu'ils n'en pouvaient accepter. Bien qu'inquiète, Mathilde décida qu'il valait mieux apaiser Madeleine. La saison des vacances commençait, elle aspirait au calme et estimait que sa nièce devait, le temps de l'été au moins, s'occuper de sa fille et laisser tomber ces manigances.

— Si c'est pour ça que tu te crois obligée de peindre Mme de Saint Alban en plein été, tu perds ton temps. Ça ne servira à rien. Tu as une excellente réputation et ces dames ne jurent que par toi.

— Les réputations, on les défait plus facilement qu'on ne les construit. Il suffit de si peu, on est vite démodée.

— Allons, fit Mathilde, tu vas nous gâcher les vacances avec tes humeurs ! Oublie tout ça, on verra à la rentrée.

Visiblement contrariée, Madeleine haussa les épaules et se tourna vers Léontine, changeant de conversation.

— Dites-moi, Léontine, avez-vous vu Suzanne ?
— Elle dort.
— Elle dort ! Mais je lui avais dit d'être prête, que nous avions des invités.

Au seul nom de Suzanne, Mathilde changea de tête. La fille de Madeleine, à laquelle elle vouait une affection immense, était un sujet brûlant. Mathilde, qui n'avait jamais eu d'enfant, s'inquiétait au plus haut point pour Suzanne car elle faisait de l'éducation une priorité majeure. Elle sauta sur l'occasion :

— Voilà le résultat de tes mondanités, Madeleine ! dit-elle. Au lieu de penser à Julian, tu ferais mieux de penser à ta fille et de t'occuper d'elle, elle en a bien besoin. Comment ai-je fait, moi, en mon temps ? Tu crois que j'invitais Pierre, Paul et Jacques à ma table tous les jours au prétexte de quelque inquiétude ? Je t'obligeais à travailler tout l'été, pas question de rester sans rien faire. Ah ! tu en as dessiné des pétales et des boutons de rose, des plantes de toutes sortes. D'où crois-tu que te vient ton talent ? Du travail, ma petite

Madeleine, et de rien d'autre. Suzanne ne fait rien que se pomponner, il va lui venir des idées dans la tête et elle va s'imaginer que la vie est simple, qu'il suffit de piocher dans le pot de confiture. Elle va tomber de haut !

Madeleine n'en pouvait plus. Après le travail, voilà que sa tante venait la remettre en question dans son rôle de mère.

— Tu ne vas pas recommencer, j'ai fait ce que j'ai pu. Elle n'a jamais voulu se mettre à peindre, elle.

— Je sais et je te l'ai toujours dit : qu'elle le veuille ou non, il fallait l'y tenir. C'est une faute grave car, du coup, elle ne s'intéresse à rien. Une femme d'aujourd'hui doit pouvoir subvenir à ses besoins. Ces féministes, avec leurs discours, n'ont pas tort. Qu'est-ce qui se serait passé si tu n'avais pas su peindre ? Qui t'aurait sorti des difficultés quand tu es devenue veuve ? Personne. Et si tu crois que tu n'as pas rechigné quand je te mettais devant le carton à dessin alors que tes petites amies allaient en calèche faire le tour du village... Tu as même eu droit à quelques bonnes fessées. Seulement pas question de toucher à un seul cheveu de Suzanne, et voilà le résultat. Je me suis laissé dire qu'à Paris elle fréquente une brasserie en vogue près des grands boulevards.

— Et alors, c'est de son âge, non ?

— Travailler aussi c'est de son âge, et si elle ne fait rien, qu'elle se marie. C'est mauvais de rester comme ça sans but.

— Écoute, je te parle de mes soucis, de mon université si durement acquise, de ces hommes qui, tout en applaudissant des deux mains mon initiative, se dépêchent de m'enlever le pain de la bouche, et toi tu rabâches tes théories sur Suzanne, comme si je ne savais pas que je devrais m'en occuper davantage ! Et comment faire, tu peux me le dire ? Il n'y a que vingt-quatre heures dans une journée et je n'ai pas quatre mains. C'est le début des vacances et je suis déjà submergée par les tracas.

Pendant ce temps, Léontine, imperturbable, continuait à préparer sa confiture. Elle connaissait par cœur les querelles des deux femmes, l'été passé c'était déjà la même comédie, des chamailleries sans fin à propos de Suzanne. Rien ne convenait jamais à Mathilde qui faisait planer les pires menaces sur Madeleine. Et comme Madeleine culpabilisait, la tension montait vite. Après la nouvelle des machinations de Julian, celle-ci était d'ailleurs dans un tel état de nerfs que, sans réfléchir à son geste, elle plongea son doigt dans la bassine de cuivre qui bouillonnait sur la grosse cuisinière de fonte. Léontine n'eut pas le temps de l'en empêcher qu'elle poussa un hurlement de douleur qui retentit dans tout le château.

Horrifiée, Mathilde se contenta de porter les mains à son visage tandis que Léontine, d'un geste sûr, prenait la cruche d'eau froide et y plongeait la main de Madeleine qui se mordait les lèvres de douleur. L'eau apaisa le mal presque immédiatement.

— Et voilà ! s'écria Léontine en colère. Voilà où ça mène, vos crises. Restez comme ça un moment, il n'y a rien d'autre à faire. D'ici quelques minutes on en remettra de la fraîche. Et après, à l'air.

— Il faut appeler le docteur Boissarie, suggéra Mathilde, il est dans sa campagne, il fera quelque chose.

— Laissez le docteur tranquille, dit Léontine, madame n'est pas à l'agonie. D'ici quelques minutes la douleur la plus forte aura passé. Je commence à avoir l'habitude, tous les étés aux confitures c'est pareil, y en a toujours un pour mettre le doigt. Rappelez-vous l'an passé, c'était votre ami, le gros monsieur à moustaches...

— Cassignol ! s'exclama Mathilde.

— Oui, il avait mis ses deux doigts dodus, je n'arrivais pas à le calmer. Lui aussi, comme par hasard, venait de se disputer avec madame.

— C'est ça, dis que c'est ma faute.

— Mais oui, je le dis. Vous mettez toujours le feu aux poudres et voilà le résultat. Tout le monde est énervé et personne ne fait plus attention à rien. Madame Madeleine aurait pu plonger toute la main dans la confiture brûlante sans même s'en rendre compte. Quand j'y pense ! Cette Suzanne va vous rendre folles toutes les deux, et si vous n'arrêtez pas de vous disputer à son sujet, ça ira mal. La petite sait bien qu'elle vous fait tourner en bourriques et à force de vous entendre elle va vous fuir et tomber sur le premier venu qui lui racontera n'importe quoi. Et je sais de quoi je parle.

Sur cette conclusion pleine de sous-entendus, elle prit la grosse cuillère en bois d'olivier et se remit énergiquement à la tâche, tournant et retournant la confiture qui commençait à épaissir.

— Et qu'est-ce que tu veux dire par là ? dit Mathilde tout en lorgnant la grosse bassine de cuivre d'où s'échappait l'odeur tentatrice.

Léontine ne répondit pas. Elle avait ses humeurs et Mathilde savait qu'elle n'en tirerait rien. Elle fit un signe à Madeleine, elle verrait plus tard à tirer les vers du nez de sa bonne. Pour l'instant il fallait accueillir Saint Alban et sa femme, dont le cabriolet venait de faire crisser le gravier de la grande allée.

12

Dans les Pyrénées, Alba s'émerveillait de tout.

Autour d'elle, en bordure d'un pré vert, des coquelicots rouges et des marguerites au cœur jaune vif ondulaient entre des blés d'or. Dans la perspective qui lui faisait face au-dessus de l'Espagne, un pic enneigé faisait éclater ses blancheurs de glace sous un ciel d'azur. Jamais de sa vie Alba n'avait eu l'occasion de voir une palette aussi vive dans la nature.

— Que de couleurs ! se disait-elle, les yeux écarquillés. Assise en tailleur à même le pré, son carton d'aquarelle bien calé sur ses jambes repliées, elle avait tracé les contours du paysage d'un coup de crayon sûr. Maintenant elle posait les pigments, n'hésitant pas à charger son pinceau. Le résultat la stupéfiait.

— Marie et ses amis ont raison, pensait-elle, on ne peint pas de la même façon quand on est à Paris, dans l'atelier. Ici, il y a de la lumière. Et quelle lumière !

Pour la première fois, Alba se trouvait dans de grands espaces libres. Elle n'avait de la nature que de lointains souvenirs liés à sa petite enfance. Aujourd'hui, elle avait dix-neuf ans et elle avait donc passé dix-neuf années sans voir la terre du beau pays de France. Dix-neuf années à vivre entre des murs, des rues et des toits avec juste au-dessus des carrés de ciel plus souvent gris que bleu. Les premiers jours ce fut comme un vertige, comme si un dieu là-haut avait déchiré un vieux décor fané et ouvert pour elle l'immensité du monde. Comme dans un conte de fées, elle était entrée dans cette image de couleurs, touchant les arbres, les herbes et les fleurs en se demandant si elle ne rêvait pas. Depuis qu'elle était arrivée, elle n'avait fait que courir dans les prés, tremper ses mains dans l'eau vive des ruisseaux et cueillir de gros bouquets de fleurs sauvages, par brassées. C'était étourdissant et le soir elle rentrait assommée de nature, saoulée du bonheur de se sentir vivante. Il fallut plus d'une semaine avant qu'elle reprenne ses crayons et ses couleurs. L'été s'annonçait merveilleux. Les premiers jours elle avait souvent pensé à l'homme du train, puis il y avait eu tant de choses nouvelles à découvrir qu'elle l'avait un peu oublié.

Voilà une semaine qu'elles étaient là et Louise avait déjà des commandes. Vu leurs moyens, elles louaient la chambre la plus petite, la plus sombre et la moins chère de la pension. Louise avait réussi à négocier un petit réchaud pour les repas et les propriétaires avaient gentiment accepté. Le patron, un ancien des carrières de marbre, avait une passion : chanter. Il avait une belle voix de baryton et faisait partie d'une troupe avec laquelle il avait beaucoup voyagé dans sa jeunesse : « Les Chanteurs montagnards ». Jeanne, sa femme, était très fière de son homme et le regardait avec amour quand de temps à autre, seul ou avec des amis, « il en poussait une », comme on disait ici. Toujours habillée de noir avec un fichu serré sur la tête d'où ne dépassaient que deux fins bandeaux de cheveux blancs, elle s'activait toute la journée. On la voyait couper les poireaux ou peler les pommes de terre et les oignons debout contre l'évier de sa cuisine ou assise sur une chaise devant la porte ouverte sur la rue, à côté d'un rosier grimpant qu'elle soignait avec amour. Tout en travaillant sans cesse, elle prenait le temps de dire un mot aux voisines qui passaient, chargées de linge à laver ou encombrées de gros sacs pleins de légumes frais et odorants. Alba salivait délicieusement rien qu'à les sentir. Un soir en rentrant, à sa grande surprise, elle avait trouvé sa mère installée à faufiler une capeline tout près de la fenêtre ouverte.

— Tu laisses la fenêtre ouverte maintenant ?

— Oui, avait gaiement répondu Louise. Comme ça, je vois le passage.

— Mais tu voulais être côté cour plutôt que côté rue à cause du passage justement !

— Eh bien, je me suis trompée. Je laissais la fenêtre fermée parce que je n'osais pas, j'avais peur qu'on me voie, qu'on voie notre lit, nos affaires, tout ça. Je ne sais pas pourquoi d'ailleurs, on n'a rien à cacher. C'est propre. Maintenant, tiens, je ne fermerais la fenêtre pour rien au monde. Je me sens bien comme jamais auparavant.

Et elle riait. Louise riait. C'était le paradis ! Jamais Alba n'avait vu sa mère heureuse. À Paris elle était toujours triste et Alba ressentait sa souffrance. Que de fois elle s'était demandé ce qui pourrait rendre sa mère heureuse. Or voilà qu'au bout d'une semaine à peine, Louise riait. En y pensant Alba avait les larmes aux yeux, elle vouait à ces gens et à ce pays une immense reconnaissance et se demandait comment leur rendre un peu de ce bonheur. Elle pensa alors au rosier de Jeanne devant la porte, un magnifique rosier de petites roses blanches et chiffonnées qui laissaient tomber leurs pétales et fleurissaient sans cesse.

Alba se promit de peindre en cachette un petit bouquet de roses et de le lui donner le jour du départ. Elle avait commencé dès les premiers jours et prenait son temps. Elle voulait quelque chose de beau, une riche composition comme en peignait Madeleine dans un vase doré. Comme leur chambre au rez-de-chaussée donnait sur le devant de la rue, elle devait faire attention en dessinant parce que Jeanne n'était certes ni plus ni moins curieuse qu'une autre mais, un jour, elle s'était accoudée à la fenêtre et Alba avait failli être découverte.

— Et qu'est-ce que tu fais de beau ? Tu dessines ?

— Euh, oui, avait répondu Alba tout en tournant sa feuille pour que Jeanne ne voie pas son motif.

— Tu es bien cachottière, avait dit Jeanne en riant. Bah ! Tu me le montreras quand tu auras fini.

Alba s'était juré de ne plus se faire surprendre et pour ça, il n'y avait qu'une solution. Peindre ce bouquet d'imagination et de mémoire en plein air, dans la campagne. Alors elle quittait la chambre dès le matin, laissant Louise profiter toute la journée de la compagnie des femmes du quartier. Les Bagnéraises parlaient dans une langue occitane qu'Alba et Louise ne comprenaient pas mais, après un temps de méfiance, elles avaient accepté leur présence et, si elles continuaient à parler occitan par habitude, elles passaient volontiers au français.

Quelle vie dans ces ruelles, quelle activité permanente ! Habituée au silence de leur logement perché en arrière-cour à Paris, Louise revivait au contact de ces Bigourdanes qui, sous leurs habits austères et noirs, cachaient des rires gais et une énergie redoutable. L'une d'elles, Colette, qui tenait la pension d'à côté, lui donnait souvent quelques légumes, des poireaux, une salade, des fruits. Ces légumes du jardin que Colette déposait sur le rebord de leur fenêtre étaient une joie immense. Une vieille solidarité paysanne et humaine qui venait de loin, du temps où les hommes ne mangeaient pas tous. Il y avait eu la peste à Bagnères, et la terre avait tremblé. Il y avait eu de la misère aussi, avant qu'il n'y ait cette vie plus facile. Les femmes comme Colette s'en souvenaient.

Alba partait tôt mais revenait toujours de ses balades vers 15 heures.

— Elle arrive au moment de la pause, disait la vieille Jeanne en la voyant remonter la rue depuis la chaise où elle était assise.

Il y avait toujours à Bagnères une ou deux chaises, ou un petit banc devant les maisons. Pour le passant, pour bavarder un peu « à la fraîche », comme on disait. À l'heure du soir, les ruelles bruissaient de rires et de confidences, de souvenirs qui s'envolaient sous les étoiles. Aujourd'hui Alba avait pris un peu de retard, parce qu'elle avait voulu terminer une aquarelle de paysage qu'elle avait entreprise en même temps que le bouquet de roses pour Jeanne, de façon à laisser sécher l'une avant de pouvoir reprendre l'autre. Elle avait eu beaucoup de mal à ajuster les tons transparents et glacés du pic avec la force colorée des prés, des coquelicots et des blés. Il lui avait fallu trouver un équilibre qui respecte les contrastes tout en permettant aux montagnes blanches et fines d'exister malgré les couleurs des fleurs. La lumière qui se modifiait sans cesse rendait le travail très difficile mais Alba y était parvenue et rentrait d'un bon pas, consciente d'avoir relevé le défi de la nature. Son visage rayonnait de cette joie nouvelle et elle respirait à pleins poumons. Elle arriva des prés par le vallon du Salut qui dominait la ville, prit le chemin Joseph qui menait aux Thermes de la Reine d'où on pouvait admirer la ville en contrebas, et s'arrêta un instant. Vue d'en haut, Bagnères ressemblait à un jouet d'enfant. On voyait nettement les rues, les croisements, les maisons et leurs belles toitures d'ardoise grise. Des automobiles croisaient des calèches et des chaises à porteurs. Alba s'amusait de ce va-et-vient et de cette foule de promeneurs quand elle vit un homme descendre d'une voiture.

Bien qu'il fût loin, elle le reconnut immédiatement.

C'était l'homme du Paris-Pyrénées-Express.

Prise d'une frénésie soudaine, elle ramassa sa boîte de couleurs, coinça son carton d'aquarelle sous son bras et fila à toute vitesse par les allées Cardeilhac. Elle dévala le chemin Joseph, bouscula les curistes qui descendaient calmement de promenade et déboula comme une folle sur la place des Thermes. Mais elle eut beau regarder de tous côtés, l'homme avait disparu. Ajustant son chapeau de paille et ses cheveux que sa course avait défaits, elle arpenta la place de long en large en observant tous les hommes un à un. En vain. Aucun d'eux n'était l'homme du train. Elle restait plantée avec son carton quand elle s'aperçut qu'un individu la regardait en frisant ses moustaches d'un air intéressé. Il s'approcha et lui demanda d'un ton suave si elle désirait prendre un verre en terrasse aux Coustous. D'autres auraient rougi, Alba blêmit. Que lui voulait cet homme ? Elle n'aimait ni sa voix, ni sa façon de la regarder. L'homme comprit son erreur et s'en alla en marmonnant des paroles incompréhensibles et en frisant sa moustache plus que de raison. Alba retrouva ses esprits. L'homme à la moustache étant parti vers le centre de la ville, elle descendit à l'opposé, vers le casino. Bien que ce ne soit pas tout à fait son chemin, elle passait volontiers devant cet établissement où elle n'allait jamais mais où elle pouvait admirer les toilettes des belles étrangères qui y déambulaient.

Devant la haute façade aux colonnes de pierre, devant les larges baies vitrées, sur la terrasse décorée de palmiers exotiques plantés dans de grands pots de terre, les riches curistes prenaient un rafraîchissement aux sons éparpillés d'un orchestre de kiosque qui jouait toutes les fins d'après-midi. Alba marchait lentement, épuisée. Ses jambes tremblaient encore d'émotion et elle se demandait ce qui l'avait poussée à courir de la sorte vers cet inconnu et pourquoi elle ressentait une profonde mélancolie maintenant qu'il avait disparu. Des fillettes en robes blanches coiffées de capelines jouaient avec des cerceaux. Le soleil s'était adouci et un jeune groom refermait les parasols de toile. Près de lui, un garçonnet en culottes courtes lançait dans les airs un bilboquet de bois qu'il rattrapait sous le regard d'adultes émerveillés. Dans l'encadrement d'une haute fenêtre, juste derrière l'enfant, un homme s'avança. Alba retint son souffle. L'homme venait du casino. C'était lui, c'était l'inconnu du Paris-Pyrénées-Express. Il rejeta la tête en arrière et ferma un instant les yeux, comme ébloui par la douce clarté de cette fin d'après-midi. Alba, pétrifiée, ne pouvait détacher son regard de sa longue silhouette. Lui ne voyait rien. Saluant d'un geste de la main le maître d'hôtel qui conversait entre les tables, il traversa la terrasse, le boulevard Carnot et passa à quelques mètres d'Alba, sans la voir, pour s'engouffrer dans l'hôtel Frascati. Cela s'était passé si vite qu'elle n'eut pas le temps de réagir. Il avait à nouveau disparu.

Hormis sa masse qui s'avançait telle celle d'un paquebot à l'extrémité du boulevard et ses chasseurs en livrée aux épaules dorées, l'extérieur du Frascati ne révélait rien de son luxe. Mais il suffisait d'entrevoir les lourds drapés derrière ses fenêtres et les plus belles voitures qui se succédaient devant l'entrée pour comprendre qu'on ne venait pas au Frascati par hasard. On disait tant de choses sur cet hôtel... Même Alba, qui venait d'arriver, avait entendu parler plusieurs fois de ce lieu fascinant et elle se demandait qui pouvait bien être cet inconnu pour loger dans un palace pareil réservé, disait-on, aux touristes les plus fortunés d'Europe et aussi les plus insouciants.

Songeuse, elle repartit vers la rue Saint-Jean. Par la porte de sa cuisine ouverte, Jeanne l'interpella :

— Tiens, aujourd'hui tu arrives juste pour le casse-croûte. Tu en veux un bout, ça doit creuser ta peinture, non ? Tu m'as l'air bien retournée.

Tout en parlant, elle montrait les deux larges tartines de pain qu'elle venait de tailler à l'aide d'un grand couteau. Ici, les pains étaient gros et ronds, on les appelait des « miches » et on y allait franchement sur les tartines. Alba acquiesça de bon cœur.

— Va te chercher une chaise et viens t'asseoir dehors avec nous. Ça va te faire du bien, tu travailles trop, dit Jeanne en attrapant d'un geste sûr le jambon enfermé dans un sac de toile qui pendait à un gros crochet noir.

— Oh, commença Louise, gênée en voyant l'épaisseur généreuse des tranches que Jeanne coupait, il ne fallait pas, c'est trop, non, Jeanne, on va partager, Alba ne pourra pas manger ce soir.

Alba serra les dents de colère. Elle ne comprenait pas cette façon qu'avait sa mère de toujours s'excuser de quelque chose, de ne jamais profiter pleinement de ce qu'elle vivait. Deux jours avant, une anecdote lui avait mis le rouge aux joues. Elle était allée acheter du jambon et, sur les multiples recommandations de Louise, par mesure d'économie, elle avait demandé plusieurs fois au charcutier de tailler les tranches « fines, très fines ». Comme elle insistait un peu trop, le charcutier lui avait répondu que « pour la dentelle il fallait s'adresser en face, chez la mercière ». Profondément blessée, elle était repartie sans rien dire sous le regard goguenard du commerçant.

— Comment ça, c'est trop. Tatata, fit Jeanne sans faire aucun cas de Louise. La petite doit manger, d'ici ce soir on verra bien.

Une grosse voix l'interrompit :

— Mangeons bien, nous mourrons gras, et déjeunons de suite en cas de mort subite !

— Ça, c'est Lucien, déclara Jeanne en se retournant.

Lucien avait le rire aux lèvres. Il revenait des prés avec, sur l'épaule, une grosse botte de foin pliée dans une toile de jute et il s'arrêtait devant chez Jeanne comme tout le monde, en passant. C'était un homme solide, de bonne corpulence, avec un beau regard droit. Louise et Alba le connaissaient parce qu'il venait pousser la chanson de temps à autre. Tout en gardant la botte de foin sur son dos, il s'appuya contre le mur et fit une halte pour reprendre son souffle. Visiblement, il avait eu très chaud et, malgré un mouchoir à carreaux coincé sous son béret pour retenir les gouttes de sueur, son front ruisselait.

— Tu ramasses le foin à cette heure, et un dimanche par-dessus le marché, le jour du Seigneur, dit Jeanne. Tu es fou ou quoi, tu veux y rester ?

— Ah, t'en as de bien bonnes toi, répondit Lucien, et il faisait comment ton Fernand ?

— Oh pareil, avoua Jeanne. On y allait quand on pouvait. (*Puis, désignant les tartines :*) Tu veux de l'eau fraîche, ou plutôt un peu de madiran avec du jambon ?

— Les deux, fit Lucien en enlevant son béret et en s'essuyant le front avec le mouchoir.

Alba aimait ce voisin, il avait bon cœur. Avec des gens comme lui, elle se sentait totalement en confiance.

— Il faut ce qu'il faut, dit Jeanne en donnant à manger à Lucien en même temps qu'un verre de vin frais qu'elle gardait dans la remise, une pièce toujours fraîche et sombre qui servait de garde-manger, avec juste une petite lucarne en hauteur qui donnait au nord et laissait voir un bout de ciel.

Appuyé au mur, sa botte de foin sur le dos, Lucien entama franchement le pain et le jambon mais il but le vin délicatement, comme un nectar.

Était-ce la présence de Lucien, la joie simple de ce moment, ou le souvenir tout proche de l'inconnu, toujours est-il qu'Alba, soudain très émue, pensait à ce mot de « famille » qu'elle n'avait jamais pu prononcer, pas plus qu'elle n'avait pu prononcer celui de « père ». Pourquoi certains avaient-ils des familles, des cousins, des frères ou des sœurs et pourquoi sa mère et elle étaient-elles si seules ? Pourquoi y avait-il des bonheurs aussi simples qui leur étaient inaccessibles et où était ce père qu'elle n'avait jamais vu et dont on ne lui avait jamais rien dit ?

— Tiens, fit Lucien à Alba tout en désignant d'un mouvement du menton le carton d'aquarelle. J'ai vu des jeunes artistes comme toi à Cauterets, un monsieur les accompagnait. C'est un herboriste, j'en suis sûr, je les reconnais à vingt mètres, y en a plein la montagne. Ils font de « la botanique » comme ils disent. Ils avaient dû bien marcher parce qu'ils avaient l'air d'en avoir plein les pattes. J'ai discuté le coup. Je leur ai parlé de toi et y en a une qui te connaît, elle s'appelle Marie, je croyais que c'était une Anglaise parce qu'il y en a beaucoup qui viennent ici. Pas du tout, elle était russe.

— Ça alors ! s'exclama Alba, tout ahurie de ce hasard. Et qu'est-ce qu'elle faisait ?

— Ben, elle achetait des berlingots à la Reine Margot, chez mon fils. Ils étaient tous là à les regarder faire leurs berlingots. Ils n'en revenaient pas, ils n'avaient jamais vu ça et ils étaient épatés. Ils voulaient même les peindre. « C'est pictural ! » disait un jeune sans arrêt.

— Des berlingots, c'est quoi ? demanda Louise.
— Cauterets, c'est où ? dit Alba en même temps.
— Les berlingots c'est des bonbons et Cauterets c'est là-haut, répondit Lucien. Si tu veux, je t'emmène avec ta mère la semaine prochaine. Elle goûtera les berlingots et toi tu verras ton amie. Je sais où elle loge, elle est chez Lasserre, au Lion d'Or. Elle a bien choisi, je te le dis moi, elle doit être aux petits oignons là-haut.

13

Quand Louise se leva, très tôt, elle vit dans le ciel des filaments de brume. Le temps était incertain. Allez savoir pourquoi, tout en s'habillant, elle repensa à ce voyageur dans le couloir du train, près d'Alba. Elle chassa cette pensée et réveilla Alba.

— Je passerai à 6 heures, avait dit Lucien.

Ce fut une journée où les imprévus s'enchaînèrent les uns après les autres.

Lucien et sa femme Juliette avaient insisté pour les emmener à Cauterets. Louise ne voulait pas, elle avait bien autre chose à faire avec tout son travail, mais elle tenait à ce qu'Alba y aille. Alba était réticente, revoir Marie ne lui disait rien, elles n'avaient jamais noué de véritables liens et elle était embarrassée à l'idée de s'imposer sans être invitée. Depuis que Marie suivait les cours de Julian, il lui semblait qu'elles avaient encore moins de choses à se dire. Mais Lucien avait le côté têtu des gens qui vous veulent du bien. Il finit par la convaincre.

— Puisque je vous dis, répétait-il, que quand votre amie a su que vous étiez à Bagnères elle a sauté au plafond ! Elle parlait déjà de vous présenter à ses amis. Elle sera très contente je vous dis, allez, faites pas d'histoires.

Ils partirent très tôt. En passant devant le Frascati, Alba eut un frisson et elle jeta un coup d'œil sur les fenêtres aux volets fermés. L'inconnu était-il toujours là ? Tout au long du trajet elle n'avait pu s'empêcher de penser à lui.

Ils étaient arrivés à Cauterets sur les 10 heures et ils avaient laissé Alba à l'hôtel du Lion. L'hôtel inspirait confiance. Sur sa façade riche de hautes fenêtres aux encadrements de pierre gris foncé, toutes garnies d'un balcon qui avançait sur la rue, Rose, la plus jeune des deux sœurs, avait accroché des jardinières abondantes remplies de fleurs et de plantes diverses. C'était beau et attirant, on avait tout de suite envie d'entrer. Un hôtel où on soigne si bien les fleurs devait être un havre de confort et d'attentions pour les clients ! Dès le petit hall, simple mais confortable et soigné, Alba respira une bonne odeur de cire. Sur les murs, de fines broderies racontaient les saisons. Souriantes, les sœurs Lasserre lui tendirent les bras :

— Ne t'inquiète pas, Lucien, on la garde, ta protégée, dit l'aînée, ses amis sont ici.

Et elle avait entraîné Alba vers un patio où Marie et ses amis discutaient autour d'un thé matinal.

Un sol de pierre, de multiples plantations en pots plus fleuries les unes que les autres, une glycine, une fontaine qui laissait couler un filet d'eau claire et faisait un bruit frais et chantant, le patio évoquait l'Espagne toute proche et même l'Orient. C'était un lieu enchanteur. Sous la glycine, autour d'un mobilier de jardin en ferronnerie blanche, un monsieur à barbichette vêtu de toile claire bavardait avec quatre jeunes gens. Marie était parmi eux :

— Alba ! s'exclama-t-elle, quel plaisir de te voir ! Viens, je vais te présenter. Nous sommes en pleine discussion sur les montagnes pyrénéennes et sur l'art de les peindre...

— L'art de peindre, tu as de ces mots, Marie, fit d'un ton las un jeune homme sans accorder un regard à Alba. Dis plutôt que nous délirons tous devant ces paysages incroyables. On est tellement enthousiastes qu'on peindrait tout ici, on a même failli peindre des berlingots, c'est dire…

— Ah ! permettez, mon ami, l'interrompit l'homme à barbichette. Parlez pour vous, moi j'herborise. Et pour la botanique, il faut être des plus précis.

— Vous herborisez, c'est vite dit, intervint Marie. J'ai lu *Mon oncle Flo*, votre dernier ouvrage.

Écrivain prolixe de l'Académie, André Theuriet venait de publier ce roman où il racontait l'expédition d'un jeune homme et de son oncle herborisant aux Pyrénées. Mais en fait de botanique, le roman d'André Theuriet était plutôt du genre sentimental :

— Disons, ma chère, répondit l'écrivain peu méfiant, que ce sont mes personnages qui m'ont entraîné. C'est ainsi, que voulez-vous, ils nous mènent par le bout du nez. Flo m'a donné la passion des fleurs de montagne…

Marie éclata d'un joli rire en cascade. Alba était restée plantée près de la porte. Personne ne faisait attention à elle.

— La passion des fleurs !!! fit-elle, calmée. Tiens, tiens, tiens. Mais où voyez-vous des fleurs dans votre roman ? Il faut s'acharner pour trouver ne serait-ce que le nom d'une seule. Il y a bien de-ci de-là quelques chardons, serpolets et « plantes rares », mais à toutes les pages il y a surtout des femmes « fascinantes », des jeunes filles « ravissantes » et des servantes « accortes ». Que d'œillades ! Confondez-vous les femmes et les fleurs, mon cher ami, ou réinventez-vous l'art de la botanique ?

L'académicien ne s'attendait pas à une telle charge, surtout venant de cette Marie au visage d'ange. Avec elle, il se faisait toujours avoir. Il réajusta son monocle et s'apprêtait à répondre quand le jeune homme l'interrompit à nouveau.

Julien avait la fade beauté d'un jeune homme gâté par la vie. Il extirpa d'une musette de toile grège un petit livre à la reliure de cuir duquel émergeaient des bouts de papier blanc déchirés, qui montraient combien il avait fait d'annotations lors de sa lecture. À la vue de son roman ainsi dépiauté, l'académicien comprit qu'il allait être mis à mal. Il se tint sur ses gardes.

— Herboristerie au lac de Gaube ! Je lis, commença le jeune homme non sans une certaine insolence. Page… (*Ce disant il tournait les pages à la recherche de son annotation.*) Ah, voilà, page 82. Je résume, l'oncle Flo, herboriste, s'en va au lac de Gaube et tombe, je vous le donne en mille…

— Sur un edelweiss, commença l'autre jeune fille.

— Sur un iris, enchaîna l'autre jeune homme

— Sur une « marguerite » ! renchérit Marie.

Julien se tordait de rire sur sa chaise.

— Pas du tout, pas du tout, chers amis, vous n'y êtes pas du tout. Il tombe sur « l'onduleuse Mlle du Val-Clavin ».

Les rires fusèrent, ce fut un déchaînement.

— La suite, la suite… clamèrent en chœur les jeunes gens.

— On m'avait dit que les Pyrénées inspiraient l'amour, mais à ce point ! continua Julien moqueur, et il lut d'une voix mélodramatique :

— … « Pareille à une danse de sylphes, l'envolée des blanches vapeurs les enveloppait de mystère. Par instant, un pâle rayon de soleil enchantait tout au loin les chutes écumeuses de la cascade de Troumouse… » Ouvrez bien vos oreilles, chers amis, car c'est là que la botanique intervient. « Le site romantique invitait à un flirt sentimental. Flo put roucouler tout à son aise, la dame l'encourageait par d'indulgentes œillades ; si bien que lorsqu'ils revinrent à l'auberge, l'oncle était déjà fort émoustillé ! »

Il referma le livre d'un claquement sec sur cet « émoustillé » en fin de citation, déchaînant de nouveaux hurlements de rire.

L'académicien était vert. De rage.

— Et après ? piaffa Marie, impatiente, en tapant du pied. Après, lis, lis...

— Après ! Après ! Après ! firent-ils tous trois en tapant du pied cruellement.

— Après il n'y a plus rien, se lamenta Julien, c'eût été trop beau. Un cavalier arrive et la dame s'en va avec lui. On n'aura même pas droit à la scène dans la chambre. Belle pirouette, non ? Et c'est comme ça du début à la fin, un coup il voit une soubrette, un coup une dame, une demoiselle de..., et jamais rien ne se passe. On termine sur une charmante Bigourdane aux lignes pures avec sa « familiarité méridionale ». (*S'adressant directement à l'académicien.*) Les Méridionales, M. Theuriet, c'est vers Marseille ou Toulon, ici nous sommes dans les Pyrénées centrales. Y a erreur.

C'en était trop, un académicien ne se trompe pas.

— Mon jeune ami, dit André Theuriet d'une voix posée, comme vous semblez aimer les citations, en voici une tirée du dictionnaire. « Méridional » veut dire situé au sud. L'Espagne et l'Italie font partie de l'Europe méridionale. Par extension, se dit des gens du Sud. Exemple : les Marseillais sont des méridionaux.

— Qu'est-ce que je disais, les Marseillais, pas les Bigourdans, s'empressa Julien.

L'académicien attendait l'erreur et l'avait provoquée.

— Ne savez-vous donc pas lire les pages d'un dictionnaire ? Le langage parlé a déformé le langage savant en attribuant le terme méridional aux seuls Marseillais. L'auriez-vous oublié ou ne l'avez-vous jamais su ?

Julien n'en menait pas large et regrettait de s'être aventuré sur un terrain linguistique où il ne maîtrisait rien. Il était incapable de dire si l'académicien le roulait dans la farine ou non avec cette histoire de « langage savant ».

— ... Votre culture, mon jeune ami, continua l'autre qui tenait le bon bout, est aussi étendue que votre humour. Elle s'arrête à la page 300 du dictionnaire, à la lettre « M », sur ce fameux mot de « Méridional ». C'est dire le chemin qu'il vous reste à parcourir ! Car je vous signale que le dictionnaire se termine à la lettre « Z » sur le mot « Zut » : exclamation qui sert à montrer que l'on n'est pas content, que l'on est agacé. Ce qui est mon cas.

Les rires redoublèrent. Indéniablement, l'académicien avait retourné la joute à son avantage.

Heureux de son effet, il prit son bâton de marche en buis gravé d'un magnifique edelweiss qu'il avait acheté la veille au magasin de souvenirs, et se leva en disant :

— ... et sur ce, chers enfants, je vous dis à tous : « Zut, Zut et Zut ! » Je m'en vais herboriser, mais seul. Votre compagnie me lasse.

— Oh, André, minauda l'autre jeune fille, vous n'allez pas partir fâché. Restez avec nous, qu'allons-nous faire sans vous ? Vous aviez juré de nous conduire au lac de Gaube. Allons-y, j'y tiens beaucoup, vous le savez.

— Tatata ! s'écria l'académicien très remonté, vous vous débrouillerez sans moi. J'attendrai que vous soyez arrivés un peu plus avant dans la lecture du dictionnaire pour apprécier à nouveau votre jeune compagnie.

— André, ne faites pas votre mauvaise tête, insista cette fois Marie, Julien a voulu jouer, c'est l'été, si on ne peut pas s'amuser en vacances... On m'avait dit que les écrivains étaient plus drôles que les artistes peintres, vous allez me faire douter. André ! S'il vous plaît, restez, allons au lac de Gaube !

— André ! André ! André ! Au lac ! Au lac ! Au lac ! reprirent-ils tous en chœur en tapant à nouveau du pied comme des enfants capricieux, y compris Julien, trop intelligent pour faire le mauvais coucheur.

L'académicien ne voulait pas montrer que le jeune blanc-bec l'avait contrarié à ce point. Il avisa alors Alba, que tout le monde avait oubliée et qui était restée debout sans que personne ne s'intéresse à elle.

— Je m'en remets à cette jeune demoiselle qui n'est pour rien dans vos sottises, fit l'académicien. Mademoiselle, est-ce que cela vous plairait d'aller au lac de Gaube ?

— Oui ! Oui ! Oui ! hurlèrent les autres en chœur en direction d'Alba qu'ils semblèrent enfin voir.

— Dis oui, Alba, supplia Marie gaiement.

— Oui, répondit Alba dans un souffle.

Marie monta sur la table de ferronnerie blanche en claquant des doigts comme au flamenco, jouant à l'Espagnole, et tous trépignèrent de joie autour d'elle en criant : « Au lac ! au lac ! au lac ! »

Visiblement, elle était la reine du petit cercle et elle tenait à le rester.

14

— Ouh, mais... c'est qu'on ne part pas en balade comme ça, malheureux ! s'écria Bernadette Lasserre quand elle eut vent de l'expédition. Avec vos sandalettes de toile, vous n'irez pas loin. C'est dangereux, les pierres sont humides, vous pouvez glisser. Et là-haut, les ravins sont profonds, les eaux fortes et glacées, il faut être équipé pour le lac de Gaube, qu'est-ce que vous croyez ?

— N'exagérons rien, dit Julien, vous avez vu le soleil ce matin ? Et le ciel est d'un bleu ! Moi, j'y vais comme ça. Et toi Marie ? demanda-t-il en se tournant vers son amie.

— Mais qu'est-ce qu'il dit, ce jeunot ? reprit l'hôtelière, stupéfaite. On voit qu'il ne connaît rien à la montagne, ici le temps change très vite, on passe du plein soleil à l'orage en moins d'une heure. Enfin, vous faites comme vous voulez, mais la petite je l'habille comme il faut, sinon je ne la laisse pas partir. Et je vous conseille d'en faire autant.

— Non seulement Mlle Lasserre a raison, dit l'académicien, mais l'écrivain Bertall, ayant vu ici même à Cauterets des dames arriver du lac de Gaube en piteux état à cause d'un orage, écrivit : « J'ai vu revenir à quatre heures deux baronnes, trois comtesses et quatre marquises. On ne les aurait pas prises avec des pincettes. Elles étaient couvertes de boue et leurs robes pleuraient sur elles, je ne dirais pas à chaudes larmes mais à larmes glaciales. »

Ce disant, il promenait sur la petite assemblée un regard circulaire insistant. Mais comme personne ne semblait comprendre où il voulait en venir, il s'expliqua :

— ... à « larmes glaciales », avez-vous bien entendu ? Et cela se passait au mois d'août ! Ici, sous le soleil, couve la glace, alors, prudence !

Et tel un chef de file énigmatique et cultivé, montrant l'exemple, il partit se changer.

Julien et Marie ne voulurent rien entendre. Ils restèrent, lui en habit de toile légère, elle dans un modèle du Pays basque qui faisait fureur l'été dans les stations pyrénéennes. Une robe de coton blanc et des espadrilles de toile claire nouées autour de ses chevilles par de gracieux lacets.

— Je m'en fiche complètement de ce Bertall, fit Marie d'un ton assuré. Je ne sais même pas qui c'est. Il a dû pondre deux écrits passés aux oubliettes et André nous le sert comme s'il citait un grand philosophe. Tu parles ! Moi j'ai mis les sandales du pays. Si elles vont aux Basques, elles me vont à moi aussi.

— Les Basques ont l'habitude et ils ne vont pas traîner au bord des ravins où la pierre est humide, insista l'hôtelière.

— Je ne suis pas plus bête qu'eux, trancha Marie, je sais ce que je fais et j'y vais comme ça, un point c'est tout !

— Je vous aurai avertis, se contenta d'ajouter Bernadette en hochant la tête.

Alba avait maintenant des godillots solides et un bon pull, et Rose ajouta même une petite cape : « Au cas où. »

— Faites bien attention, marchez lentement et regardez toujours où vous mettez les pieds. Il n'y a aucun danger si vous êtes prudente, dit-elle.

Mme Lasserre avait l'énergie tonique de ces gens qui se lèvent tôt et se mettent au travail, heureux de vivre, et sa sœur avait la douceur des femmes qui œuvrent discrètement au moindre détail. Qu'il s'agisse d'un bouquet de fleurs des champs posé dans l'entrée, d'un vieux meuble de bois à la rassurante odeur de cire, ou d'une petite cape donnée « au cas où ».

Alba remercia les sœurs, touchée. Leur gentillesse naturelle mettait un baume très doux sur l'indifférence qu'elle venait de subir. Grâce à elles, elle se sentait aussi considérée que les autres. Mieux, elle était l'invitée, celle dont on prend soin.

La séance du patio avait mis Alba mal à l'aise d'entrée et cette impression désagréable s'était confirmée. Tout sonnait faux, la moquerie de Julien, les rires excessifs des autres et jusqu'à la danse de Marie. On sentait les membres du petit groupe en représentation et Alba avait compris qu'elle ne faisait pas partie de leur monde, ou plutôt ils le lui avaient fait comprendre. Ces jeunes gens avaient une aisance qui n'était pas la sienne. Le livre de l'académicien, les rires, les citations… Elle sentait qu'ils avaient la culture des livres, le goût du rire facile et elle ne l'avait pas. Leurs vêtements étaient élégants, adaptés au style de villégiature montagnarde, bien coupés, avec le petit détail au goût du jour qui distingue. À Paris ou à Bagnères, Alba portait toujours les mêmes vêtements ordinaires. Or ces jeunes gens haïssaient l'ordinaire et ils ne lui avaient donc accordé aucune attention. Elle en avait la gorge nouée et se sentait embarquée malgré elle dans une promenade qu'elle n'avait pas envie de faire. Mais il était trop tard pour reculer.

Elle les suivit en direction des sommets, le nœud au ventre. Leur mépris inconscient lui avait broyé le cœur. Elle marchait mécaniquement, s'attachant aux conseils de prudence de Rose. Elle ne vit rien du paysage. Les autres s'extasiaient à tout bout de champ, parlaient nature sauvage, sensations picturales, matières, couleurs. Tout en marchant, ils échangeaient des théories sur la façon d'innover en peinture. Mais au fur et à mesure, la balade devenait difficile et la concentration changea de terrain. Eux aussi commencèrent à regarder où ils mettaient les pieds.

L'hôtelière avait raison, il valait mieux être bien chaussé car le sentier était très étroit et s'enfonçait dans des gorges profondes que le soleil n'atteignait jamais. Il y faisait humide et froid. Julien et Marie frissonnèrent plus souvent qu'à leur tour.

Enfin, au bout de quatre heures, ils arrivèrent au lac.

C'était un lac comme sur les images des contes que toutes les mères du monde racontent à leurs enfants pour leur ouvrir la porte des rêves, au temps furtif de l'innocence. Car même si toutes les mères du monde ont appris de la vie qu'elle n'était pas le rêve, elles savent aussi que ces moments magiques des contes sont les seuls où l'on peut croire à tout et elles savent encore que bien plus tard, quand les coups de la vie auront balayé l'innocence, ces souvenirs sont les seuls qui nous rapprochent du paradis.

Et ce lac était comme l'image d'un conte, c'était un paradis.

Bleu azur, cobalt, outremer, turquoise, vert sombre, émeraude, chromes et violets profonds, presque noirs, blancs d'argent et de titane, le lac de Gaube avait les couleurs d'une palette à l'invention ahurissante. Même Julien venait de recevoir la leçon de sa vie de peintre. Comment mêler ainsi un violet minéral à un vert émeraude et faire se refléter dans un turquoise pur des filets de blanc de titane, comment faire se superposer autant de transparences et les faire mourir dans des noirs si variés ?

Ils étaient silencieux, émerveillés, car tous ils étaient artistes et, s'il leur arrivait entre eux de jouer aux savants ou de défier le ciel, ils savaient ce qu'il faut de talent pour restituer la vie.

Sortis des ateliers où ils se confinaient entre des poses de modèles et des copies de maîtres, ils avaient voulu la nature pour seul horizon, mais la nature leur échappait. Les formes bougeaient sans cesse et, quand ils commençaient à poser sur l'eau de leurs tableaux un beau bleu de cobalt, ils relevaient la tête et voyaient sur le lac un vert incertain qui virait au noir d'ivoire. La nature fuyait tout en s'offrant à eux et elle gardait jusque dans sa beauté cet « inaccessible » auquel, tous, ils désiraient atteindre.

Ils restèrent ainsi un long moment à contempler le lac, épuisés mais heureux.

15

L'inconnu avait décidé de sortir de l'hôtel.

Cartes, baccarat, il jouait jour et nuit. Cela durait au moins depuis deux semaines. Il voulait se changer les idées, voir autre chose qu'un tapis vert et ne plus respirer les fumées des cigares espagnols. Il avait gagné beaucoup d'argent et désirait prendre l'air, tout simplement. Mais où aller ? Dans le grand hall d'entrée, il bavarda avec Félix Cassou, le maître d'hôtel qui connaissait le pays comme sa poche.

L'inconnu savait que Lamartine avait été reçu à Bagnères dans une maison particulière, juste en face du Frascati. Il n'eut aucun mal à se faire raconter la venue du poète. Félix était tout jeune et il venait d'être embauché comme plongeur. Il se souvenait de ce jour comme si c'était hier et gardait en mémoire la haute silhouette de Lamartine, et l'élégance de son discours quand, du balcon où il se tenait, il avait remercié la foule.

— Il y avait un clair de lune ce soir-là dans le ciel. Je m'en souviens parce qu'il en a parlé. J'en avais vu avant lui des clairs de lune depuis la ferme, là-haut (*il désignait de son bras tendu vers les hauteurs une ferme imaginaire*), mais je n'y faisais pas trop attention. Pour mon père, la lune c'était surtout pratique pour surveiller les bêtes au pré quand il était inquiet à cause des renards.

C'est Lamartine qui m'a fait aimer les clairs de lune, leur mystère. Depuis, je ne regarde plus jamais la nuit pareil...

Félix Cassou regardait sur la maison d'en face le balcon depuis lequel, en cet été de l'an 1841, Lamartine s'était adressé aux Pyrénéens. L'aristocrate, converti aux idéaux de 1789, n'avait pas encore eu ce geste qui allait marquer l'histoire républicaine en défendant le drapeau tricolore à l'hôtel de ville de Paris, le 25 février 1848. Le peuple pyrénéen aimait Lamartine, non pour ce geste qui n'avait pas encore eu lieu, mais pour ce mélange si rare qu'il portait en lui. Lamartine était un poète et un homme d'action.

— Aucune reine, expliqua Félix, aucun prince, aucun homme politique, pas même l'impératrice ni l'empereur n'ont eu chez nous l'accueil intense et respectueux que le peuple de Bigorre a fait à Lamartine.

L'inconnu parlait peu et, en général, posait peu de questions. Pourtant, cette fois, il ne put s'empêcher de demander :

— Pourquoi une telle faveur ?

— Parce que, ici, nous préférons les poètes aux guerriers.

Et, religieusement, Félix Cassou extirpa du tiroir du grand bureau d'accueil un beau livre à la reliure de cuir rouge frappée d'or : *Les Méditations poétiques*. Il ouvrit délicatement cette édition de luxe. Les *Méditations* étaient suivies de textes aussi exigeants que *La Mort de Socrate*, *Le Dernier Chant du pèlerinage d'Harold* et *Le Chant du sacre* ainsi que des extraits d'*Harmonies poétiques et religieuses*.

— J'ai tout lu, dit Félix Cassou simplement. Maintenant je relis pour le plaisir mes passages préférés.

L'inconnu ne s'attendait pas à trouver un pareil ouvrage entre les mains d'un maître d'hôtel.

— Quel est votre poème préféré ? demanda-t-il.

— « Milly ». La terre natale ! répondit Félix Cassou sans hésiter une seule seconde.

L'inconnu ne laissa rien paraître de l'émotion profonde que ces mots « terre natale » venaient de susciter en lui.

— C'est un très long poème... dit-il simplement.

Et sans regarder les pages du livre grandes ouvertes, il récita les mots qu'il connaissait par cœur :

« *La vie a dispersé, comme l'épi sur l'aire,*
Loin du champ paternel les enfants et la mère,
Et ce foyer chéri ressemble aux nids déserts
D'où l'hirondelle a fui pendant de longs hivers !
Déjà l'herbe qui croît sur les dalles antiques
Efface autour des murs les sentiers domestiques,
Et le lierre, flottant comme un manteau de deuil,
Couvre à demi la porte et rampe sur le seuil ;
Bientôt peut-être... — *Écarte, ô mon Dieu, ce présage !*
Bientôt un étranger, inconnu du village,
Viendra, l'or à la main ! s'emparer de ces lieux,

Qu'habite encor pour nous l'ombre de nos aïeux,
Et d'où nos souvenirs des berceaux et des tombes
S'enfuiront à sa voix, comme un nid de colombes
Dont la hache a fauché l'arbre dans les forêts,
Et qui ne savent plus où se poser après ! »

À ces derniers vers, il ne put continuer. Gagné par l'émotion, Félix alluma une cigarette et lui en tendit une, dans un geste masculin complice et touchant comme les hommes savent en avoir entre eux. L'inconnu le remercia, tira une longue bouffée et les deux hommes restèrent silencieux, à regarder fixement le balcon du poète. Le joueur ne bougeait pas, il savait par expérience que le maître d'hôtel lui dirait quelque chose. Il suffisait d'attendre.

— ... J'avais un frère, plus jeune que moi... dit enfin Félix d'une voix fêlée. Quand j'ai quitté la maison pour venir travailler ici, il a voulu me suivre. Du coup il n'y avait plus personne pour reprendre la ferme. Quand mes parents sont morts, on l'a vendue, et mon petit frère a bourlingué, à gauche à droite, il n'arrivait à se tenir nulle part. La maison lui manquait, il n'avait plus aucun endroit où « revenir ». Moi, j'ai bien un appartement ici avec ma femme, mais c'est pas pareil. Il passait au début. Des fois, j'étais là, mais des fois, j'étais au travail et ma femme aussi, alors mon petit frère ne trouvait personne. Chez nous, là-haut, du temps de mes parents, la maison était toujours ouverte. Ça n'existait pas une maison fermée, ou juste pour les fêtes mais ça durait quoi, une après-midi, une soirée et encore ma mère était toujours là, ou la grand-mère. Toujours... il y avait toujours quelqu'un.

Félix Cassou avait appris de son père qu'un homme n'avait jamais de larmes et il n'était pas de ceux qui oublient les conseils du père. Il prit une longue respiration et tritura quelques journaux sur le bureau, manière de les ranger. Le joueur attendait.

Tout n'était pas dit.

D'un tic nerveux, le maître d'hôtel crispa la cigarette entre ses lèvres, referma le livre et le glissa dans le tiroir.

— Mon petit frère, reprit-il enfin, ça fait longtemps que je ne l'ai pas vu.

Pour la première fois il avouait que pas un jour, pas une nuit ne se passaient sans qu'il ne pense à ce petit frère disparu. Pas un seul moment où il ne se sentait responsable d'avoir quitté la maison, de ne pas avoir su la garder. Il y avait pensé à l'époque mais, avec sa part, il avait préféré emprunter et acheter l'appartement où il vivait à Bagnères avec sa femme et leurs deux enfants. Comme ça, il était sur place pour le travail et les enfants avaient des facilités, plus que là-haut. Mais il n'avait jamais pu oublier ni les odeurs ni la douceur du soir quand il s'asseyait avec son frère sur le banc devant la maison et qu'ils parlaient ensemble de l'avenir.

Aujourd'hui, il savait qu'avec les lieux disparaissent bien d'autres choses. Et cette maison et ce frère perdu, ça le hantait.

— Connaissez-vous un lac ? demanda soudain le joueur en repensant au célèbre poème de Lamartine.

— Euh... oui, oui, dit Félix, surpris. Il y en a plein chez nous.

— Oui, mais il y en a bien un qui est plus beau, plus particulier.

Félix n'hésita pas une seule seconde.

— Le lac de Gaube.

— Pourquoi celui-là ?

— On dit qu'il porte chance.

Le joueur aimait ce genre de phrases définitives.

— C'est loin ?

— Assez, il faut d'abord aller à Cauterets. Mais j'ai une voiture qui part dans une heure avec un client, si vous voulez la prendre vous serez là-haut dans l'après-midi. Vous pourrez contempler le coucher du soleil.

Juste au moment de monter dans la voiture, alors que Félix Cassou s'approchait pour lui montrer le sentier du lac sur une carte, le joueur lui récita ces deux vers dans le creux de l'oreille :

— « *Objets inanimés : avez-vous donc une âme*
Qui s'attache à notre âme et la force d'aimer ? »

Le regard du maître d'hôtel se plissa imperceptiblement :

— Moi aussi j'avais une maison d'enfance.

Félix Cassou n'eut pas le temps d'en savoir davantage. Le chauffeur s'impatientait et la voiture démarra.

16

Dégrisés par la beauté du lac de Gaube, peu désireux de mesurer leurs talents respectifs face à ce paysage, les artistes randonneurs avaient changé d'objectif.

— Tenez, je vous propose une promenade en barque, suggéra l'académicien en avisant près d'une cabane en bois deux guides qui louaient une dizaine de barques.

La proposition fut saluée par un cri de joie général. Oubliant les pinceaux, ils se ruèrent sur la cabane et choisirent la promenade d'une heure qui traversait le lac. Le guide leur proposa de prendre ensuite des chaises à porteurs :

— Comme Marie-Caroline de Naples, dit-il pour achever de les convaincre.

— Qui c'est celle-là ? fit Julien.

C'était la question à ne pas poser, le guide fut intarissable. Duchesse de Bourbon-Sicile, fille de François Ier de Naples, roi des Deux-Siciles, mariée au duc de Berry et donc belle-fille du roi Charles X, Marie-Caroline était belle et audacieuse. Elle n'avait rien d'une sportive mais avait un goût prononcé pour la découverte. En 1828, elle vint avec toute sa cour dans les Pyrénées sur les traces de son ancêtre, le roi Henri IV. Émerveillée par les paysages, elle décida de faire une course en montagne. Le pic du Vignemale était à la mode mais d'autres femmes y étaient déjà montées et

Marie-Caroline tenait à « faire une première ». Ce fut la brèche de Roland.

— La duchesse a fait appeler mon grand-père qui était guide. Les autres ont dit qu'elle l'avait choisi parce qu'il était beau garçon...

— Encore une histoire d'amour, ricana Julien. Ils sont montés là-haut, et quand ils sont redescendus ils eurent beaucoup d'enfants, dont votre père. Si je vous suis bien vous êtes un petit-fils de roi !

— Eh ben, vous en avez de l'imagination ! lança le guide surpris. Mais c'est pas du tout ça l'histoire. L'histoire, c'est que les hommes ne voulaient pas faire la course. Trop difficile. Mais elle était têtue, la fille de roi. Elle les a presque obligés et ils sont partis avec huit chaises à porteurs.

— Diable, et pourquoi faire ?

— Pour les porter, pardi ! Madame avait une suite, des dames de compagnie qui voulaient suivre à tout prix et même son professeur de dessin. Un qui s'appelait d'un nom à rallonge, Félix-Marie-Ferdinand Storelli. Mon grand-père s'en souvient parce qu'il fallait prononcer ses trois prénoms à la suite chaque fois qu'on l'appelait. Il y tenait beaucoup. Tu parles d'un rigolo !

Marie écoutait le récit, perplexe :

— Monter si haut en chaise à porteurs ! Ces femmes ne doutaient de rien, j'en suis ahurie. Et votre grand-père a accepté ! Faut-il que les hommes soient bêtes quand même, et moi qui les prends pour des dieux ! Quelle imbécile je fais, je n'ai rien compris !

Le guide haussa les épaules. Indifférent, il suivait le cours de son souvenir.

— Il n'y a qu'une seule chose que je n'ai jamais demandée à mon grand-père et que je ne comprends pas.

— Ah bon, fit Marie, intriguée. Mais quoi donc ?

Le guide ne répondit pas, il s'en fut détacher la barque et parla d'autre chose :

— Y en a un de trop, ça va pas, fit-il en comptant le groupe. Il va falloir prendre deux barques.

Alba proposa de les attendre. Trop heureuse d'échapper à la promenade et à leur compagnie.

— Je suis très bien ici, dit-elle. Et d'ailleurs il vaut mieux ne pas charger la barque avec les sacs. Je peux tout garder, l'air m'a un peu tourné la tête, je préfère rester.

Les autres ne se firent prier que pour la forme. Un peu ennuyée car elle aimait bien Alba, Marie lui offrit de se servir de son matériel s'il lui prenait l'envie de dessiner.

— Faites-nous un chef-d'œuvre, lança Julien, moqueur.

Alba ne répondit rien, elle regarda la barque s'éloigner. Bientôt, elle n'entendit plus que le bruit de la rame qui tirait l'eau avec un doux clapotement.

Ce fut un moment de paix.

Le guide ramait avec puissance et la barque avançait en glissant, silencieuse et précise. Ils se trouvaient maintenant au milieu du lac, et les hautes parois des montagnes qui l'enserraient donnaient l'impression d'être au cœur d'un écrin. Ils se sentaient précieux et en même temps fragiles. Le silence, ce lieu étrange... Une inquiétude les gagna. Il leur tardait d'arriver sur l'autre rive.

— On peut savoir ce que vous n'avez pas compris dans l'histoire de votre grand-père ? questionna Marie pour sortir de cette gêne.

— Oh presque rien, dit le guide qui avait cessé de ramer.

— Oui, mais quoi ? insista Marie.

— Il paraît que, quand elle est arrivée sur le plateau, là-haut, Marie-Caroline courait comme une enfant et que, sur tout le sol, il y avait un brillant tapis de roses. Elle en aurait fait un bouquet.

L'explication fit l'effet d'un pétard mouillé.

— Et alors, qu'y a-t-il de si extraordinaire à cela ? demanda Marie, dépitée. Je n'y comprends rien.

— Des roses ! Ici ! À 2000 mètres, sur un glacier ? s'exclama le guide.

Effectivement, c'était peu vraisemblable. Mais de là à prendre un air si mystérieux !

Le guide pointa alors le doigt vers les eaux sombres qui clapotaient sur les bords de la barque. Inquiets, tous agrippèrent le bord de l'embarcation. Les eaux étaient si noires qu'on ne décelait rien.

— Il y a un an, ici même, un couple de jeunes Anglais est mort, noyé. On n'a retrouvé au fond de la barque qu'un bouquet de roses.

— Quelle horreur, mais pourquoi nous dites-vous ça maintenant ? interrogea Marie.

— Continuez à ramer, avançons, avançons, fit l'académicien, décidément pressé de retrouver la terre ferme.

— Calmez-vous, les noyés ne vont pas venir vous tirer par les pieds, reprit le guide qui avait le don des formules apaisantes.

Ils hurlèrent en même temps et, d'un même geste, lâchèrent le bord de la barque, comme si du fond des eaux les noyés allaient en effet venir les prendre par la main. Le guide sourit du coin des lèvres et se remit à ramer.

— C'est malin, dit l'académicien. Vous tenez à nous terroriser ou quoi ?

— Pas du tout, répondit le guide, au contraire, vous ne m'avez pas laissé finir. C'est une histoire triste mais belle.

Et il raconta l'accident qui avait ému tout le pays. Les deux jeunes Anglais s'aimaient. Venus en promenade, ils avaient voulu faire un tour en barque et avaient insisté pour partir seuls, sans guide. Le jeune homme avait aidé la jeune fille à monter, le guide se souvenait de leurs visages, de leurs sourires heureux à cet instant.

— Ils sont partis sereins, on n'aurait pu se douter de rien, le lac était calme et lisse. On a retrouvé la barque vide au milieu des eaux, ils avaient disparu. À l'intérieur de la barque il n'y avait plus qu'un bouquet de roses rouges.

— Mon Dieu, tout cela est furieusement romantique ! Mais sait-on ce qui s'est réellement passé et d'où venaient ces roses ? questionna Marie d'un ton qui se voulait badin.

— On dit qu'ils ont préféré mourir plutôt que d'être séparés. Ils n'étaient pas du même monde, n'avaient pas le même âge, personne ne voulait croire en eux. On disait leurs amours impossibles, mais pour les roses on ne sait pas.

— Ils devaient les avoir emportées avec eux, intervint l'académicien, soucieux de bon sens.

Le guide eut un air dubitatif. Les artistes se penchèrent alors sur les eaux sombres du lac comme pour tenter d'apercevoir ces amants morts d'amour, réunis pour l'éternité juste au-dessous du ciel.

Alba ne les voyait presque plus, ils étaient devenus sur l'horizon du lac une tache minuscule, puis ils disparurent tout à fait. Elle se retrouvait seule face à Dieu. Du moins c'est ainsi qu'elle ressentait les choses, elle qui ne pouvait imaginer, au-delà du paysage grandiose qu'elle contemplait, que le Dieu qui l'avait créée.

Ce fut d'autant plus fort que jamais Alba n'avait eu l'occasion de voir des paysages, mis à part, si furtifs derrière les vitres, ceux des seuls voyages en train qu'elle ait faits dans toute sa vie, Troyes-Paris et Paris-Bagnères. Il y avait bien aussi cette longue prairie qui n'en finissait pas, juste derrière la barrière de bois où elle s'agrippait, enfant, pour attendre sa mère au temps du moulin, mais c'était un plateau désert. Jamais elle ne s'était retrouvée en face de paysages pareils, de ceux que les mystères de la géologie et les fractures des grands océans ont fait surgir de terre en une seule fois. Les Pyrénées tenaient de ce très lointain cataclysme, elles en avaient les pics aigus, déchiquetés et fiers. De ceux qui ont connu l'ombre si longtemps qu'on les sent désormais indomptables, accrochés au soleil des hauteurs et prêts à tout pour ne pas retomber dans la nuit. Alba comprenait ces montagnes. La force et la détermination de ce paysage ne lui faisaient pas peur, au contraire. Elle était comme lui et, dans son élan orgueilleux vers le ciel, elle devinait tout ce qu'il y avait de volonté de vivre.

Même très loin sous terre, il y a d'humbles cailloux qui veulent le soleil et qui sont prêts à tout pour le voir briller ne serait-ce qu'une seule fois.

Alba prit une page de vélin d'arche, ouvrit la boîte d'aquarelles de Marie, trempa son pinceau dans l'eau du lac et, d'un geste sûr, prit une touche de bleu de cobalt. Elle contredisait la loi qui veut qu'en aquarelle on commence toujours par la couleur plus claire. Il lui fallait impérativement poser la puissance du bleu de cobalt. Son pinceau traça une ligne d'horizon impeccable. Mais quand elle leva à nouveau les yeux, l'horizon au bout du lac avait disparu. Elle continua comme si de rien n'était, comme si elle le voyait quand même. Le temps avait imperceptiblement changé, il y avait sur les eaux des filets de nuages et leur surface lisse se fripait au souffle d'un vent inexistant.

La première goutte de pluie qui s'écrasa sur l'eau du lac de son aquarelle la ramena à la réalité. Alba avait perdu la notion du temps, elle n'avait pas remarqué les nuages qui cachaient le soleil, ni senti le vent, ni vu que les eaux étaient devenues noires. Il avait fallu cette goutte de pluie pour qu'elle entende enfin le grondement du tonnerre. Elle replia vivement son travail, le glissa dans un carton protecteur et n'eut pas le temps d'en faire plus. Déjà un éclair déchirait la lumière du jour et des trombes d'eau se déversaient du ciel, emportant vers le lac un sac de matériel posé contre le rocher. Alba poussa un cri et se jeta en avant pour tenter de le rattraper... Juste au moment où le sac disparaissait dans les eaux et où elle allait tomber derrière lui, une main ferme l'empoigna par le bras. Le lac avait gonflé en quelques minutes et les rideaux de pluie étaient si denses qu'Alba ne distinguait même pas les traits de celui qui l'avait arrachée au danger. Elle attrapa au vol la cordelette de son carton à dessin tandis que l'homme l'entraînait en courant vers l'abri des guides qu'il avait vu au loin, près des barques.

Des eaux boueuses ruisselaient de la montagne, on ne discernait plus un seul morceau de terre ferme. Les coups de tonnerre résonnaient, amplifiés dans ce creux de montagne comme dans une grotte, et se fracassaient contre les vertigineuses parois de pierre en un bruit assourdissant. Le paysage calme s'était transformé en un chaos d'enfer, on aurait dit qu'un maître des noires profondeurs avait soudain décidé de broyer les hommes et les éléments en une seule fois.

Alba était terrorisée. Un coup de tonnerre plus violent que tous les autres déchira ses tympans et elle hurla de frayeur. L'homme s'arrêta net. Il ne savait que faire sous les torrents de pluie, mais, indifférent soudain au vertige du ciel et voulant sans doute la protéger, il prit le visage d'Alba entre ses mains. Elle eut à peine le temps de percevoir son inquiétude et lui ses yeux effarés que, poussé par un désir soudain, il posa sur ses lèvres un baiser d'une douceur infinie. Quand leurs regards se croisèrent, les yeux d'Alba s'éparpillèrent en lui en mille poussières d'or. Il frissonna de tout son être. Le tonnerre arrachait les montagnes et ils ne bougeaient pas. L'eau ruisselait sur leurs corps soudés, collait leurs cheveux et leurs vêtements légers et ils se regardaient maintenant, apaisés par ce baiser miraculeux qu'un dieu semblait leur avoir donné en cadeau pour apaiser la violence de cette tempête. L'inconnu éloigna doucement son visage de celui d'Alba et ils marchèrent vers l'abri des guides sans échanger un seul mot, sonnés l'un et l'autre par ce qu'ils venaient de vivre.

Sous l'abri de planches mal jointes, le guide avait ouvert un immense parapluie de toile bleue fabriqué exprès pour les bergers des Pyrénées, d'une solidité à toute épreuve. Dos à dos, l'inconnu et Alba se serrèrent contre le guide sans même chercher à parler. La furie des éléments était telle qu'ils n'auraient pu s'entendre.

Le guide avait un visage aigu, un corps sec, et un regard d'aigle. On sentait que, dans sa jeunesse, il avait dû courir les montagnes. Il paraissait totalement absorbé par l'orage. Alba, chancelante, se laissait aller à sentir son corps contre le corps de l'inconnu. Elle osait à peine respirer. L'eau était montée jusqu'à l'abri, bientôt elle atteindrait leurs pieds. Ils ne distinguaient plus rien, ne voyaient même pas le danger qui se rapprochait.

— *Diù biban*, cette fois-ci c'est sérieux...

Le guide avait parlé en occitan. Il était inquiet, mais on le sentait sûr, vigilant et maître de lui. Il avait vécu de semblables orages et, même si celui-là était exceptionnel, il savait que, quand le ciel se fâche aussi fort, les hommes doivent se faire tout petits. Alors il attendait, impassible. Il évaluait la quantité d'eau qui ruisselait à leurs pieds et il écoutait le tonnerre, tendu. En moins d'une seconde, la couleur du ciel vira du noir au clair, et le guide relâcha sa tension.

Tout s'arrêta aussi vite que ça avait commencé. Le vacarme diminua, le tonnerre s'éloigna, le rideau de pluie se fit moins dense, la vue s'élargit et bientôt le lac réapparut à leurs pieds.

L'inconnu regardait au loin les nuages lourds et Alba put voir le profil de son visage grave. C'est alors qu'elle reconnut l'homme du train. On le sentait anxieux, fébrile, mais à aucun moment il ne regarda Alba. On aurait dit qu'il ne s'était rien passé.

Elle, elle était étourdie. Ce baiser était sa première rencontre avec le monde des hommes et ce contact avait été si doux, si loin de la dureté qu'elle leur avait parfois attribuée en entendant leurs cris et leurs grosses voix, en croisant leurs larges statures, qu'elle en était bouleversée. Les hommes étaient donc aussi des êtres pleins de douceur ! Cette révélation venait de faire basculer Alba dans quelque chose d'indéfinissable. La nature était devenue folle, cet homme l'avait embrassée et elle croyait avoir rêvé. Comment retrouver le sens du réel ?

L'inconnu discutait avec le guide comme si de rien n'était. Désignant les affaires trempées restées au pied du rocher et ramassant vivement son sac, ce dernier leur ordonna d'un ton qui n'admettait aucune réplique de prendre le nécessaire et de laisser le reste. Il se chargea lui-même rapidement de tout ce qu'il pouvait. Deux sacs étaient déjà partis, emportés par les eaux, avec les tubes de couleur et le matériel de peinture. Sans chercher à comprendre, impressionnés par son autorité, Alba et l'inconnu s'exécutèrent et lui emboîtèrent le pas. Les oreilles d'Alba bourdonnaient et lui faisaient un mal fou. Le guide marchait vite, d'un pas sûr, et de temps à autre se retournait en levant la tête, aux aguets.

La nuit tombait. Alba et l'homme s'arrêtaient, perplexes, attendant qu'il reparte et sans rien oser demander. Un danger planait au-dessus d'eux, mais lequel ? Ils n'entendaient rien mais, sans comprendre pourquoi le guide allait si vite alors que tout paraissait rentré dans l'ordre, ils le suivaient, étourdis d'eux-mêmes, étourdis de tout. Cela dura plus de quatre heures et jamais le guide ne ralentit son rythme. Il savait qu'il fallait aller vite et ne pas s'arrêter. Il avait immédiatement compris que ces deux-là n'avaient aucune habitude de la marche et aucun sens du danger ni de la montagne. Dans l'état où ils se trouvaient, trempés, épuisés, il ne fallait surtout pas leur laisser l'occasion de flancher. Tant qu'ils avançaient mécaniquement, il avait une chance de les ramener sains et saufs.

Enfin ils virent briller au loin les lumières de Cauterets.

Sans qu'ils s'en rendent compte, le guide les observait. Et peut-être parce qu'il avait longtemps vécu en silence dans l'immensité des montagnes, ou peut-être parce que, la nuit, il lisait dans le secret des étoiles, il comprit que l'orage avait bouleversé le cœur de ces deux-là. Son regard avait des reflets étranges. C'était un solitaire qui n'avait plus foi en l'amour et doutait de la force du bien.

Mais ce jour-là, en voyant l'inconnu et Alba, le guide eut envie d'y croire. Il reprit la marche un instant interrompue et ils firent de même.

Alba aurait pu avancer ainsi dans les pires endroits sans aucune peur, elle ne sentait plus rien. L'inconnu semblait ne plus rien voir et ne plus rien entendre non plus. Abîmé en lui-même, il marchait en tournant et retournant dans le fond de sa poche le talisman qui avait tant de fois guidé les pas de son destin. Mais il ne sortit pas la pièce d'argent pour décider si oui ou non ce baiser avait de l'importance. Comme s'il avait peur cette fois de la réponse de son jeu de hasard.

À l'hôtel du Lion d'Or, les sœurs Lasserre attendaient, mortes d'inquiétude.

— Je file, leur dit le guide sans même passer le pas de la porte. Je vais chercher les Salles, Louis, Pierre et Denis. On remonte. Les autres sont restés là-haut avec Roger, il faut les aider.

— Je viens avec vous, fit l'inconnu, je vais vous aider.

— Non, répondit le guide d'une voix claire. On n'a pas les mêmes réactions ni les mêmes sentiments quand on est ici, en bas, et quand on est là-haut. Il faut apprendre à se méfier de soi-même. Vous n'avez pas l'habitude. Merci quand même.

Il s'en retourna et à peine était-il parti dans la nuit noire qu'un deuxième orage éclata, aussi violent que le précédent.

— Ne vous faites pas de soucis, dit l'hôtelière, ce guide sait ce qu'il fait. Pas le genre à jouer les marioles. Il est de Luz, la montagne, il la connaît par cœur. Tout petit, il allait aux isards avec les Salles, ce sont d'excellents montagnards et s'il repart avec eux, je suis tranquille.

Sans leur laisser le temps de répliquer, elle prit les choses en main, donna une chambre à l'inconnu pour se changer et rassura Alba sur ses amis.

— Ne t'inquiète pas, ils vont ramener tout le monde.

Alba ne revit pas l'inconnu, il était resté dans sa chambre. Elle s'endormit d'épuisement à peine sa soupe avalée, mais au cœur de la nuit un bruit la réveilla. Elle aurait pu avoir peur mais elle pensa que les autres étaient revenus. Elle se leva d'un bond et sortit dans le couloir. Le bruit avait cessé et rien ne bougeait. L'hôtel était sombre et silencieux. Elle se dirigea vers la porte vitrée qui donnait sur le patio et, juste au moment où elle allait l'ouvrir, elle crut apercevoir sous la glycine une silhouette bouger. Elle lâcha doucement la poignée et, sans faire le moindre bruit, scruta la pénombre. L'inconnu regardait tomber la pluie. Alba resta à l'observer dans le silence mouillé de la nuit. Elle ressentait encore sur ses lèvres la chaleur de son baiser si doux et, à ce souvenir, une immense quiétude l'envahit. Il devait bien y avoir une heure qu'elle était là, derrière les vitres, quand il sortit de sous la glycine. De peur qu'il ne la vît, Alba fila dans sa chambre, et attendit derrière sa porte, le cœur battant. Elle l'entendit qui rentrait dans l'hôtel par la porte du patio, il y eut un frôlement de pas, puis plus rien. Dos collé contre sa porte, Alba n'osait bouger. Elle resta ainsi un long moment, puis, le silence étant redevenu total, elle tourna délicatement la poignée et ouvrit doucement la porte. Le couloir était désert. Dehors la pluie avait cessé et la lune faisait sur le parquet une tache claire. Alba ne vit pas l'inconnu.

Depuis la glycine, dehors, il avait cru entrevoir une silhouette derrière les vitres et il s'était approché. Ne trouvant personne dans le couloir, il avait attendu, et juste au moment où il allait regagner sa chambre, Alba avait ouvert sa porte. Maintenant, caché dans la pénombre du couloir, il ne savait plus quoi faire et voyait enfin la jeune fille qu'il avait embrassée juste pour la rassurer, la protéger. Dans les heures qui avaient suivi, il l'avait sentie près de lui en confiance et en paix. C'était si évident, si bouleversant, que lui-même en avait été apaisé comme il ne l'avait pas été depuis bien longtemps. Le joueur qui, au cours de ses aventures amoureuses, avait tant de fois apporté la souffrance et les larmes venait de se découvrir un pouvoir qu'il ne se connaissait pas. Il apportait la paix. Il regarda Alba comme on regarde un ange. Dans l'entrebâillement de la porte de la chambre, l'ovale pur de son visage se détachait nettement face à la clarté de la nuit et il pouvait deviner, même à cette distance, la lumière de ses yeux d'or. Il resta dans l'ombre, fasciné par la force qui se dégageait de ses traits. Alba avait un visage d'un équilibre parfait, le front haut et bien dégagé, le nez droit et une bouche nettement dessinée. Ses cheveux lisses avaient des reflets dorés identiques à la couleur de ses yeux. Il émanait de ce mélange de grâce et de force un caractère peu commun qui attirait irrésistiblement l'inconnu. Au cours de ces instants qui lui semblèrent des heures, il faillit mille fois sortir de l'ombre, se jeter sur elle et la serrer dans ses bras, lui dire tous ces mots d'amour qu'il avait tant rêvé de crier au moins une fois dans sa vie et qu'il avait déjà dit, peut-être, mais si mal. Il eut envie de la serrer comme on serre un trésor tant attendu. Mais il ne bougea pas. Il y avait dans le regard d'Alba une détermination incompréhensible. Que cherchait-elle, que voulait-elle de la vie ? Elle referma la porte sans le voir, et il s'abandonna, se laissant glisser doucement contre le mur jusque sur le parquet où il resta ainsi accroupi un long moment, juste au bord de la tache de lune, sans comprendre ce qui lui arrivait.

17

L'hôtelière avait raison. Le guide et les Salles ramenèrent tout le monde. Ils avaient marché quatre heures sous l'orage pour remonter là-haut, ils avaient récupéré deux barques, ramé sans rien y voir dans la pluie et la nuit jusque de l'autre côté du lac et ils avaient trouvé le groupe, exténué et effrayé. En disant avec autorité juste ce qu'il faut, les Salles avaient embarqué les promeneurs défaits sans leur laisser le temps de réfléchir ni de discuter. Quand, bien plus tard, ils racontèrent l'histoire, l'académicien, Marie, Julien et les autres ne purent dire comment ils avaient fait et où ils avaient trouvé la force de marcher à nouveau. L'énergie et l'assurance des guides pyrénéens leur avaient insufflé un courage inattendu. Eux qui, chaque fois qu'ils étaient partis en excursion derrière l'académicien, n'avaient pas cessé de maugréer pour une raison ou pour une autre – mal aux pieds, envie de manger, de s'asseoir –, ils s'étaient sentis transformés. Ils avaient affronté un véritable cataclysme et n'en revenaient pas. Les sœurs Lasserre avaient prévu des litres de café et des serviettes chaudes, ils se jetèrent dessus et c'est seulement après avoir bu le café et frotté leurs cheveux qu'ils s'effondrèrent pour de bon. Alba les avait attendus, elle n'avait que ça à faire. L'inconnu ne s'était pas montré et elle n'avait rien osé demander à son sujet. Ils ne se réveillèrent que le lendemain en fin de matinée.

Autour du déjeuner il ne fut question que de cet orage apocalyptique. La Nature si chère venait de leur faire vivre des émotions exceptionnelles. Sur le coup, ils étaient restés sans voix, mais maintenant, bien remis et devant les bonnes assiettes de garbure préparée par Rose et Bernadette, ils avaient retrouvé la parole.

— Ma foi, l'atelier a du bon, fit l'académicien. Qu'en pensez-vous, jeunes gens ? Au moins on n'y risque pas la foudre, et on ne voit pas son matériel noyé dans les eaux gonflées d'un lac qu'on avait cru inerte, tout juste bon à faire un sujet de peinture.

Il avait suffi d'une seule phrase, Julien se jeta dessus. En moins d'une seconde il oublia l'intensité de ce qu'il venait de vivre et revint à son obsession : moucher l'académicien.

— Je ne sais pas pourquoi, répliqua-t-il, mais j'étais sûr que vous alliez nous dire quelque chose de ce genre.

— C'est-à-dire ? dit l'académicien, piqué.

— Quelque chose qui éreinte la nouvelle façon que nous avons de peindre à l'extérieur. Dans votre roman...

— Oh ! assez, s'écria Marie d'un air las, encore ce roman ! Vous n'allez pas recommencer ; après ce qui s'est passé, on pourrait quand même parler d'autre chose que des feuilles d'André.

Contrarié, Julien en rajouta :

— Mais c'est lui qui commence avec son atelier qui « a du bon ». Il se moque, c'est évident, et c'est une moquerie de trop. Les ateliers sentent le renfermé comme le culte des anciens qui ont professé trop longtemps, et qui ont assassiné l'art au lieu que de le faire vivre.

— Qui veut un peu plus de garbure ?

Sortie de sa cuisine, Rose venait réconforter son monde avec sa merveilleuse soupe. Elle ne se douta pas un seul instant qu'elle venait d'interrompre une joute capitale.

— Oui, oui, oui ! firent-ils tous en chœur. De la garbure !

Les assiettes se tendirent dans un joyeux brouhaha. Visiblement, face à la garbure des sœurs Lasserre, la joute oratoire ne faisait pas un pli. Contrarié d'avoir été coupé par une simple « tambouille », Julien n'en reprit pas. Il restait concentré, prêt à la bagarre. L'académicien, par contre, souhaitait profiter tranquille de son repas et s'était fait remplir une assiette. Hélas pour lui, Julien ne lâcha pas le morceau.

— Mais quel est donc ce grand peintre venu dans les Pyrénées et que vous ridiculisez dans votre dernier roman, mon cher Theuriet ? Qui avez-vous à ce point en travers pour l'avoir éreinté tout au long de ce livre ?

Du bout d'une serviette blanche, l'académicien s'essuya les lèvres et décida d'en finir. Ce roquet ne le laisserait pas tranquille.

— Un roman n'est qu'un roman, mon jeune ami, et un personnage reste un personnage.

— Allons, allons, pas à moi ! Vous n'osez l'avouer mais il s'agit de Monet, bien évidemment, vous le traînez dans la boue !

— Ce n'est que votre interprétation de mon personnage, car si Édouard Manet vient dans les Pyrénées avec ses amis les Rouart, je ne crois pas que Claude Monet y ait jamais posé les pieds. Or mon personnage est dans les Pyrénées. Voyez, un autre lecteur que vous s'en tiendra à cette inexactitude historique et dira que mon personnage, c'est Édouard Manet. Tout est possible mon cher, à vous de voir. C'est d'ailleurs là tout le charme de la littérature.

— Vous avez le don de noyer le poisson ! Toujours est-il que vous faites de Monet un pédant qui dit ne pas vouloir « se galvauder dans une halle aux tableaux où règne une promiscuité écœurante ». Vous en faites un arriviste qui « ne cherche qu'à épouser » une riche héritière « pour mettre ses vieux jours à l'abri ». Quel tableau et quel mensonge ! Les peintres comme Monet ont révolutionné l'art de peindre, ils méritent mieux que cette caricature grossière. Des profiteurs, les impressionnistes, on aura tout vu ! Avec ce qu'ils ont dû subir pour se faire accepter !

— Voyons, mon jeune ami, où allez-vous ? Quelle furie, ne vous emballez pas ! Certes, rien ne fut facile mais, croyez-moi, nombre d'entre eux s'en sont très vite sortis. Sachez que dans les salons qu'ils fréquentent, la conversation est des plus convenables et les fauteuils où ils daignent s'asseoir n'ont rien de révolutionnaire, ils sont bien rembourrés et la table est très bien garnie. On devient vite bourgeois devant une bonne cuisine. Vos impressionnistes, mon cher, ne resteront révolutionnaires que le temps de passer à table, après, ils digéreront. On fera alors de l'impressionnisme à la pelle et le moindre pékin ira de son coup d'« impression ». Tout ça finira à la truelle !

À ce mot trivial pour parler d'art, les autres éclatèrent de rire.

— À la truelle, que voulez-vous dire ? demanda Julien, perplexe.

L'académicien, roué, entraînait le jeune peintre qui n'y prenait garde sur un terrain glissant.

— La truelle, mon ami, dit-il en prenant soin de détacher les mots, est l'instrument avec lequel un maçon jette sur un mur, surface verticale, de pleins pâtés de plâtre ou de ciment.

— Je vois. Les impressionnistes ne sont pas des peintres mais des maçons.

— Pas encore, mais ça viendra. J'irai même plus loin, insista l'académicien. Vous verrez qu'un jour on se passera de la truelle, on jettera directement le pot de peinture sur la toile et, devant ce geste libérateur et révolutionnaire, on parlera de « geste artistique ». Du moins y aura-t-il quelque théoricien pour en convaincre l'opinion.

Alba écoutait cette joute avec stupéfaction. Elle ne savait pas qu'on pouvait s'écharper pour une idée de la peinture. Quant à Marie, elle s'impatientait :

— Comparer le talent de ceux qui peignent les subtiles variations de la lumière avec des gestes d'abrutis qui jetteraient des pots, je n'en reviens pas. Vous allez trop loin, André ! s'exclama-t-elle.

— Détrompez-vous, car si je suis le raisonnement de Julien, et si je professe comme il le fait le mépris des anciens, je crains le pire. Car à la suite de ces gestes picturaux faits pour l'expérience par quelques avant-gardistes de bonne foi, s'engouffreront tous les incapables ravis de se dire qu'en jetant un pot à terre on devient Michel-Ange. Nous regorgerons alors de « Michel-Ange », et qu'en ferons-nous, grands dieux ! Nous serons bien embarrassés, c'est qu'il n'y a pas à tous les coins de rue une chapelle Sixtine sur laquelle jeter un pot libérateur !

À cette image d'un pot libérateur éclatant à tous les coins de rue, les rires fusèrent. Julien n'avait ni l'humour ni le talent oratoire de l'académicien. Il bafouilla :

— Mais... euh... que vient faire Michel-Ange et, euh...

L'académicien jubila :

— Vous êtes, mon ami, l'exemple même qui incite à la mesure car vous ne trouvez pas les mots que vous cherchez pour exprimer ce que vous voulez dire. C'est ennuyeux. Sachez qu'il en va de l'art oratoire comme de l'art pictural. On prend des raccourcis pour ne pas s'encombrer l'esprit avec des mots inutiles et, sous le prétexte qu'elles sont plus expressives, on finit par réduire le dictionnaire à des interjections. Résultat : au lieu d'échanger des idées dans une conversation, certes polémique mais néanmoins civilisée, on cherche ses mots et, ne les trouvant pas, on finit par se jeter à la figure des « Merde » expressifs et tout finit en pugilat.

— ...

— Qu'y aurons-nous gagné, dites-moi ?

Le repas se terminait. Julien avait perdu la partie et l'académicien rayonnait. Marie décida d'aller mettre un peu d'ordre dans ses affaires.

— Tu viens ? dit-elle à Alba en l'entraînant dans sa chambre, on bavardera un peu avant que tu partes. Raconte-moi, que fais-tu ici ?

Alba crut déceler dans le ton de Marie une pointe de mélancolie. Tout en restant sur la réserve, elle la suivit et raconta des bribes de son séjour à Bagnères, ses parties de peinture dans les champs.

— Alors ça y est, fit Marie, toi aussi tu es devenue une adepte de la peinture en plein air !

— Oh moi, répondit Alba, le plein air ou l'atelier, je n'ai pas de préférence...

— Mais enfin, Alba, poursuivit Marie un peu agacée, tu viens d'assister à une conversation de peintres et tu vois bien que les enjeux sont à vif. Je reconnais qu'ils sont pénibles avec leurs polémiques incessantes et même moi ils m'ennuient gravement. Mais nous ne pouvons pas passer à côté de leurs réflexions. Pourquoi peins-tu si tu n'as d'avis sur rien ? La peinture est un sujet de réflexion sur la vie. Es-tu pour ou contre le dessin, préfères-tu l'ombre ou la lumière ? On ne peut pas peindre sans s'interroger sur notre manière de représenter le monde. Toi, tu sembles ne t'intéresser qu'aux bouquets de roses, c'est un peu léger !

Déroutée par cette charge, Alba se taisait.

Que voulait Marie ? Alba ne saisissait pas. Jamais à l'université des arts de Madeleine on n'avait ce genre de débat. On se contentait d'apprendre méthodiquement à dessiner le bouquet ou le portrait du jour. On ne se demandait pas s'il valait mieux le peindre de telle ou telle façon, on suivait la méthode de Mme Lemaire, point.

— Ah, tu es là, je te cherchais. J'ai des nouvelles !

Bernadette Lasserre venait dire que Lucien pourrait la ramener en fin d'après-midi. Les événements s'étaient enchaînés avec une telle intensité que, pour Alba, ces deux journées paraissaient une éternité. Elle laissa Marie et suivit l'hôtelière. Une fois dans le couloir, elle posa la question qui lui brûlait les lèvres, la seule à laquelle elle avait pensé tout au long de la journée, bien loin de la joute oratoire des peintres :

— Avez-vous vu l'homme qui est arrivé hier soir avec moi ?

— Oui, fit l'hôtelière surprise de cette question. Il est parti très tôt. Il m'avait averti qu'il était attendu à Bagnères.

— Bagnères ! Il vous a dit où il allait, j'aimerais le remercier, il m'a aidée et...

— Ah non, je ne sais pas où il est. Il ne m'a rien dit, ce n'était pas un bavard. Mais ne te fais pas de souci, ce n'est pas le genre d'homme qui attend des remerciements. Je suis même sûre qu'il préfère ne pas en avoir.

— Qu'est-ce qui vous fait dire ça ?

— Une intuition. Un homme qui repart à l'aube dans une luxueuse voiture venue le chercher spécialement devant l'hôtel, c'est un homme qui a des relations. Je connais cette voiture, elle appartient à un riche Espagnol. Il doit loger au Frascati, ça m'en a tout l'air. Alors ne t'inquiète pas pour tes remerciements, va, il a déjà tout oublié.

« Il a déjà tout oublié. » Les paroles de l'hôtelière brisèrent le cœur d'Alba. Entre elle et cet inconnu, dans le train et au lac, le destin avait mis quelque chose qui ne pouvait s'oublier. Pourquoi Mme Lasserre parlait-elle ainsi ?

En attendant Lucien, Alba alla se réfugier dans le patio, sous la glycine, là où il se tenait la veille. Elle n'était pas à peine assise que Marie entra et lui mit une feuille sous le nez.

— C'est toi qui as fait ça ?

Surprise, Alba reconnut son aquarelle.

— Oui, mais je la croyais perdue, où l'as-tu trouvée ?

— Le voyageur qui est redescendu du lac avec toi hier l'a donnée à Mme Lasserre. Mon nom était inscrit sur le carton, elle a cru que c'était à moi.

Alba ne savait pas comment l'inconnu avait réussi à récupérer ce carton et à le redescendre de là-haut, elle ne s'était même pas aperçue du moment où elle l'avait perdu. Par miracle, il était là.

— Grâce à cette aquarelle, je te connais un peu mieux, poursuivit Marie. Quel beau travail ! Mais pourquoi as-tu éprouvé le besoin de mettre un bouquet de roses au beau milieu des montagnes ? Quelle idée ! Il faut que tu arrêtes avec ces roses ! C'est extravagant et cela gâche la force de ton travail.

Alba ne répondit pas. Là où Marie voyait une extravagance, il n'y avait qu'un concours de circonstances. Après avoir terminé le paysage, elle était revenue à son obsession : peindre des roses. C'est par souci d'économie qu'elle avait utilisé la même feuille que pour son aquarelle du lac. Elle avait donc centré les roses au-dessus du lac, là où le ciel clair le lui permettait. Maintenant qu'elle revoyait son travail, elle comprenait la surprise de Marie. Car les roses semblaient flotter au-dessus des eaux, comme un symbole.

— Serais-tu romantique, Alba ? reprit Marie. Je dois reconnaître que ces roses suspendues dans les airs sont très intrigantes, Mme Lemaire t'a tourné la tête avec ses fleurs et maintenant tu es comme droguée.

Alba se raidit. Sentant sa réticence, Marie s'excusa :

— Pardon, je ne voulais pas te blesser. Dans notre univers, il est de bon ton de se moquer de tout. Tu sais, la peinture de fleurs n'est pas bien vue à l'académie Julian. Si on veut percer, il vaut mieux aller vers les portraits qui sont en vogue et si utiles pour les relations. Ou alors sur des terrains que ces messieurs jugent importants. Sinon tu n'auras aucune chance d'être en bonne place aux cimaises.

— Mais Mme Lemaire expose et ses aquarelles sont au grand salon annuel.

— Oui, mais ne t'y fie pas. Bien sûr, les roses de Mme Lemaire ornent les salons privés les plus huppés de la capitale et de l'Europe, elles sont même en quantité importante chez les Américains les plus fortunés, ils se les arrachent. On sait que, sous son pinceau, les grandes dames se trouvent rajeunies de dix ou vingt années. Du coup, comment voulez-vous ne pas lui faire honneur ? Les membres du jury du grand salon annuel sont reçus à ses soirées les plus en vogue de Paris. Ils ne peuvent rejeter ses toiles, ils risqueraient de se voir eux-mêmes exclus de ses réceptions ! Mais tu verras, Alba, dès qu'elle sera passée de mode elle tombera aux oubliettes et ses roses ne pourront rien pour elle. Elles se faneront et on les jettera...

En prononçant ces mots, Marie n'était pas moqueuse, bien au contraire. On la sentait presque solidaire des roses de Madeleine. Une grande inquiétude se lisait sur son visage. Oubliée la jeune fille fraîche et pleine de vie, elle semblait remplie de douleurs.

— ... Comme on nous jettera toutes. Tu verras, Alba, je le sens. Et tu n'imagines pas à quel point j'en souffre.

Dès qu'on aura disparu, dès qu'on ne sera plus là pour défendre notre travail, ils s'empresseront de nous jeter aussi. Les roses de Madeleine Lemaire ne sont qu'un prétexte. Bonne ou mauvaise peinture, il ne s'agit pas de ça. Il n'y a pas de place pour tout le monde dans les musées et tous voudront y être. Ils ne nous laisseront rien, ou si peu, ce sera dérisoire. Pauvre Schaeppi, pauvre Beaury-Saurel, pauvre Breslaü ! Louise Breslau ! Elle a un tempérament détestable mais son talent est immense et son œuvre déjà exceptionnelle ! Je suis sûre qu'en ce moment même, dans sa mansarde à Paris, elle n'a presque rien à manger mais elle travaille comme une forcenée. Et dire qu'il ne restera rien d'elle ! À quoi bon !

Qui était cette Breslau dont parlait Marie ? Et cette Beaury-Saurel, cette Schaeppi ? Alba observait son visage d'ange aux traits en cet instant tirés par la souffrance. Marie s'était assise sur une chaise de ferronnerie blanche. Le coude sur la table, elle avait appuyé son menton dans sa main et ses yeux regardaient dans le vague. Elle semblait absente.

— Tu es amoureuse, Alba ?

Alba sursauta. Marie avait-elle su quelque chose de ce baiser entre elle et l'inconnu ?

— Non, répondit-elle prudemment.

— Tu as bien de la chance. Surtout ne tombe jamais amoureuse. Moi je ne sais faire que ça, et je choisis toujours les pires. Vu mon rang, il faut qu'ils aient de la fortune, ou alors un très grand talent. J'ai tendance à préférer ceux qui ont du talent parce que je leur prête plus de sentiments qu'aux autres mais je fais fausse route, hélas. Que d'ambitieux, que d'arrivistes, que de désillusions ! J'ai peur, Alba, je ne sais pas où je vais et maintenant voilà que je suis malade. Je suis jeune encore mais je pourrais mourir.

Alba était stupéfaite. Jamais personne ne lui avait parlé de façon si intime. Profondément remuée, elle regardait Marie, toute méfiance disparue.

— Mais non, tu ne vas pas mourir, que dis-tu ? Tu es si jolie !

Marie se redressa :

— Si jolie ! Mais alors pourquoi ne m'aime-t-on pas ? On me regarde, on est amoureux de moi mais on ne m'aime pas ! Moi qui ai tant besoin d'être aimée ! On dit que les romans me montent à la tête, mais non ce n'est pas ça, je lis les romans parce que j'ai la tête montée. Ce n'est pas pareil. Dans les livres, je recherche avec avidité les scènes, les paroles d'amour, je les dévore parce qu'il me semble que je ne suis pas aimée.

— Oh, ça ! Ça m'étonnerait !

Ces mots étaient sortis spontanément de la bouche d'Alba. Marie avait tout pour elle et elle ne serait pas aimée ? C'était impossible.

— Oui, je sais, tu ne me crois pas. Les autres non plus. L'an passé, j'ai refusé la demande en mariage du prince Soutzo. Il ne sait que faire pour me plaire, il est très riche et il me couvre de cadeaux et de fleurs. Il met des bûches dans le feu et me conseille de me consacrer à la peinture « à cause de mon immense talent ».

Alba était bouche bée.

— Ne me regarde pas comme ça. Ce que je dis a l'air extravagant mais ça ne l'est pas. Soutzo n'est qu'un bon garçon inoffensif, il ne peut m'accompagner, il n'en a pas la force, il croit l'avoir mais moi je sais qu'il en est incapable. Je dois reconnaître pourtant qu'il est drôle, c'est un bon point pour lui.

— Drôle ?

— Oui, il me fait des cadeaux étonnants. Au mois de mars, il est arrivé avec de superbes asperges entourées de fleurs, et en avril j'ai eu droit à la série des fraises : une corbeille de roses, de camélias, de lilas et de fraisiers avec leurs fruits. Une autre fois, il est venu avec des fraises et des petits pots de crème et après avec des fraises sur tige, et même des concombres disposés comme un vrai jardin dans une caisse de bois !

Un prince, des asperges entourées de fleurs, des fraises avec des concombres, l'univers de Marie était magique. Alba l'écoutait raconter comme on écoute une histoire dont on ne se demande plus si elle est vraie ou pas. Avec Marie, Alba était dans un roman mais dont l'histoire serait la réalité. La jeune fille toute de blanc vêtue racontait la vérité, ce monde romanesque était sa vie.

— Ce n'est pas de Soutzo dont je suis amoureuse, moi, continua Marie, c'est de Bastien-Lepage. Tu connais Bastien ?

— Non.

— Quand je l'ai aperçu et que j'ai vu son tableau sur Jeanne d'Arc au dernier salon, j'ai compris qu'il serait mon dernier amour.

Venue du fond de ses poumons, une toux rauque l'interrompit et elle dut se lever pour évacuer des crachats qu'elle enveloppa dans un large mouchoir. Médusée, Alba vit du sang au bord de ses lèvres. Elle commença à s'affoler et à vouloir aller chercher de l'aide quand Marie la retint par la manche.

— Ne bouge pas et ne dis rien.

— Mais il faut te soigner, fit Alba, effrayée. Je toussais moi aussi et depuis que je suis à Bagnères ça va mieux. Je n'ai pas eu une seule crise depuis mon arrivée.

— Laisse, Alba, je sais ce que j'ai, j'ai vu les meilleurs médecins. Ils ne peuvent rien, peut-être que ça passera, ils ne savent pas. Je vais aller me reposer un peu, j'ai dû prendre mal lors de cette randonnée. On a eu peur, tu sais, et froid.

— Justement, ta maladie peut s'être aggravée.

— Non, ça ne peut pas être plus grave...

Sur ce elle se leva et, dans un mouvement plein de spontanéité, vint embrasser Alba :

— Je suis contente que tu sois là, Alba. Ton aquarelle m'a surprise, on ne peint pas de cette façon si on n'a rien dans le ventre. Tu n'es pas comme tout le monde. Méfie-toi de ne pas en payer le prix fort. Cela coûte cher d'être une jeune fille libre, je connais l'addition. Si je devenais un grand peintre, ce serait une compensation divine, j'aurais le droit d'avoir des sentiments, des opinions et je ne me mépriserais pas ! Avant de peindre, je pouvais n'être rien et me contenter de n'être rien, juste aimée d'un homme qui serait ma gloire... Mais, à présent, il me faut être quelqu'un par moi-même, sinon je suis perdue. Le mariage est la seule carrière des femmes, Alba. Si je ne deviens pas célèbre rapidement, je suis perdue. Un jeune homme célèbre à vingt-six ans est un petit phénomène, alors qu'une femme n'est qu'une jeune fille presque passée, le spectre de la vieille fille la poursuit. On se fiche bien de son talent. J'ai peur, Alba, je veux peindre mais je veux aussi être heureuse, dis-moi que c'est possible. Dis !!!

Elle secouait Alba pour lui faire avouer ce qu'elle désirait entendre. Que disait Marie, pourquoi souffrait-elle ? C'était incompréhensible, incohérent. Alba était ahurie par ce qu'elle entendait. Marie cessa de la secouer et se leva, épuisée :

— Au revoir, Alba, à bientôt à Paris. Viens me voir au cours de Rodolphe Julian, tu verras ce qu'est un véritable atelier de peinture !

C'est juste avant que Marie ne referme sur elle la porte du patio qu'Alba répondit à sa question :

— Marie !

— Oui ? répondit la jeune Russe en se retournant.

— Marie ! Oui, c'est possible. On peut peindre et être heureuse.

La jeune fille eut un merveilleux sourire :

— Si tu le dis Alba, ça doit être vrai. Mais il faudra que tu m'expliques comment.

Et sur un geste gracieux de la main, elle s'en alla.

18

Les soirs d'été à Bagnères-de-Bigorre avaient quelque chose d'enchanteur.

Cet enchantement était dû pour beaucoup à une tradition qui régnait dans la ville depuis très longtemps et dont on ne connaissait pas l'origine : le chant. Dans les rues, les commerces, sur les places en installant les étalages pour le marché, le matin en allant aux champs, le soir en revenant des marbreries, les habitants de Bagnères avaient toujours un chant au bord des lèvres. Leurs voix étaient le plus souvent exceptionnelles et il régnait dans la ville thermale une ambiance de gaîté permanente.

Les belles étrangères allaient prendre les eaux, bavardaient et nouaient connaissance aux thermes luxueux. D'un pas lent, elles se promenaient une ombrelle à la main ou abritées par une immense capeline en paille, voilées pour protéger leur peau claire de ce magnifique soleil teinté d'Espagne. Selon l'humeur du moment, elles gagnaient le vallon du Salut, le jardin des Vignaux ou la promenade des Coustous, des lieux incontournables et aussi encombrés que les grands boulevards parisiens. Depuis que Montaigne était venu à Bagnères-de-Bigorre et l'avait tant apprécié, cet aspect très mondain de la ville n'avait pas changé, au contraire il s'était enrichi et amélioré. Pour la promenade, ces dames allaient parfois sur des chaises à porteurs visiter des cascades ou des grottes sans se fatiguer.

Mais quand la fin de l'après-midi approchait, où qu'elles soient, pressées comme des hirondelles, ces dames rentraient à l'hôtel, procédaient à de longues toilettes et, après avoir minutieusement choisi leur tenue, elles descendaient au bar commander un White Rose pour se griser, juste un peu. Après quoi elles partaient enfin vers le concert du soir.

Car cette précipitation quotidienne n'avait qu'un seul but : se rendre au kiosque du jardin des Vignaux pour écouter encore et encore les célèbres voix masculines qui depuis plus de vingt ans troublaient le cœur de l'Europe tout entière. Des voix profondes et graves qui chantaient des mélodies à chavirer le cœur, celles des Chanteurs Montagnards qui se produisaient tous les étés, au kiosque à musique, en alternance avec les concerts de la société philharmonique. Celle-ci illustrait l'autre genre musical qui sévissait à Bagnères depuis le milieu du siècle : les violons érudits, une tradition fameuse puisque quatre garçons du pays, et quatre frères, les Dancla, avaient obtenu chacun leur tour le premier prix du conservatoire de Paris ! L'émulation était permanente et chacun voulait être le meilleur. Chanteurs, musiciens, compositeurs, ils dégageaient tous une telle ferveur qu'ils soulevaient de bonheur même les plus ignares et les plus réticents. Quand les voix graves des chanteurs ou le violon du jeune Charles Dancla s'élevaient sous les arbres, les visiteurs se taisaient. Ils auraient pu les écouter la nuit entière.

Ce soir-là, c'était au tour de la société philharmonique de jouer et donc celui de Charles. Louise avait demandé à Juliette de passer prendre Alba pour l'emmener au concert. Elle trouvait Alba bien mélancolique depuis son retour de Cauterets mais n'avait rien pu savoir. Ce soir, Juliette était donc venue la chercher pour la distraire un peu.

— Vas-y, avait dit Louise à Alba, amuse-toi. Tu ne fais que peindre et dessiner. Tu auras bien le temps de travailler à Paris. Profite des distractions de la ville, les chants ici sont si beaux, et puis c'est une chance, ils sont gratuits.

Pour faire plaisir à sa mère, Alba se décida à suivre Juliette. Elle avait déjà entendu quelques concerts sous les kiosques des places, mais elle n'avait jamais été très sensible au charme langoureux des morceaux qu'on y jouait. Elle ne connaissait rien à la musique mais elle avait remarqué que les violons larmoyaient. Ça ne lui avait pas plu.

Alba avait en elle trop de larmes et elle avait vu sa mère en verser trop souvent. Elle fuyait tout ce qui lui rappelait les pleurs et la tristesse, elle préférait les mélodies joyeuses et entraînantes.

Elle mit sa jupe de coton, un chemisier blanc léger et noua ses cheveux simplement. Elle se fit « propre », il ne lui serait pas venu à l'idée de dire qu'elle se faisait « belle ». La beauté était un luxe qui ne semblait pas fait pour les filles comme elle. La propreté, en revanche, elle y avait droit.

Elles arrivèrent au kiosque un peu en avance et se trouvèrent de bonnes places sur les chaises du jardin, face au kiosque. Hélas, au bout d'un certain temps d'attente, on annonça que Charles était absent pour cause de malaise.

Il y eut un brouhaha invraisemblable. On questionnait, on s'interrogeait. « Mais pourquoi ? », « Où est-il ? », « Savez-vous quelque chose ? »

— Non, répondit quelqu'un, mais ne vous inquiétez pas, on lui a trouvé un remplaçant.

— Un remplaçant ! hurla une dame. Remplacer le merveilleux violon de Charles ! Mais c'est impossible !

On s'impatientait, on parlait de quitter le kiosque, on attendrait que Charles revienne. La dame qui avait hurlé se leva, suivie par une autre. C'est alors que le remplaçant de Charles monta sur l'estrade. Quand la dame l'aperçut, elle eut un mouvement d'hésitation et, sans rien dire, alla se rasseoir.

Le violoniste s'installa sur scène sans prêter attention à l'excitation générale, sans tenir compte ni du public qui bruissait ni de l'orchestre qui l'attendait. Il ajusta son archet vivement, et, devançant le chef qui n'eut que le temps de lever sa baguette pour le suivre, il ouvrit sur un solo fervent qui laissa le public saisi. Quand Alba le vit, elle fut pétrifiée de stupeur. L'inconnu qui l'avait embrassée sous l'orage et le violoniste n'étaient qu'un seul et même homme !

— Je jouerai tout ce que vous voudrez mais j'ouvre seul. Par le *Concerto en si mineur* dédié à Pablo de Sarasate. C'est à prendre ou à laisser.

Il avertissait toujours lors de ses contrats et ne signait qu'à cette condition.

Par chance, l'orchestre connaissait bien le morceau et, dans l'urgence, on avait accepté ses conditions sans tergiverser, bien contents de l'avoir trouvé.

On disait qu'il soulevait les salles et provoquait des applaudissements « effrénés », parfois même des évanouissements. Une telle passion laissait les purs mélomanes perplexes car il n'était pas le meilleur, loin de là. Mais même les spécialistes se laissaient prendre par son charme violent et le désordre musical qu'il créait les subjuguait. Ils ne comprenaient pas comment ce musicien si peu conventionnel réussissait à les séduire, eux si attachés à la rigueur de l'exécution. Pourtant, ils en convenaient, son insoumission était exceptionnelle et ils applaudissaient à tout rompre.

— Il y a là quelque chose de terriblement tzigane, vous ne trouvez pas ? déclara un spectateur conquis tout en applaudissant frénétiquement.

Ce soir-là, la fascination opéra comme toujours. L'orchestre donna toute sa puissance pour suivre ce violon ravageur et les instrumentistes, entraînés dans sa tourmente, en sortirent épuisés, délivrés d'eux-mêmes, délivrés de tout.

— C'est fabuleux, fit un jeune concertiste trempé de sueur et rayonnant, on n'a pas joué la musique. On l'a vécue !

Il disait vrai, tous, ensemble, détachés de la partition qu'ils n'eurent même pas besoin de regarder, ils jouèrent comme des dieux, vivant la passion tourmentée de ce violon qu'ils allèrent chercher au plus profond d'eux-mêmes. Car, tous, ils avaient une passion enfouie, et ce soir-là, elle était dans leur musique. Le chef d'orchestre suait à grosses gouttes, il avait battu l'air de toute sa ferveur avec sa baguette et maintenant il saluait lui aussi, étourdi de bonheur.

La foule était debout, soulevée, et jusqu'à leurs frondaisons, les arbres en frémirent. Alba regardait le violoniste, incapable de se persuader que cet homme en pleine lumière était celui qui l'avait tenue dans ses bras. Ce moment lui semblait totalement irréel. Dans la foule, les femmes étaient si femmes, si belles et si parfumées. Elle se trouvait si terne, si ordinaire dans ses habits de toile sans grâce. Pourquoi cet homme l'avait-il embrassée ? En le voyant là, applaudi par la foule, elle comprit qu'il y avait eu dans cette rencontre quelque chose qui tenait du hasard, des circonstances, et elle se dit qu'elle ne le reverrait plus.

On parla longtemps sous les tilleuls des Coustous du *Concerto en si mineur* dédié à Sarasate, et les belles étrangères gravèrent dans leur cœur la nostalgie de cette musique puissante jouée par un violoniste qu'elles ne revirent pas. Charles reprit sa place, et elles apprécièrent à nouveau la paix du soir qu'il accompagnait avec tant de douceur. Mais, tout au fond d'elles-mêmes, elles gardèrent en secret l'étreinte folle de ce violon tzigane.

Ainsi l'inconnu était musicien. Alba était plus bouleversée qu'elle ne se l'avouait. Parce que cela les rapprochait. Ils avaient un territoire commun : l'art. Alba avait entendu dans le violon de l'inconnu la même passion que celle qui lui faisait poser les couleurs les plus fortes et les plus justes sur les pétales de ses roses. Depuis ce soir-là, elle passait ses journées à peindre avec plus d'ardeur que jamais. Les roses du bouquet de Jeanne s'en trouvèrent soulevées d'une grâce nouvelle, elles vibraient de ce sentiment inconnu qui accaparait le cœur et la tête d'Alba. Car désormais, sans bien le comprendre, Alba aimait, elle qui n'avait jamais connu de l'amour que le lien maternel.

Le matin et le soir, en partant dessiner, elle n'avait qu'une seule hâte : passer devant le Frascati et tenter d'apercevoir son violoniste inconnu. Mais elle eut beau y passer à maintes reprises, il restait invisible et elle finit par penser qu'il était reparti. Tout en pensant à lui, elle trempait sa main dans l'eau de l'Adour, la rivière bleue qui traversait la Bigorre et s'en allait rejoindre la mer très loin chez les Basques, au port de Bayonne. Elle posait sur l'eau de petites barques de feuillages qu'elle fabriquait avec deux branches de noisetier et le simple geste d'envoyer ces frêles esquifs sur les ondes la faisait frissonner. Le soir, avant de s'endormir, elle les imaginait qui traversaient la plaine de Tarbes, filaient sur les courants vers le nord et obliquaient enfin en direction de l'Occident où le soleil se couche. Elle qui n'avait jamais vu de port, elle imaginait l'ample embouchure de celui de Bayonne, avec le petit esquif de feuilles et de branches debout au milieu du fleuve, fier et invincible, prêt à affronter l'immensité des eaux du grand océan. Comme s'il était tout à fait naturel dans une vie d'esquif de vouloir faire le même voyage que les grands navires des ports. Elle s'était mis dans la tête que l'inconnu était un musicien qui allait de ville en ville et de train en train, qu'il vivait dans de beaux hôtels, qu'il était un musicien célèbre et qu'on l'applaudissait, qu'on l'admirait. Depuis cette rencontre, Alba peignait différemment, elle avait acquis une maîtrise des couleurs et des transparences qu'elle ne possédait pas jusque-là. Elle avait parcouru d'un seul coup beaucoup de chemin et savait que cet homme y était pour beaucoup.

En lui envoyant ce baiser sous l'orage des Pyrénées, les dieux lui avaient fait un cadeau inestimable car elle n'était peut-être sur l'océan du monde qu'un esquif aussi dérisoire que ces feuilles de noisetier qu'elle envoyait vers la mer immense, mais elle était sûre que rien ne l'empêcherait de voguer elle aussi en haute mer et de rejoindre pour toujours ce mystérieux musicien.

Alba avait en elle des forces profondes. Elle ne doutait pas.

Après le concert, le violoniste n'avait plus remis les pieds dehors.

Quand on était venu le chercher à l'hôtel, il n'avait pas dit non. Il disait rarement non pour un concert, faire de la musique le rapprochait des bonheurs simples de la vie. Il en avait besoin, c'était son oxygène. Quand il rentrait, trempé de sueur d'avoir tout donné sur scène, il était heureux, il se sentait blanchi. En dehors de ces moments de grâce, ses journées et ses nuits se passaient exclusivement au bar rouge du Frascati. Il y prenait tous les soirs un whisky écossais et respirait des nuits entières l'âcre fumée des énormes cigares que les riches Espagnols se faisaient ramener de Cuba par les capitaines des liners blancs amarrés au port de Barcelone. Il jouait des sommes indécentes qu'il n'avait pas, bluffait les Espagnols et le personnel de l'hôtel mais s'en sortait toujours. Il se savait sur la brèche, capable de tout perdre à chaque instant car le jeu n'épargnait personne. Souvent, il se demandait ce qu'il faisait là et pourquoi il fuyait la lumière du jour. Pourtant il continuait, encore et toujours.

— Qu'est-ce que tu fais tout le temps dans ta chambre, sors un peu et va jouer avec tes amis, lui disait déjà sa mère. Et pourquoi es-tu toujours fourré sous ton lit à lire dans le noir, tu n'y vois rien ! Tu vas t'abîmer les yeux. Sors de là ! Va te dégourdir les jambes.

Et elle le secouait, elle ne supportait pas de le voir enfermé et elle tentait de le guider vers la lumière. Mais que l'enfance était loin ! Il revoyait la tombe de sa mère, la foule autour de la dalle de pierre le jour de l'enterrement, et le vent solitaire qui soufflait dans les hauts cyprès noirs. Il y a bien longtemps qu'il n'avait pas poussé le portail rouillé du petit cimetière.

Pourquoi repensait-il à tout ça ?

Pourquoi avait-il voulu voir ce lac et pourquoi, en embrassant cette jeune fille, là-haut, s'était-il tout à coup senti si pur, comme lavé par les eaux torrentielles qui tombaient du ciel ?

Et pourquoi alors, depuis, s'était-il à nouveau enfermé dans l'hôtel et avait-il replongé dans le jeu et les hasards de la nuit, glissant inexorablement vers des arrangements avec sa morale trouble ?

19

Alba avait attendu l'avant-veille du départ pour offrir son aquarelle à Jeanne. Ce soir-là, comme chaque soir, toutes les femmes de la rue étaient venues avec leurs chaises pour bavarder.

— Tu ne vas pas donner cette aquarelle devant les autres, quand même ? fit Louise. Ça ne se fait pas, tu vas passer pour une orgueilleuse. Tu devrais faire ça plus discrètement demain matin.

— Non, je lui donnerai ce soir, répliqua vivement Alba. On dirait que tu ne comprends rien à mon travail. Tu as toujours les mêmes mots à la bouche. « Sois discrète, Alba, ne te fais pas remarquer ! » Avec toi il faut toujours se cacher. Mais l'art c'est l'inverse, tu comprends ça, tu comprends ? Il faut le montrer, le mettre en pleine lumière. Sinon à quoi sert-il ? À rien, à personne ! J'ai horreur de la discrétion ! Horreur ! Et je ne suis pas une orgueilleuse, je suis bien plus que ça !

Louise regardait sa fille, stupéfaite de la colère sourde qui l'animait. Pourquoi Alba réagissait-elle aussi violemment à la moindre de ses phrases ? Elle ravala ses larmes.

Alba donna son cadeau à Jeanne au cours de la soirée. Intriguées, toutes les femmes attendaient de la voir ouvrir ce grand paquet plat fait d'un papier de soie blanc noué d'un joli ruban.

De toute sa vie, Jeanne n'avait eu pour cadeaux que ceux de son mariage et c'était si loin ! Alors, ce paquet léger posé sur ses genoux, elle en tremblait. Quand elle découvrit l'aquarelle de roses aux multiples couleurs dans leur vase doré, elle fondit en larmes. Un cadeau pareil, un tableau de roses pour elle qui les aimait tant, jamais elle n'aurait imaginé en avoir un jour. Des images, des reproductions dans le calendrier oui, mais « un tableau ! », c'était inaccessible. C'était un autre monde. Toutes les femmes étaient aussi émues qu'elle. Elles se passèrent l'aquarelle religieusement de mains en mains, émerveillées. Touchées par la grâce de ces fleurs, plusieurs sortirent leurs mouchoirs et essuyèrent une larme furtive. Les femmes de Bagnères faisaient pour la première fois l'expérience de la force d'émotion que peut donner une véritable œuvre d'art à celui qui la regarde et la tient entre ses mains. Et Alba découvrait pour la toute première fois dans l'émotion de ces femmes simples la puissance de son art.

— Tu comprends, dit Juliette, on n'a pas l'habitude. Une peinture, une vraie, on n'en a jamais eu entre les mains. Alors des roses comme celles-là, c'est trop beau… tu comprends.

Jeanne s'était un peu remise et, entre ses larmes, elle essayait maintenant de rire d'elle-même :

— Et qu'est-ce qui m'a pris ? Ça alors, la petite m'offre des fleurs et moi je pleure comme une madeleine, quelle idiote je fais !

Essuyant son visage, elle se leva pour venir embrasser Alba. Chez ces femmes habituées à surmonter bien des difficultés, on ne s'attardait pas sur les émotions trop fortes. Pour alléger l'atmosphère, Colette prit la parole.

— Moi, fit-elle, je ne pourrai pas me passer d'avoir des fleurs au jardin. Ça fait râler Gabriel mais tant pis, il me faut mes plates-bandes. Je mets une touffe de jacinthes par-ci, des marguerites, des dahlias par-là, et mon rosier contre le mur de la grange. Je me le soigne celui-là, d'ailleurs, cette année, il a un peu souffert.

— Le mien aussi, enchaîna Juliette, il a les feuilles toutes racornies. Qu'est-ce que je peux y faire ? J'ai tout essayé.

— T'as qu'à mettre un peu de soufre, dit la vieille Catherine, dont les rosiers grimpants fleurissaient la chaumière du bas de la ville.

— Du soufre, mais c'est pour la vigne !

— Tatata, fais ce que je te dis, tu verras.

C'était un joyeux brouhaha, chacune y allait de son anecdote sur les fleurs. Remise de ses émotions, Jeanne regardait son bouquet. Elle n'y croyait pas.

— Mais comment fais-tu pour arriver à peindre des merveilles pareilles ? demanda-t-elle.

Juliette renchérit.

— Ça, moi aussi je me le demande. Je ne suis jamais arrivée à faire le plus petit dessin, alors des fleurs si ressemblantes !

L'agitation passée, elles étaient curieuses et voulaient comprendre. Bouche bée, tournées vers Alba qu'elles ne regardaient plus tout à fait de la même façon, elles attendaient la réponse. Gênée, celle-ci ne savait que dire et c'est Louise, émue et fière, qui répondit à sa place.

— Oh ! elle travaille, elle ne fait que ça du matin au soir.

— Ah ça, on n'a rien sans rien, fit une voisine que la réponse avait satisfaite. Le travail, c'est la base de tout.

— Sûr, renchérit Catherine. Sans travail, on n'arrive à rien.

Jeanne restait sceptique.

— Je n'y connais pas grand-chose mais il me semble que dans ces roses il y a plus que du travail. On dirait qu'il y a...

Alba rougit comme si elle avait été prise en faute et Jeanne n'alla pas plus avant. Les femmes la regardaient, étonnées de son trouble, et Louise eut un doute. Que pouvait-il y avoir d'autre dans les roses d'Alba ? Elle ne voyait pas ce que voulait dire Jeanne. Puis, soudain, son visage s'éclaira.

— Alba a toujours eu un don pour le dessin, c'est vrai, ajouta-t-elle. Mais, s'empressa-t-elle d'ajouter de peur de manquer de modestie, beaucoup de peintres ont du talent.

— Ça c'est pas vrai, s'empressa de dire la vieille Catherine, tous les peintres n'ont pas de talent. Moi, j'en ai vu un qui s'était mis dans la tête de peindre ma chaumière. Il s'est installé tout un après-midi. Au bout d'un moment, j'ai été voir. Tu parles, y avait que des taches sur sa toile. Il a voulu m'expliquer mais il pouvait m'expliquer ce qu'il voulait, son tableau était laid. Pour mes rosiers, il avait mis deux ou trois taches rouges et voilà, c'était ça mon rosier. Hé bé, je lui ai dit, si le bon Dieu il faisait comme vous, ça ne serait pas du joli. Je crois que je n'aimerais pas les roses si elles ressemblaient aux vôtres.

À cette idée des taches en guise de fleurs, les femmes éclatèrent de rire.

— Ils viennent peindre ici, fit une autre, et parce qu'on n'y connaît rien, ils croient nous faire gober tout ce qu'ils veulent. Mais nous on voit bien ceux qui font n'importe quoi. Et ils peuvent raconter ceci ou cela, ça ne change rien. Catherine a raison : quand c'est laid, c'est laid !

— Enfin, dit Jeanne, des fois, ça aide un peu des explications, quand même...

— Tatata, reprit l'autre, ça embrouille le cerveau, c'est tout. Un tableau ça se regarde, ça ne s'explique pas. Et y a pas besoin de venir de la capitale pour sentir les belles choses.

Replongeant dans leur conversation passionnée où il n'était question que de fleurs et de roses, les femmes revinrent vite à celles de leurs jardins. Seule Jeanne continuait à regarder sa toile. Ces fleurs embaumaient l'amour. Elle jeta à Alba un regard intrigué mais ne dit rien et pressa les roses contre son cœur en souriant.

La soirée se prolongea fort tard. Alba avait le nez dans les étoiles. Il y en avait par milliers dans le ciel de Bigorre. Fascinée, elle avait découvert ici l'espace de la nuit, dont elle voyait nettement les perspectives et les profondeurs. Elle comprenait enfin que la nuit n'était pas un simple voile posé sur le jour mais bel et bien un monde immense avec des chemins qui conduisaient d'une étoile à une autre. Comme le monde terrestre, le ciel des Pyrénées était immense et mystérieux.

Au même instant, de l'autre côté de la rue, à quelques dizaines de mètres à peine devant l'entrée du Frascati, le joueur regardait sans le savoir les mêmes étoiles qu'Alba. Ce baiser sous l'orage l'avait troublé plus qu'il ne voulait se l'avouer.

— Les Espagnols sont encore en train de jouer ?

Félix s'inquiétait de la durée de la partie.

— Oui, répondit le joueur et, à mon avis, on y est pour la nuit.

Félix soupira.

— Comment vous faites pour tenir le coup, je n'ai jamais vu quelqu'un leur résister autant que vous.

— Peut-être que je suis meilleur qu'eux, ou plus malin.

Félix n'insista pas. Les joueurs de poker réglaient leurs affaires entre eux. Surtout ceux-là. Le bruit courait qu'ils jouaient des sommes considérables mais jamais il n'y avait eu le moindre problème. Seulement, tant qu'ils jouaient, Félix ne pouvait pas aller se coucher. Il était obligé de garder un serveur et ils allaient chacun leur tour s'allonger par terre derrière le comptoir du grand hall. Ils se remplaçaient de façon à être toujours prêts à la moindre demande. Dans la nuit, les clients voulaient manger, ou ils voulaient prendre un thé, ou alors ils voulaient prendre l'air, tout simplement, mais, s'il s'agissait de dames, elles ne voulaient pas rester seules dehors. Il devait donc les accompagner ; une fois même, Félix avait dû aller en pleine nuit à l'église avec une cliente. Heureusement, l'église était toujours ouverte et la dame avait prié. Elle n'en finissait pas, alors Félix s'était endormi sur un banc et c'est monsieur le curé qui était venu le réveiller au petit matin. La cliente était toujours agenouillée en prière ! Il y avait comme cela une quantité de désirs à satisfaire et la saison d'été était un véritable enfer pour le personnel. Tous terminaient épuisés, les traits tirés et les visages blafards.

— Ah ! ces Espagnols, dit Félix découragé, ils n'en ont jamais assez. Je ne les comprends pas.

— Et les étoiles ? demanda le joueur qui ne tenait pas à aborder plus longtemps la question du jeu, vous les comprenez ?

— Si vous parlez des étoiles, je vais être bavard parce que chez nous on apprend à les comprendre depuis qu'on est comme ça – d'un geste, il désignait la taille d'un petit enfant.

Félix connaissait de l'astronomie ce que lui en disait un ami qui construisait un observatoire géant au plus haut sommet des montagnes : le pic du Midi avec sa coupole née dans le rêve de quelques hommes.

— Quand on est là-haut, continua Félix, il paraît qu'on ne peut pas s'empêcher de tendre la main pour toucher les étoiles tant on les voit de près ! Un jour, un des astronomes a dit à mon copain qu'il avait essayé. Avec toutes ses connaissances scientifiques, il n'a pas pu s'empêcher de croire que les étoiles étaient accessibles. Il a tendu les mains vers l'une d'elles et bien sûr il n'a touché que le vide, mais un doute est resté. Une bouleversante incertitude : quand on est là-haut, on est encore sur la terre ou déjà dans le ciel ?

Le joueur avait écouté l'histoire et compris qu'il n'y avait pas que dans la nuit des salles de jeu qu'on perdait la tête. Même sous la voûte céleste, des hommes raisonnables la perdaient aussi, à leur façon.

Là-haut, dans la galaxie, une étoile brillait plus que les autres. Le joueur fixa l'astre longuement, tout en tournant et retournant la pièce d'argent dans le fond de sa poche. Puis, sans raison apparente, sans un mot, il partit dans la nuit.

— Et les Espagnols ? lui cria Félix.

L'inconnu eut un geste vague de la main. Il traversa le boulevard Carnot, la terrasse du casino désert, remonta par les thermes et fit le tour de la ville par-derrière, longeant de belles et riches maisons de pierre jusqu'à la longue allée de tilleuls des Coustous. Il croisa quelques rares promeneurs attardés qui flânaient amoureusement. L'air, en ce début d'automne, était doux et léger. Un vent léger venu d'Espagne dispersait dans l'air de la nuit l'apaisante odeur des tilleuls. Il plongea dans les ruelles sombres au cœur de la vieille ville. Elles dessinaient dans la nuit des chemins étroits et il les suivait au hasard. Soudain, il s'arrêta. Rien ne bougeait. Il tendit l'oreille, pas un son hormis celui de la ville endormie. Pourtant, il sentit une présence.

Ne pouvant trouver le sommeil Alba était sortie sur le pas de la porte et, entendant des bruits, elle s'était cachée dans le renfoncement, espérant que ce promeneur nocturne passerait sans la voir. Mais il venait de s'arrêter à quelques mètres d'elle. Ses jambes vacillèrent quand elle le reconnut. Que faisait-il dans la rue à cette heure tardive ? Elle n'eut pas le temps de réfléchir davantage, l'inconnu venait de tourner la tête et de la découvrir. Maintenant, ils étaient l'un en face de l'autre, seuls sous la nuit étoilée. Lui qui s'était tant de fois demandé ce qui l'avait poussé, au cœur de cet orage fou, à embrasser une jeune fille qu'il ne connaissait pas, lui qui avait encore au bord des lèvres l'apaisement immense de ce baiser sous la pluie, il retrouva tel qu'il l'avait admiré dans la clarté de la lune l'ovale pur du visage d'Alba et, sans aucune hésitation, il refit cette nuit-là les gestes qu'il avait accomplis sous l'orage, avec la même évidence et la même volupté. Alba s'abandonna entre ses bras et ils s'embrassèrent longtemps sans un mot, comme si les mots avaient été inutiles, ou plutôt, comme s'ils avaient l'éternité devant eux pour se les dire tous.

Dans le ciel, l'étoile du berger continuait à briller et, tout autour, mille étoiles brillaient elles aussi de leurs mille lumières.

Dans la chambre, Louise fut réveillée par une inquiétude soudaine. Alba n'était pas à ses côtés.

Elle se leva d'un bond, jeta sur ses épaules un châle de laine légère et sortit dans le couloir. Rien, pas un bruit. Pieds nus sur le ciment froid, elle alla jusqu'à la porte qui donnait sur la rue et l'ouvrit. Elle crut voir une silhouette raser les murs mais Alba était là, ses longs cheveux dénoués sur ses épaules, dans sa chemise de nuit. Elle expliqua qu'elle avait eu besoin d'un peu de fraîcheur et Louise sentit qu'il valait mieux en rester là.

Alba maudit sa mère. À cause d'elle, l'inconnu était parti juste au moment où il allait lui parler, peut-être lui dire son nom. Il ne restait qu'un jour. Elle se jura d'aller au Frascati le plus tôt possible et de ne pas quitter Bagnères sans l'avoir revu.

Devant la porte du Frascati, le joueur regrettait sa fuite. Il revint sur ses pas. Hélas, la ruelle était déserte.

20

C'était le dernier jour de Louise et d'Alba à Bagnères. Sous prétexte de revoir encore une fois les bords de l'Adour, Alba partit après le déjeuner et alla traîner aux environs du Frascati mais elle ne croisa que des élégantes et des touristes fortunés. Tout l'après-midi, elle attendit en vain de voir son violoniste sortir. Mais elle ne réussit qu'à intriguer le portier et à se faire regarder de travers. La lumière déclinait et elle perdait espoir quand une voiture lourdement chargée se renversa devant l'hôtel, créant un grand brouhaha. Tout le personnel se porta au secours des voyageurs. La voie pour entrer dans l'hôtel était libre, il suffisait de monter les marches de pierre.

Alba se retrouva sur les tapis rouges du Frascati sans même avoir réalisé qu'elle venait d'y pénétrer. Les lampes étaient allumées et il régnait dans le hall une ambiance particulièrement feutrée. Çà et là des clients allaient et venaient en conversant. Assis dans un confortable fauteuil, l'un d'eux leva le nez pour regarder cette étonnante voyageuse qui arrivait sans accompagnement. Sous son regard, Alba se sentit tout à coup si intruse qu'elle voulut repartir, mais c'était trop tard, les portiers revenaient avec le maître d'hôtel. Prise à son propre piège, dominant sa peur et sans vraiment savoir où elle allait, elle monta le bel escalier qui desservait les chambres. L'homme du fauteuil la regarda passer, vaguement intrigué par son manège, puis il replongea dans la lecture de son journal.

Alba fit le tour des longs couloirs qui desservaient les chambres sur trois étages. Elle croisa des étrangères qui parlaient espagnol, un couple d'Anglais qui se chamaillait et des Françaises très distinguées qui agitaient des éventails. Un gros monsieur fumant un cigare la regarda d'un œil vaguement intéressé et une petite bonne lui demanda si elle était la dame de la chambre 28. Bizarrement, le fait de se retrouver dans l'hôtel sans y être invitée et sans autre raison que de revoir le violoniste ne lui procurait aucun sentiment d'inquiétude et, malgré ses vêtements qui ne correspondaient pas du tout au standing des clients, elle faisait preuve d'une telle aisance que personne ne fit plus attention à elle. C'était l'heure où, juste après la promenade, les clients se retrouvaient au bar pour parler de leur journée et s'émerveiller de la beauté du pays avant de partir au concert ou de passer à table. Le personnel était donc très occupé et les rares femmes de chambre couraient à gauche et à droite pour satisfaire aux désirs multiples de ces dames qui changeaient de toilette et refaisaient leurs coiffures. Un coup de peigne pour la 12, un coup de fer à repasser pour la 5, un corset à serrer pour la 18, ça n'arrêtait pas.

Alba avait longé tous les couloirs sans croiser autre chose que des inconnus et des portes de chambres fermées. Elle savait qu'avec sa robe ordinaire il lui était impossible d'aller traîner en bas dans les salons de réceptions et au bar, là où les clients se retrouvaient et où elle aurait quelque chance de voir l'inconnu. Alors, sans trop savoir où cela la mènerait, elle redescendit furtivement par l'escalier de service, à l'opposé du très bel escalier d'acajou central par lequel elle était montée. Elle descendit les étages quatre à quatre et, juste au moment où elle arrivait dans le couloir arrière destiné au service, elle vit le maître d'hôtel qui arrivait des salons. Elle eut juste le temps de filer par une porte dissimulée derrière l'escalier, il passa sans rien remarquer.

Cette fois le cœur d'Alba battait plus vite. Elle prit soudain conscience que sa situation n'était pas normale et que le lieu où elle se retrouvait était anormalement isolé et silencieux. C'était un petit couloir étroit sans fenêtres, aux murs capitonnés d'un cuir brun frappé à la manière de Cordoue. Au sol, sur un parquet de chêne ciré, un épais tapis assourdissait les pas, et sur le mur du fond une petite lampe au verre de cristal taillé vibrait d'une lumière intime et chaude. Ce couloir austère mais luxueux desservait une seule porte. Alba n'osait plus bouger. Elle resta figée quelques minutes dans un silence total puis distingua un bruit curieux venant de derrière la porte, des petits coups sourds frappés de façon régulière. Intriguée, elle s'avança, et comme elle n'entendait rien d'autre que ces petits coups répétés, elle se décida à tourner doucement la poignée de la porte.

Placés dans des situations inhabituelles et fortes, les êtres ont parfois des visions aiguës de ce qui les entoure. Leurs sens en alerte font appel à des zones inexplorées de leur cerveau et ils se découvrent devins. C'est une sensation très brève mais très intense. Alba la ressentit au moment où elle ouvrit cette porte et où elle découvrit quatre hommes assis autour d'une table ronde. Le décor de la pièce était identique à celui du couloir, austère mais luxueux. Deux hommes debout regardaient quatre joueurs assis. Tous étaient vêtus de costumes sombres, ils avaient des chemises blanches à col cassé et les reflets d'or de leurs boutons de manchette brillaient à leurs poignets. Ils abattaient des cartes sur un tapis de jeu et les coups sourds qu'Alba avait entendus provenaient du choc de leurs mains sur le tapis vert. Personne ne parlait. L'ambiance était chargée de la fumée de leurs cigares et Alba reconnut cette odeur âcre de l'inconnu. La chevelure ondulée et luisante du gros homme à cigare qu'elle avait croisé dans le couloir se crantait sur sa nuque grasse et, face à lui, un joueur absorbé tenait un jeu de cartes. Alba faillit ne pas le reconnaître tant son visage était tendu. Pourtant c'était lui. Elle ne pouvait détacher ses yeux de son visage et cherchait à retrouver celui qui l'avait tant bouleversée sous l'orage. Mais elle n'y parvenait pas. L'homme qui était là, devant elle, avait des tics affreux, sa bouche se tordait avec un air qui donnait à ses traits quelque chose de veule.

Soudain, il abattit une carte. L'homme à la coiffure crantée posa nerveusement tout son jeu sur la table et dit avec un fort accent espagnol :

— Vous trichez. Voilà déux mois qué vous gagnez.

L'inconnu ramassa les cartes et ne répondit pas tout de suite.

— On péut faire un arrangément, continua l'Espagnol. Mé vite. Après jé ne sérais pét-être plou d'accord.

Le violoniste eut un rire déplaisant.

— Vous trichez toujours dans la vie ? ajouta l'Espagnol.

— Qui sait ? répondit l'inconnu satisfait.

— Il joue et triche avec tout, même avec les femmes, confirma d'une voix éraillée l'un des hommes qui étaient dans la pièce. J'en sais quelque chose, depuis le temps qu'on joue ensemble !

— Avec les femmes, c'est son affaire. Mais avec moi on ne triche pas, trancha l'Espagnol.

— Pour ce qui est des femmes, mon ami se trompe. Je n'en trahis aucune puisque je les aime toutes...

Alba referma la porte d'un coup sec et s'enfuit. Les joueurs surpris se retournèrent.

Alba fila par des salons chargés, croisa de riches clients mais ne vit rien ni personne. Elle quitta le Frascati comme elle y était entrée, par la grande porte. Le maître d'hôtel la vit passer avec stupéfaction et il comprit encore moins pourquoi le joueur était arrivé la seconde d'après, essoufflé d'avoir couru, et pourquoi il avait regardé cette jeune fille partir dans la nuit avec un air défait.

Alba et Louise prirent le train pour Paris très tôt le lendemain matin. Tout au long du voyage Alba resta silencieuse et Louise ne put rien en tirer. Le retour à Paris s'annonçait difficile après ces jours de bonheur.

Le lendemain et les jours suivants, l'inconnu retourna dans la rue. Que faisait cette fille au Frascati ? Qu'avait-elle vu, entendu ? Il aurait pu se renseigner pour savoir où la retrouver mais ce n'était pas dans ses habitudes. Alors, comme il n'arrivait pas à l'oublier, il décida d'en finir et sortit du fond de sa poche sa pièce d'argent.

« Pile, je la cherche, face je l'oublie. »

Mais au moment de relever la main droite pour voir la pièce retournée sur le dos de la gauche, il hésita. Quelque chose le retenait.

— *Qué pasa ? Tiene usted miedo de la respuesta de su moneda ?*

L'Espagnol était près de lui. Il lâcha une grosse bouffée de son cigare cubain :

— *Tiene razón señor, no se puede hacer trampa siempre*[1].

L'inconnu comprenait l'Espagnol mais il répondit en français.

---

1. Que se passe-t-il ? Vous avez peur de la réponse de votre pièce ? Vous avez raison, on ne peut pas toujours tricher.

— Je ne triche pas mais je joue avec tout, je vous l'ai déjà dit.

— Vous êtes commé tout lé monde, ajouta alors l'Espagnol en français pour montrer que ça ne le dérangeait pas de parler dans une autre langue que la sienne. Vous né sérez pas toujours lé plou fort et vous tomberez un jour. Jé souhaite qué vous trouviez alors quelqu'un qui vous aide à vous relever. Ouné femme peut-être ? Si c'est celle que vous étiez en train de jouer, vous avez raison d'hésiter. Oune femme à soi, c'est précieux.

Le violoniste, agacé, ne répondit rien et garda la pièce cachée sous la paume de sa main.

— Vous voyez, dit l'Espagnol pas dupe, même oun grand joueur a peur dé perdre.

Le violoniste détestait être pris en défaut. Il dévoila la pièce avec un sourire de défi.

— Alors ? fit l'Espagnol.
— Face ! répondit-il.

L'Espagnol s'éloigna, un sourire aux lèvres, en tirant de lourdes volutes de fumée sur son cigare cubain.

Félix avait assisté à la scène.

— L'Espagnol a raison, monsieur, dit-il, on ne joue pas avec tout. Il vous a eu.

— Qu'est-ce qui te rend si soucieux, Félix ? questionna le joueur d'un ton qui se voulait léger.

— La vie, monsieur. Souvenez-vous de Lamartine et de la « maison natale ». Il y a des domaines sacrés. Si on y touche, on risque de le regretter amèrement.

Le joueur ne répondit pas et le maître d'hôtel vit briller de l'humidité dans ses yeux. Mais un véritable joueur ne revient pas sur le choix du sort et c'est donc ainsi, au jeu de hasard et pour défier l'Espagnol, que l'inconnu décida d'oublier Alba.

21

Ce que la tante Mathilde préférait dans les vacances, c'était le retour.

Après quatre mois passés à la campagne dans le château de Madeleine, à Réveillon, la tante avait hâte de retrouver son intérieur. Elle rentrait avant tout le monde, elle aimait la paix de son hôtel particulier dans ces heures de silence, quand les Parisiens étaient encore en villégiature, et elle tenait à être prête à recevoir quand les autres rentreraient tout juste des stations thermales, des bords de mer ou de leurs campagnes. Ainsi, elle avait les toutes premières visites et donc les potins de l'été.

Le rituel était toujours le même.

Le chauffeur avait l'honneur de donner le premier tour de clef mais aussitôt après qu'il avait ouvert la porte, il s'effaçait et la tante entrait alors, imposante et majestueuse. Elle respirait les lieux, l'ambiance, pendant quelques minutes, seule. La maison en sommeil l'attendait, les meubles et les fauteuils dormaient sous des housses blanches et les vitres nues étaient dépouillées de leurs rideaux, comme les parquets de leurs tapis. Tout était lavé, rangé, roulé avant le départ et tout devait retrouver sa place au retour. Ensuite, la tante faisait un signe pour dire que tout allait bien, et qu'on pouvait la suivre. Le cérémonial se mettait alors en route, chacun savait ce qu'il avait à faire. Léontine, la bonne, enlevait la housse blanche d'un fauteuil du salon et la tante s'asseyait, de façon à être au centre de l'agitation et à pouvoir donner son avis sur ce qui se passait. On ouvrait les fenêtres, les volets, et la maison se réveillait d'un coup. Georges, le chauffeur, montait les bagages et partait s'occuper de la voiture qu'il fallait réviser entièrement après l'été, Léontine et la femme de chambre défaisaient les malles, s'occupaient du linge, rangeaient les armoires et remettaient la cuisine en route. Elles ne chômaient pas :

— J'ai horreur des retours, râlait Léontine en vidant une malle pleine de robes à épousseter et à rafraîchir. On en a pour quinze jours de boulot par-dessus la tête. Elles me font rire avec leurs campagnes, ça se voit qu'elles ne font pas le travail sinon elles voyageraient un peu moins, je te le dis.

— Et encore, on a de la chance, lui répondit la jeune femme de chambre. Ma patronne d'avant changeait d'hôtel à chaque saison. Je n'en pouvais plus, c'est pour ça que je suis partie ! J'avais rien à lui reprocher mais ces voyages me brisaient : impossible d'installer des habitudes, on découvrait tout chaque fois et c'était jamais pareil. Les hôtels, ils sont tous différents, le personnel a ses manies et il ne te facilite pas la tâche. Au contraire, on te met des bâtons dans les roues, impossible d'avoir de l'eau ou des fers pour repasser. Les filles, elles veulent les pourboires alors elles te piquent le travail et après la patronne râle en disant que tu lui sers à rien ! Au moins, au château de Réveillon, chez Mme Lemaire, on est chez nous et personne ne vient nous embêter.

— Eh ben ! Si, en plus, il fallait se surveiller entre nous ! fit Léontine, ahurie.

— C'est pourtant comme ça dans beaucoup de maisons. Tu as de la chance d'avoir toujours travaillé avec

Madame Mathilde, ou Madame Madeleine à Réveillon. Ma patronne, elle avait une dizaine d'employés, plus ceux des hôtels où on allait en saison. Tout ce personnel, c'était l'enfer. Ici, je travaille deux fois plus mais personne ne me fait des coups en douce. On me laisse tranquille.

— Qu'est-ce que vous marmonnez ? demanda Mathilde qui les entendait discuter depuis le salon. Où en êtes-vous ?

Léontine remua la tête, agacée :

— On défait les malles.

— Dans le hall, mais vous êtes folles, quelle pagaille !

— Il n'y a aucune pagaille, rétorqua Léontine. Je préfère qu'on monte les robes les unes après les autres, c'est moins lourd, et comme ça on dépoussière sur place.

— Allez faire ce travail dans les chambres ! hurla la tante.

Loin de se laisser démonter, Léontine, une robe sur les bras, entra comme une furie dans le salon :

— Ah mais ! Et vous voulez qu'on mette du sable partout ! Avec ce que vous avez ramassé à Deauville dans le bas de vos robes, je peux vous dire que si on en laisse tomber sur le lit, c'est vous qui vous gratterez toute la nuit. C'est impossible à enlever, je ne sais pas ce qui vous a pris d'aller marcher en robe sur la plage mais ça n'était pas une bonne idée. Y en a partout ! Alors moi, je sors les robes dans le hall et je brosse dehors. Pas question de monter avant.

La tante Mathilde connaissait les crises de sa bonne, elle ne répondit rien car elle savait que Léontine avait raison. Ce sable, c'était infernal et c'est pour cette raison qu'elle ne posait jamais les pieds sur la plage. Mais, cet été, elle avait tenu à partir pour Deauville voir Suzanne qui y prolongeait, un peu trop à son goût, son séjour à l'hôtel avec les parents d'Isabelle. Elle n'avait averti personne et était allée là-bas incognito. À l'aide d'une petite pièce, le portier de l'hôtel avait confié à son chauffeur que les demoiselles partaient à la plage tous les après-midi et ne revenaient qu'en toute fin de journée. Mathilde avait arpenté la baie en vain, elle ne les y avait pas trouvées. Forcément, sa robe avait pris mal. Ce n'est qu'en rejoignant la voiture où l'attendait son chauffeur qui, lui aussi, avait sillonné toute la plage, que Mathilde vit Suzanne et son amie installées sous une tente de l'hôtel en compagnie de jeunes gens outrageusement élégants qui visiblement leur faisaient la cour. Suzanne et Isabelle riaient aux éclats, trop fort pour des jeunes filles de bonne famille selon Mathilde. L'un des jeunes gens se rapprocha alors de Suzanne pour lui chuchoter quelque chose dans le creux de l'oreille. Mathilde était un peu loin pour bien voir mais il lui sembla qu'il en profita même pour lui donner un baiser furtif dans le cou. C'en était trop ! Mathilde, qui hésitait à se montrer, s'était alors avancée mais Georges, son chauffeur, l'avait retenue à temps.

— Laissez-la, madame, ça n'ira pas loin. Je connais mademoiselle Suzanne, je l'ai souvent conduite, vous le savez. Elles ne font rien de grave, ça sera pire si elle vous voit. Elle dira que vous la surveillez et elle vous en voudra terriblement. Je viens juste de discuter avec leur chauffeur. Il m'a raconté qu'elles viennent là tous les jours mais qu'elles restent sur la plage et qu'ensuite elles rentrent. Les jeunes gens retournent de leur côté. Vous voyez, y a pas de quoi s'alarmer.

Mathilde avait remercié Georges, il lui enlevait un grand poids. Sur le chemin du retour, elle s'en était voulue de ne pas avoir fait confiance à Suzanne. Mais c'était plus fort qu'elle, sa petite princesse lui donnait du souci.

Pendant qu'elle repensait à Suzanne, ses employés avaient sorti les rideaux et les tapis des coffres où ils les avaient rangés avant l'été pour qu'ils ne prennent pas la poussière. Ils avaient déroulé les tapis au sol, suspendu les voiles aux fenêtres et enlevé les housses blanches, libérant les meubles et les objets. Mathilde n'aimait pas laisser sa maison et ne la quittait jamais sans un pincement au cœur. Cette première journée du retour la rendait heureuse. Sa maison revivait. Elle retrouvait ses chères habitudes et les visages de ceux qu'elle aimait dans les médaillons de ses miniatures. Suzanne, avec son visage d'enfant et ses boucles blondes, y était en bonne place à côté d'un portrait d'homme au visage rond et au crâne dégarni.

Pendant ce temps, à l'autre bout de la ville, Louise et Alba rentraient de Bagnères. Elles firent à pied le trajet depuis la gare, mais comme les sacs paraissaient lourds ! Elles durent s'arrêter souvent, les poignées des valises leur sciaient les mains.

Rien n'avait changé. La cour était toujours aussi grise et sale, les gosses jouaient, on entendait des cris aux fenêtres. À bout de forces, elles grimpèrent les cinq étages. La chambre sous les toits leur parut encore plus minuscule qu'auparavant. La chaleur s'y était emmagasinée pendant tout l'été et elles manquèrent de suffoquer. Contrairement à la tante Mathilde, elles n'avaient pas l'habitude des retours. Et après ce qu'elles avaient vécu, comment retrouver sereinement dix mètres carrés et s'y enfermer du matin au soir, comment ne plus pouvoir ouvrir la fenêtre sur la rue et bavarder avec les voisins ? Comment s'enfermer dans la solitude et oublier ces petits échanges qui font tant de bien ? Tous ces trésors simples de la vie quotidienne dont elles avaient découvert la richesse à Bagnères leur furent enlevés d'un coup. Louise crut ne pas pouvoir s'en remettre.

— Mon Dieu, que c'est dur ! dit-elle. Ah, si on pouvait habiter là-bas, que la vie serait douce.

— Tu sais bien que c'est impossible, répondit Alba, inquiète du ton de sa mère. Déjà les dernières semaines tu avais moins de travail, les étrangers rentraient chez eux.

— Je sais, je sais, admit Louise d'une voix faible. Mais comment va-t-on faire ici ?

Alba comprit que sa mère ne revenait pas de ce voyage comme elle en était partie. Dans les jours qui suivirent, une mauvaise mélancolie ne la quitta plus. Alba ne supportait pas de la voir dans cet état, et comme si cela n'était pas assez difficile, les nouvelles du travail à Paris étaient mauvaises. La petite Lanvin était partie en Espagne et sa remplaçante chez Mme Bonni avait trouvé une autre femme pour faire le travail de Louise. Celle-ci dut s'armer de tout son courage et fit le tour des maisons de la rue Saint-Honoré pour quémander du travail. Sa réputation était bonne et elle réussit à obtenir quelques bricoles mais cela ne suffirait pas, loin de là, car les clients en profitèrent pour baisser les prix. Alba s'en voulait, elle savait que sa mère avait fait ce voyage avant tout pour elle, pour sa santé et pour qu'elle puisse peindre dehors, comme les autres. Tout ce que Louise avait acquis avec tant de volonté, elle l'avait perdu en trois mois d'absence à peine et elle devait tout prouver à nouveau.

— Je n'aurais pas dû partir, dit-elle un matin, découragée, on est si vite oublié.

Alba se leva et partit en claquant la porte derrière elle. Tout en marchant, elle serrait les dents et se répétait qu'il ne fallait pas faiblir, surtout pas. Mais comment auraient-elles pu imaginer un retour si difficile ? Alba aurait bien voulu rassurer sa mère mais elle sentait que si elle se laissait aller à la consoler, ne serait-ce qu'un instant, elles ne s'en relèveraient pas. Seules la colère et la rage l'aidaient à ne pas tomber. Elle s'y agrippa. Son regard et son visage se durcirent. Il fallait prendre une décision rapide. Elles avaient de quoi tenir un mois, pas plus. Dans la rue, l'agitation était à son comble, marchands divers, coursiers, arpètes, il y avait partout des gens qui travaillaient et semblaient n'avoir aucun mal à gagner leur vie. Pourquoi le sort s'acharnait-il sur elles, déjà si fragiles, si seules ? Pourquoi devaient-elles payer au prix fort ce peu de jours heureux qu'elles venaient de vivre ?

Alba laissa couler ses larmes.

Sa mère et elle ne connaîtraient donc de la vie que le travail et les chambres de bonne ! Ce n'était pas possible. Comment sortir de ce trou noir ?

— Chagrin d'amour, chagrin d'un jour !

La marchande de légumes devant l'étal de laquelle Alba s'était arrêtée sans y prendre garde la regardait avec un sourire en coin, gentiment complice, persuadée que la jeune fille pleurait un amoureux. Alba repensait souvent à l'inconnu mais la scène du jeu avait laissé dans son cœur un malaise détestable. La marchande se trompait, Alba ne pleurait pas pour un chagrin d'amour. Elle ravala ses larmes et décida de faire front. Elle prendrait sa vie et celle de sa mère en main. Sa détermination dut se lire sur ses traits parce que la marchande l'encouragea :

— Tu as raison petite, défends-toi, ne laisse pas les hommes te raconter des histoires et te faire du mal. Belle comme tu es, c'est toi qui dois mener la danse. Va leur faire voir, crois-moi, tu as tout ce qu'il faut pour y arriver !

Gênée, Alba s'éloigna rapidement. Elle allait d'un pas énergique. Au fond, les paroles de cette marchande lui avaient fait du bien. Elle décida qu'il lui fallait gagner sa vie sans attendre. Comme sa mère, elle avait rêvé durant le séjour aux Pyrénées d'un avenir meilleur, de famille, d'amies et de roses. Elle avait même rêvé d'amour.

La réalité la rattrapait durement et c'est la marchande qui avait raison : « Il ne faut pas se laisser raconter des histoires. » À quoi bon un homme qui vous tient dans ses bras et vous regarde émerveillé puis qui s'en va et qu'on ne revoit plus ? Alba marchait d'un pas sûr. Elle savait ce qu'elle avait à faire. Sans plus attendre, elle alla rendre visite à sœur Clotilde.

— Ici on peut toujours te donner des éventails à peindre, lui dit cette dernière, tu sais qu'ils plaisent, mais ça ne te mènera pas loin. Puisque tu connais bien Mme Lemaire, va donc voir sa tante, Mme Mathilde Herbelin. Quand elle a commencé, avant de réussir dans la miniature, elle a dû faire des travaux de dessins pour gagner sa vie et elle connaît beaucoup de monde. Sous ses airs autoritaires, elle est sensible. Elle va t'aider, j'en suis sûre.

— Mais je voudrais travailler tout de suite.

— Justement, je sais que Mme Herbelin est déjà rentrée de sa campagne, et elle doit venir chercher le service à thé qu'elle nous avait confié pour qu'on le brode de mimosas. Je lui en parle, reviens dans trois jours, je suis sûre que d'ici là je l'aurais vue. Elle est méthodique et en général elle ne traîne pas. Je lui dirai que c'est pour une élève de sa nièce et elle sera ravie de t'aider.

— Non, je voudrais la voir tout de suite.

— Mais tu ne la connais pas, elle va se demander qui tu es et elle ne te recevra pas.

— Si, laissez-moi essayer, donnez-moi un mot pour elle, elle comprendra.

Sœur Clotilde eut une idée :

— Je sais, tu vas lui apporter une serviette de son service à thé, pour lui montrer et savoir si le travail convient. Elle est si impatiente pour ce genre de choses, elle va t'accueillir tout de suite.

Sur ce, elle partit chercher la serviette qu'elle enveloppa soigneusement et, tout en griffonnant l'adresse sur un papier, après lui avoir bien expliqué le chemin, elle ne put s'empêcher de lui demander une dernière fois.

— Mais tu es bien sûre que tu veux arrêter de peindre ?
— Oui, je dois gagner ma vie.

Sœur Clotilde lui remit le petit paquet et ajouta :
— Tu étais si douée, quel dommage.

Sur ces derniers mots, elle referma la lourde porte du couvent et s'en revint à l'office par le cloître. Elle connaissait le monde du dessin dans les grands ateliers et savait combien il était misérable. Rien à voir avec l'université de Madeleine Lemaire. Sœur Clotilde marchait lentement sur la pierre du déambulatoire, laissant le bas de sa longue robe ivoire onduler d'un mouvement régulier. Sa cornette impeccable encadrait son visage d'une clarté particulière. Elle s'arrêta devant le petit jardin du cloître. Des buis taillés dessinaient une géométrie reposante. Sœur Clotilde aimait son couvent, elle aimait le Seigneur et priait toujours avec une grande confiance. Mais pourquoi Dieu n'aidait-il pas davantage ceux qui en avaient tant besoin ?

Sœur Clotilde se faisait de la vie une idée très simple. Elle pensait que les hommes étaient égaux et elle priait et agissait pour qu'il en soit ainsi.

Alors, parfois, elle ne lisait pas toujours très bien dans les desseins de Dieu.

22

Alba se tenait debout face à Mathilde qui la regardait des pieds à la tête en agitant son face-à-main. Elle avait soigné sa tenue qui était très sobre. Mais, par un effet de contraste, malgré l'ordinaire de ses vêtements et parce que sa fierté était mise à mal de venir demander quelque chose, Alba avait un air qui pouvait passer pour de l'arrogance. La tante Mathilde s'y méprit.

— Ainsi, lui dit-elle d'un ton sec, vous étiez une élève de ma nièce Madeleine et vous voulez travailler. Mais pourquoi vous adresser à moi ? À moins que vous ne cherchiez une place d'employée de maison, j'aurais ponctuellement besoin de quelqu'un pour lessiver tous les sols de mon hôtel particulier, si ça vous dit ? Sinon, je ne vois pas.

On n'aurait pas pu faire à Alba un affront plus cinglant. Instinctivement, elle afficha une pose plus hiératique que jamais. Son port de tête était celui d'une reine offensée et on ne voyait plus que la lumière de ses yeux fiers. À cet instant, et pour la première fois, sa personnalité se révéla dans toute sa force et sa beauté. Parce qu'elle se redressait, parce qu'elle faisait front à une remarque qu'elle trouvait humiliante, l'ensemble des mystères qui la composaient devint évident.

Alba n'était pas comme tout le monde. Enfant, elle avait dormi sous les étoiles avec des animaux, elle avait connu la boue et le froid, la faim. Puis, d'un seul coup, elle avait connu l'amour enveloppant d'une mère pour atteindre très vite, grâce à Madeleine Lemaire, l'espace de liberté immense que donne l'acte de création. De la nuit, elle était passée à la lumière la plus absolue. Mais la réalité venait de la rattraper durement dans son élan vers une vie plus heureuse et la rejetait dans le monde du labeur. Alba réalisait qu'elle appartenait au monde des pauvres et qu'il y avait sur terre des paradis de luxe et de beauté qu'elle avait crus accessibles mais qui, en fait, lui étaient interdits. En lui proposant de lessiver les sols, Mathilde venait de réveiller en elle un ouragan d'insoumission.

Blessée, Alba la regardait avec hauteur. Le ciel d'étoiles lointaines sous lequel elle avait dormi dans sa petite enfance lui avait définitivement donné le goût du paradis. Elle n'irait pas en enfer même si on voulait l'y contraindre, même si cette dame ne lui voyait que ce seul avenir.

— Je ne sais pas lessiver les sols, répondit-elle d'une voix glacée.

La tante Mathilde en avait beaucoup entendu mais, à ce ton, elle releva le nez.

Cette jeune fille avait raison, elle ne lessiverait pas les sols. Du moins pas ceux qu'on lui imposerait. Elle était de ces êtres rares, fabriqués d'une matière qui semble ne jamais devoir s'éteindre. Et Mathilde sentait que rien n'aurait le pouvoir d'empêcher qu'un jour elle arrive à ses fins.

Impressionnée par cette flamme intérieure, elle se demandait comment elle allait bien pouvoir s'y prendre avec elle quand Alba lui tendit un petit paquet.

— Sœur Clotilde vous envoie ceci.

Mathilde l'ouvrit et changea immédiatement de figure.

— Léontine, Léontine ! hurla-t-elle. Viens voir, c'est le service aux mimosas !

Oubliant instantanément Alba, elle se jeta sur la serviette à thé en poussant des cris d'émerveillement, s'extasiant sur la qualité des broderies :

— Regarde, fit-elle à sa bonne accourue, ces grains de mimosas ! On en mangerait. Quelle fraîcheur ! Sœur Clotilde est extraordinaire !

Léontine se pencha sur l'ouvrage en connaisseuse :

— Elles ont utilisé les échevettes de jaune cytise et le vert olive. Pas beaucoup mais elles en ont mis, regardez.

Et elle glissa l'ouvrage sous le nez de Mathilde qui, après l'avoir bien scruté, approuva.

— C'est vrai Léontine, elles en ont mis. Mais elles ont été parcimonieuses.

— Oui, mais voyez qu'on a bien fait d'en acheter. Ça ajoute quelque chose, c'est moins uniforme que s'il n'y avait que le jaune mimosa. Et pour le vert on aurait même pu rajouter du bronze. La prochaine fois, il ne faudra pas hésiter.

— Il ne faut pas trop charger non plus, tempéra Mathilde.

— Mais si, au contraire, plus on met de variantes, plus le travail est fin.

— Oui, c'est sûr, continua Mathilde qui n'en finissait pas d'admirer. Et ce point lancé, regarde, elles ont vraiment le coup de main. Je n'ai jamais compris comment elles le faisaient. Pour le point passé plat, je me sens de taille, mais pour ce point lancé elles sont imbattables. Et ces empiétements, tu as vu ?

Alba attendait. Cette scène imprévue lui avait laissé le temps de réfléchir et l'avait ramenée à la raison. Ce n'était pas le moment de « faire la fière », comme le lui répétait souvent sa mère.

« Je ne peux pas repartir sans rien, se disait-elle intérieurement, je dois avoir la recommandation de cette dame auprès des fabricants sinon je ne pourrais pas trouver du travail. Je n'ai pas le choix. »

Tout en réfléchissant, elle regardait Mathilde s'agiter et se disait que, plus la tante serait contente, mieux ce serait pour elle et pour ce qu'elle avait à demander. Elle ne se trompait pas. Maintenant qu'elle avait bien décortiqué le moindre point de son service aux mimosas, la tante Mathilde se rassit et, la tension du début de leur conversation ayant disparu, c'est avec intérêt qu'elle écouta Alba.

— Sœur Clotilde m'a dit que vous aviez travaillé autrefois dans des ateliers pour les tissus ou les porcelaines et que vous connaissez les employeurs. Je peux tout faire, vous savez.

La tante rajusta son lorgnon :

— Vous pouvez tout faire ! Quelle idée ! Je crois que vous vous surestimez un peu. Les travaux dont vous me parlez demandent un minimum de compétences.

— Mais je sais dessiner, je sais...

La tante la coupa gentiment :

— Vous ne savez rien, mademoiselle, qui soit utile pour le travail que vous souhaitez faire. Il ne suffit pas de savoir dessiner. Connaissez-vous par exemple la variété des tissages et des matières ?

Le ton était sévère mais pas méchant. Sous son lorgnon, la tante regardait maintenant Alba avec une certaine bonhomie. Alba le sentit et elle aussi se radoucit.

— Euh, non, je sais qu'il y a du coton, de la laine, de la soie...

— Je vois, vous êtes pleine de bonne volonté mais, je vous le répète, vous ne savez pas comment dessiner un modèle pour tel ou tel tissage. Vous ne savez pas que faire un tissu c'est entrelacer des fils sur une certaine longueur et une certaine largeur et qu'on procède pour cela de mille façons selon les tissus. Et comme vous n'y connaissez rien vous ne pouvez pas dessiner des motifs car ils ne conviendraient pas. On ne pourrait pas les réaliser.

Alba insista :

— Et les papiers peints, je peux faire des motifs.

— Parce que vous croyez peut-être qu'on dessine directement ce qu'on veut sur les rouleaux, mais, ma pauvre petite, ce serait un travail de titan. On dessine des motifs destinés à être gravés sur des cylindres de bois et il faut tenir compte des raccords. On ne fait pas tout ça sans l'avoir appris, c'est très précis.

— Et la peinture sur faïence, la porcelaine ?

— Pour la première, on n'emploie que des couleurs vitrifiables dites au grand feu, jaune, rouge, bleu, vert et manganèse, il faut donc savoir les utiliser. Quant à la porcelaine, c'est bien le seul domaine où il y a une grande souplesse mais il faut être capable d'aller au Louvre, de copier parfaitement les anciens et de les miniaturiser. Vous savez miniaturiser ?

Alba ne savait plus quoi dire. Elle restait là devant la tante Mathilde, abattue.

— Il y a quand même une solution, ajouta Mathilde.

Les yeux d'Alba s'ouvrirent tout grands.

— Laquelle ? dit-elle fébrilement.

— Apprendre.

— Apprendre ! Mais où ça, comment ?

— Avec Mlle Robert. En quelques semaines, vous aurez les rudiments pour démarrer. Et puis ses cours sont connus, ça sert beaucoup pour se présenter quelque part.

— Mais je n'ai pas les moyens de me payer des cours.

À ce moment précis, Léontine entra dans le salon en roulant de grands yeux :

— Mademoiselle Suzanne vient d'arriver avec des amis. Ils rentrent de Deauville, ils sont une dizaine.

Au seul nom de Suzanne, le visage de Mathilde s'illumina.

— Ah, quand même, elle réapparaît. Jean de Veillac est-il avec elle ?

Léontine secoua la tête, mi-agacée, mi-amusée.

Il n'était un secret pour personne que Mathilde s'était mis dans la tête que Suzanne épouserait un jour Jean de Veillac, un fils de bonne famille et, à chaque occasion, elle tentait de les rapprocher.

— Mais vous allez lui ficher la paix avec ce Jean de Veillac, fit Léontine, elle l'aimera si elle veut et elle l'épousera si elle veut. Ça n'est pas vous qui y pourrez quelque chose.

— Bon, bon, lâcha la tante vexée, et où sont-ils ?

— Devinez ! Dans ma cuisine, pardi, ils avaient une petite faim. Je vais leur réchauffer quelque chose.

— Celle-là alors, elle ne s'embête pas. À peine arrivée, elle file à la cuisine sans même me saluer ! Bon, j'arrive Léontine, sers-les, je suis là dans quelques minutes.

L'arrivée de sa « princesse » avait rassuré Mathilde. Elle ne s'attendait pas à la voir si vite de retour, et avec ses amis en plus. Ce serait l'occasion d'y voir plus clair au sujet de son attitude avec le jeune homme sur la plage. Elle se leva à grand-peine de son fauteuil et reconduisit Alba. Elle était de bonne humeur, Suzanne était là, et elle avait son service à thé. Elle se montra généreuse.

— Allez voir Mlle Robert de ma part et expliquez-lui que vous la paierez après, quand vous gagnerez votre vie.

— Mais...

— Je me charge de voir ça avec elle. Ne vous en faites pas.

Dans le hall, on entendait le rire en cascade de Suzanne et de ses amis qui s'installaient à table. En allant au portemanteau reprendre sa petite cape, Alba sentit une odeur qu'elle aurait reconnue entre mille. Cette odeur venait d'une veste d'homme suspendue près de sa cape. Un flot d'émotion l'envahit et c'est à ce moment que Suzanne fit irruption, ouvrant toutes grandes les portes de l'office.

— Ma tante ! Coucou ! Je suis arrivée !

Teint hâlé, pétillante, Suzanne respirait l'insouciante gaîté de la jeunesse dorée. À la vue d'Alba, elle esquissa un mouvement de surprise.

— Tiens, que fais-tu là ?

— Mademoiselle cherche du travail, expliqua Mathilde, et je l'aide à en trouver.

Suzanne se détourna et, n'accordant plus aucun intérêt à Alba, elle vint embrasser sa tante.

— Alors, lui dit Mathilde avec un sourire en coin, ces vacances ?

— Merveilleuses, divines, je suis au paradis !

— Au paradis ! Diable, fit Mathilde méfiante, on en reparlera. Je raccompagne mademoiselle.

Mais quand elle se retourna vers Alba, celle-ci était plongée dans le regard d'un homme. Il se tenait debout dans l'encadrement de la porte que Suzanne venait d'ouvrir et lui aussi, en cette minute, semblait avoir tout oublié. Il ne voyait qu'Alba, la dévorait des yeux. Mathilde en eut le frisson. Il y avait entre ces deux-là une alchimie puissante qu'elle n'avait que très rarement eu l'occasion de rencontrer. Mathilde avait une bonne mémoire visuelle, elle reconnut le violoniste qui l'avait tant contrariée le soir du bal de Madeleine. Suzanne avait blêmi et, quand elle s'en aperçut, le cœur de Mathilde se serra. Elle se dit que si Suzanne s'intéressait un tant soit peu à cet homme, elle allait beaucoup souffrir.

Quand le joueur avait vu Alba dans ce hall, il était resté pétrifié car il avait reconnu immédiatement celle à laquelle il ne cessait de penser depuis son départ de Bagnères. La pièce d'argent n'avait pas suffi pour lui faire oublier cette jeune fille. Il avait voulu maîtriser le destin, il avait tout fait pour s'arracher à ce souvenir des Pyrénées, il avait couru vers d'autres femmes et d'autres casinos, vers d'autres fêtes. Il avait voulu croire que, comme pour toutes choses jusque-là, il s'agissait simplement de passer outre. Mais il avait suffi de cette porte ouverte pour que le destin lui rappelle qu'on ne décide pas de tout. Alba était face à lui, longue et droite, plus fière que jamais. Il comprenait en cet instant pourquoi il l'avait trouvée si belle même quand elle ne l'était pas encore, sous la pluie, avec ses cheveux trempés et ses vêtements malmenés par le vent, quand elle avait posé sur lui son regard d'or.

Rompant un silence qui devenait gênant, Mathilde s'avança vers eux :

— Vous vous connaissez peut-être ?

Il sembla revenir à lui.

— Euh, pas vraiment, justement je...

Entre-temps, Suzanne avait retrouvé ses esprits.

— Si j'en crois ma tante, mon cher Frédéric, Mademoiselle Alba est venue ici pour chercher du travail. Nous devrions la laisser terminer ses arrangements. Venez, Léontine a dressé le couvert.

Et, prenant son bras d'autorité, elle l'entraîna vers l'intérieur de l'office. La porte claqua derrière eux.

Alba n'avait pas bougé, saisie.

— Ma nièce est un peu brusque, expliqua Mathilde, mais elle est adorable. (*Puis, revenant au sujet de la visite :*) Sur ma recommandation, Mlle Robert va vous accepter sans aucune difficulté. Apprenez vite, ne traînez pas.

Alba remercia et partit rapidement sous son regard inquisiteur. Mais, une fois dans la rue, elle s'arrêta. L'émotion avait été trop forte. Que faisait-il là, était-il un ami de Suzanne ? En tout cas, celle-ci l'avait appelé par son nom : Frédéric ! Ainsi celui auquel Alba pensait encore sans le vouloir et qui apparaissait tour à tour sous le nom du violoniste, du joueur ou de l'inconnu, celui-là n'était qu'un seul et même homme et il s'appelait Frédéric. Les pensées se cognaient dans la tête d'Alba. C'était si extraordinaire cette rencontre dans le hall, si incongru face à Suzanne et à Mathilde Herbelin...

Elle tentait de remettre ses idées en place et n'avait pas fait une centaine de pas qu'elle entendit courir. Elle se retourna brusquement. C'était lui.

À quelques mètres à peine, il s'arrêta. Ils étaient là, dans la rue, face à face, en plein jour. Des anonymes passaient près d'eux sur le trottoir sans même les voir mais eux, qui s'étaient embrassés dans la tourmente d'un orage et dans l'obscurité d'une nuit bigourdane, ils se sentaient soudain mis à nu. Ce fut un étrange moment. Que dire dans un instant pareil ? Il ne trouvait pas ses mots, ou plutôt, dans cette lumière crue et dans cette foule indifférente, il n'avait pas envie de dire ceux qui lui venaient spontanément à la bouche. Ce fut elle qui parla et ce fut pour se dédouaner :

— Ne vous méprenez pas, je ne cherchais pas du travail comme l'a dit Mademoiselle Suzanne. Je suis artiste peintre et je voulais un conseil.

Comme sa mère, Alba éprouvait le besoin de se justifier et elle en était mortifiée. Mais Suzanne avait dit qu'elle venait mendier de l'aide, il fallait rectifier. Il lui sourit et retrouva son aisance.

— Je sais bien que vous êtes artiste peintre.

— Ah ! fit-elle, surprise.

Il prit un air mystérieux.

— Il n'y a pas que vous qui êtes curieuse.

Elle comprit à ce mot qu'il avait deviné sa visite en espion au Frascati et le rouge lui monta aux joues. Il continua alors d'une voix chuchotante :

— Et je sais même que vous dessinez des bouquets de roses comme je n'en ai jamais respiré de toute ma vie.

Alba était perplexe.

— Des roses sur un lac si bleu et si pur que je n'ai pu ni les oublier ni même imaginer autre chose que de les retrouver un jour…

Il prit une longue respiration et elle ralentit la sienne. Ils entraient sans même s'en apercevoir dans une bulle qui se refermait sur eux et les isolait du monde réel.

— Vous vous appelez bien Alba, n'est-ce pas ?

Elle fit un vague signe affirmatif et il se rapprocha, enveloppant ses épaules avec une douceur infinie. Elle sentit se refermer sur eux toute la paix du monde et il lut dans son regard une force fragile qui le bouleversa.

— Je ne vous connais pas, lui dit-elle d'un trait, mais je suis sûre d'une chose. Qui que vous soyez et même si vous étiez le pire, tout m'est égal. Je vous suivrai toujours.

Il vacilla. Pourquoi lui disait-elle une chose pareille ? D'où lui étaient venus ces mots plus justes que tous ceux qu'elle aurait pu lui dire, plus justes à cet instant que tous les mots d'amour. Des mots qui, comme un coup de poing, s'enfoncèrent en lui, libérant enfin cette douleur qui lui rongeait le ventre depuis tant d'années. Le joueur avait souvent du mal avec lui-même et il tentait d'oublier chaque jour ce qu'il traînait dans sa mémoire d'obscur et, parfois même, de nauséeux.

Ils ne purent se quitter. Alba était si bien, il le sentait et retrouvait le bonheur qu'il avait eu là-haut dans l'orage quand, d'un seul baiser, il l'avait apaisée. Il marchait tout contre elle, enlacé, et sa hauteur d'épaule arrivait juste ce qu'il faut au-dessus de la sienne. Ils allèrent dans une de ces grandes brasseries luxueuses et feutrées et ils prirent une boisson légère, puis d'autres dont elle oublia le nom, dans de grands fauteuils de velours aux larges assises. Ils parlèrent, s'effleurèrent du bout des doigts, et s'embrassèrent enfin comme s'ils s'attendaient l'un et l'autre depuis la nuit des temps.

Des peintures de paysages lointains couraient sur les murs dans des entrelacs de dorures. On voyait des montagnes et des bords de mer, des arbres et des fleuves. Il y avait des soleils et des promeneurs heureux, des enfants rieurs. Il y avait de la vie tout ce qu'ils pouvaient en attendre.

23

Alba avait désormais un secret.

Elle aimait un homme dont elle ne savait rien sauf qu'il s'appelait Frédéric et qu'il jouait divinement bien du violon.

Elle oublia la scène de l'hôtel et de la table de jeu. Elle oublia d'un coup toutes les zones d'ombre. Frédéric l'avait regardée et avait caressé son visage avec des mains si douces qu'elle en avait pleuré de bonheur. Ces moments étaient à elle, il était l'homme de sa vie.

— Je dois régler plein de choses autour de moi, Alba, lui avait-il dit avant qu'ils ne se séparent. Ne me demande pas quoi. Sache seulement que de toi je veux tout, t'épouser, avoir un enfant, vieillir à tes côtés. Pour ça, je dois partir quelque temps mais je t'écrirai, je serai avec toi tous les jours, Alba ! Tu m'attendras ? Tu sauras m'attendre ?

L'attendre !

Il semblait à Alba qu'elle avait attendu tant de choses déjà. Mais elle acquiesça sans réfléchir :

— Oui, dit-elle simplement. J'attendrai.

Il ne posa pas d'autre question, il en avait tant à résoudre lui-même. On ne disparaît pas d'une vie comme l'était la sienne sans laisser de traces ou alors il faut partir très loin. Il y avait pensé parfois tant les dettes de toutes sortes, financières et affectives, s'étaient accumulées. Mais, maintenant, il voulait rester. Il se sentait le courage de tout remettre en ordre. Alba lui avait dit les mots qui allaient à l'essentiel :

« Même si vous étiez le pire, tout m'est égal. »

Elle n'avait fait aucune nuance, aucune retenue, elle le prenait tel qu'il était.

Ces mots avaient atteint les couches profondes de son être et avaient remué Frédéric plus qu'Alba ne le saurait jamais, plus qu'elle ne pouvait l'imaginer. Il avait eu tellement honte de lui parfois.

Sa confiance le lavait de tout. Elle lui donnait sa chance.

Frédéric avait ressenti sa force et, lui qui avait gaspillé la sienne au cours de ses multiples errances, il se sentait absous. Il savait qu'il n'avait jamais été le garçon que son père admirait à tout bout de champ et souvent sans raison. Musicien lui-même, ce dernier disait à qui voulait l'entendre :

« Mon fils a l'étoffe d'un très grand chef d'orchestre. »

Pour ne pas décevoir tant d'amour paternel, il avait essayé d'être ce qu'il n'était pas et il avait appris à jouer du violon. Il avait intégré assez tôt des formations prestigieuses mais il n'y avait pas appris que de la musique. Les tournées, pour l'adolescent qu'il était, avaient souvent viré le soir à l'éducation de la vie, et pas toujours pour le meilleur. Son père était mort avec ses illusions, emporté par une pneumonie un soir de concert où, venant admirer son fils, il avait pris froid. Il avait trahi sa mère à de nombreuses reprises et elle en avait terriblement souffert. Leur vie de famille en avait été très abîmée et Frédéric avait vécu plus souvent seul avec sa mère qu'avec ce père instable et menteur.

Ils avaient dû quitter la maison familiale car son père n'y venait plus et sa mère, qui n'avait pas les moyens de l'entretenir toute seule, l'avait vendue. Cette maison natale où il avait vu le jour et où ses parents avaient vécu ensemble manquait cruellement à Frédéric. Son père lui en avait parlé avec tant d'emphase quand il était petit :

— C'est la tienne, elle est à toi pour toujours. C'est notre château et j'en suis le gardien.

En fait de gardien il en avait été le destructeur. Frédéric le savait aujourd'hui.

C'est pour toutes ces raisons qu'il comprenait si bien l'histoire du jeune frère de Félix, le maître d'hôtel du Frascati. Ce gamin qui n'avait plus su où aller quand Félix avait vendu leur maison natale et qu'on n'avait plus jamais revu. Depuis sa maison d'enfance perdue, Frédéric était comme le jeune frère de Félix. Il n'était plus de nulle part puisqu'il pouvait être de partout.

Alors, il errait.

Alba était sa chance.

— Aie confiance en moi, lui dit-il avant de la quitter.

Alba avait confiance. Il n'y avait en elle aucune place pour les choses obscures et pas un instant, dès la minute où elle le décida, elle ne douta de lui.

Son âme et son cœur étaient limpides et elle les lui offrit.

24

Mlle Robert parlait clair. Dans ses cours, il n'était pas question de création et il était totalement inutile d'avoir un point de vue. On demandait justement aux employées de n'en avoir aucun et de reproduire mécaniquement celui des autres.

Mlle Robert était chargée d'enseigner aux femmes les différents aspects du dessin technique selon des critères dits « féminins ». Dès la première séance de cours, elle avait averti :

— Le dessin du bâtiment et de la mécanique est le domaine des ingénieurs et des architectes. Mais ne vous inquiétez pas, il y a aussi des domaines pour vous. Les fleurs sont à la mode et les industriels en mettent partout. À condition que vous vous en donniez vraiment les moyens car il faut du talent pour les esquisses et pour connaître tous les procédés de fabrication jusqu'à la mise en carte. La partie technique est capitale dans les métiers que vous ferez. Ne vous contentez pas de peu, apprenez tout et vous aurez des chances de réussir.

L'avertissement de Mlle Robert avait un grand mérite : il mettait l'accent sur l'essentiel. Impossible de se passer de l'acquis technique. « La mise en carte ! » Qu'est-ce que ça pouvait bien être ?

Ce premier discours ne laissait pas d'illusions. Quand elle était entrée dans la salle des cours, Alba avait tout de suite compris qu'elle était aux antipodes de l'ambiance qui régnait dans l'atelier de Madeleine Lemaire. Ici, pas de jeunes filles bien mises, pas de belles toilettes, pas de pauses au cours desquelles on parle d'avenir et de dot au bras d'un riche mari. Les jeunes filles venaient des quartiers populaires. Elles en avaient le langage, l'allure et les préoccupations. Elles ne disaient pas « je dois acquérir du talent », elles disaient « je dois gagner de l'argent ».

Ici, pas plus de préliminaires que de convenances, contrairement à chez Madeleine qui, lors de la première rencontre, avait organisé un thé pour faire connaissance. Mlle Robert commença son enseignement dès le premier jour par la méthode idéale pour reproduire des modèles à destination des journaux. Dans chaque coin de France, il fallait donner envie à toutes les femmes de ces robes luxueuses que portaient les grandes dames des salons parisiens et les actrices en vue. Pour cela, des jeunes femmes, déjà formées et choisies parmi celles qui avaient le meilleur coup de crayon, allaient dans les soirées relever les modèles et piquer des idées. Ensuite, sur ces bases, des dessinatrices formées à cet exercice particulier les reproduisaient.

— Dans les dessins de travaux pour dames, vous avez le choix, expliqua Mlle Robert de sa voix distincte. Dessins à la plume, aquarelles, lavis. Mais attention, tout doit être d'une exactitude et d'une précision parfaites. Vous êtes là pour reproduire : « Reproduire, pas créer. » N'oubliez jamais que vous travaillerez pour des journaux de mode, pour des fabrications de figurines ou pour des dessins de catalogues. Allez, prenez vos crayons, et reproduisez-moi ce modèle de rideau à bordure brodée. Le n° 3, c'est le plus simple.

Guidées pas à pas, ligne à ligne, les apprenties tracèrent des bandes, des carrés, elles découpèrent des formes, noircirent des fonds, reproduisirent des formes millimétrées sur la longueur du rectangle et, tout à la fin, quand elles regardèrent leur travail, elles virent qu'elles avaient dessiné un rideau. Pas le temps de respirer, elles passèrent à la reproduction de motifs de broderies pour ouvrages de dames dans un journal de mode.

— Figure n° 8 !

— Guipure, Jour de Venise, Dentelle d'Alençon ! Allez-y, commencez par le haut, la guipure. Je veux voir le moindre détail, tous les fils doivent y être.

Alba plongea dans le travail, ici on ne s'attardait pas. On vous formait le plus vite possible car il fallait ensuite partir dans les ateliers. Mlle Robert passait entre les tables et, tout en regardant l'avancée des travaux, elle guidait les élèves.

— Ne confondez pas les croquis de composition de toilette avec les dessins d'agrément ou les croquis pour journaux. Les croquis de composition de toilette sont faits pour qu'on voie les toilettes et peu importe les personnages. Ne vous fatiguez pas pour les visages car ces croquis sont payés bon marché. Mais pas question de bâcler les vêtements, tous les détails de garniture doivent y être.

— Mademoiselle, dit une jeune fille un peu plus hardie que les autres. Même si on ne s'attarde pas, on va en avoir pour des heures à faire tous ces détails !

— Des heures ! sursauta Mlle Robert. Il ne manquerait plus que ça. Vous croyez qu'on va vous payer pendant des heures pour un simple dessin ! Allons, allons. Vous avez une quinzaine de minutes à peine.

— Mais on n'y arrivera pas, insista la jeune fille.

Mlle Robert s'arrêta et la regarda dans les yeux.

— Il le faut, vous n'avez pas le choix.

Puis, sans tenir compte de la stupéfaction qui se lisait sur les visages, elle enchaîna :

— La couturière chargée de faire la robe doit savoir tout de suite en voyant votre dessin ce qu'elle a à faire. Broderies, dentelles, volants, boutons, elle doit voir si les volants sont froncés ou plats, s'il y a des plissés et quelle est leur forme, si les garnitures sont en velours ou en satin, elle doit pouvoir dire le nombre des piqûres qui ornent une jupe et ne pas confondre la guipure de Venise avec celle d'Irlande ou de Cluny. La dessinatrice que vous allez devenir doit rendre l'effet de chaque matière et la couturière doit savoir au premier coup d'œil si le modèle dessiné est en Chantilly noir ou en point d'Alençon. Les filles les mieux payées sont celles qui sont capables de ça, les autres feront du coloriage. À vous de voir !

Alba en avait la tête qui tournait. Mais elle tint bon. Mlle Robert était une excellente enseignante. Grâce à sa rigueur, les dessinatrices qu'elle formait étaient capables de faire des croquis si précis et qui soulignaient si bien la variété des tissus que les lectrices allaient pouvoir choisir leurs robes et leurs couturières commander des métrages de laine, de toiles, de guipure de Cluny ou de point d'Alençon sans se tromper. Dans le moindre village, les humbles couturières allaient pendant des années déployer des trésors de savoir-faire pour exécuter les modèles que ces futures dessinatrices reproduisaient méthodiquement à chaque saison selon les tissus que les industriels fabriquaient. La grande aventure de la couture de masse était en marche et ce bien avant le prêt-à-porter. Les industriels se frottaient les mains. Les besogneuses du crayon passaient le relais aux besogneuses du dé à coudre qui allaient commander du métrage et tailler inlassablement. Tout aussi sûrement que le feraient les machines plus tard.

Mais pour cela les dessins devaient être techniquement parfaits et surtout, séduisants. En aucun cas ils ne devaient effrayer la couturière chargée de les exécuter. Élément capital des journaux pour dames, le dessin était le seul support publicitaire disponible pour déclencher le geste de consommation.

Ces jeunes filles qui s'agitaient sous la houlette de Mlle Robert seraient les ouvrières du dessin. Elles auraient en charge un travail mal payé et cependant d'un impact économique indéniable. Elles enchaîneraient les esquisses à la mine de plomb sur du papier-calque, reporteraient le tout sur du papier Bristol et ensuite seulement exécuteraient le travail à la plume, dernière étape avant la photogravure et l'impression. Le moindre faux pas et l'esquisse serait inutilisable. Ces ouvrières payées à la feuille travailleraient toujours avec un sous-main fabriqué maison, c'est-à-dire une feuille blanche très propre pour isoler la main du Bristol. Pas question de poser ne serait-ce que le doigt sur le Bristol blanc, car le doigt graisse le papier et l'encre de la plume n'aurait plus adhéré.

Dessiner dans ces conditions tenait du tour de force. Rien à voir avec l'émerveillement qu'Alba avait connu à ses débuts chez Madeleine, quand elle avait vu naître sous son crayon des pétales de fleurs épanouies et les sourires de portraits délicats.

Sa voisine se pencha vers elle :

— Tu veux faire quoi ? demanda-t-elle d'une voix nasillarde.

— Comment ça ? fit Alba, surprise.

— Ben, tu veux aller où après les cours ? À Mulhouse pour les tissus ou à Limoges pour la porcelaine ? Je sais que les tissus c'est dur, il y a même des hommes qui en font, la porcelaine c'est mieux mais pas très payé. Tu crois qu'on va pouvoir gagner combien ?

L'adolescente avait le col de sa robe impeccable, mais tout abîmé. On sentait que la robe avait dû habiller ses grandes sœurs avant elle. Tout sur elle respirait l'usure et l'économie.

— Je ne sais pas, dit Alba en replongeant dans son dessin.

L'autre reprit le sien en regrettant d'être tombée à côté d'une pareille ronchon.

Alba se souvenait des babillages insouciants des élégantes élèves de Madeleine Lemaire. Ils ne l'intéressaient pas davantage que les questions de cette fille mais les fleurs lui manquaient. Elles étaient loin les roses qu'elle disposait dans un magnifique vase sur une sellette, elle était loin la pause du thé que ces demoiselles faisaient sur les 5 heures.

— Mais tu as bien une idée, quand même. Tu le sais si tu veux les tissus ou les porcelaines, pourquoi tu ne dis rien ?

Sa voisine était têtue. Elle insistait. Alba la regarda droit dans les yeux et répondit brutalement :

— Je veux devenir une grande aquarelliste. Je veux peindre les plus beaux bouquets de roses du monde.

L'autre s'attendait à tout sauf à une telle déclaration. Elle déglutit et, après un instant de méfiance, revint à la charge d'un ton rageur :

— Et où tu as vu ça que tu allais devenir une grande aquarelliste ? Et de quels bouquets tu parles ? On s'en fiche bien de tes bouquets puisque tu devras recopier ceux des autres. Tu n'as rien compris. Où tu te crois ?

Alba posa son crayon. Cette fille commençait à l'exaspérer :

— Ton but à toi, dit-elle alors froidement, c'est peut-être de gagner trois sous pour te payer un loyer sous les toits, mais je te répète que le mien, c'est de devenir la plus grande aquarelliste du monde et de peindre des bouquets pour te mettre à genoux !

La fille, suffoquée par ce ton arrogant, en perdit la parole. Elle la retrouva en prenant à témoin une autre fille à qui elle se mit à tout raconter.

— Me mettre à genoux ! Avec ses roses ! Mais elle délire celle-là, pour qui elle se prend ! (*Et, se retournant vers Alba :*) Parce que tu crois que tu vas devenir la plus grande aquarelliste du monde ! Mais ma pauvre fille, si c'était ça, tu ne serais pas ici. Tu vas gagner à peine plus de trois sous et tu crois que tu vas te payer des palaces ! C'est chez les fous qu'il faut t'emmener, et vite.

Cette fois Alba ne répondit rien.

Concentrée sur ses lignes, elle se jura de ne plus jamais révéler quoi que ce soit de ses rêves, et surtout pas de cette façon-là. Cette fille ne méritait pas le mépris qu'elle lui avait manifesté. Mais, par instinct de survie, elle n'avait pas voulu laisser envahir la moindre parcelle de son esprit par des paroles inutiles. Les mots ont un sens, Alba le savait. Tout comme elle savait que quelque chose en elle se diluerait si elle se mettait à prononcer des paroles qui n'allaient nulle part.

Les mots étaient simples ou compliqués mais ils disaient des choses. Ces filles-là caquetaient pour rien.

Pour survivre à ce rien, Alba décida d'éviter leur contact. Elle se parla à elle-même pour remplacer ce père qu'elle n'avait pas eu et qui, peut-être, lui aurait dit des mots forts comme ceux qu'elle s'inventait :

— Tous les jours, tout nous tire vers le bas, tout nous fait courber la tête. Ne l'oublie pas, Alba, redresse-toi, grandis-toi, ne les laisse pas te mettre au ruisseau. On y sombre si vite quand on est née de rien.

Comment était-il ce père ? Elle imaginait qu'il lui aurait parlé avec énergie, qu'il l'aurait aidée en lui donnant confiance et en lui communiquant sa volonté. Maintenant que sa mère faiblissait, usée de travail et de solitude, Alba mesurait combien la présence d'un père était précieuse dans une famille. Elle l'avait toujours su mais là, dans ces moments si durs, il lui manquait terriblement. Jamais elle n'en avait dit mot à Louise mais elle y pensait de plus en plus souvent et elle se sentait assez forte pour lui demander qui il était. Elle avait besoin de savoir.

À la fin de cette première journée, Alba n'avait pas eu une seule seconde le sentiment de dessiner. Elle traçait des lignes, des courbes et des volumes, elle répétait mille petits signes à la file les uns des autres. Elle sentit monter la même angoisse que celle qui l'étreignait à la barrière de bois, au moulin.

La peur de l'immensité du monde qui allait les engloutir, elle et sa mère, dans l'indifférence de tous.

Heureusement, il y avait Frédéric !

Elle glissa la main dans sa poche et y sentit sa lettre. Il lui fallait impérativement relire les mots qu'il lui avait écrits. Elle demanda à aller aux toilettes. Dans le couloir, elle chercha un coin tranquille, mais n'importe qui pouvait surgir d'une autre salle et l'aurait interrompue. Elle fila dans la cour, seulement là, impossible de passer inaperçue. Elle rentra dans le bâtiment et monta à l'étage, où elle tomba sur une dame qui, ajustant ses lunettes, lui demanda ce qu'elle faisait là. Alors elle se résigna et fila aux toilettes. Après tout, peu importait le lieu. De toute façon, Alba n'avait jamais eu de lieu à elle et, par la force des choses, elle avait appris à s'isoler dans des mondes imaginaires. En ce moment elle était seule avec Frédéric, loin des miasmes de ces toilettes, loin des salles froides de ce grand atelier impersonnel, gris et sale où les filles étaient alignées comme des êtres sans identité.

Elle était là-bas, avec lui, dans les montagnes bleues, au bord du lac si pur. Il lui parlait d'amour, d'éternité et de tendresse :

« *Mon Alba, mon amour,*
... comment vivre sans toi maintenant que je t'ai rencontrée, comment faire ce long chemin que je dois parcourir avant de te retrouver, comment ne pas faiblir. Ce

sera difficile. En auras-tu le courage ? Je suis toujours là près de toi à chaque heure, à chaque minute, à chaque seconde, ne l'oublie pas.

Toujours tu pourras t'appuyer sur mon épaule. Je suis à toi. »

L'oublier ! Comment aurait-elle pu oublier ! Elle n'avait rien dans sa vie, que sa mère et lui. Elle passait son temps à lire et relire les lettres qu'il lui envoyait et ses mots étaient autant de force qu'il lui transmettait. Elle y puisait pour être fidèle à l'amour qu'il lui donnait, pour en être digne.

Elle suivit les cours avec une régularité exemplaire. On manquait de main-d'œuvre qualifiée et le marché du décor floral explosait. Mais Alba avait vite compris que si elle voulait trouver du travail immédiatement, elle devrait renoncer. Il était impossible de s'improviser dessinatrice pour l'industrie, qu'elle soit industrie de la presse, des tissus, du papier peint, de l'orfèvrerie ou de la porcelaine. Heureusement, Alba apprenait vite et, ici, l'apprentissage se faisait en accéléré, au grand regret de Mlle Robert.

— Les femmes se contentent de trop peu. Il y a de tels besoins sur le marché que, dès qu'elles savent deux rudiments, elles filent vite pour se mettre à gagner trois sous. Ensuite, il leur devient impossible de s'adapter et elles se bradent pour survivre. Apprenez tout, Alba. Si vous savez dessiner sur tous les supports, papier, bois, tissus, porcelaine, vous pourrez répondre à la demande. Sinon, vous serez à la merci de celui qui vous emploie. Que de jeunes filles j'ai voulu retenir, mais chez elles on les encourage à partir... On ne les laisse pas plus de quelques semaines, pour une fille c'est bien assez, il faut rentrer des sous.

— Vous savez bien, répondit Alba. Moi aussi je vais devoir apprendre vite, je dois moi aussi gagner de l'argent.

Mlle Robert avait soupiré mais elle s'était attachée à son élève. Elle la vit attentive, disciplinée, curieuse du moindre détail. Alba ne bavardait jamais et restait concentrée sur la leçon du jour.

Le soir, Alba racontait à sa mère ce qu'elle avait appris. Et comme Louise la voyait heureuse, elle était contente elle aussi.
Pourtant, quand Alba lui avait annoncé qu'elle allait dessiner pour des entreprises dans des ateliers et qu'elle prenait des cours pour ça, elle s'était sentie coupable.
— Tu voulais devenir un grand peintre de fleurs, comme Mme Lemaire, tu me l'as assez dit. Si tu as changé d'avis, c'est à cause de moi.
Alba avait horreur de ce ton. Encore des gémissements, ça n'en finirait donc jamais ! Elle retenait sa colère.
— Non, maman, ce n'est pas ta faute, mais avec un seul salaire on ne peut plus s'en sortir.
Louise baissa la tête, sa petite disait vrai. Elle ne gagnait plus assez. Et cette réalité était une torture, elle qui, avant, croulait sous le poids des commandes.
— C'est un mauvais passage, mon Alba, je vais retrouver le rythme d'avant, tu vas voir, c'est une question de semaines.
Soudain émue, Alba l'entoura de ses bras :
— Même si tu travailles, maman, je veux travailler aussi. Je veux de l'argent. Pour nous. Et j'en aurai, ne t'inquiète pas.
Il n'y avait rien à dire. Comment survivre sans argent puisqu'il ne s'agissait que de cela : survivre.

C'est ce soir-là qu'Alba aborda la question de son père.
— Maman ?

À son ton, Louise posa la carcasse qu'elle était en train de recouvrir sur ses genoux et leva la tête.

— Oui, qu'est-ce qu'il y a ?

— Qui était... mon père ?

Le ciel serait tombé sur la tête de Louise que ce n'eût pas été pire. Il lui fallut plusieurs longues minutes avant de réaliser ce qu'Alba lui demandait.

— Qui était mon père ? insista Alba. Tu ne m'en as jamais parlé, ou alors il y a si longtemps que je ne m'en souviens pas.

— Et qu'est-ce qui te prend, pourquoi me demandes-tu ça ?

— Je veux savoir maman, c'est tout. Qui est-il et pourquoi je ne l'ai jamais vu. Il est mort ?

Effrayée, Louise porta les mains à son visage.

— Oh mon Dieu, non ! Ne dis pas des choses pareilles.

Louise attendait le père d'Alba depuis tant d'années, elle rêvait encore de le voir un jour frapper à sa porte.

— Alors si tu sais qu'il n'est pas mort, il est vivant. Qui est-il, où est-il ? s'impatienta Alba.

Maintenant qu'elle avait commencé à parler, Alba ne s'arrêterait plus. Louise la connaissait, elle ne la laisserait plus en paix et réclamerait toujours quelque chose, elle voudrait tout savoir. Alors autant tout lui dire en une seule fois. D'ailleurs, il y avait si peu à dire. Louise respira longuement, ferma les yeux et plongea dans ses souvenirs.

— Je l'ai connu un soir de fête dans mon village. Il était venu avec d'autres garçons. On ne les avait jamais vus. Il n'y avait pas souvent d'inconnus à la fête du village, on se connaissait tous, même les gens des environs. Mais ceux-là non, vraiment, on ne les avait jamais vus. Ils avaient un peu trop bu et chantaient fort. Lui était calme et il paraissait triste, un peu inquiet. Je ne crois pas qu'il l'ait vraiment voulu et je sais pas comment je l'ai fait avec lui, mais nous nous sommes aimés. Il ne m'a pas beaucoup parlé, moi non plus. Mais il est resté gentil. Il avait l'air un peu perdu. Moi aussi je l'étais. Pourtant il était déjà grand comme un homme. On est revenus au bal, il a rejoint ses amis et je ne l'ai plus jamais revu.

Il y eut un long silence. Louise n'avait jamais raconté son histoire à personne, sauf à Juliette et à Jeanne, cet été. Depuis tant d'années que ce drame était enfermé en elle, elle s'en était libérée. Elle s'était sentie dans une telle confiance. C'était la première fois qu'on l'écoutait. En leur parlant, elle avait versé des torrents de larmes et depuis, elle allait mieux. C'est aussi pour cela que les femmes de la rue Saint-Jean lui manquaient, elles aussi avaient eu leurs épreuves et lui avaient fait des confidences. Elles s'entraidaient sans se juger.

Alba n'en avait jamais autant entendu et pourtant, dans ce que lui révéla sa mère, il n'y avait rien. Quelle déception. Elle chercha à en savoir plus, ça ne pouvait pas s'arrêter là.

— Mais, et son nom, tu ne connais pas son nom ?
Louise fit un signe de tête négatif.
— D'où venait-il ? insista Alba. Il t'a bien dit deux mots. Il t'a parlé un peu. C'était quoi ? Tu dois t'en souvenir !
— Oui, soupira Louise, comme si c'était hier.
— Alors, qu'est-ce que c'était, vite, dis-moi !

Louise avait gardé ces mots comme on garde un diamant dans son cœur. Même aux femmes de Bagnères elle n'avait pu les répéter. Mais cette fois, il le fallait. Alba était sa fille, elle devait tout savoir.

— À la fin, on était encore enlacés quand il m'a dit d'une voix qui ne mentait pas : « Je voudrais tant pouvoir vous dire que je vous aime. Si vous saviez ! »
Alba attendait :
— Il t'a vouvoyée, dans un moment pareil !

Louise ne s'attendait pas à une telle remarque.

— Oui, c'est vrai, dit-elle un peu perturbée. C'est étonnant.

— Et puis c'est tout ?

— Oui, répéta Louise, sonnée d'avoir osé prononcer à haute voix ces mots si lointains et si proches, de les avoir entendus dans sa propre bouche, ces mots enfouis dont elle n'avait jamais réussi à comprendre le sens et qui l'avaient torturée pendant des années.

Pourquoi voulait-il lui dire qu'il l'aimait et pourquoi ne pouvait-il pas ?

— Il avait l'air de beaucoup souffrir, reprit-elle. Mais nous étions si jeunes.

Alba ne s'obstina pas. Elle se sentait perdue, plus encore qu'avant.

Après ce récit court et mystérieux tant il paraissait vide, elle se sentait encore plus dépossédée.

C'était comme si elle venait de perdre ce père une deuxième fois.

25

Le lien entre elle et Frédéric devenait de plus en plus fort, nourri des lettres de plus en plus longues qu'il lui écrivait. Il s'impatientait, il avait mal loin d'elle et le lui disait. Les lettres venaient de villes différentes, surtout des villes d'eaux ou des stations balnéaires. Il parlait de leur vie à venir, disait qu'il espérait bientôt finir ce qu'il avait à faire :

« *Garde confiance, écrivait-il, surtout ne doute jamais de moi et attends-moi. Je renais depuis que je t'ai rencontrée. Si tu savais... aie confiance Alba, aie confiance en moi.* »

Il répétait ce mot si souvent.

Alba avait confiance, le chemin était dur et pourtant c'était comme s'il avait toujours été à ses côtés. Pas une seule seconde, elle ne douta de lui. Elle se battait pour sa survie et celle de sa mère mais aussi pour eux deux et ce double combat redoublait ses forces. Elle s'y vouait corps et âme et était de plus en plus pressée de gagner sa vie. L'argent manquait. Pas question d'apparaître aux yeux de Frédéric comme une fille dans le besoin. C'était une question d'honneur, elle y tenait plus que tout. Quand ils se reverraient, elle voulait s'en être sortie. Aussi, dès qu'elle en sut assez pour se débrouiller, elle quitta les cours de Mlle Robert et prit le premier travail qu'elle trouva.

— Vous prenez le travail le plus dur, fit Mlle Robert. Vous méritez mieux que de peindre des sachets.

— Merci, Mlle Robert, mais je n'ai pas le choix.

— Vous étiez prête à apprendre beaucoup et subitement vous êtes pressée. Vous n'en savez pas assez, Alba. Enfin, faites comme vous voulez, je n'y peux rien, sachez simplement que je suis là et que vous pouvez revenir me voir quand vous voulez.

— Je vais vous rembourser dès que j'aurai commencé mon travail, je vous le promets.

— Vous ne me devez rien, tout a été payé par Mathilde Herbelin.

Éberluée, Alba crut avoir mal compris.

— Oui, continua Mlle Robert. Sous ses airs bougons, elle est généreuse, vous savez. Elle m'a dit qu'elle avait assez d'argent pour se faire ce genre de plaisir. Elle est sûre que vous le méritez.

Alba remercia maladroitement et dit qu'elle irait la voir.

— Ce n'est pas la peine. Elle m'a dit que si vous insistiez pour la remercier, vous pouviez lui peindre un petit bouquet de roses quand vous aurez le temps. En souvenir.

— Ah ! fit Alba, surprise d'une pareille demande.

— Vous m'en ferez un à moi aussi ? ajouta alors Mlle Robert.

— Un... un bouquet ?

— Oui. Un bouquet de roses.

— Bien sûr, répondit Alba précipitamment.

— Vous les réussissez si parfaitement, et croyez-moi, j'ai le coup d'œil.

— Vous aurez le bouquet, promit Alba avec un grand sourire. Et Mme Herbelin aussi, je vais le commencer dès ce soir.

Comme elle l'avait promis, ce soir-là, Alba se mit à peindre, aussitôt que Louise, épuisée, se fut couchée et endormie.

Elle avait acheté un très grand format de papier d'arche, le plus grand qu'elle avait pu trouver. Elle estimait qu'il fallait au moins ça. À la lueur de la lampe à pétrole, elle posa délicatement son pinceau sur la feuille et commença de mémoire une esquisse de rose. Elle avait à peine commencé quand, par la lucarne, la clarté de la lune inonda la chambre et se fit plus insistante. Alba s'approcha pour regarder la nuit. Au dehors, on devinait la ligne irrégulière des toits et, çà et là, des rectangles de lumière découpaient des fenêtres. La lune blanche éclairait le bord des nuages et les pensées d'Alba s'en allèrent rejoindre celui qu'elle aimait. Frédéric lui apparut, elle vit son visage et ses yeux sombres, elle entendit sa voix qui récitait les mots qu'il lui avait écrits. Elle les connaissait tous par cœur.

Quand Alba revint à sa feuille, les roses naquirent sous ses doigts avec une facilité qui aurait effrayé même l'Impératrice tant son geste paraissait évident. Son pinceau traçait des ombres qui dégageaient sur le papier des espaces irréguliers et vierges. Des formes incompréhensibles apparaissaient et, par la grâce de ce qu'il est convenu en aquarelle d'appeler la « réserve », les pétales naissaient les uns après les autres et les roses s'ouvraient des ombres. Lumineuses.

Parce que Frédéric était en elle et qu'elle vibrait d'amour pour lui, Alba imprima à ce bouquet d'une blancheur immaculée toute la pureté d'amour dont un être puisse être capable pour un autre. Et quand au matin Louise se leva, elle ne put retenir un cri d'émerveillement :

— Mon Dieu ! Ce bouquet ! On dirait une gerbe de mariée ! Et pour qui as-tu fait ça ? demanda-t-elle abasourdie.

— Pour moi.

— Pour toi ! Ça alors, mais qu'est-ce qui t'a pris ? Tu n'avais jamais fait un bouquet aussi beau, aussi grand, aussi...

Louise était éblouie, elle ne trouvait plus ses mots. Il y avait tant de fraîcheur dans ces fleurs, tant d'innocence.

Alba garda l'aquarelle. Elle récupéra un carton pour la protéger et la glissa sous son lit. Louise essaya bien de l'en dissuader et lui demanda de l'accrocher dans la chambre pour qu'elles en profitent mais Alba refusa et Louise n'osa pas insister.

Cette même nuit, dans un casino au bord d'un grand lac, près de la frontière suisse, Frédéric jetait sur le tapis vert ses dernières cartes : un brelan d'as !

Enfin ! Il reprenait sa mise.

Soulagé, il esquissa malgré lui un sourire malvenu. Son adversaire était défait.

Frédéric était là pour rembourser des dettes de jeu faites ici il y a bien longtemps, du temps où il n'avait pas de chance, où il était novice. Depuis, au fil des ans, il avait compris les vraies règles du jeu et par la suite, curieusement, il avait eu beaucoup de chance. Un peu trop. Il se savait sur la corde raide car l'information sur les tricheurs circule vite dans le monde des casinos, mais il comptait sur l'oubli des uns, la négligence des autres. Son art majeur consistait à développer une courtoisie et une amabilité extrêmes avec les croupiers et les femmes, catégories très utiles pour passer entre les orages et faire oublier sa solitude. Mais la carte maîtresse de Frédéric, celle qui lui permettait de continuer à se regarder en face au moment des petits matins blêmes, c'était l'incroyable capacité qu'il avait à excuser toutes ses faiblesses et ses lâchetés devant les regards effarés de ceux qu'il plumait avec indécence, ou de celles qu'il laissait sur le bord du chemin.

Frédéric avait le don de se croire sincère.

Il y avait longtemps qu'il n'avait pas mis les pieds dans ce casino et, comme il en avait fait le serment à Alba, il s'était juré de ne plus toucher au jeu. Seulement voilà, pris par l'ambiance, il s'était senti moins ferme et s'était vite laissé convaincre de faire une partie. Et puis, une chose en entraînant une autre, il y avait pris le même plaisir. Lui qui s'était juré pour l'amour d'Alba de ne plus jouer une seule carte même une seule fois, il avait joué toute la nuit sans même s'en apercevoir et là, au matin, devant les brumes bleutées qui fuyaient sur les eaux à la clarté de l'aurore, il pensait à cette promesse d'amour qu'il n'avait pas tenue.

Frédéric avait un double visage.

Le fond de son cœur aspirait à ce qu'il y a de plus pur dans le cœur des hommes mais la réalité de sa vie s'était plus souvent jouée dans les petits calculs que dans de grandes choses. Son amour pour Alba l'avait mis en face de lui-même et le choc de cette découverte avait sans doute été trop dur. Loin d'elle, il replongea avec mollesse dans ses vieilles habitudes et se conforta dans l'idée qu'il était fait pour ça.

Les brumes s'étaient maintenant dispersées sur les eaux du lac et le soleil se leva. Tout était si calme dans cette nature, si pur et si limpide.

D'un geste nerveux, Frédéric tira sur les pans de sa veste, remonta le col de son manteau et fit un signe au chauffeur qui attendait les derniers joueurs devant l'entrée du casino pour les conduire là où leur humeur les emporterait. Ce chauffeur-là était un spécialiste des hommes du petit matin, il les trouvait rentables et reposants car ils faisaient tous la même chose. Hôtels, prostituées, maîtresses diverses, errances ordinaires, c'était sans surprise et bon pour sa commission car ils avaient le pourboire large. Comme si payer les dédouanait d'eux-mêmes. Il arrivait au chauffeur de les plaindre car chacun sait ici-bas que l'argent ne blanchit pas les âmes ni les cœurs.

26

Alba ignorait tout de la vie de Frédéric, elle continuait à lire ses lettres et à croire ses mots d'amour. Elle avait enfin trouvé du travail.

Ce travail de peinture sur sachet était le moins bien payé de tous et se faisait à domicile. Un détaillant distribuait aux dessinatrices des paquets de sachets en papier, satin ou velours. Destinés au commerce de détail, il fallait les orner de motifs choisis par le détaillant. En général c'était des compositions très fleuries avec des pompons, des drapés, parfois un simple bouquet de fleurs ou un petit paysage avec une rivière, un arbre, un pré et un personnage très stylisé. Selon la difficulté le prix variait. Au début, Alba demanda les pièces les plus chargées car elle pensait gagner davantage. Mais une jeune fille l'avait avertie :

— Prends les plus simples. Tu gagnes moins mais tu en fais beaucoup plus. Tu les alignes chez toi et tu fais couleur après couleur. Tu vas voir le travail que tu abats. Moi j'arrive des fois à faire mille sachets dans la semaine, des fois plus.

— Mille sachets !

Alba n'en revenait pas, elle arrivait juste à une dizaine par jour, ce qui faisait une centaine à peine dans la semaine. Certes, ils étaient payés le double mais quand même, quelle différence !

— Étale douze sachets à la fois, pas plus. J'ai essayé et ça ne marche pas, on fait trop de bavures et après ils discutent et ils ne te les prennent pas. J'ai gâché de la marchandise au début et maintenant je peins par terre.
— Par terre ! fit Alba, c'est mieux sur la table, non ?
— Ça dépend, chez moi la table est trop petite et y a un tel fourbi dessus. Je me mets dans le couloir sur le palier tout en haut. Les voisins ont pris l'habitude d'enjamber pour passer. Ça gueule des fois mais ils enjambent quand même.
— Et pourquoi tu ne fais pas tout ça chez toi ?
— Parce qu'entre ma mère qui trafique les repas ou le linge et la marmaille qui court, je ne peux rien faire. Et puis, sur le palier, je suis plus tranquille, comme on est tout en haut personne vient, je peux même travailler la nuit. C'est encore plus simple.
— La nuit ? Mais comment fais-tu ? On n'y voit rien.
— Je fais à la clarté de la lune quand y en a, et comme je choisis le même motif depuis trois ans, je le connais par cœur. Je pose les couleurs les yeux fermés.

Visiblement elle connaissait bien la question et Alba appliqua sa méthode. Dans cet humble métier du dessin de sachet encore plus que dans tous les autres métiers de dessins de femmes, gagner du temps était précieux.

À peine rentrée, Alba se dépêcha de dégager un coin par terre entre la table et le lit, et elle installa une douzaine de sachets sur des journaux. La méthode était particulière, on ne pouvait pas s'y prendre dans le désordre pour les couleurs. Alba avait préparé les demi-teintes, les ombres et les lumières dans une série de godets. Elle les passa dans l'ordre une à une sur la douzaine de sachets étalés par terre. Elle avait choisi les dessins les plus simples. Pour un bouquet, elle posait d'abord les demi-teintes de vert sur chaque feuille, puis toutes les ombres et enfin, en dernier, les lumières.

Après les feuilles, elle passait aux fleurs et procédait de la même manière.

Tout en s'organisant, elle expliquait sa démarche à Louise qui l'encourageait et continuait à coudre près d'elle sur la table. Alba se trouvait chanceuse. Où cette fille trouvait-elle le courage de faire tous les jours depuis trois ans déjà des sachets de couleur sur un palier sombre ? Personne ne s'occupait d'elle, elle mangeait quand il y avait de quoi et les sous qu'elle gagnait servaient à nourrir tout le monde. Il y avait quelque chose de monstrueux dans la vision de cette fille accroupie toute la journée et dont la vie passait sur un palier sans aucun jour de repos comme une esclave enchaînée à poser mécaniquement du bleu, du jaune, du rouge et du vert. En repensant aux merveilleuses nuances des boîtes d'aquarelles qui ornaient les pupitres des élèves de Madeleine, Alba réalisait que peindre ne signifie pas la même chose pour tous. Qui savait qu'il y avait, dans les recoins des villes, des êtres accroupis dans le noir et qui usaient leurs yeux à colorer des sachets dérisoires que des clientes indifférentes jetteraient négligemment après en avoir récupéré le précieux contenu ?

Alba se remémora les paroles de M. Kees. L'homme au beau costume et à la magnifique voiture, le marchand d'éventails qui disait vouloir profiter du talent du jeune Désiré Fleury « tant qu'il avait encore des yeux ». Alba se demanda si Désiré arrivait toujours à faire de la dentelle de nacre ou si, à force, il était bel et bien devenu aveugle. Qui s'occupait de lui ? Qui s'occuperait de cette fille quand ses yeux se seraient usés sur les sachets de couleur ?

Le monde de la peinture qu'Alba avait abordé avec une totale naïveté et que la sœur Clotilde lui avait décrit comme merveilleux pouvait donc s'avérer cruel. À force de s'être agenouillée si jeune sur le bois du palier, la fille avait les genoux rugueux, la peau dure et grise. Sa colonne vertébrale était toute tordue. Quand elle était debout, de dos on aurait dit une petite vieille. Même ses pieds et ses mains étaient déjà noués. Le premier jour où Alba s'installa comme elle par terre pour peindre les sachets, quand elle prit son pinceau et se mit à genoux, elle y pensait, la rage au ventre. À la fin de la première semaine, elle ne sentait plus ni ses genoux, ni son dos, mais la méthode était efficace. Elle avait triplé sa production.

Alba savait qu'elle n'en sortirait pas indemne. Elle se voyait en train de rejoindre ce fleuve humain informe, cette cohorte grise de femmes laborieuses qui n'étaient rien, ni belles ni laides ni même femmes. Elle en aurait hurlé !

27

— Alors, très chère Mathilde, quels sont les potins ? La villégiature a été si ennuyeuse cette année que j'avais hâte de revenir. J'étais à Cabourg, il ne s'est rien passé. Mais vous, que savez-vous de Deauville, de Biarritz ? Il paraît que cette année Biarritz était très couru, tout le monde était là-bas.

Alanguie sur le sofa, Eugénie venait d'arriver chez Mathilde en compagnie de Madeleine et se faisait servir par Léontine une tasse de thé fleurie à la mode victorienne qu'elle tenait avec délicatesse du bout de ses doigts gantés de dentelle.

— Ah ! ne m'en parlez pas, ma pauvre Eugénie, déclama Mathilde, catastrophée, la saison a été pauvre en nouvelles. Rien de rien ! Je sais seulement que des bruits courent sur le président Jules Grévy. Il est pingre comme pas possible, mais on dit qu'il s'est enrichi. Il a, paraît-il, déjà acquis plusieurs hôtels particuliers à Paris et vient d'en offrir un à sa fille Alice ! Comme avant son mandat il ne roulait pas sur l'or, il y a de quoi s'étonner... Quand on sait en plus que sa femme Coralie est une ancienne modiste... Une modiste, ça ne roule pas sur l'or non plus, vous vous en doutez.

— Je vais souvent me fournir rue Saint-Honoré où il y a beaucoup de modistes et, ma foi, il commence à y avoir de belles petites affaires.

— Peut-être, mais de là à se payer un hôtel particulier ! Mais ce n'est pas tout. Il paraît que son gendre, qui fait des coups en Bourse et place des sommes considérables, est accusé de mener un trafic de décorations. Le scandale est près d'éclater.

— Un trafic de médailles ! s'exclama Eugénie. Mais pour quoi faire, grands dieux ? Il vient de la très grande bourgeoisie industrielle du Creusot et il est riche comme Crésus. Pourquoi diable irait-il s'embêter avec un trafic de médailles ?

— Ah ça, fit Mathilde, je suis comme vous, ma chère, je me pose la question. Faut-il qu'ils soient idiots avec leurs médailles !

— Il y a une autre affaire dont vous ne me dites rien, Mathilde, pourtant vous devez être au courant.

Mathilde prit un air surpris.

— De quoi parlez-vous ?

— Au Grand Hôtel à Deauville, votre amie Jeanne de Loynes a voulu arracher les cheveux de Mme de Caillavet.

— Allons, allons, rectifia Mathilde, beaucoup de bruit, c'est tout.

— Mais qu'avait donc fait cette pauvre Mme de Caillavet pour mettre Mme de Loynes dans cet état ?

Mathilde aimait à se faire prier, elle but une gorgée de thé pendant que Madeleine, davantage préoccupée par sa rentrée et celle de son université que par tous ces potins, consultait l'impressionnante pile de courrier que Mathilde gardait toujours en son absence. Il y avait surtout des factures et des cartes de visite avec invitations pour la nouvelle saison. Il fallait regarder attentivement et répondre à tout le monde. Madeleine évalua qu'elle en aurait au moins pour trois journées pleines ! À l'aide d'un coupe-papier finement ciselé, elle décacheta la première lettre.

— Mme de Caillavet et Jeanne se disputent Jules Lemaître, lâcha enfin Mathilde à Eugénie tout en reposant sa tasse.

— Non ? s'écria celle-ci d'une voix pointue. Le grand écrivain !

— Oui, enfin disons plutôt le fringuant écrivain. Il a courtisé les deux à la fois, il y a eu un chassé-croisé dans les couloirs et les salons du Grand Hôtel pendant deux jours et puis, patatras, elles sont tombées l'une sur l'autre. C'était couru. Alors, que voulez-vous, Jeanne s'est un peu énervée. Elle a eu tort, je le lui ai dit. La preuve, pour une algarade de rien on parle maintenant de « Grand Scandale ». La rumeur a fait son chemin comme toujours.

— À mon avis, Jeanne a plus de chances que Mme de Caillavet, elle est bien plus belle.

— Ce n'est pas si simple, Eugénie. Mme de Caillavet est plus jeune, et très cultivée. Elle parle quatre langues.

— Quatre langues, mon Dieu, mais c'est beaucoup trop, s'esclaffa Eugénie. Pour parler aux hommes, il suffit d'une seule croyez-moi, c'est amplement suffisant. À quoi bon s'encombrer ! Et puis elle est si laide cette Mme de Caillavet !

— Justement, ma chère, il faut se méfier des laides, elles se donnent du mal. Cet écrivain est très à la mode et sa présence fait de l'effet dans leurs salons. Elles se le disputent pour ses beaux discours dans leurs soirées plus que pour le mettre dans leur lit.

— Ah mon Dieu ! Je n'y avais pas songé, comme tout cela est drôle. Mais vous devez avoir raison, Mathilde, un de mes amis, un violoniste très en vogue, m'expliquait qu'il était sans cesse sollicité par ces dames pour leurs réceptions. Il est si beau parleur ! Décidément, courir après les hommes pour leur porte-monnaie ou pour leurs belles paroles, rien ne change, on court toujours. Ces soirées sont en train de devenir de véritables fardeaux pour les maîtresses de maison.

— Ce sont de véritables fardeaux depuis toujours ! s'exclama Mathilde. (*Puis, intriguée, elle ajouta :*) Mais de quel violoniste parliez-vous ?

— De Frédéric Maucor, bien sûr. Depuis qu'il s'est produit au bal de Madeleine, il n'est plus question que de lui. D'ailleurs, je crois que votre chère Suzanne le connaît bien. Très bien même, semble-t-il.

Mathilde sursauta.

— Qu'est-ce qui vous prend, Eugénie ? lui dit-elle. Pourquoi ce ton ambigu pour parler de notre Suzanne ? A-t-elle fait quelque chose de mal ?

Mathilde voulait bien jouer avec les potins mais pas question d'y mêler Suzanne. Eugénie reposa la tasse et, d'un air confus, expliqua qu'elle n'avait pas voulu insinuer quoi que ce soit.

— Elle n'a rien fait de mal, s'empressa-t-elle, simplement, voilà plusieurs fois que je la vois en compagnie de ce violoniste, le fils de Jean et de Diane Maucor. Vous avez dû les connaître, il était chef d'orchestre.

— Mon Dieu ! fit Mathilde. Bien sûr que je me souviens. Ce Jean Maucor n'avait aucun talent sauf celui de faire souffrir sa famille. Pauvre Diane !

— Justement, dit Eugénie, je pense à votre Suzanne.

— Alors, parlez clairement quand il s'agit de choses sérieuses, et évitez les sous-entendus. On se comprendra mieux. Le potin est un genre qui doit être manipulé avec soin, sinon c'est un ragot. Et un ragot c'est malsain, ça n'est bon pour personne.

Eugénie se le tint pour dit et la conversation reprenait sur des choses et d'autres, quand Madeleine brandit une lettre. Elle tremblait de colère :

— Ça alors ! Ils ne manquent pas de culot ! Lis, lis...

— Que se passe-t-il ?

— Deux élèves me quittent et vont chez Julian. Comme par hasard.

Devant Eugénie, Mathilde eut soin de calmer les choses. Pas question de montrer que Madeleine avait des soucis avec son université. Ça n'était pas bon pour elle et ne pouvait que faire de la publicité à ses concurrents.

— Ton université a une excellente réputation et tu as plus de demandes que de places. De quoi te plains-tu ?

Madeleine soupira et posa nerveusement la lettre sur le guéridon. Sa tante ne semblait pas comprendre les enjeux du moment. Elle avait fait ses miniatures à une époque où les domaines entre hommes et femmes étaient bien distincts, tout comme Madeleine avait peint ses roses. Mais depuis quelque temps, tout changeait. Des associations de femmes naissaient, un salon féminin avait vu le jour, les femmes revendiquaient d'autres droits, elles voulaient peindre sans entraves, comme les hommes. Madeleine avait peur de ces changements, elle ne comprenait pas ce que cherchaient ces jeunes filles qui s'habillaient presque comme des hommes, qui parlaient comme eux et qui cherchaient à leur ressembler et à peindre comme eux. Madeleine cultivait l'art d'un monde finissant, rempli de fleurs et de délicatesse, un univers poudré dont elle sentait bien qu'il ne résisterait pas au vent d'énergie puissant qui portait ces jeunes femmes, capables de s'enfermer dans des mansardes et de vivre de rien pour inventer un art à elles où la vérité de la vie l'emportait sur sa mise en scène.

Madeleine faisait le contraire.

Elle ne cultivait de l'art que sa mise en scène, et ne savait faire que des compositions florales sublimées ou des portraits retouchés et flatteurs. Madeleine appartenait à un monde où seule la beauté avait sa place et où la réalité de la vie n'intéressait personne.

— Tiens, fit Mathilde, voilà le cadeau que tu as reçu d'une autre de tes élèves. Et celle-là ne s'en va pas chez Julian, elle va faire du dessin de labeur chez Mlle Robert, figure-toi ! Regarde, elle a porté ce mot et cette aquarelle pour toi. Elle devait d'ailleurs m'en peindre une pour moi, mais c'est pour toi qu'elle l'a faite.

Madeleine n'écouta pas la fin de la phrase.

La lettre était brève. Alba y expliquait combien cela lui coûtait de quitter les cours de l'université, elle remerciait Madeleine du fond du cœur pour lui en avoir si généreusement ouvert les portes. Elle expliquait qu'elle préférait ne pas revoir les lieux ni les autres élèves. « *Cela me serait trop pénible. Merci encore pour tout ce que vous m'avez donné, je n'oublierai jamais ce que vous m'avez appris et les beaux moments passés à peindre à vos côtés.* »

Émue, Madeleine replia la lettre et regarda l'aquarelle. C'était un lac avec, au beau milieu des eaux, un bouquet de roses, du très beau travail. Mais quel motif étrange, ne put-elle s'empêcher de penser.

— Exceptionnel, n'est-ce pas ? demanda Mathilde en montrant l'aquarelle à Eugénie. Tu peux être fière de cette élève, c'est toi qui l'as formée.

Madeleine resta silencieuse un instant puis répondit :

— C'est vrai, je l'ai formée. Mais il y avait dans son dessin quelque chose que je ne maîtrisais pas et qui m'a toujours échappé. Alba n'était pas une élève comme les autres, elle mettait sa vie dans son art. Tout le monde n'est pas capable d'un tel engagement. Elle, elle donnait tout. Je suis sûre qu'elle ira très loin. Plus loin que moi, maintenant je le sais.

Le soir, en gagnant sa chambre, Mathilde repensa à ces derniers mots.

Elle avait bien senti la lassitude et la tristesse qui avaient envahi le cœur de Madeleine et elle n'était pas femme à rester assise dans son fauteuil quand elle sentait l'heure grave.

Thé après thé, elle avait eu sa dose de potins et même si elle en était avide, elle s'en fatiguait aussi très vite. Plus elle avançait en âge, plus elle en entendait, plus elle se sentait envahie par le dégoût. Argent détourné, arrivisme, coucheries, déviances, une nausée la prenait parfois. Quand elle faisait la somme de tout, du pire et du dérisoire, Mathilde suffoquait. Toutes ces histoires manquaient d'idéal et même si elle relativisait la portée de ce mot, en arrivant aux dernières années de son existence elle avait envie de sentir entrer dans son cœur, au moins une dernière fois, l'air pur de la vie telle qu'on y croit quand on aime et qu'on n'a pas encore souffert ou fait souffrir. Avant de quitter ce monde, Mathilde avait envie de savoir qu'il existait toujours des êtres sains pleins du désir d'aimer, des êtres qui ne trahissent pas. Elle voulait croire une dernière fois au Grand Amour.

Mathilde avait été mariée il y a bien longtemps et elle revoyait le visage rond et les lunettes cerclées du bon jeune garçon bien installé qu'on lui avait fait épouser.

— Comment était-il ? avait un jour questionné Madeleine.

— Petit, rond, ennuyeux, avait-elle répondu pour se débarrasser de la question.

— Et comment s'appelait-il ?

— Alphonse, mais qu'est-ce que ça peut te faire ?

— Tu l'aimais ? avait insisté Madeleine.

Mathilde s'était raidie.

— Non, avait-elle répondu, je ne l'aimais pas.

— Mais alors comment fais-tu pour parler des sentiments amoureux comme une grande spécialiste ? On vient toujours se confier à toi, s'étonnait Madeleine.

— Oh ! c'est simple, avait-elle expliqué. On m'en a tant raconté, j'ai eu droit à des confidences si intimes et j'ai vu évoluer tant de couples que je devine aujourd'hui beaucoup de choses avant même qu'on ne m'en parle.

Aucune histoire ne se ressemblait mais elle avait pourtant l'impression de les connaître toutes. Ce soir-là, Mathilde gagna son lit avec un poids au fond du cœur. Sur sa table de nuit en poirier délicatement cerclée de cuivre, Léontine avait déjà posé le tilleul du soir. Sur une coupelle d'argent, sa jolie tisanière fleurie l'attendait. Elle l'ouvrit et l'arôme apaisant du tilleul envahit la chambre. Elle respira cette odeur qu'elle aimait tant et revit les grands arbres de la propriété de Madeleine à Réveillon. Elle revit les jeux de Suzanne enfant, sautant au milieu des grands draps blancs étendus au sol et dans lesquels on faisait tomber les feuilles des tilleuls avant de les étaler sur de grandes planches de bois dans une pièce aux volets fermés pour que les feuilles sèchent bien à l'abri de la lumière. Dans son souvenir, que la vie était belle alors ! Il y avait tout pour croire au bonheur. À l'époque, quand on ouvrait la porte de cette pièce de Réveillon, les tilleuls séchés exhalaient tout leur parfum. On aurait dit l'odeur de foins coupés avec une pointe de sucre. Le tilleul de Réveillon était un rituel du soir qui venait mettre sur la journée de Mathilde une note de paix, juste avant la nuit. Elle porta la tisanière à ses lèvres et le soleil de tous les étés passés là-bas entra dans son âme.

Elle repensa à Diane, la mère du violoniste ; Diane obligée de vendre la maison où le petit Frédéric était né. Elle avait eu l'occasion de la rencontrer et d'en parler avec elle au cours d'une soirée :

— J'ai dû vendre la maison, Mathilde, lui avait dit Diane. Frédéric y est né et mon mari qui adorait cette maison l'avait ancrée dans nos cœurs plus encore et surtout dans celui du petit. Et puis, du jour au lendemain, il est parti et ne s'en est plus du tout occupé. Vous ne pouvez savoir combien il est douloureux pour moi d'admettre que mon mari a trahi mon fils après lui avoir fait les plus grandes promesses ! Enfin, on ne revient pas sur l'histoire. Mais mon fils a perdu sa maison d'enfance pour rien. Il n'est pas le seul, je sais, il y a beaucoup d'enfants sans maison, mais une maison d'enfance ça protège de tant de choses, c'est un tel refuge quand on en a besoin ! Frédéric la cherchera toujours. Cette promesse non tenue, c'était du pur poison.

Mathilde regarda ses chers voilages drapés, ses meubles bien cirés et sa magnifique collection de porcelaines de Sèvres, mais la magie n'était plus au rendez-vous. Elle pensait à la vie qui trahit le bonheur sans raison, à Diane et à sa maison perdue, à cette jeune Alba qui s'en allait rejoindre l'interminable cohorte des ouvrières du dessin de labeur et à Madeleine qui luttait tous les jours pour garder le peu de place qu'elle avait eu tant de mal à conquérir dans ce monde de l'art dominé par les hommes.

— Léontine !!! Léontine !!!

Léontine accourut en chemise de nuit.

— Que se passe-t-il, madame, pourquoi ces cris ?

— Demain, à la première heure, tu iras dire à mon ami André qu'il passe me voir.

— M. Theuriet, l'académicien ?

— Oui.

— Et ça pouvait pas attendre demain pour me dire ça ! fit Léontine en claquant la porte.

Mais Mathilde avait plus important à régler que les humeurs de sa bonne. Cette fois il fallait tirer au clair les manigances du Grand Salon des Arts. Si on voulait couler l'université de sa nièce, on allait avoir affaire à elle !

28

Alba avait passé de longs mois agenouillée sur le parquet. Un temps interminable. Elle avait vu, par l'étroite fenêtre de la chambre, passer le vent d'automne, tomber la neige de l'hiver et les premiers soleils se mêler aux pluies d'un nouveau printemps. Alba était allée au bout de sa résistance. Les lettres de Frédéric étaient sa seule lumière. Il avait tenu sa promesse, et même si parfois il mettait juste un mot ou une fleur séchée, jamais il n'oubliait de lui dire qu'il l'aimait. Pourtant Alba n'avait pas mesuré qu'il faudrait tout ce temps, elle n'avait pas compris. Bien sûr elle l'attendait, il le lui demandait si souvent dans ses lettres. « *Attends-moi, Alba, je sais que c'est long mais on y arrivera, sois courageuse si tu m'aimes autant que je t'aime. Au bout du chemin il y a nous, et pour toute la vie.* »

Alba l'aimait et elle était courageuse, mais à force de passer ses journées à genoux devant ses sachets, elle finissait par ne plus savoir ni qui elle était ni ce qu'elle faisait, ni surtout ce qu'elle voulait. Il y avait ce quotidien et son usure insidieuse et atroce qui n'en finissait pas. Quand viendrait-il, quand serait-il à ses côtés comme il l'avait dit ? Une seule chose était sûre, elle était toujours agenouillée au sol, esclave rivée à ces maudits sachets. Elle qui avait été si déterminée, elle se sentait plus fragile à cause de cette attente qu'elle ne maîtrisait pas et un soir, alors que, par mégarde, elle avait renversé par terre toute la bassine d'eau sale du linge qu'elle venait de laver, elle se mit dans une colère disproportionnée. Attrapant une serpillière, elle essuya rageusement le sol.

— J'ai assez passé la serpillière, c'est fini, fini !
— Que dis-tu ? demanda Louise, désemparée. Qu'est-ce qui t'arrive ?
— Rien, répondit Alba.
— Alors, pourquoi une telle rage ?
— Parce que je ne veux plus passer la serpillière ! hurla-t-elle.
— Eh bien alors, laisse, souffla Louise d'une voix abattue, je vais la passer moi, il faut bien que quelqu'un le fasse.
— Assez ! explosa Alba. Assez avec ce ton de victime, maman, je n'en peux plus !

Et plantant là la bassine, l'eau sale et la serpillière, elle sortit en claquant la porte.

Louise en tremblait d'émotion. Que se passait-il ? Elles avaient passé un automne et un hiver si complices toutes les deux. Louise avait repris courage et quand, l'une à ses chapeaux et l'autre à ses sachets, elles sentaient la fatigue prendre le dessus, elles lisaient dans leurs yeux la même détermination et continuaient l'ouvrage avec deux fois plus d'énergie. Il fallait s'en sortir. Elles avaient décidé de ne pas regarder en arrière. Mais, au fil des jours, l'humeur d'Alba avait commencé à changer et Louise, qui ne connaissait pas l'existence de Frédéric, ne comprenait pas.

Dehors, Alba marchait au hasard des rues.
Avec Frédéric, elle avait entrevu l'amour et il était parti au loin en lui demandant de l'attendre. À travers l'art de Madeleine, elle avait aperçu la beauté du monde et il fallait oublier. Attendre, oublier, c'était trop !

— L'Impératrice des roses ! rageait-elle. Ah oui ! L'impératrice de la serpillière, voilà ce que je suis !

Comme il semblait loin son bonheur d'aimer !

Comme il semblait loin son bonheur de peindre...

Au tout début, elle avait pris plaisir à gagner sa vie car c'était la première fois. Elle était entrée dans le monde du travail avec joie. Elle avait un employeur, M. Gustave, il lui distribuait les sachets, les comptabilisait au retour puis lui donnait la paye. Ah, ce moment où elle avait gagné sa première semaine, ça l'avait rendue si fière et Louise avait été si surprise de la voir revenir avec ! Elle s'en était sentie grandie. Mais très vite elle avait compris. À quoi bon sacrifier tant d'heures à ces apprentissages, elle sentait bien que sa vie n'était pas dans cet univers de labeur. Ce travail la vidait de tout et ne lui apportait rien, à peine de quoi manger, et encore, le minimum. Six mois à dessiner mécaniquement, six mois sans peindre autre chose que des traits et des points de couleur à la suite les uns des autres ! Alba savait que si elle ne trouvait pas une solution tout de suite elle perdrait tout ce qu'elle avait appris chez Madeleine Lemaire. Pire, elle perdrait même le don qu'elle avait reçu en cadeau, ce sens inné du dessin qui filait maintenant entre ses doigts. Comment devenir un jour l'Impératrice des roses si elle était incapable de les dessiner ? Comment sortir de cet univers étriqué ? Quand Frédéric serait là, elle ne voulait pas qu'il la trouve dans cet état.

— Attention ! Vous écrasez mes salades, vous n'y voyez pas ou quoi !

Alba sursauta. Elle avait marché longtemps. Sans s'en apercevoir, elle était arrivée à la petite place où, tous les matins, les maraîchers des environs venaient vendre leurs légumes. Celle qui venait de l'interpeller était une grosse femme aux mains lourdes, elle bougeait difficilement et soulevait à grand-peine ses paniers de légumes. Son visage était tout rouge et parcouru de méchantes veines. Un pauvre fichu serrait ses cheveux. Derrière la chair gonflée par l'effort, Alba devinait la structure ancienne d'un beau visage et elle imagina cette femme à l'aube de sa vie, jeune fille.

— Et qu'est-ce que t'as à me regarder comme ça ?! meugla la femme en cessant de remuer ses paniers.

Alba, gênée, bafouilla des excuses.

— Elle est folle, celle-là, fit la femme dans son dos en s'adressant à son voisin qui était en train de couper ses volailles sur une large planche de bois. Elle me regarde comme si elle voyait la Joconde !

— Hé Marinette ! s'écria l'homme en faisant un clin d'œil à Alba et en rigolant grassement, t'avais peut-être une admiratrice. Qui sait ? Tu devrais en profiter, elle est jolie la poulette !

Marinette haussa les épaules. Fière de moucher une jeunette, elle invectiva Alba d'une voix forte :

— Hé la folle, passe ton chemin, moi c'est les mâles qui m'intéressent, et les bons, faut qu'ils en aient, t'es loin du compte !

L'homme redoubla d'un rire gras tout en martelant sa volaille et Marinette se tapa les cuisses en s'esclaffant.

Alba quitta précipitamment les lieux. Elle entendait dans son dos les rires lourds du volailler et de Marinette qui, de loin, l'injuriaient encore. Quand elle fut bien loin, quand elle ne les entendit plus, elle s'arrêta, essoufflée, s'appuya contre le mur et fondit en larmes. Alba n'avait que de la beauté dans les yeux, elle n'aimait de la vie que sa claire lumière et ne comprenait pas ce qui faisait tant rire le volailler et Marinette. Ce monde lui échappait.

« Sans doute, se disait-elle, les êtres finissent-ils par ressembler à l'environnement où ils vivent. Comme les animaux ; ils s'adaptent, pour survivre ou par facilité.

Alors pourquoi moi qui suis née parmi eux je ne leur ressemble pas ? Pourquoi je ne ris pas de ce qui les amuse tant ? »

Alba sécha ses larmes. Après un violent moment d'abattement, sa farouche volonté reprit le dessus ; elle ne pouvait pas continuer à se laisser détruire. Elle n'avait pas imaginé que ce travail des sachets serait aussi dévastateur. Il lui faudrait s'en sortir seule et elle en était plus que jamais sûre. Aucun travail ne pouvait lui convenir sauf un : créer, peindre. En perdant la possibilité de peindre ses bouquets de roses, Alba avait perdu ce qui la protégeait. Elle venait de le comprendre, l'art serait sa réponse à toutes les Marinette, à tous les volaillers hilares et aussi à la distance polie de toutes les Marie B. Sans l'art pour pouvoir exprimer la beauté du monde que sa réalité quotidienne lui refusait, Alba ne trouvait plus sa respiration.

— Mon Dieu ! fit-elle en levant les yeux vers le ciel comme pour y chercher secours, faites que je puisse à nouveau peindre des roses. Je dois sortir de ce monde-là, il le faut.

En cet instant où résonnaient encore dans ses oreilles les paroles glauques du volailler et le rire gras de Marinette, elle prit conscience de la nécessité vitale pour elle de sublimer sa vie.

Elle se souvenait de la fragilité des fleurs. Les roses étaient pareilles aux êtres humains, le temps que durait leur beauté était immense mais elles s'abîmaient si vite !

Alba pensa soudain à sa mère. Elle l'avait laissée seule, et si brusquement. Pourquoi s'était-elle mise en colère, pourquoi était-elle partie ? Elle aurait dû se maîtriser. Parfois elle ne se comprenait pas elle-même et cette pensée lui fit une peine immense.

Dans ce quartier populaire plein d'activités diverses, la rue grouillait de monde. Un bouquet de fleurs sales traînait dans le caniveau. Les fleurs étaient fanées mais Alba regardait fixement une rose épargnée dont on voyait encore la grâce. Comment avait-elle pu parler ainsi à sa mère ! Sa maman qui l'avait protégée de tout, qui lui avait tout donné, sa mère qui l'avait arrachée à la boue ! En regardant la rose dans le caniveau, Alba réalisa que dans sa rage et dans sa misère elle avait piétiné son propre nid, le seul qu'elle ait jamais eu, si petit, si fragile. Pourquoi avait-elle eu ces mots si durs, pourquoi ne courait-elle pas demander pardon ? Mais elle se sentait en cet instant même si écrasée qu'elle ne trouvait que la colère sur laquelle s'appuyer pour se donner du courage. Il lui fallait la rage au ventre pour se hisser enfin hors du trou où elle s'enfonçait.

Elle vit dans le caniveau une rose encore belle et qui semblait étaler ses pétales pour attirer l'attention et être sauvée. Elle se baissa pour la ramasser mais juste à ce moment, une petite main s'en empara avant elle. Vivette avait dix ans à peine, elle avait été plus rapide.

Vivette habitait dans l'immeuble voisin, au rez-de-chaussée, dans une pièce unique avec sa mère et ses deux petits frères. Hiver comme été, la porte était toujours ouverte sur la cour. La première fois qu'elle avait vu la mère de Vivette, Alba avait été bouleversée par son visage boursouflé et son regard vide. Cette femme buvait depuis longtemps, dans le ventre de sa propre mère qui buvait aussi et à vingt ans elle n'avait plus d'âge. Jeanne Lanvin, la petite Omnibus, en avait parlé à Louise parce qu'elle la livrait aussi en carcasses de chapeaux, mais elle ne lui confiait que les carcasses de fer. Elle ne touchait pas aux habillages, trop délicats. Des monceaux de carcasses vides et froides s'empilaient dans la pièce et jetaient encore plus de dureté dans cet endroit ouvert à tous les vents. La mère de Vivette ne parlait pas, elle ânonnait plutôt. Ses enfants étaient nés, elle avait eu un homme et elle n'en avait plus, rien ne semblait l'atteindre. Rien chez elle ne semblait exister que ses mains qui pliaient le fer. Vivette, elle, était un véritable miracle, elle discutait avec tout le monde et elle parlait si bien qu'on oubliait son âge. On la voyait toujours fureter à quelque occupation nouvelle. D'où lui venait cette gaîté contagieuse ? Rieuse, active, elle rayonnait d'une puissance de vie qui l'enlevait à tout. Personne ne croisait Vivette sans émotion, elle était le cadeau du bon Dieu à cette cour sans soleil.

Alba essuya ses yeux d'un revers de manche. Bien campée sur ses jambes, la petite la regardait d'un air interrogatif. Elle tenait une brassée de fleurs disparates dans un sale état, mais dont certaines faisaient encore illusion.

— T'as pleuré, on t'a cognée ou quoi ?

— Ah c'est toi, fit Alba pour éviter de répondre à sa question, qu'est-ce que tu fabriques avec ces fleurs, d'où les sors-tu ?

— C'est Lulu qui me les a données.

— Lulu, qui c'est ?

— Elle n'habite pas loin, elle fait des ménages. Tous les vendredis elle change les bouquets pour sa patronne, alors le vendredi soir, hop, elle ramène les fanés. Des fois, elle garde un bouquet pour elle si elle le trouve beau, sinon c'est pour moi. Je coupe les tiges, je refais des petits bouquets que je lie avec les chutes des tiges de fer des carcasses à chapeaux de maman et je vais les vendre. Mais j'ai intérêt à les liquider le soir sinon le lendemain, c'est fichu. Ils ne valent plus rien.

Du bout des doigts, tout en l'écoutant parler, Alba touchait la corolle ouverte des fleurs, attirée par la beauté encore visible de certaines dont elle ne connaissait même pas le nom. Le rouge orangé d'une magnifique fritillaire importée du Levant contrastait avec le bleu intense de deux iris et le rose fuchsia de longs mufliers. Ces couleurs flamboyantes dans les mains crasseuses de cette petite fille au bord du caniveau avaient quelque chose de sublime qui donnait envie à Alba de sortir ses couleurs et, en même temps, le spectacle avait quelque chose de douloureux qui lui arrachait le cœur. Mais elle ne pouvait détacher son regard de la fritillaire. Contrairement à toutes les fleurs qu'elle connaissait, dont les feuilles étaient en bas et les corolles en haut, celle-là avait les corolles tournées vers le sol et les feuilles en bouquet en haut de la tige. Alba se souvint en avoir vu de pareilles dans des reproductions de tableaux de fleurs du XVIIe siècle, des œuvres de grands maîtres hollandais. Dans ces tableaux qui l'avaient éblouie, les fleurs semblaient tenir comme par magie et se répartissaient harmonieusement dans l'espace. Elles avaient toutes quelque chose d'unique et d'extravagant. Alba s'était toujours demandé comment de tels bouquets avaient pu exister et elle repensa à Madeleine Lemaire.

— Ces bouquets sont irréels, leur avait expliqué la grande aquarelliste. Ils sont sortis de l'imagination des peintres qui, au XVIIe siècle, rivalisaient de talent. Au gré de leur toile, ils posaient çà et là les couleurs idéales des fleurs sans tenir aucun compte ni des saisons ni du port réel des tiges. Ce qui fait que vous pouvez voir de minuscules pâquerettes surgir en haut d'une pyramide monumentale de pivoines, de roses et d'œillets, de lys, de narcisses et autres jacinthes, alors que dans la réalité leurs tiges courtes ne leur eussent jamais permis pareille ascension. Les peintres de ce temps-là ne pensaient pas à reproduire le réel, ils se défiaient par leurs compétences techniques et leur imagination. C'était à celui qui ferait le plus gros et le plus invraisemblable bouquet. Une compétition en quelque sorte, encore une.

— Tu vas les vendre, tes fleurs ? Et à qui, dis-moi ? demanda-t-elle à Vivette, incrédule.

L'œil vif, la gamine releva le nez :

— À n'importe qui, j'ai l'habitude. Je vais à la sortie des spectacles sur les boulevards. Les dames riches m'en achètent pour mettre dans leurs voitures et les cochers aussi, ils m'en prennent pour leurs fiacres. Les clientes, elles aiment avoir les fiacres fleuris et, pour un sou, le cocher leur fait plaisir.

— Des bouquets de fleurs dans les voitures ! s'exclama Alba, encore plus incrédule.

— Ben t'en as jamais vu ou quoi ? fit la petite.

Non, Alba n'avait pas eu l'occasion de voir l'intérieur des riches voitures capitonnées ni des fiacres luxueux qu'elle ne prenait pas.

Vivette disait vrai, la fleur était alors à son apogée, on en mettait partout. Elle expliqua qu'il y avait dans les voitures des cônes de verres accrochés aux montants intérieurs dans lesquels on plaçait de petits bouquets. Les siens convenaient parfaitement, elle s'en était fait une spécialité.

— Je peux venir avec toi ? Alba avait demandé sans réfléchir. Elle ne savait pas quoi faire et elle ne voulait surtout pas rentrer chez elle maintenant, après ce qui venait de se passer. Suivre Vivette, c'était fuir la chambre et le regard de sa mère. Et puis, elle avait envie de changer d'horizon, de voir ce Paris de la nuit où elle n'allait jamais.

— Si tu veux, fit la petite, étonnée, mais pourquoi, tu veux vendre ?

— Mais non, ne t'inquiète pas, je veux faire des croquis.

— Ah bon, si tu veux, dit Vivette à qui l'histoire des croquis ne disait rien, mais... tu sais courir ?

— Courir, et pourquoi ?

— Pour pas se faire abîmer la marchandise par les bouquetières, tiens ! Surtout les roulantes, c'est les pires. Attention, il faut marcher, changer d'endroit souvent et t'as intérêt à aller vite, sinon…

Et elle avait hoché la tête d'un air entendu.

Les roulantes qui effrayaient tant Vivette étaient des vendeuses de bouquets ambulantes. Elles poussaient des voitures équipées de gradins qui leur permettaient d'étager les bouquets et, pour exercer ce travail, elles payaient des patentes comme les prospères bouquetières de kiosques. La passion pour les fleurs avait fait exploser le marché, encore très anarchique. Les humbles vendeuses au panier, comme Vivette, ne payaient rien. On les tolérait car elles vendaient des violettes et de petits bouquets faits avec ce qui leur tombait sous la main. Elles couraient après les fiacres, ou sillonnaient les champs de courses et finissaient le soir aux terrasses des cafés. Leur gain était dérisoire et leur travail harassant car il fallait beaucoup bouger pour avoir une chance de placer ses bouquets dont les fleurs fragiles ne duraient qu'un soir.

Alba attendit dans un coin de la cour que Vivette prépare son carton de bouquets et elle partit le cœur plein de remords. Elle avait envie de faire machine arrière et d'embrasser sa mère pour lui demander pardon mais quelque chose la retenait. Elle partit avec Vivette. Elle ne savait qu'une chose, elle voulait désormais dessiner et peindre. Peindre les lumières des villes, le mouvement, la beauté du monde, peindre son temps ou peindre des fleurs mais peindre, peindre et dessiner pour embellir la vie ! Elle se sentait capable de tout ce soir, aucun obstacle ne l'empêcherait de réussir. Dans la poche de son manteau, il y avait un petit carnet de croquis et un crayon. Elle les utilisait avant, du temps de Madeleine, et elle n'avait pas eu le courage de les enlever de ses poches. Quel bonheur pour elle de les sentir là, ils mirent du baume sur sa douleur. Elle avait hâte, une frénésie intérieure s'emparait d'elle. Dans les rues où Vivette s'enfilait avec aisance, elle se sentit soudain libre comme elle ne l'avait jamais été dans la ville.

Mais la soirée faillit tourner au drame.

Une dame enveloppée d'une splendide zibeline noire venait de quitter un restaurant avec deux messieurs et une autre dame. Ils riaient, ils paraissaient très heureux. Alba avait sorti son carnet et commençait à tracer les contours de sa silhouette élégante quand la dame s'approcha de Vivette en criant à ses amis de l'attendre :

— Attendez-moi, je prends des fleurs pour mon posy !

De la pochette de velours qui pendait à son poignet, elle sortit le posy, un minuscule vase à main. Un accessoire-bijou que les Anglaises victoriennes avaient introduit en France. Celui-là était un ravissant objet d'orfèvrerie en vermeil incrusté de pierres précieuses. Le comble du raffinement était d'assortir la couleur du bouquet de son posy à celui de ses vêtements. Tout comme l'éventail des Espagnoles, il faisait fureur car il permettait à la femme d'être fleurie en toutes circonstances.

Vivette s'approcha et, d'un geste précis, glissa prestement un de ses bouquets dans le posy de la dame à la zibeline.

— Oh ! tu as bon goût, admira la dame, enchantée, c'est ravissant. Combien ça coûte ?

— Trois sous, répondit la fillette sans hésiter une seconde.

— Trois sous ! C'est un peu cher ! sursauta la dame.

Au lieu de se récrier, Vivette retroussa son petit nez et fit à la dame son plus gentil sourire. Séduite, celle-ci éclata de rire :

— Comme tu es mignonne ! Allez, je te le prends, va, dit-elle, ravie de faire une bonne action tout en se faisant plaisir.

Puis elle rejoignit ses amis en faisant à Vivette un petit signe d'adieu. Ce fut juste après, alors que le groupe élégant s'éloignait et que Vivette contemplait les trois sous dans sa main, que la bouquetière roulante arriva par-derrière. Elle prit la petite par les cheveux et l'envoya rouler au sol avec la force d'un charretier. Le carton où Vivette rangeait ses bouquets éclata sur la chaussée et la femme, prise d'un accès de rage incontrôlée, piétina les fleurs de la petite. Son visage était déformé par la haine.

— Ordure ! Pourriture ! Fous le camp ! On t'avait dit de ne plus revenir ! Va voir ta pute de mère et ne viens plus par ici, qu'on ne te revoie pas.

Alba était en train de dessiner et elle n'avait rien vu venir. La violence de la scène fut si intense et si soudaine qu'elle n'eut pas le temps de réagir. Vivette s'était déjà relevée d'un bond, elle avait le front en sang mais, du haut de ses dix ans, elle se mit à insulter la femme dans un langage d'une verdeur incroyable. Vivette hurlait les mots sans les comprendre, ses traits tordus de colère rendaient son visage informe, elle frappait l'air de ses poings. À ses pieds, les bouquets de couleur gisaient, écrasés sur la chaussée humide. Effrayée par la sauvagerie de la scène et par l'indifférence des passants, Alba essaya de l'entraîner le plus loin possible de ce boulevard. Mais la petite se dégagea, elle voulait à tout prix récupérer sa pauvre marchandise et son carton éventré. Quand la roulante fut un peu loin, elle réussit à sauver deux bouquets et son carton pendant que la femme, encouragée par ses collègues qui avaient regardé la scène de loin, faisait mine de revenir, menaçante :

— Fous le camp, je t'ai dit !

Vivette s'éloigna en l'invectivant à nouveau jusqu'à n'en plus pouvoir de crier. Alba tenta vainement de la faire taire. Quelques rues plus tard, la gamine dut se rendre à l'évidence, le carton était irrécupérable, l'assemblage qu'elle avait fabriqué ne tenait plus.

— Putain de femme ! On n'en trouve pas souvent qui tiennent bien comme celui-là, il m'a fait deux saisons et il aurait duré encore !

Elle jeta les débris du carton dans le caniveau et puis, comme s'il ne s'était rien passé, les yeux encore pleins de larmes de rage, elle retrouva le sourire et ouvrit la paume de sa main où les pièces de la dame brillaient.

— Je m'en fiche, j'ai les trois sous.

Vivette se voyait déjà devant le comptoir de la boulangère et rêvait au pain frais qu'elle allait acheter au matin. On aurait juré qu'elle avait tout oublié instantanément. Et effectivement elle avait oublié. Car Vivette ne vivait qu'au présent. C'est de cette aptitude incroyable qu'elle survivait au pire et qu'elle tenait cet amour féroce de la vie et cette merveilleuse gaîté qui la rendaient unique.

— Viens, on va faire la sortie du Skating de la rue Blanche. À cette saison, y a plus les vendeuses de la Valence et celles des noix sont coulantes. Je vais fourguer mes bouquets.

La Valence était une orange qui arrivait d'Espagne l'hiver. Des marchandes ambulantes la proposaient à la sortie des théâtres. Comme elles étaient chères à l'achat, il leur fallait impérativement les vendre et elles étaient vindicatives, ne supportant aucune concurrence. Alors que les marchandes de noix, qui remontaient des sacs depuis les campagnes environnantes, étaient moins âpres au gain parce qu'elles trouvaient la marchandise sous les noyers pour un prix dérisoire et souvent pour rien quand elles y allaient à la sauvette en pleine nuit.

Alba tenta en vain de dissuader Vivette d'aller au Skating. Cette scène l'avait éprouvée et elle avait rangé son carnet dans sa poche. Elle se sentait incapable du moindre coup de crayon, sa main tremblait encore au souvenir de tant de violence. Elle pensa à sa mère, à l'inquiétude affreuse qu'elle devait éprouver et elle voulut rentrer. Mais la gamine dit qu'elle rentrerait quand elle aurait tout vendu, pas avant. Alba ne voulait pas repartir seule à cette heure avancée de la nuit. Elle suivit Vivette à regret.

Le Skating ne donna rien et Vivette voulut faire le tour des autres théâtres. En vain, personne ne voulait de ses deux misérables bouquets. Pas découragée pour autant, la gamine décida d'aller attendre la sortie du Grand Véfour, un restaurant du Palais-Royal où les artistes et les auteurs et producteurs des pièces de théâtre se rendaient pour fêter la réussite d'une première. Vivette savait que dans ces cas-là, et si la pièce avait marché, les clients du Véfour étaient généreux. Mais il fallait attendre toute la nuit. Alba n'en pouvait plus, elle avait les pieds qui lui brûlaient à force d'avoir tant marché et elle tombait de sommeil. Si elle avait su ! Mais elle ne voulait pas rentrer seule, les rues étaient mal éclairées, de véritables coupe-gorge. Autant attendre Vivette et rester avec elle près des endroits où il y avait des fêtards et de la lumière. Pour deux sous, à l'aube, après une nuit d'attente, Vivette réussit enfin à vendre les deux bouquets miraculeusement sauvés du désastre. Cinq sous pour toute une nuit d'attente, et elle était contente ! Le sang avait séché sur sa tempe. Ses traits étaient tirés et son visage blême d'épuisement. Pourtant elle riait, heureuse.

— Bon, maintenant, fit-elle en pleine forme, tant qu'à être là, je vais aller tanner les portiers des grands hôtels. Viens, on n'en a pas pour longtemps...

— Les grands hôtels ! hurla Alba qui n'en pouvait plus, mais pour quoi faire ! Je veux rentrer moi.

Cette nuit tournait au calvaire.

Mais Vivette était déjà partie et Alba ne put que la suivre encore. Elles firent le tour de quelques grands palaces. Au moment où elles s'approchaient du dernier, place Vendôme, et pendant que Vivette parlementait avec le plus jeune des deux portiers qui tentait de la repousser, une jeune femme sortit du palace et une voiture s'avança pour la prendre. Alba frotta ses yeux par deux fois :

— Suzanne, ça alors !

Vêtue d'un long fourreau de soie parme, une légère étole de fourrure blanche jetée sur les épaules, la jeune fille monta précipitamment dans la voiture sans voir Alba. Ce n'est qu'au moment où l'un des portiers s'avança pour refermer la portière de sa voiture que leurs regards se croisèrent. Elles se fixèrent un très court instant, aussi stupéfaites l'une que l'autre. Suzanne ne pouvait y croire, elle devait rêver, cette jeune fille ne pouvait être Alba, c'était juste une fille qui lui ressemblait. Il ne pouvait en être autrement, qu'aurait fait Alba à cette heure en un lieu pareil ? Quant à Alba, elle était sidérée. Suzanne n'était plus la jeune fille pleine d'assurance qui venait à l'atelier, au contraire, son visage semblait si triste. La voiture s'éloigna sur la grande place vide en emportant Suzanne vers la place de la Concorde, puis elle disparut. C'est alors qu'un homme sortit de l'hôtel. Il s'approcha du portier le plus âgé qui semblait le connaître et ils échangèrent quelques mots en souriant. Alba était à quelques mètres à peine mais il ne la vit pas. Il mâchait nerveusement quelque chose. Elle manqua de vaciller. Elle l'avait tant attendu, elle en avait tant rêvé, et voilà qu'elle le retrouvait sur cette majestueuse place parisienne.

— Frédéric !

— Tu le connais ? sursauta Vivette.

Alba le regardait comme si elle voyait un rêve et ce rêve avait un goût amer. Maintenant qu'il était là, tout près d'elle, elle n'y croyait pas tout à fait. Le Frédéric qu'elle aimait avait une présence qui ne s'oubliait pas. L'homme qu'elle découvrait maintenant paraissait arrogant et il parlait beaucoup. Il riait aux éclats avec ce portier et jouait avec une canne au pommeau d'argent ciselé. Alba ne pouvait détacher ses yeux de lui mais lui ne la vit pas. Il huma l'air de la nuit et, après avoir fait un dernier signe complice au portier, il s'engagea sur la grande place vide. Il marchait sans avoir l'air d'y croire, au hasard du vent.

— Ça y est, le portier m'a donné un bouquet, tu as vu ?

Vivette tenait dans ses bras un merveilleux bouquet à peine abîmé. L'eau du vase d'où on venait de le tirer coulait sur sa robe et ses jambes mais elle ne s'en souciait pas, elle avait obtenu ce qu'elle cherchait.

— Allez, filez maintenant, leur fit le portier en accompagnant sa phrase d'un geste de la main significatif.

— Tu le connais ? demanda Vivette.

Alba ne sentait plus ses bras, elle avait les jambes toutes molles et il lui semblait que le sang se retirait de son corps.

— Qui ? dit-elle en sursautant.

— Ben celui-là... *Elle chercha Frédéric en vain sur la grande place Vendôme...* Ah tiens, il est plus là. J'ai vu que tu le regardais, l'homme qui sortait de l'hôtel. Tu le connais ?

— Non, fit Alba. Enfin, je crois que je l'ai vu une fois.

— T'en es toquée ?

— Je te dis que je ne le connais pas.

— Ben qu'est-ce que t'as ? insista Vivette. T'es amoureuse ou quoi ?

La nuit se finissait de façon bien étrange. Quittant les lieux de lumière, elles rentrèrent par les ruelles sombres. Alba était sous le choc. Qui était vraiment Frédéric et, s'il était à Paris, pourquoi ne lui en avait-il rien dit ?

Sa dernière lettre le disait à Deauville. Elle marchait avec difficulté, tentant de suivre les pas pressés de la petite Vivette. Elle ressentait dans son cœur l'insidieuse douleur du mensonge. Que faisait Suzanne et pourquoi Frédéric était-il là, au même endroit et au même moment ? Était-ce un hasard ?

Soudain, elle eut peur.

— Mon Dieu ! La lettre !

— Quoi, quelle lettre ? demanda Vivette.

Alba ne lui répondit rien et se mit presque à courir. Pourvu que sa mère ne soit pas descendue regarder le courrier. Moins que jamais elle ne voulait lui parler de Frédéric, surtout après ce qu'elle venait de découvrir. Vivette courait maintenant derrière elle sans comprendre et, quand elles arrivèrent, Alba se jeta sur la boîte aux lettres. Il y avait une lettre, elle la fourra dans sa poche sous le regard ahuri de Vivette.

— Et c'est quoi cette lettre ?

Mais Alba ne répondit pas.

— Tu veux pas me dire ?

Encore une fois Alba resta silencieuse et Vivette n'insista pas.

Jamais de sa vie Louise n'avait connu une pareille angoisse. La veille, voyant la nuit tomber, elle avait attendu très tard sans oser sortir, ne sachant où aller chercher de l'aide. Dans la cour, elle avait demandé des renseignements à ceux qui traînaient encore. Quelqu'un lui avait parlé de la petite Vivette qui allait vendre ses bouquets et avec qui on l'avait vue partir. Mais la mère de Vivette, chez qui elle s'était rendue, ne répondait même pas. Elle devait avoir bu et son sommeil était trop lourd. Alors, dans la nuit, Louise avait couru jusqu'au couvent. Les sœurs, inquiètes elles aussi, l'avaient pourtant rassurée. Que faire d'autre ?

— Vous savez, les vendeuses de fleurs à la sortie des théâtres, elles travaillent très très tard. Si elles n'ont pas fini, elles tentent de vendre dans les restaurants. Alba n'aura pas voulu laisser Vivette seule. Elles vont revenir ce matin, c'est rien, avait dit sœur Clotilde pour tenter de la rassurer. Je viens l'attendre avec vous.

Très tôt, elles étaient allées mettre un cierge à l'église puis elles avaient arpenté les rues voisines pour la chercher encore. Alba arriva sur les 8 heures du matin alors qu'elles étaient prêtes à partir au poste de police le plus proche. À la vue de sa fille devant la porte, Louise se jeta sur elle, la couvrant de baisers. Elle l'aurait étranglée d'amour. Sa petite, c'était toute sa vie, elle le savait déjà mais, cette nuit-là, elle le vécut dans sa chair comme jamais il ne lui avait été donné de le vivre. Elle ne pouvait pas imaginer les jours sans son enfant. Si elle travaillait, c'était pour Alba, si elle se levait le matin, c'était pour elle aussi et si elle respirait, c'était toujours pour elle.

Sœur Clotilde coupa court aux émotions en proposant de faire un café et Alba put raconter l'enchaînement des événements de la nuit. Ni elle ni sa mère ne reparlèrent de la scène de la serpillière.

Simplement, le soir, les yeux grands ouverts dans le lit, Alba dit soudain à Louise :

— Maman, je n'irai plus aux sachets. Je veux peindre, il le faut.

— Peindre, mais peindre quoi ?

— Des tableaux, de belles œuvres. Des images qui font du bien, des fleurs. Madeleine vend ses roses à prix d'or. Aie confiance en moi, ce sera dur parce qu'on aura très peu d'argent pendant quelque temps mais je te jure qu'on achètera mes tableaux dès cette année.

— Fais comme tu crois, ma petite, je suis sûre que ce sera bien.

Alba réfléchissait. Elle touchait dans le fond de sa poche la lettre de Frédéric qui était arrivée le matin même et qu'elle avait lue fébrilement dès son arrivée, avant de remonter. Comme c'était étrange de l'avoir vu l'instant d'avant et, juste après, de lire sa lettre qui venait de Biarritz. Il était toujours aussi passionné et il lui disait qu'il avait hâte de la retrouver. La lettre était longue cette fois. Il parlait de tout, l'inondait de ce qu'il espérait depuis qu'il l'avait rencontrée, « *Ces jours prochains, écrivait-il, je vais avoir du mal à t'envoyer des lettres, ne sois pas inquiète. J'arrive à la fin. Il me faut un peu de temps encore et puis je serai là. Aime-moi, Alba, tu es toute ma vie !* » Le ton était entier, plein d'émotion. Elle en fut chavirée. Elle se revit à la brasserie le jour où, la serrant dans ses bras enveloppants, il lui avait dit d'une voix claire tous les mots d'amour qu'une femme puisse espérer entendre de la part d'un homme.

« *Je serai là... ne sois pas inquiète... tu es toute ma vie...* » Elle relisait ces mots mais, désormais, elle gardait la vision de cet homme qui sortait de l'hôtel et le sens de ce qu'elle lisait en était transformé. C'est à ce moment précis qu'une douleur vive entra dans son cœur. De toute la journée, cette douleur insidieuse ne la quitta pas et la nuit qui suivit, impossible de trouver le sommeil. La douleur était toujours là.

D'instinct, Alba comprit que seul un destin immense la sauverait de cette douleur. Et elle ne voyait qu'une chose à sa mesure : atteindre la pureté de l'amour dans son art, au travers de ces roses dont elle savait si bien révéler la beauté. Peut-être Frédéric comprendrait-il un jour que sur certains chemins plus exigeants que d'autres, en amour comme en art, on ne revient pas sur ses pas, car on trahit alors quelque chose de plus grand que soi-même.

29

— Maman. Peux-tu me donner vingt sous ?
— Vingt sous !
— Ne me demande rien, s'il te plaît.

Louise ne demanda rien et alla chercher vingt sous dans la boîte en fer qu'elle cachait sous les draps et où elle rangeait leurs économies. Alba les contempla longuement dans sa main. Devenir libre par l'argent si ce n'est par l'amour, voilà ce qui était maintenant dans le fond de son cœur.

Elle avait vu dans un magasin proche de la rue des éventails en papier blanc ordinaire et tiges de bambou à cinq sous pièce. On appelait ça des « éventails autographes » parce qu'ils étaient destinés à servir de billets pour passer des messages, mots doux ou signatures prestigieuses selon les circonstances. Ils faisaient fureur. Cinq sous pour Alba c'était cher mais ce fut son premier investissement, elle en acheta quatre d'un coup. Quand elle posa les vingt sous sur le comptoir, elle fit un petit calcul mental et se dit que ces vingt sous devaient lui en rapporter le double, soit quarante sous. Sur chaque éventail elle peignit à l'aquarelle une seule et magnifique rose avec, en bordure, une manière de ruban bleu et Vivette fut chargée de les vendre le soir même avec ses bouquets. Une fois passés par les mains d'Alba, les éventails ordinaires étaient devenus de petits objets très raffinés dont elle avait soigné le moindre détail. Vivette les vendit en moins d'un quart d'heure à des clientes qui se les arrachèrent et faillirent même se les disputer. Quand elle revint, la petite était tourneboulée. Elle avait gagné quarante sous en un quart d'heure. Ça ne lui était jamais arrivé.

— Faut les faire plus cher je te dis, les femmes elles en étaient folles ! J'en reviens pas. Moi ce soir je les mets à vingt sous pièce et je suis sûre qu'ils partent.

Tout comme Vivette, Alba vivait un moment d'exaltation intense. Elle s'était inquiétée, se disant que personne ne voudrait les éventails et que les vingt sous seraient perdus. Or voilà que les quatre avaient été vendus aussitôt et si vite. Elle n'en revenait pas de voir l'efficacité de cette petite et réalisa qu'elle négociait avec cette enfant comme s'il s'était agi d'une adulte de son âge. À dix ans, Vivette faisait preuve d'une maturité et d'un sens des responsabilités étonnants. D'un commun accord, elles réinvestirent les quarante sous et Alba réussit à peindre les huit éventails en une après-midi sans rien sacrifier à la délicatesse du travail. Elles calculèrent tout ensemble et décidèrent de partager les gains moitié-moitié. Vivette exultait. Du coup, elle s'était mis en tête de vendre à vingt sous pièce et n'en démordait pas mais Alba était très réticente. Elle voulut rester sur dix sous.

— Si on vend plus cher ça ne partira pas. Ce qu'il faut c'est faire un peu tous les jours.

Vivette opina mais, dans son for intérieur, elle resta sur l'idée de vendre vingt sous pièce. De son côté, Alba avait décidé de ne rien dire à sa mère, elle voulait attendre un peu, voir comment l'affaire tournait. Elle n'eut pas beaucoup à attendre. Le soir même, alors que Louise s'était remise après le repas à bâtir la toile d'une carcasse de chapeaux, on entendit une voix qui criait dans la cour :

— Éventails, éventails !!!

Louise releva la tête de son ouvrage, surprise :

— Des éventails à cette heure ?

Alba avait reconnu la voix de Vivette. Elle regarda instinctivement l'horloge. Dix heures, mais que s'était-il passé, pourquoi Vivette était-elle revenue si vite ? Une folle inquiétude la gagna et elle imagina le pire, une roulante avait dû piétiner les éventails. Les quarante sous étaient perdus. Elle se rua dans les escaliers sous le prétexte d'aller aux toilettes qui se trouvaient au fond de la cour et dévala les étages. La petite courut vers elle.

« Ça y est, se dit Alba, blême, elle a tout perdu, on lui a tout cassé ! »

Dans un état d'excitation extrême, la petite attira Alba dans un coin sombre et ouvrit un papier journal tout chiffonné qu'elle serrait dans ses mains. Il était rempli de pièces.

— Compte, fit-elle rayonnante, y a deux cents sous.

— Deux cents sous !!!!!

— Chuuuuuuuut, t'es folle ou quoi, tu vas ameuter tout le quartier, dit Vivette en refermant prestement le papier journal. Viens, je vais t'expliquer.

Elle regardait de tous côtés comme si elle préparait un mauvais coup et alla s'asseoir sur la dernière marche de l'escalier. Alba la suivit, intriguée et inquiète. Qu'avait-elle fait ? À cette heure tout le monde semblait dormir, on n'entendait que quelques voix çà et là et des pleurs d'enfants. Presque le calme dans cette cour toujours remplie de fureurs diverses. Vivette raconta alors qu'elle avait essayé de vendre vingt sous l'éventail avec la première cliente qui passait et qu'à sa grande surprise elle lui avait acheté sans problème. Au contraire, la femme était ravie. Alors elle était allée directement devant une grande brasserie sur les boulevards et là, elle avait tout vendu sur place en trois heures sans même avoir besoin de changer d'endroit. Les roulantes, surprises de ne pas la voir avec ses bouquets, n'avaient pas bougé. « Tu comprends... dit Vivette à Alba qui écoutait son récit, incrédule... Comme je cours plus après les fiacres, la folle de l'autre jour elle est venue voir ce qui se passait et quand elle a vu les éventails dans le panier, elle a fait une drôle de tête. Tes peintures de roses, ça lui en a bouché un coin.

« D'où tu sors ça ? qu'elle m'a dit. À qui tu l'as volé ?
— À personne, je n'ai rien volé. C'est à moi, j'ai dit, c'est une amie à moi qui les a peints.
— Une amie à toi qui peint comme ça et tu veux me faire gober un truc pareil ! Méfie-toi de pas trop te foutre de ma gueule. »

Et elle est repartie en disant qu'elle allait m'envoyer les gendarmes. Tu parles ! Elle a qu'à essayer, elle ne va pas le regretter !

Vivette dressait le torse. Elle n'avait jamais vendu autre chose que des fleurs à moitié fanées, récupérées à gauche à droite avec toujours le sentiment d'être fautive. Elle furetait, se glissait pour vendre à la sauvette et se sentait toujours dans l'interdit. Pour la première fois de sa vie, elle était dans son droit, elle avait une marchandise achetée et fabriquée dans des conditions normales. Pour la première fois de sa vie, elle se sentait légitime. Et ce sentiment nouveau la métamorphosait. Elle s'était sentie grandie face à la roulante et quand cette dernière s'était approchée, menaçante, Vivette n'avait pas eu peur. Elle se savait protégée par ces éventails achetés avec des sous qu'elles avaient gagnés et surtout elle s'était sentie ennoblie par les magnifiques aquarelles. Elle avait bien vu que la beauté des roses peintes d'Alba avait bluffé la roulante et, pour Vivette, c'était la revanche la plus improbable de toute sa vie sur le mal qui lui avait été fait. Elle qui n'avait vendu que des fleurs de caniveau, elle vendait aujourd'hui des fleurs à la beauté irréelle. Son intelligence vive lui avait fait comprendre qu'elle tenait là quelque chose d'unique, dont la valeur rejaillissait sur elle et la sublimait.

Alba ne savait que dire, elle n'en revenait pas. Comment cette petite avait-elle pu tout vendre aussi vite et à un prix pareil ! Pendant qu'elle repensait avec stupéfaction au nombre de sachets qu'il aurait fallu peindre pour arriver à faire ce même gain, Vivette la regardait avec admiration :

— Tu sais, dit-elle soudain, moi je sais pourquoi je vends les éventails si vite et si facilement.

Alba releva la tête, étonnée :

— Ah, et pourquoi ?

— C'est tes roses. Elles en sont folles de tes roses. Quand elles les voient elles poussent des cris et se les montrent comme si elles avaient vu... (*Elle cherchait ses mots pour bien décrire l'intensité de l'émerveillement des clientes et soudain elle eut une lueur :*) Un miracle !

Alba avait une autre explication. Elle avait vu Vivette à l'œuvre et avait compris que cette petite avait un sens inné du commerce. Son idée de départ de lui faire confiance pour vendre les éventails était la bonne.

— Oui, et surtout tu sais y faire pour vendre, lui dit-elle, à mon avis c'est ça qui compte.

Vivette se redressa, le compliment d'Alba était plus qu'un compliment. C'était une reconnaissance et elle se sentit plus grandie encore. Tout au fond d'elle, il se passait des choses irréversibles auxquelles Alba n'avait pas songé.

Elles organisèrent le travail comme de véritables professionnelles. Vivette passait vers les 6 heures du soir et prenait les dix éventails peints par Alba. Elle n'avait jamais aussi bien gagné sa vie, en aussi peu de temps et en en faisant aussi peu. Quand elle partait le soir avec les éventails dans son petit panier, elle se demandait si elle ne rêvait pas. Plus besoin de courir ni après les clients ni après les fleurs fanées. La marchandise était neuve, propre, elle faisait un seul endroit et les dix éventails partaient immédiatement. Elle rentrait tôt car elle prenait les clients avant leur entrée au restaurant ou à la sortie des matinées de théâtre et elle vendait tout en un clin d'œil. La seule chose qui la mettait en rage, c'est qu'elle manquait de marchandise.

— Tu vois, si j'en avais eu le double, je vendais tout, disait-elle à Alba en revenant.

— Peut-être, mais je ne peux pas dessiner plus vite, et si je les bâcle, ils se vendront moins.

— Et le soir ? dit Vivette, tu peux en faire trois de plus le soir. J'ai calculé, ça nous ferait cinq francs de plus par semaine. Tu te rends compte, cinq francs !

— Oui, je me rends compte. Mais non, c'est non. Le soir, je brûle de la lumière, ça coûte et en plus je m'abîme les yeux. Et je te l'ai déjà dit, c'est comme ça et pas autrement.

Alba était têtue, Vivette en prit son parti. De toute façon ce qu'elle vivait là, c'était le paradis. On se passait le mot, les éventails à la rose avaient un succès fou. Elle commençait même à être connue. Alba réfléchissait en la voyant si enthousiaste et si efficace. Elle ne peindrait pas des roses sur les éventails toute sa vie. Six mois, un an tout au plus, le temps de passer à autre chose. Que ferait Vivette après ça, comment retournerait-elle aux fleurs fanées ? Pour la préparer, elle lui avait bien expliqué que cela n'aurait qu'un temps. Mais elle était mal à l'aise et se sentait responsable de ce changement dans la vie de la petite.

— Et pourquoi tu dessineras plus d'éventails, qu'est-ce que tu feras de mieux ? avait demandé Vivette, intriguée et bien décidée à ne pas lâcher son affaire.

— Des tableaux de roses, avait répondu Alba.

— Eh ben, je vendrai tes tableaux, répliqua Vivette sans hésitation. C'est mieux que les éventails, non, ça rapporte plus !

Alba ne put retenir un sourire. Du haut de ses dix ans, la petite ne doutait de rien. Maintenant, grâce à elle et à leur commerce sauvage, Alba gagnait bien plus qu'avec les sachets qui lui prenaient toute la journée. Qui aurait pu le croire ? Elle allait enfin pouvoir acheter du matériel et consacrer toutes ses matinées à la peinture. Il était temps !

— Et ta lettre ?
— Quoi, ma lettre ? dit Alba, prise de court.
— Fais pas l'étonnée, je sais que tu reçois des lettres.
— Des lettres, mais qu'est-ce que tu dis ? C'est pas parce que tu as vu que je recevais une lettre l'autre jour que…
— Te fatigue pas. J'ai parlé au facteur.
— Mais de quoi je me mêle ! s'écria Alba, furieuse. Occupe-toi des éventails et… et…
— Et rien. Je ne dirai rien, ce n'est pas la peine de te mettre en furie comme ça. Pour ce qu'il en vaut la peine !

Le mal était fait, Vivette avait ravivé cette douleur qui ne la quittait pas.

— Mais de qui tu parles ? hurla Alba. Tu ne sais rien de rien. File, file !
— Je pars, mais je te signale que ton Frédéric, je l'ai revu sortir discrètement d'une voiture dans une petite rue avec une femme. La voiture a continué jusque devant le palace et il a attendu que la femme soit descendue et rentrée dans l'hôtel puis, tranquillement, il est venu parler au portier. J'étais là, j'ai tout entendu. « Voyez mon ami », il a dit, « même avec une femme mariée on peut aller à l'hôtel, mais à une condition. Ne pas rentrer ensemble et ne pas sortir ensemble, et surtout ne jamais avoir un geste déplacé au dehors. Il faut respecter le mari quand même ! »

À l'écoute de ce récit, Alba avait changé de couleur, son visage était devenu blême.

— Oui je sais, continua Vivette, je n'aurais pas dû te le dire mais j'en ai marre que tu penses à cet idiot. Surtout qu'il est même pas beau, il peut mettre tous les costumes sombres qu'il veut quand il rentre dans l'hôtel on dirait que c'est pour ouvrir la porte aux clients. On dirait un valet et ce n'est pas en racontant des saletés pareilles qu'il aura l'air d'un prince !

Alba crut défaillir.

— Viens avec moi si tu ne me crois pas, trépigna Vivette, il y est toujours fourré à cet hôtel !

— Va-t'en, va-t'en ! cria soudain Alba.

La petite partit, mal à l'aise. Elle avait voulu libérer Alba de quelque chose qu'elle pressentait mauvais mais elle devinait que le coup porté par ses révélations avait été trop dur.

Alba ne put rien faire de toute la journée et la nuit tomba sans même qu'elle s'en rende compte. Louise ne posa aucune question, Alba changeait d'humeur sans cesse. L'argent des éventails avait apporté un apaisement immense mais Alba avait parfois des absences étranges qui inquiétaient Louise. Depuis le retour des Pyrénées et ces confrontations usantes avec sa fille, Louise n'arrivait pas à retrouver l'énergie d'autrefois. Elle s'endormit, lasse de ces humeurs qu'elle ne comprenait pas, se disant que ça passerait, que demain Alba irait mieux.

Mais cette fois la blessure était profonde.

Les révélations de Vivette martyrisaient Alba. Sans trop savoir ce qui la poussait à revoir ses roses blanches, ou peut-être pour y chercher un apaisement, elle prit le carton où dormait son aquarelle et l'ouvrit sur la table, juste sous la lucarne. La lumière des roses dans cette pénombre acheva de la bouleverser. Elle l'avait aimé avec tant d'innocence !

Une énorme boule monta à sa gorge et un flot de larmes envahit ses yeux. Mais Alba ne voulait plus pleurer, elle ne voulait plus avoir mal. Alors, pour ne pas crier de douleur et en finir avec les larmes, elle mordit son poing fermé jusqu'au sang. Et elle le fit avec une telle violence qu'une goutte rouge coula le long de sa main et vint s'écraser sur une rose immaculée. Le souvenir du sang de sa mère qui avait anéanti la peinture sur l'éventail lui revint en mémoire. Mais cette fois, au lieu de dissimuler la tache sous une autre couleur et d'autres formes, lentement, du bout de son doigt, Alba l'étala sur tout le pétale. Curieusement, ce geste l'apaisa. Elle prit un pinceau, choisit ses godets de peinture aux rouges divers, vermillon, garance, cardinal, et, à l'aide d'un canif très pointu, elle entailla le bout de son doigt. Il se mit à saigner.

Elle y passa toute la nuit. Dehors, l'orage était à son paroxysme et les éclairs éblouissaient l'intérieur de la chambre. Quiconque eût vu Alba à cet instant l'aurait prise pour folle. Tout son être était tendu vers son œuvre et les rouges se superposaient, s'illuminaient par contraste ou au contraire s'anéantissaient. Un roulement de tonnerre plus déchirant que les autres la figea en plein geste et elle resta un moment, bras levé, à écouter l'orage. Le pétale de sang avait viré au noir.

Quand l'aube se leva, la pluie avait cessé.

De lourds nuages entachaient l'horizon et une bruine tombait sur la ville. Le regard d'Alba fixait les lointains gris par-dessus les toits et elle jura que plus jamais elle ne peindrait une seule rose. Ces fleurs étaient toute sa vie et lui était tout son amour. En une nuit elle avait perdu le goût de l'un et de l'autre.

Une brume sembla voiler le doré de son regard et, de ce moment, Alba ne fut plus jamais la même.

30

Suzanne ne voulait pas dire ce qu'elle avait.

Elle ne mangeait plus, ne sortait plus et ne voulait entendre parler de rien.

Isabelle venait la chercher pour sortir, Jean de Veillac passait la voir tous les jours, en vain. Elle était entrée dans une telle mélancolie que Madeleine eut peur. Elle en parla à Mathilde qui décida de prendre les choses en main. Il fallait en finir avec ces états d'âme :

— Elle doit avoir un chagrin d'amour mais elle ne veut pas en dire un mot. Impossible d'en tirer quoi que ce soit.

— Laisse-moi faire, dit Mathilde, où est-elle ? Je vais lui parler.

— Attention, elle est vraiment mal en point. Le docteur est venu. Il lui a donné des fortifiants mais elle ne veut pas les prendre. Il dit qu'il faut qu'elle mange, que sinon elle peut entrer dans une sorte de coma. Mais elle ne veut rien avaler.

— Un coma ! s'écria Mathilde, effrayée. Allons allons, qu'est-ce que c'est que ces histoires, tu vas voir si elle ne va rien avaler.

— Je crains que cette fois elle ne soit vraiment mal, tu sais, poursuivit Madeleine. Elle nous en a fait des caprices mais là, c'est autre chose. On a tout essayé.

— Bon, fit Mathilde, heureuse de prendre les choses en main. Ça m'étonnerait qu'on n'en sorte rien. Ce n'est pas un chagrin d'amour qui va la mettre dans le coma, il ne manquerait plus que ça !

— Sois douce, eut à peine le temps de lui glisser Madeleine.

Dans le salon aux fauteuils de velours cramoisi, alanguie sur une méridienne de velours frappé dans des tons d'automne, la blonde Suzanne semblait une feuille morte prête à être emportée par le premier souffle de vent venu. Par la porte-fenêtre entrouverte, un doux soleil éclairait le chêne doré d'un parquet ancien. Mais, en dépit de tant de douceur, il régnait dans le salon quelque chose de lourd qui serrait le cœur.

— Alors petite rose d'or, que se passe-t-il ? demanda Mathilde d'une bonne voix en tirant un fauteuil vers la méridienne et en s'asseyant confortablement au plus près.

— Ah tantine, tu es là, murmura Suzanne d'une voix faible. Je suis contente.

Ce « tantine » que Suzanne disait depuis l'enfance avait le don de faire fondre Mathilde. Suzanne était une enfant gâtée qui ne songeait qu'à ses robes et à ses sorties et, bien souvent, Mathilde avait pensé qu'elle méritait une bonne leçon. Mais cette fois elle sentit que la vie y était peut-être allé un peu trop fort. Elle le lut dans ses yeux et elle comprit que Madeleine avait raison. Il ne suffirait pas de la bousculer, le mal était profond. Suzanne se laissait partir.

Mathilde sentit en prenant sa main, que Suzanne avait laissé pendre le long de son corps, que la vie se retirait lentement de tout son être. Le médecin avait raison de parler de coma. À ce rythme, elle ne tiendrait pas un mois.

— Ma petite, dit-elle en lui caressant les cheveux, mais que se passe-t-il ? Pourquoi t'es-tu mise dans cet état ? Qui a pu te faire autant de mal ?

Suzanne eut un pauvre sourire :

— Personne, tantine, c'est moi. Je croyais...

Elle arrêta de parler, rien que ces mots, c'était déjà trop fort. Des larmes coulaient de ses yeux, brouillant sa vue et ses pensées.

— Qu'est-ce que tu croyais ? insista doucement Mathilde.

Suzanne la regardait comme si elle voyait soudain en elle un sauveur, la seule qui puisse l'écouter et la comprendre. Et elle parla :

— Je croyais qu'il m'aimait...
— Mais qui, de qui parles-tu ? Qui t'aimait ?
— Frédéric.

Elle n'eut pas besoin d'aller plus loin. Mathilde revit en un éclair le violoniste à l'archer ravageur et le jeune homme qui avait intensément regardé Alba dans le hall. C'était lui ! Elle aurait dû se méfier davantage de ce violoniste ! Plus que toute autre femme Mathilde avait senti le danger, elle avait deviné l'ambiguïté du personnage à ces détails dans son comportement qui ne collaient pas avec l'image respectable qu'il tenait à donner de lui-même. Pour Mathilde, cet homme n'avait pas l'étoffe de ses ambitions. Il y avait peut-être des explications à son comportement mais ça ne changeait rien à ce qu'il était. Tricheur jusque dans sa propre respiration. Elle comprit alors qu'il serait impossible d'éclairer Suzanne. On ne démasque pas des hommes qui ne tiennent debout que par le mensonge. On s'en éloigne si on s'est approché de trop près et, si possible, on les laisse à d'autres. Trop contente de s'en tirer à bon compte. Mais que dire quand c'est votre petite Princesse qui est dans les filets ?

Prise de court, Mathilde ne trouva que les mots habituels.

— Ma pauvre petite, mais il y a tant d'hommes sur terre ! Tu es si belle. Et Jean de Veillac, qui ne jure que par toi, est si gentil – et riche en plus. Qu'est-ce que tu vas t'embêter avec ce violoniste ?

Suzanne sourit à travers ses larmes :

— Comment tu sais qu'il est violoniste ?

— Je l'ai deviné.

Mathilde la laissa pleurer longtemps en caressant ses longs cheveux défaits. Petit à petit, Suzanne s'apaisa, épuisée de larmes. La voix cassée par les pleurs, elle regarda Mathilde et lui dit d'un air étonné :

— Tu n'as jamais aimé toi, tantine, comment tu peux savoir ?

Un voile passa dans le regard de la vieille dame :

— Et comment sais-tu que je n'ai jamais aimé ?

— Mais, fit Suzanne, tu l'as toujours dit. Ton mari était rond avec des lunettes et...

— Et alors, on n'a pas le droit d'aimer un homme rond avec des lunettes ?

La voix de Mathilde était plus grave.

— Mais tantine, tu as toujours dit...

— Oui, je sais. Et alors, ce n'est pas parce que je l'ai toujours dit que c'est vrai.

Oubliant un court instant son propre chagrin, Suzanne prit appui sur son coude et regarda Mathilde, les yeux écarquillés.

— Ah, ça fait plaisir ! s'exclama la tante, tu retrouves un peu de vigueur. Tu vois qu'il n'y a pas que ton histoire d'amour dans la vie et que même celle de ta vieille tantine te fait dresser l'oreille. Tu vois que tu peux t'intéresser à autre chose qu'à ton violoniste !

Suzanne sourit :

— Alors tu nous as menti pendant toutes ces années ? Maman dit toujours qu'en amour tu n'as rien vécu mais que tu comprends tout. C'est faux ! Toi aussi tu as vécu... une histoire d'amour peut-être.

Mathilde n'avait jamais parlé de sa vie sentimentale à qui que ce soit, pas même à Madeleine. Elle avait toujours simplifié les choses. Et voilà qu'à cause de la peur que lui faisait Suzanne, elle allait dévoiler son pauvre et douloureux secret, celui qu'elle avait gardé pour elle seule pendant quarante longues années. Mais à voir Suzanne se redresser et parler à nouveau, même d'une voix très faible, elle ne le regrettait pas. Si l'exemple de sa vie affective qu'elle estimait être un échec pouvait servir, autant que ce soit pour sa petite Princesse.

— Eh oui, j'ai aimé, moi aussi, tu vois. À l'époque j'étais moins forte, juste potelée comme on dit, et petite, mais toute gracieuse... (*Suzanne écoutait, bouche bée.*) Lui, il était grand et mince, blond et rieur. Il avait toutes les filles pour lui, on le voulait toutes. Moi, je le voulais plus que les autres, j'en étais folle. Je voyais bien que je n'avais aucune chance, à cause de ma famille moins titrée que la sienne, et puis, à cause de mon physique. J'étais gracieuse, bien sûr, en raison de ma jeunesse, mais pas très jolie, je le savais. Ça ne lui correspondait pas. Il était gentil mais il ne me voyait pas. Un jour, je ne sais pas comment j'ai osé, je lui ai écrit une lettre. C'était trop dur dans mon cœur, il fallait que ça sorte... (*Elle marqua un temps d'arrêt, encore émue à ce souvenir.*) Il est venu me voir dès le lendemain et il m'a dit de ne plus penser à lui. Il me remerciait des mots gentils que je lui avais écrits.

— C'est tout.

— Oui, c'est tout. Nous avons grandi, il s'est marié et il a eu une fille et des petits-enfants.

— Et alors ? Tu l'as revu depuis ?

— Oui, disons que je l'ai croisé, mais surtout je me suis mariée moi aussi.

— Ah oui, c'est vrai. Et ton mari, alors ? questionna Suzanne qui semblait avoir oublié son propre mal et attendait une suite, voulant connaître la fin de cette histoire simple mais incroyable dans la vie de cette tante qu'elle pensait si bien connaître.

— Mon mari était tout le contraire du prince charmant dont j'avais rêvé. Tout le contraire de celui dont j'étais encore si amoureuse comme on l'est à cet âge. Tu le sais, il était petit, rond, et il avait des lunettes. Ce sont nos parents qui nous ont mariés.

— Pauvre tante, comme tu as dû souffrir avec lui ! fit Suzanne compatissante.

— Non, c'est après que j'ai souffert. Quand il est parti... (*Suzanne ouvrait des yeux ronds de stupéfaction.*) Parce que lui, il m'aimait. Il était bon et doux, il était solide. Il voulait des enfants, il me disait des paroles que je n'entendrai plus jamais de ma vie et qu'aucun autre ne m'avait dites. Il me disait même que j'étais belle, à moi qui ne l'étais pas. Je n'ai pas su l'entendre, je ne voyais que ses lunettes et son visage rond et je pleurais mon grand blond si beau. Si j'avais su... Je lui ai tout refusé. Pourquoi ?... Quelle idiote !... Entends-moi, ma Suzanne, c'est comme ça que j'ai perdu le seul homme grâce auquel j'ai appris que l'amour n'était pas un conte mais une réalité. Il m'aurait suffi de l'entendre et j'aurais été heureuse pour le restant de mes jours. Seulement voilà, à vingt ans, on a de telles certitudes...

Il y eut un court instant de silence rempli d'émotion.

— Mais pourquoi tu ne le lui as pas dit ? Pourquoi il n'est pas revenu ?

— Si je le savais, ma Suzanne... si je le savais...

Mathilde avait le regard plein de mélancolie. La plaie n'était pas refermée. Comment avait-elle pu se taire pendant autant d'années ? Suzanne en était toute retournée. Mathilde se reprit en la voyant et, tout en tapotant sa main, elle dit d'une voix plus ferme :

— Tu vois, ma Suzanne, ne rate pas ta vie à cause d'une certitude. Je te le demande comme un cadeau, ne vis pas ce que j'ai vécu. Ouvre ton cœur, ne l'assèche pas, je t'en conjure. Donne-nous un jour ces petits-enfants que ta mère et moi on espère tant. On a été si heureuses de te voir grandir jour après jour. Continue, ma Suzanne, vis, pour toi et aussi pour nous !

Suzanne s'effondra en larmes et s'accrocha au cou de sa vieille tante.

— Oh mon Dieu, tantine, comment je vais faire ? C'est si dur. Je n'y arriverai pas. J'ai si mal.

Mathilde la serra bien fort en essayant à nouveau de la calmer :

— Mais bien sûr que si tu y arriveras. Je vais t'aider.

Se méprenant sur le sens de ces dernières paroles, Suzanne la regarda, pleine d'espoir :

— Tu vas lui parler ? Tu crois qu'il pourrait t'entendre ?

Mathilde ne sut quoi dire. Elle avait raconté son histoire à Suzanne, pensant l'aider à comprendre qu'il n'y avait pas que le violoniste au monde, espérant lui parler plus tard de Jean de Veillac mais la vie lui renvoyait à la figure qu'en matière d'amour il n'y a aucune raison qui vaille, aucune leçon qui puisse être entendue. Chaque histoire est unique, et deux générations après, Suzanne allait faire la même erreur qu'elle-même quarante ans plus tôt. Comment l'en empêcher ?

Mathilde se sentit impuissante.

Elle se dit que plus que jamais elle devrait aider Madeleine. La mère de Suzanne allait avoir besoin de toutes ses forces pour être aux côtés de sa fille dans un moment difficile et elles ne seraient pas trop de deux pour cela. Il fallait donc couper court au plus vite aux manigances du jury pour le Salon des Arts et consolider l'université de sa nièce. Qu'elle soit tranquille côté travail. Pour cela, Mathilde tirerait les vers du nez de son ami André, l'académicien, sans pour autant l'inquiéter, afin de savoir ce qui se tramait dans les coulisses du jury du Grand Salon, là où se font et se défont les carrières. Mais avant, pour connaître leur niveau et pouvoir comparer avec les élèves de Madeleine, elle alla se renseigner sur le travail des jeunes filles qui peignaient dans l'atelier de Rodolphe Julian. Comme elle ne manquait pas de relations, elle put voir quelques-unes de leurs toiles et en fut impressionnée. Certaines jeunes filles étaient vraiment très douées. Du coup, Mathilde se dit qu'il était impossible que le jury ne leur accorde pas une récompense. Cette découverte la troubla au début, mais ensuite elle pensa qu'au contraire, grâce au talent de ces jeunes filles qui travaillaient dans les ateliers aux côtés des hommes et qui se mesuraient à eux, le regard de ces derniers s'ouvrirait avec plus de générosité sur l'ensemble de la peinture féminine. Les peintures de fleurs des élèves de Madeleine avaient peut-être leur chance.

Mathilde avait beaucoup appris de la vie et, pourtant, elle avait encore des illusions.

31

Pour la venue de M. Thieuret, l'académicien, Léontine sortit le service aux mimosas, fit ses meilleurs petits sablés et de jolis cannelés de Bordeaux bien dorés. Elle dressa la table à thé auprès des confortables fauteuils et, quand l'académicien, accueilli avec des « Oh André ! » et des « Ah, quel plaisir de vous revoir ! » se fut enfin assis confortablement, Mathilde déploya des trésors de diplomatie.

Elle commença par l'abreuver des derniers potins. Bien que jouant au dégoûté devant tant d'abjections humaines, l'académicien adorait savoir et, cependant qu'il faisait des mines à l'écoute des horreurs ordinaires qu'il entendait, Léontine le gavait de thé et de cannelés. Quand elle le sentit bien rassasié, Mathilde passa aux choses sérieuses.

— Et vous, mon ami, racontez-moi vite. Je suis sûre que votre séjour aux Pyrénées a été bien purifiant par rapport à toutes les médiocres histoires que je vous raconte. Avez-vous herborisé ?

— Ah, ne m'en parlez pas, ma chère ! Ce fut, hélas, quasiment impossible. Le séjour aurait été merveilleux, si notre petit groupe n'avait été flanqué de Julien Bats, un jeune peintre qui a encore de la morve au nez et qui ne jure que par les impressionnistes. Quel insolent ! Il m'a gâché les vacances, mais il ne sait pas à qui il a affaire. J'en toucherai un mot à mes amis du jury de sélection, ça m'étonnerait qu'il soit aux cimaises cette rentrée. Ça lui apprendra.

« Briser les reins d'un jeune peintre ! Voilà tout ce que ce cher André ramène des Pyrénées, se dit Mathilde. Décidément, rien ne change. » Mais elle se retint d'aller plus loin et se fit tout sourire.

— À propos de cimaises, mon cher, dit-elle en prenant soin de lui verser délicatement une énième tasse de thé, vos amis du jury prévoient-ils enfin un peu plus de présences féminines cette année ? J'ai eu l'occasion de voir le travail des élèves de votre ami Rodolphe Julian. Je crois qu'une certaine Louise Breslau a déjà été récompensée mais si peu, et Marie B. alors ? Elles sont exceptionnelles. Vos amis les ont-ils seulement remarquées ?

— Mais oui mais oui, ma chère, fit l'académicien en s'empressant de reposer la tasse avec laquelle il venait de se brûler. Nous avons tous admiré le travail de Mlle Breslau. Quant à la jeune Marie, c'est une amie, elle était avec nous à Cauterets. Elle est charmante mais fantasque et un peu trop mondaine, elle ne se tient pas assez au travail...

Mathilde fronça les sourcils. Ça alors, pensait-elle. Eux sont toujours en train de courir les mondanités pour cultiver leurs réseaux d'influence et les voilà qui critiquent cette jeune fille parce qu'elle en fait autant.

Cette fois, son tempérament l'emporta et elle ne put s'empêcher de réagir vivement :

— Ah ! lança-t-elle, c'est la meilleure. Mais, et les autres ? Les Béraud, Tissot et Carolus que vous portez au pinacle dès qu'ils donnent un coup de pinceau, ils font quoi ? Que je sache, ils sont loin de s'enfermer dans leurs ateliers comme des moines ?

À cette mise en cause pour le moins inattendue des monstres sacrés de la scène artistique de l'époque, l'académicien eut un haut-le-cœur.

Mais Mathilde était remontée.

— Et ne me contredisez pas, poursuivit-elle. Ils sont de toutes les soirées, je les y vois fort tard. Sans compter leurs multiples aventures dont j'ai vent régulièrement. Je me suis d'ailleurs très souvent demandé où ils trouvaient le temps de peindre ! Parce que ça demande du temps de bien peindre, comme de bien écrire.

Impassible, André l'écoutait avec un drôle de rictus aux lèvres. Visiblement, il ne digérait pas l'attaque.

Fort heureusement pour la suite de la conversation, Léontine, qui en suivait de très près l'évolution, comprit qu'il était temps d'intervenir. Elle s'avança avec, d'une main, la théière prête à servir et, dans l'autre, un petit plateau en argent chargé de chocolats.

— Une petite douceur avec une dernière tasse, M. Theuriet ?

Déconcentré par cette offre inopinée, l'académicien se laissa tenter et ne vit pas l'œil noir que Léontine lançait à sa patronne.

— Si vous me permettez, dit-elle en lui versant le thé, j'ai lu votre dernier livre. Madame en parle avec tellement d'enthousiasme à tous ses amis que je n'ai pu résister. Elle a eu l'amabilité de me le prêter, à moi qui ne suis qu'une domestique et pas une grande savante. À présent, je comprends mieux maintenant pourquoi ces dames parlent de vous entre elles avec tant d'admiration.

Flatté, pris entre le thé et les chocolats, sans compter les cannelés et les sablés qu'il avait goulûment avalés, l'académicien congratula Léontine d'un sourire perturbé. Il ne savait plus où il en était.

Comprenant qu'elle était allée un peu loin et qu'ainsi elle n'obtiendrait rien, Mathilde se fit plus suave et, à la suite de Léontine, elle en rajouta :

— Il est vrai, André, que tous vos romans sont écrits dans une langue remarquable. Vous avez un très grand talent, et je trouve qu'à chaque nouvel ouvrage vous vous bonifiez.

Léontine se demandait en son for intérieur si Madame n'en disait pas du coup un peu trop. Mais elle s'inquiétait à tort. Bien que fort caricatural, le compliment fit son effet. André Theuriet se détendit. Mais de là à laisser passer une comparaison entre les « monstres sacrés » de l'époque et ces jeunes femmes qui faisaient quelques aimables toiles, il y avait un pas qu'il était très loin de franchir.

Revenant sur les paroles précédentes de Mathilde, il se fit grondeur :

— Vous êtes très aimable, Mathilde mais, au sujet des jeunes filles dont nous parlions, ne vous emballez pas. Il n'y a aucune comparaison possible entre notre grand Jean Béraud et cette jeune Marie. Vous y allez fort !

Mathilde allait ouvrir la bouche pour tenter une repartie quand elle croisa l'œil noir de Léontine. Elle se ravisa. Fort aise, l'académicien voulut quand même lui offrir une satisfaction :

— Mais je crois que pour cette année, les jeunes filles dont vous parlez, Louise Breslau et aussi Marie B., auront une surprise.

En l'écoutant distiller les « surprises » comme s'il faisait la distribution des caramels pour récompenser le travail exceptionnel de ces jeunes femmes, Mathilde éprouva le plus grand mal à garder son calme. Mais Léontine veillait et elle réussit à se contenir. La conversation venait à sa fin, il était temps d'aborder le véritable sujet.

— Une surprise ! Merveilleux, s'exclama-t-elle d'un air qui se voulait fort satisfait de cette nouvelle. Et j'ose penser alors, ajouta-t-elle en prenant mille précautions, que les élèves de ma nièce Madeleine auront, elles aussi, droit à quelque chose. Leurs bouquets sont magnifiques cette année, elles ont atteint un excellent niveau.

L'académicien se redressa. Il ne l'entendait pas de cette oreille.

— Voyons Mathilde, se récria-t-il comme s'il comprenait tout à coup la raison de cette longue conversation et comme s'il avait entendu une énormité. Vous savez bien que les bouquets sont un genre à part. Bien sûr il y en aura au Salon mais de là à leur donner une médaille ! Il n'y en a aucune de prévue pour les fleurs au concours officiel, vous le savez bien.

— Et cela ne pourrait-il pas changer ? s'obstina Mathilde.

— Oui, quand les poules auront des dents, ma chère amie, conclut André d'un rire moqueur en se levant pour signifier son départ et montrer qu'on ne la lui faisait pas.

Elle aurait pu l'étouffer avec toute la tasse et toute la théière qu'elle n'en aurait pas éprouvé une once de remords. Mais Mathilde réussit à se contenir. Elle en savait assez. Madeleine avait raison de s'inquiéter, des prix étaient prévus pour les élèves de Rodolphe Julian mais une chose était sûre : il n'y aurait rien pour celles de Madeleine. Comme d'habitude, les membres du jury se serreraient les coudes.

32

Après la nuit d'orage, la première décision d'Alba fut d'aller s'inscrire chez Julian.

Pour oublier Frédéric, elle allait se concentrer sur ce qui l'aiderait à sortir de tant de souffrance et de laideur : son art. Il lui fallait progresser, et vite. Bien qu'elle n'en ait pas toujours saisi toutes les subtilités, les conversations à l'hôtel du Lion d'Or l'avaient amenée à comprendre qu'on n'entrait pas dans l'univers de la peinture par une seule porte. Les paysages grandioses auxquels elle s'était mesurée dans les Pyrénées lui avaient fait pressentir qu'elle avait les moyens d'aller loin. Elle devait revoir Marie.

Elle trouva l'adresse de l'académie Julian sans aucune difficulté. Perchée dans un ancien atelier de danse au passage des Panoramas, la classe de celui qui donnait tant de souci à Madeleine était la plus recherchée des institutions privées. Séduisant et méridional, Rodolphe Julian avait un sens des affaires au moins égal, si ce n'est plus, à son talent de dessinateur et il avait accumulé une fortune sur un constat simple : Paris était la grande ville des artistes, ils accouraient de toute l'Europe et même d'Amérique, et ce pour une raison simple : le Louvre. Avec ses collections exceptionnelles, le musée constituait une « bibliothèque » visuelle unique au monde et pour s'entraîner en copiant les grands maîtres au musée, rien ne valait la richesse de cette variété. Mais accéder à l'école des Beaux-Arts de Paris relevait du tour de force, même le sculpteur Rodin avait été refusé trois fois. Quant aux femmes, c'était encore plus simple, elles n'y étaient pas admises parce qu'il n'était pas question qu'elles étudient sur des modèles nus.

Il y avait donc une grande quantité d'élèves à la recherche d'écoles. Ce qui expliquait la floraison de cours privés, mais la plupart s'adressaient uniquement aux garçons. Julian monta son école avec deux objectifs précis : le premier était de préparer les garçons à l'entrée des Beaux-Arts. De ce cours, les filles étaient exclues. En revanche, vu la manne qu'elles représentaient, il leur ouvrit le deuxième cours. Il s'agissait là pour les élèves d'exécuter une ou plusieurs toiles à présenter aux salons officiels, hauts lieux de la reconnaissance artistique qui ouvraient la voie à une réelle carrière.

Pour une jeune fille, entrer chez Julian manifestait une volonté de devenir artiste « comme les hommes », c'est-à-dire de pouvoir aborder tous les sujets de peinture et de sortir de l'éternel trio de sujets dits féminins : portraits, fleurs, miniatures. Sujets qu'on leur enseignait exclusivement dans les ateliers comme celui de Madeleine Lemaire. Julian avait tout fait pour attirer cette clientèle de jeunes filles. Chez lui, elles apprenaient comme les hommes et elles étaient soumises aux mêmes règles qu'eux. Il mettait l'accent sur les études préparatoires et il avait trouvé une méthode d'enseignement très novatrice. Dans les ateliers privés, on travaillait toujours à partir de modèles en plâtre, ce qui permettait de s'approcher des modèles vivants, tout en étant plus économique et respectueux de la bienséance.

Mais ce n'était pas tout. L'atout majeur de Julian était le suivant : une fois par semaine, il offrait à ses élèves le jugement de peintres célèbres qui, moyennant finances, acceptaient de se pencher sur les travaux de ces débutants. Membres de l'institut, Bouguereau, Lefebvre, Boulanger, Tony Robert-Fleury étaient fort bien rémunérés et, pour les étudiants, ces contacts avec les sommités de leur temps étaient le moyen inespéré de se faire connaître. Car ces artistes et académiciens étaient également membres du jury de sélection pour le Salon d'art annuel. Ces jurés bien payés pour pas grand-chose pouvaient difficilement faire moins que de choisir les élèves qu'ils avaient eux-mêmes encouragés. Une entrée chez Rodolphe Julian était donc un excellent moyen d'accéder à la reconnaissance du Salon. Pour les jeunes filles, d'ailleurs, c'était à peu près le seul. Marie B. et bien d'autres, comme Louise Breslau ou Amélie Beaury-Saurel, le savaient. Elles avaient la peinture et le dessin dans le sang et elles n'étaient pas arrivées là par hasard. Ce choix leur avait coûté bien des déboires et, en tant que jeunes filles, se dévoyer en fréquentant les ateliers de nus n'était pas pour l'avenir une carte maîtresse. Mais leur désir d'apprendre et d'être reconnues était le plus fort même si, pour cela, la plupart d'entre elles vivaient dans une misère matérielle et morale inconcevable.

Seule Marie B. échappait à la misère matérielle. Elle appartenait à la grande bourgeoisie moscovite, elle était riche et avait un tempérament à part. Selon la formule d'une grande universitaire qui la connaissait bien, « c'était une enfant prodige, une excentrique fin de siècle qui promenait son spleen du carnaval de Nice aux bals masqués de Naples, et des eaux de Spa aux catacombes de Kiev ». Elle échappait à la règle, à toutes les règles. À la fois mondaine et solitaire, elle désirait être épouse et mère et, en même temps, songeait à devenir artiste et à se consacrer à l'art. Ces contradictions apparentes bouleversaient sa vie et elle la brûlait en tentant vainement de les harmoniser. « Elle est très douée », disait-on en permanence à son sujet tant elle dessinait bien. Seulement, elle était aussi incontrôlable, se promenait en calèche au Bois avec les duchesses, se précipitait à l'hippodrome avec un homme en vue, dînait en ville avec des aristocrates, toujours vêtue de blanc, sa lubie. En un mot, elle courait les mondanités et les fêtes tout en cherchant l'amour des hommes et leur reconnaissance. Or s'ils voulaient de son amour, ces derniers étaient beaucoup moins prêts à lui accorder la reconnaissance qu'elle réclamait pour son art. Quand elle avait revu Alba à Cauterets, Marie avait vingt-trois ans, elle avait déjà aimé et été aimée. Elle avait rapidement quitté le cours de Madeleine Lemaire et elle travaillait à l'académie Julian plus de huit heures par jour, de 8 heures à midi, et de 13 heures à 19 heures et pourtant, malgré tous ses efforts et son talent, la reconnaissance était encore loin.

Alba avait hésité. Elle ne se souviendra pas de moi, pensait-elle, et en même temps les mots si forts de Marie résonnaient encore dans ses oreilles : « On nous jettera... il n'y a pas de place pour tout le monde dans les musées... j'ai peur, je veux peindre mais je veux être heureuse. » Ces mots étaient si durs, si remplis de désillusion ! Pourquoi ?

Quand elle arriva au passage des Panoramas, Alba leva la tête. On entendait des rires, du bruit, du mouvement. Derrière les verrières, elle vit s'agiter toute une jeunesse active, des garçons en longues blouses d'artistes et pinceaux à la main, penchés sur de grandes feuilles blanches posées sur des sortes de trépieds. Elle prit son courage à deux mains et monta l'escalier de bois qui menait à l'étage, puis sonna. Elle entendit un silence et un bruit de pas. Un homme corpulent et soigneusement mis, moustache artistiquement retroussée, vint lui ouvrir la porte :

— Bonjour mademoiselle.

— Bonjour...

Comme tous ceux qui voyaient Alba pour la première fois, il fut marqué par son regard. Mais la mise ordinaire de la jeune fille signait des origines modestes.

— Je venais voir Mlle Marie B.

Surpris, l'homme lissa sa moustache :

— Ah, mais c'est qu'elle est déjà en cours de dessin, et... elle vous attendait ?

— Oui, enfin... Elle m'a dit de venir.

L'homme la dévisageait de pied en cap :

— C'est pour quoi exactement, pour vous inscrire ?

Prise au dépourvu, Alba bredouilla et s'entendit répondre la vérité : « Oui. »

Rodolphe Julian la fit entrer et la conduisit dans une petite pièce vitrée contiguë à l'atelier. En quelques brefs échanges, la situation fut posée. Lui comprit qu'il n'avait pas affaire à une élève fortunée qui relèverait par sa présence le niveau de son établissement et elle, elle avait le montant de l'inscription : quarante francs par mois !

En la reconduisant, vaguement touché par le choc que la somme demandée avait provoqué chez Alba, intrigué par sa personnalité qu'il devinait peu banale, ce visage qui, en y regardant mieux, était fort beau et surtout par cette couleur d'or dans son regard, Rodolphe Julian l'entraîna vers la classe des jeunes filles.

— Venez quand même voir votre amie, dit-il.

Alba traversa l'atelier, droite comme une statue, sous les sifflets admiratifs et les remarques des jeunes peintres excités que Julian calma d'une phrase assassine :

— Allons, allons messieurs, on dirait de vulgaires fêtards braillant comme à la foire. Tenez-vous bien, grands dieux ! Soyez artistes dans votre tenue à défaut de l'être sur vos toiles.

Un brouhaha s'ensuivit. Piqué mais plein d'humour, un jeune Anglais lui répondit :

— Oh maître, comment pouvez-vous nous en vouloir d'admirer la beauté, vous qui nous l'enseignez tous les jours.

Une autre aurait rougi, Alba se sentit pâlir. Ne sachant comment réagir à ce compliment, elle prit instinctivement une pose plus raide. Le brouhaha avait cessé et ils la regardaient tous passer dans l'allée centrale, silencieux, un peu impressionnés par cette tenue altière qui n'était pas de l'orgueil.

Julian l'abandonna devant l'atelier des filles, dont il ouvrit la porte.

— Allez-y, lui dit-il, vous trouverez Marie sur la droite. Vous avez de la chance, en ce moment elle est de bonne humeur, sa toile sera au Salon et elle le sait depuis ce matin.

Alba poussa la porte, qui émit un couinement désagréable, et elle se retrouva dans une pièce de petite dimension qui, à sa grande surprise, n'avait rien à voir avec le grand atelier qu'elle venait de traverser. Une fille maigre au profil aigu leva un nez de fouine. Concentrée sur son dessin, les traits tendus et peu engageants, assise sur un haut tabouret, elle avait une curieuse position courbée, comme si elle faisait corps avec sa toile. Visiblement, l'arrivée d'Alba la dérangeait.

— Fermez la porte, j'ai un courant d'air en pleine figure.

La voix était désagréable et autoritaire. Alba referma soigneusement la porte qui, c'était à prévoir, refit le même couinement. La fille au profil aigu soupira et la regarda d'un œil noir. Dans l'atelier, on aurait pu entendre une mouche voler tant le calme qui régnait était grand, et les jeunes filles absorbées par leur travail ne levèrent la tête qu'un court instant, le temps de voir qui rentrait. Alba chercha du regard la jeune fille au visage d'ange entre les hauts chevalets et sous les grandes blouses blanches. Mais elle ne voyait que des visages inconnus, tous penchés sur l'ouvrage. Une odeur de térébenthine et de peinture imprégnait l'atelier qu'éclairait une froide lumière du nord. Les jeunes filles avaient toutes les cheveux relevés sur le haut du crâne en des sortes de chignons noués avec plus ou moins d'élégance ou tirés en lourds catogans sur l'arrière pour ne pas être gênées dans leur travail. Alba remarqua tout de suite la grande différence entre cet atelier et l'université de Madeleine. Ici, pas de bouquets de fleurs sur des stèles, pas de drapés gracieux sur des consoles. Un poêle prenait tout un angle de la pièce, qui n'était pas très grande et, juste à côté, sur une estrade, un jeune enfant nu ceint d'une peau de mouton attendait, appuyé sur un long bâton tel saint Jean-Baptiste le précurseur. Face à la porte, un squelette suspendu en plein centre sur le mur du fond accueillait les élèves et, sur tout le tour de la pièce, on avait accroché des essais de toiles inachevées, des esquisses. L'ambiance était stricte et sévère, tout sentait le travail. Seul élément un peu luxueux, un magnifique manteau de velours rouge cardinal était négligemment posé sur une chaise de paille et, du plafond, tombaient des suspensions d'éclairage que l'on pouvait baisser ou lever selon le besoin.

— Alba ! Ça alors, tu es venue !

Émergeant de derrière une toile, yeux rieurs, Marie avait reconnu Alba et l'interpellait franchement. Les élèves levèrent à nouveau le nez. De toute évidence, Marie avait l'air chez elle dans cet atelier et ne semblait pas se soucier des regards sombres que lui jetèrent certaines dont celle qui avait râlé pour la porte. Les deux jeunes filles s'embrassèrent et Marie, montrant à Alba ce qu'elle était en train de peindre, lui dit sans préambule d'aucune sorte :

— Voici *Jean et Jacques*. Qu'en penses-tu ?

Depuis qu'Alba avait sonné à la porte de l'académie, tout s'était accéléré. Elle se retrouvait face à Marie qui aurait pu la dédaigner, et voilà que non seulement elle la reconnaissait et semblait heureuse de la voir mais qu'en plus, de but en blanc, elle lui demandait son avis. Avec un naturel qui aurait pu surprendre chez une jeune fille qui n'avait jamais pénétré de pareils univers, Alba s'avança et regarda la toile posée sur le chevalet. Elle y vit deux petits garçons en culottes courtes, un peu patauds, attifés tant bien que mal de blouses noires dont l'une était déchirée. Ils marchaient main dans la main ou partaient à l'école. Leurs godillots étaient usés. Le plus grand tenait la main du petit, qu'une maman aimante et maladroite venait certainement de coiffer car on sentait sa mèche rebelle encore plaquée sur le haut du front par un coiffage à l'eau. Son autre poing bien enfoncé dans sa poche, le gamin affichait un regard direct des plus étonnants. C'était deux petits enfants du peuple pris dans un moment de vie quotidienne, et Alba fut saisie. Elle n'imaginait pas qu'on puisse peindre quelque chose d'aussi ordinaire. Chez Madeleine, elle avait appris à ne faire que des sujets prestigieux, de magnifiques bouquets ou des portraits élégants. Jamais elle n'aurait pensé que des enfants comme ceux-là, comme ceux qu'elle voyait tous les jours dans son quartier, puissent se retrouver dans une peinture et dans un endroit pareils. Elle s'attendait à des visages de femmes, à des poses de modèles à la grecque pour travailler les muscles et les attitudes, à des décors antiques, à de grands paysages, mais pas à ces deux petits. Ils étaient là, bêtas, avec leurs godillots. Cela lui semblait inconcevable.

— Tu es surprise par mon sujet ?

Alba ne savait pas mentir, la peinture était quelque chose de trop fort dans sa vie et elle n'aurait pas su dire autre chose que ce qu'elle ressentait. Le regard de ce petit Jacques la sidérait. Alba connaissait la gêne des pauvres, elle la vivait, elle savait ce qu'est une déchirure dans un vêtement, une reprise, des chaussures usées. Lui, il était là, tranquille, avec des habits grossiers qu'il aurait dû avoir envie de cacher et il affichait une pose franche, sans être gêné le moins du monde par sa mise. Cette impudeur de la pauvreté choquait Alba.

— Oui, dit-elle, je suis surprise. Pourquoi as-tu peint ces enfants ?

Elle avait posé la seule question qui lui venait à l'esprit et elle avait besoin d'une réponse. Marie ressentit très fort la perplexité d'Alba et en fut déstabilisée.

— Parce qu'ils sont touchants et très mignons... et aussi parce que personne ne s'intéresse à eux. Moi je les trouve plus intéressants que les pimbêches aux poses alanguies ou que les vieilles rombières dont Mme Lemaire inonde les salons. Plus intéressants et plus vrais que Mme Carolus-Duran dont on nous rebat les oreilles avec sa scène du gant. Tu ne trouves pas ?

Alba ne savait pas ce qu'était la scène du gant dont parlait Marie, mais sa réponse la troubla plus encore. Comment pouvait-elle préférer regarder ces deux misérables plutôt que de voir de splendides robes portées par des femmes riches dans des salons cossus ? Que répondre ? Alba choisit de dire la vérité de ce qu'elle ressentait. Elle ne pouvait faire autrement.

— En voyant ces deux petits, je me croirais dans la cour de mon immeuble, dit-elle. Il y a deux frères comme eux. J'entends les cris de leur mère qui les appelle, je sens l'odeur de poisse de l'escalier qu'ils vont monter une fois arrivés. Ils se chamaillent, ils sont sales, ils me poussent en grimpant les marches quatre à quatre. Alors, si en plus de les voir en vrai, je dois les regarder sur les toiles, c'est terrible, et je ne veux plus peindre. La pauvreté, on n'en sort jamais. Je préfère les roses de Mme Lemaire.

Marie avait écouté Alba jusqu'au bout sans l'interrompre, stupéfaite par ce qu'elle entendait.

Alba ne parlait pas de peinture en termes techniques ni théoriques, elle la vivait.

Elle avait senti ces enfants, parlé de leur odeur. C'était si rare, c'était exceptionnel qu'on lui fasse part d'un sentiment vécu auquel elle n'aurait jamais pensé ! Alba venait de lui expliquer pourquoi elle ne pouvait pas voir Jean et Jacques comme elle et pourquoi elle préférait les roses.

Jamais Marie n'avait pensé à ça : Alba préférait les roses parce qu'à défaut de pouvoir se les offrir, elle pouvait les peindre. Alba rêvait de mettre sur sa toile tout ce qu'elle ne pouvait admirer ou avoir. Elle voulait toucher au sublime. Une toile se devait pour elle de transcrire les choses les plus splendides de l'humanité ou du monde terrestre. De beaux ciels, des fleurs ou des paysages profonds et des espaces qui ouvraient des fenêtres sur l'espoir quand, dans le quotidien, elles ne s'ouvraient que sur la frontière infranchissable de murs bornés, tristes et gris.

« Un tableau, c'est fait pour suspendre à un mur et donner du bonheur à celui qui le regarde. » Du moins, c'est comme ça qu'Alba voyait les choses en ce moment précis, quand elle arriva pour la première fois dans l'atelier de Rodolphe Julian.

Le point de vue de Marie était à l'opposé. On ne lui avait jamais appris à regarder les gens simples et surtout pas à s'y intéresser. Qu'elle ait pu avoir envie de faire ce tableau de « Jean et Jacques », deux gamins pris sur le vif dans la rue, était le signe chez elle d'une fraîcheur très grande et d'une réelle liberté de regard.

En peu de temps, Marie et Alba avaient été à l'essentiel. Et elles étaient devenues amies.

— Je m'arrangerai avec Julian pour qu'il te fasse un prix, il faut que tu viennes apprendre à l'atelier, avait dit Marie dès qu'elle avait connu la situation.

— Non. Je veux être ici comme les autres.

— Et qu'est-ce que tu crois ? Que les filles qui viennent peindre ici roulent sur l'or ? Détrompe-toi, moi je suis une exception et c'est d'ailleurs pour ça que Julian tient à moi. Je lui fais de la publicité dans les grands salons, on parle de moi. Je suis une excentrique gâtée et capricieuse paraît-il, mais je suis douée. Très douée. On le dit et comme on sait que je suis chez Julian, ça attire les élèves. Il y a deux ans, il m'a fait peindre cet atelier, « Pour te lancer », m'a-t-il dit. Tu parles, je ne suis pas dupe, en fait, il lançait son atelier féminin. Je suis la première à avoir peint un atelier de femmes.

Marie avait toujours eu une pleine conscience du rôle qu'elle jouait dans cette société où il fallait savoir faire parler de soi pour exister, mais elle savait aussi qu'on pouvait exploiter son tempérament et son talent à d'autres fins que les siennes.

— Porte-moi l'aquarelle que tu avais faite au bord du lac, je vais la lui montrer, c'est un redoutable gestionnaire mais c'est aussi un véritable amoureux de l'art. Un grand professionnel, très juste. Il saura juger ton travail et je suis sûre qu'il te prendra.

Mon Dieu ! Justement cette aquarelle ! Alba se remémora l'instant où elle était allée la déposer avec sa lettre en cadeau chez Madeleine.

— Je ne l'ai plus, je l'ai donnée, dit-elle.

— Oh ! Quel dommage ! Qu'as-tu peint d'autre dans ce genre que je pourrais lui montrer ?

Dans le genre ? Alba réfléchissait et ne voyait rien d'autre. Qu'avait-elle dans ses cartons ? Des esquisses de natures mortes et des bouquets, des études de feuilles, de fleurs, de compositions de bouquets par centaines, et quelques portraits des élégantes aristocrates et bourgeoises, amies de Madeleine, qui posaient à l'atelier. Elle avait aussi divers croquis et aquarelles de paysages, ceux qu'elle avait faits dans les Pyrénées.

— J'ai quelques paysages, dit-elle, des portraits et des fleurs...

— Ah non, pas des fleurs, tu vas te faire rire au nez. Et tu n'as que des aquarelles, pas de peintures à l'huile ?

Alba ne comprenait toujours pas pourquoi les fleurs étaient un genre si méprisé en peinture, pas plus qu'elle ne comprenait pourquoi l'aquarelle et le pastel étaient moins importants qu'une peinture à l'huile. Mais ce n'était pas le moment de poser ce genre de question.

— Non, aucune, répondit-elle. Je n'ai que des aquarelles et des pastels.

— Oui je vois, du Madeleine Lemaire quoi ! Bon, porte-moi tes portraits et tes paysages, on les regardera et on choisira ensemble. Viens chez moi demain, j'ai un atelier personnel depuis l'an dernier dans notre hôtel particulier, au 30 rue Ampère...

Mais une interminable toux rauque l'empêcha de terminer sa phrase et elle se dépêcha d'enfouir dans un mouchoir d'affreux crachats tachés de sang.

La maladie de Marie avait empiré juste avant son départ pour les Pyrénées. Elle était « poitrinaire », comme on disait alors, et ses chances de survie étaient maigres. Longtemps elle avait refusé de se soigner, niant la mort. Mais le deuxième poumon venait d'être atteint et elle ne se nourrissait plus que d'huile de foie de morue, d'arsenic et de lait de chèvre. On la savait malade mais personne ne pensait que c'était à ce point. Devant une assemblée, Marie continuait à jouer les mondaines coquettes et capricieuses, rôle qui plaisait.

Mais, en cachette, elle crachait du sang, et elle avait délaissé les mondanités pour se consacrer à sa peinture, elle qui se reprochait si souvent de ne pas travailler assez. Désormais, elle devait aller vite si elle voulait, avant de mourir, devenir cette artiste reconnue qu'elle avait toujours rêvé d'être.

33

Un atelier à elle ! Juste pour elle toute seule ! Comme Mme Lemaire ! Alba avait bien senti le ton de fierté qu'avait eu Marie pour parler de cet atelier personnel et elle n'en revenait pas. À son âge, disposer d'une pareille richesse, il fallait en avoir des moyens !

Alba n'osait imaginer ce que serait sa vie si elle avait comme ça une pièce pour peindre, une pièce à elle où elle mettrait ce qu'elle voudrait et où elle installerait tout à disposition. Cela lui paraissait véritablement inouï. Depuis la fameuse nuit de l'orage où elle avait peint les roses rouges, l'horizon de ses désirs à combler lui paraissait immense. Et parmi ces désirs, il y en avait un qui revenait souvent : avoir une maison, être de quelque part. Elle qui n'avait jamais eu ni père ni maison, à défaut de retrouver ce père et cette famille qu'elle aurait pu avoir, elle courait après ce lieu, cette maison où blottir sa vie et celle de sa mère. Souvent, le matin et le soir, en longeant la Seine comme en ce moment pour rentrer, elle regardait les façades des immeubles de pierre qui donnaient sur le fleuve et elle rêvait qu'un jour elle soulèverait ces lourdes tentures dont elle n'apercevait que les bordures mais qui laissaient deviner derrière leur ampleur la richesse et la dimension des pièces qu'elles protégeaient du soleil. Des pièces où il y avait tant de soleil qu'il fallait les en protéger ! Pour

Alba, qui rêvait de le faire entrer dans leur mansarde où il n'arrivait pas, c'était inconcevable. Aujourd'hui, elle tentait de ne plus mettre Frédéric dans ses rêves, mais elle restait hantée par l'idée qu'un jour elle vivrait derrière ces hautes fenêtres. Elle s'épuisait à regarder ces façades et à tenter d'imaginer ce qu'elles ne lui livraient pas. Elle imaginait tout, le décor intérieur, les soirées près du feu, les livres, la nuit qui tomberait doucement et les étoiles qu'elle regarderait depuis une confortable bergère comme il y en avait chez Madeleine Lemaire. Quand elle était arrivée à Paris la première fois, elle avait ressenti tant de choses face à l'opulence de la ville. Les étalages surchargés de fromages, volailles, viandes ou fruits par exemple, ou bien les vitrines des antiquaires qui, près du quartier du Louvre, lui laissaient entrevoir des décors plus beaux et plus inaccessibles les uns que les autres. Que de richesses ! Grâce à ces décors, elle s'échappait de la triste mansarde. Le manque de beauté était si grand dans son environnement, et si douloureux, qu'elle avait même imaginé passer des soirées avec sa mère dans ces vitrines fermées pour profiter de ces lieux extraordinaires qui, la nuit, ne servaient à personne ! D'autres fois, elle transportait mentalement ces mêmes décors derrière les hautes façades bien entretenues des riches hôtels particuliers et elle s'imaginait, déambulant librement dans leurs grands espaces intérieurs. Il y avait tant de richesses visibles dans Paris qu'on finissait par les croire à portée de main. Or elles restaient bel et bien ce qu'elles étaient : inaccessibles. Alba rentrait étourdie, sonnée de tant de choses, épuisée de les avoir tant rêvées en vain. Et elle retournait à sa mansarde sous les toits.

Alba se disait qu'elle ne pourrait véritablement commencer à vivre que le jour où elle atteindrait ces luxueux endroits paisibles qui la libéreraient de la laideur des pauvres. C'est pourquoi elle ne pouvait comprendre le tableau que lui avait montré Marie. Comment cette jeune aristocrate arrivait-elle à imaginer qu'il y aurait des gens suffisamment aveugles pour acheter de la pauvreté à mettre sur leurs murs de riches ?

Elle était arrivée au bas de leur immeuble sans même s'en rendre compte. Elle regarda la boîte aux lettres et hésita. Puis elle alla l'ouvrir. Elle était vide. Elle la referma d'un coup sec et rejeta sa colère sur cette atroce odeur de poisse qui collait à la cage d'escalier.

— Quelle saleté ! fit-elle en donnant un coup de pied rageur dans un vieux bout de chiffon qui traînait.

Sur le sol du hall étroit et crasseux il y avait des bouts de choses informes, des papiers déchirés, des vieux déchets racornis que personne n'enlevait jamais et qui s'accumulaient. Jusqu'au jour où ils finissaient par disparaître brusquement, enlevés par le balai rageur d'une concierge que l'on ne voyait jamais. Quelque temps après ils étaient remplacés par d'autres, plus frais, qui finissaient eux aussi par sécher et par se couvrir de poussière. Le cycle de la crasse semblait éternel. Alba ne s'y habituait pas. Elle avait tout essayé, fermer les yeux, courir pour arriver au plus vite dans leur chambre. En vain. Ce jour-là, elle montait l'escalier étroit à toute vitesse quand, arrivée au dernier étage, elle crut entendre une voix qui venait de leur chambre. Essoufflée, elle s'arrêta sur le palier. La voix se tut. Elle ne lui était pas tout à fait inconnue. Perplexe, essayant en vain de comprendre qui pouvait bien parler avec sa mère, elle attendit un peu mais n'entendit plus rien.

« Ce doit être sœur Clotilde, se dit-elle, car, à part elle, personne ne venait jamais. »

Pourtant, cette voix ne ressemblait pas à celle de Clotilde. Inquiète, Alba ouvrit la porte, et découvrit Madeleine Lemaire, assise à la petite table de Louise encombrée de toiles de carcasses. Visiblement, Madeleine avait surpris sa mère en plein travail. Plus Impératrice que jamais, coiffée d'un très haut chignon qui dégageait son cou, Madeleine Lemaire portait une élégante robe de batiste fleurie, très longue, avec un large volant brodé. Des nœuds de satin beige rosé, assortis à la couleur dominante des fleurs, étaient attachés sur tout le devant, depuis le haut jusqu'en bas, et le bout de la traîne sur l'arrière était retroussé et maintenu par un bouton sur la ceinture. Bien qu'un peu tarabiscoté, il se dégageait de l'ensemble un air « couture » qui révélait d'autant plus l'aspect sordide de cette mansarde empli du parfum de Madeleine. Louise, qui était devenue une admiratrice du talent de l'aquarelliste et qui avait pu voir certaines des reproductions de ses œuvres dans une revue qu'Alba avait ramenée trois ou quatre fois de l'atelier, semblait commotionnée par cette apparition et avait l'air plus gauche que jamais.

— Ah te voilà, fit-elle en se levant précipitamment et en manquant de renverser sa chaise. Tu as de la visite, Mme Lemaire te cherchait.

Le visage d'Alba s'éclaira à la vue de celle qui lui avait tant donné. Mais Madeleine ne souriait pas. Pensant qu'il valait mieux les laisser seules, Louise trouva un prétexte et sortit. À peine était-elle partie que Madeleine défit les cordons de velours d'une bourse de soie qui pendait à son poignet et en sortit un petit objet qu'elle déplia d'un coup. Alba reconnut immédiatement l'un de ses éventails.

— Une amie de Suzanne a acheté cet éventail à la sortie du théâtre pour trente sous. J'ai reconnu ton coup de pinceau. C'est toi qui fais ce travail, n'est-ce pas ? dit-elle à Alba d'un ton où sourdait un étrange reproche.

Dans la tête d'Alba, les idées se bousculaient. Elle pensait que l'aquarelliste lui en voulait de ne plus venir à ses cours, ou qu'elle avait appris aujourd'hui même sa visite à l'atelier Julian, mais elle ne comprenait pas ce que venait faire Suzanne avec son éventail. Elle acquiesça. Oui, elle avait peint cet éventail.

— Quand je t'ai fait entrer dans mon université, continua Madeleine, je ne pensais pas que ce serait pour faire des choses aussi bon marché et pour les vendre ensuite sur la place publique. Les roses qui sortent de mon atelier ont quelque chose d'unique et on n'a pas coutume d'en vendre à la volée. L'amie de Suzanne a parfaitement reconnu le style de mon école. Une aquarelle aussi minutieuse ne doit pas se trouver à la sortie des théâtres, quant à la faire sur un papier aussi ordinaire, c'est du véritable gâchis. Tu dévalorises ton acquis, Alba. Ta maman vient de m'expliquer que tu n'es pas revenue parmi nous pour des questions d'argent. Je le comprends mais nous aurions pu nous arranger. Pourquoi ne m'as-tu rien dit ?

Jamais Alba n'aurait imaginé voir Madeleine dans ces lieux.

Maintenant qu'elle était en face d'elle et qu'elle se montrait si compréhensive, elle se sentait terriblement fautive. Fautive de ne pas l'avoir revue pour lui parler, fautive surtout d'avoir été attirée par l'atelier concurrent de Julian dont ces jeunes gens si brillants qu'elle avait rencontrés à Cauterets parlaient avec tant de respect alors qu'ils se moquaient des fleurs de Madeleine. Alba n'avait aucune raison valable pour n'avoir pas parlé de ses difficultés à Madeleine alors que cette dernière lui avait ouvert les portes si généreusement. Aucune raison, sauf la promesse qu'elle s'était faite de ne plus jamais peindre de bouquets de roses. Et puis, aller chez Julian, c'était pénétrer cet autre monde de l'art plus en vue dont parlaient les amis de Marie. Comment expliquer la trahison de Frédéric à Madeleine, comment lui dire ce que représentaient ces fleurs pour elle, qu'il lui fallait grandir, se confronter à d'autres univers, à d'autres techniques qu'à celles des fleurs. Faire un aveu rempli de telles ambiguïtés n'était pas facile. Pourtant, Alba choisit de dire la vérité.

— Je suis allée voir Marie B. aux cours de M. Julian. Elle m'a proposé d'y venir avec elle.

Madeleine accusa le coup. De la part d'Alba, ce départ chez Julian était particulièrement cruel. Elle était, et de loin, l'élève la plus concernée et la plus passionnée que Madeleine ait jamais eue et quand elle était partie, elle lui avait manqué plus qu'elle n'aurait pu se l'imaginer. À la voir évoluer avec une telle rapidité et une telle assiduité, le professeur s'était attaché à son élève. De l'enseignement qu'elle s'efforçait de donner et qui ne semblait pas toujours intéresser ces demoiselles, rien ne se perdait avec Alba. Disciplinée, elle utilisait la moindre chose, s'émerveillait des couleurs, des textures de papiers, des bouquets, des drapés, elle avait l'œil au plus petit détail. Jamais Madeleine n'avait eu une élève aussi impliquée, et souvent il lui était arrivé de puiser chez cette jeune fille enthousiaste l'émerveillement qui s'était usé en elle au contact de jeunes filles trop gâtées ou trop dociles et pour lesquelles l'aquarelle n'était qu'un atout de plus dans la longue liste des qualités de future épouse. L'enseignement est une des choses les plus difficiles qui soient et les élèves ont autant besoin de la passion du professeur à enseigner que celui-ci de la passion des élèves à apprendre.

À cause de ses nombreux soucis et surtout de la profonde déprime dans laquelle s'enfonçait Suzanne, Madeleine, qui restait une figure incontournable du Tout-Paris, se réfugiait de plus en plus dans la force que lui donnait son travail et c'est là qu'elle s'était véritablement aperçue combien Alba lui manquait. Elle avait saisi l'occasion de cet éventail pour venir la voir et, qui sait, pour la ramener à l'université. Aussi, quand elle entendit le nom de Rodolphe Julian, c'est comme si on lui avait enfoncé un poignard dans le dos. Elle réussit pourtant à dominer la violente peine que venait de lui faire cette révélation et c'est d'une voix ferme mais douce qu'elle parla à Alba.

— Rodolphe Julian, dit-elle, jouant la surprise. Décidément, il est redoutable. J'ai une élève en or et il vient me prendre juste celle-là.

Alba ne savait plus quoi dire. Elle sentait le bouleversement de Madeleine et s'en voulait déjà.

— Je n'ai rien contre l'homme, continua Madeleine, mais je connais le mépris dans lequel il tient les « ateliers de femmes » comme il dit, et le mien en particulier. Il rit de mes roses ou, pire, il n'y prête aucune attention. Julian aime la peinture puissante. Les grands sujets, comme les batailles...

Madeleine trouvait que, comme tous ses confrères, Julian poussait les jeunes filles dans des directions de peintures viriles sans respecter les chemins délicats qu'elles exploraient à leur façon et elle ne voyait pas comment Alba évoluerait à son contact.

— ... Julian cassera ce qui fait ton talent. Il t'apprendra certainement beaucoup de choses, la puissance du dessin, de la matière, il verra tes capacités. Mais il n'aimera ni ton raffinement ni ta délicatesse, il trouvera tes sujets mièvres et sans intérêt. Il te mettra sur les rails qui plaisent à l'académie, j'en sais quelque chose. Il lui faudra ta force et tu n'en auras jamais assez pour lui. Tu n'es pas un homme, Alba, et tu ne le seras jamais. Dans l'atelier de Julian, tu souffriras.

Alba l'avait écoutée sans mot dire. Comme elle ne disait toujours rien, Madeleine se leva tout en tirant sur les lanières de velours qui refermaient son petit sac. Elle s'approcha de son ancienne élève et posa sa main gantée sur son épaule.

— Oublions Julian, je voudrais te donner un dernier conseil. Je connais beaucoup d'artistes et des plus grands qui ont fait des éventails pour vivre pendant les mois difficiles. En ce moment Degas et Pissarro en font énormément. Mais sais-tu quel est leur prix ?

— ... ?

— Cent francs le décor. Alors tu vois, avec tes trente sous, tu es loin du compte. Mais eux sont soutenus par M. Durand Ruel et font partie du groupe impressionniste, donc ils ont plus de poids et ils connaissent les prix. Si tu vends, laisse les petites marchandes de rue. Quand on veut atteindre certains niveaux, il faut éviter ce genre de compromission. Je n'aime pas voir les aquarelles d'une de mes élèves à la sortie des théâtres, ça n'est pas bon pour ma réputation. Va plutôt voir M. Kees de ma part, le grand marchand d'éventails. Tu seras surprise par ce qu'il peut te proposer. Tu as du talent, Alba, ne le gâche pas.

Elle se tenait près de la porte qu'elle avait ouverte, prête à partir, quand elle se retourna brusquement.

— Ah, j'oubliais. L'aquarelle que tu m'as envoyée du lac des Pyrénées est très belle, je l'ai mise près de moi dans mon atelier. Je trouve ces roses un peu étranges qui flottent au-dessus des eaux, mais elles ont une magie. J'aime les regarder.

Et elle s'en alla sur un parfum de jasmin un peu lourd, laissant Alba effondrée.

Se sentir traître auprès de ceux qui ne vous ont fait que du bien est une chose abominable et Alba en mesurait la douleur. Jamais elle n'avait imaginé ni voulu cette situation et elle se sentait désormais dans une impasse. Les mots de Madeleine Lemaire avaient touché juste et les derniers, surtout, l'avaient plongée dans un grand désarroi. « Si tu vends, laisse les petites marchandes de rue. » Laisser Vivette, aller chez M. Kees ! C'était impossible, elle ne pourrait jamais abandonner sa petite compagne, celle avec qui elle avait spontanément organisé ce petit commerce et qui se débrouillait si bien. Que faire ? Elle tourna et retourna la question toute la nuit dans sa tête. Mais plus elle y pensait, plus elle réalisait que la vente des éventails avec Vivette était sa victoire la plus précieuse, la seule chose qui lui appartienne. Elle ne la devait qu'à elle-même, et elle n'avait décidément aucune envie d'avoir affaire à M. Kees. Bien sûr, les sommes dont parlait Madeleine étaient énormes comparées à leur modeste gain, mais maintenant qu'elle avait découvert la liberté que lui donnait cette petite affaire, Alba n'était plus prête à l'abandonner. En le lui interdisant, Madeleine venait de lui en montrer tout le prix.

Louise revint et demanda ce qui s'était passé.

— Rien, ne t'inquiète pas. Elle voulait savoir si je revenais aux cours.

— Et alors ? demanda Louise, ahurie de voir que cette dame si importante s'était déplacée pour sa fille. Qu'est-ce que tu lui as dit ?

— La vérité. Que j'allais chez Julian.

Louise porta ses mains jointes à sa figure étouffant un « Ohhhhh !!! » angoissé. Alba eut du mal à maîtriser un mouvement de colère.

Plus les jours passaient, plus la vision qu'elle avait de son univers virait au cauchemar et plus elle se heurtait à sa mère. Alba devenait injuste. Elle avait horreur de ces révérences, de ces peurs. La pauvreté était un piège atroce. Le refus d'en rester prisonnière, de se laisser écraser par un destin qui lui aurait assigné cette place étriquée, devint plus impérieux que jamais. Madeleine l'avait mise en garde contre la peinture virile que lui ferait faire Julian ? Et alors ! Faire de la peinture virile ou féminine, quelle importance ? En ce moment, pour Alba, cela n'en avait aucune.

L'important, c'était d'aboutir.

34

Quand Rodolphe Julian vit les dessins d'Alba, il accepta le marché que lui soumit Marie, son élève fétiche.

Alba paierait moitié prix et viendrait la moitié du temps, le matin. Moitié prix, moitié cours, ce n'était pas le genre de la maison mais Julian ne voulait pas laisser échapper cette élève qui venait de chez Madeleine Lemaire. Assis à son bureau, séparé par un vitrage de l'atelier des garçons qu'il pouvait ainsi surveiller d'un seul coup d'œil, lorgnon sur le nez, il s'extasiait sur les aquarelles d'Alba tout en décriant l'enseignement qui les avait dirigées.

— Quel gâchis, Tony ! dit-il à son ami, le peintre académicien et président du Salon qui venait d'entrer dans son bureau pour le saluer avant de donner sa séance hebdomadaire de « conseil aux élèves ». Regarde-moi ça ! Cette fille a du talent mais la brave Madeleine est incapable de la sortir de ses mièvreries de fleurs et de portraits de dames.

Tony Robert-Fleury jeta un œil négligent à l'aquarelle que lui tendait Julian. Puis, après réflexion, il ajusta son lorgnon et y regarda de plus près. Effectivement, le trait était précis et dénotait une assurance rare. Le bouquet que lui tendait Julian dégageait une énergie inhabituelle pour un genre d'ordinaire trop fade à ses yeux. Curieux, il prit les dessins éparpillés sur la table et nota que les portraits des dames qu'avait esquissés Alba étaient plus justes que beaucoup de ceux qu'il avait l'habitude de voir à ce niveau d'étude de quasi débutante. On sentait que celle qui les avait dessinés n'avait pas plié sous les convenances et qu'elle avait suivi son instinct, guidée par son talent. Que de force dans les regards et dans les attitudes ! Et puis il y avait ce paysage de plein air. Des montagnes enneigées avec, en premier plan, des champs et des fleurs aux couleurs de l'été. Pas facile de gérer un pareil contraste avec de l'aquarelle. Fleury était un professionnel redoutable, il opina de la tête.

— Oui, il y a du talent. Qui est-ce ? demanda-t-il.
— Ma nouvelle élève, une fille du nom d'Alba.
— Bonne recrue. Et tu vas en faire quoi exactement ?
Fleury avait bien accroché. Satisfait, Julian enleva son lorgnon, se leva de son fauteuil et, regonflé, mains enfoncées dans les poches de son grand tablier de peintre, il se mit à tourner dans la petite pièce comme un lion avant l'attaque :

— Sais-tu qu'elle vient directement du cours de l'Impératrice des roses ? Notre brave Madeleine l'a complètement anesthésiée mais je vais la reprendre en main. Tu verras. On aura des surprises. J'ai causé avec elle, elle ne dit pas grand-chose mais je sens qu'elle a un tempérament et des revanches à prendre. Ça va nous aider.

— Ah, intervint Tony, elle est passée par les mains de l'Impératrice ! Je comprends mieux. Tu es en train de dévoyer une ancienne élève de sa fameuse « université ». Je sens qu'elle ira au Salon d'ici deux ans.

Julian cessa de tourner et poussa un cri :
— Deux ans ! Mais tu es fou ou quoi ? Je la mets au Salon dès cette année ! Il me faut du résultat chez les filles, et vite. Pas question d'attendre, les élèves douées et volontaires sont rares et la concurrence est rude. Ces

dames ouvrent école sur école et prennent un marché juteux. Il me faut des recrues et tu es concerné au premier chef, je te signale, parce que plus j'aurai des élèves, plus tu viendras leur donner des conseils et plus ton compte en banque s'en ressentira. Alors ?

— Au Salon dès cette année ! Tu vas un peu vite, non ? Et tu vas lui faire présenter quoi ? Parce que si c'est pour faire du Lemaire, elle ne sera pas aux cimaises, je te le dis de suite. Les fleurs, on n'en veut pas !

— T'inquiète, c'est déjà prévu, je vais la mettre sur des scènes de genre. Un peu d'antiquité, de l'Olympe en petit format. Évidemment, ça manque d'envergure, mais c'est plus commode. À la vente, ça s'arrache pour les nouveaux appartements qui sont de plus en plus étroits. Je confie les grands formats de prestige à mes garçons. D'ailleurs, cette année, tu n'oublieras pas mes gaillards, hein ?

Tony n'aimait pas qu'on le rappelle à l'ordre mais il acquiesça. Une chose pourtant le turlupinait :

— Pour l'Olympe, comme tu dis, il vaudrait mieux que ta fille sache faire des muscles et des cuisses ! Des torses virils et des poitrines de déesse. Et chez Madeleine, des cuisses nues, elle n'a pas dû en voir souvent ! Tu sais bien que les filles sont nulles là-dessus.

— Tatata, justement, en ce moment même elle est avec Marie sur une étude de nu.

— Déjà. Et tu l'y as mise comme ça, sans préambule.

— Oui.

— Elle a dû être choquée, tu es le seul à faire ça. Tu aurais dû la démarrer sur des plâtres.

— Non, pas de temps à perdre, coupa Julian. Tu verras ce que deviendra cette Alba après son passage à l'atelier. Elle sera méconnaissable et sera ma meilleure enseigne.

— Je croyais que ta meilleure enseigne c'était Marie. Ou Breslau.

— Il vaut mieux en avoir plusieurs. Marie ne va pas très bien, elle a des ennuis de santé. Quant à Breslau, elle est la meilleure et de loin. Elle a déjà eu des prix et des mentions, mais elle est ouvertement homosexuelle. Ça ne fait pas une affiche.

Tony Fleury secoua la tête. Des homosexuelles, le monde de l'art en était rempli, il ne voyait pas où était le problème. La peintre la plus cotée du moment, Rosa Bonheur, en était une elle aussi. Cela ne l'empêchait pas de jouir de l'estime des élites et de faire courir les foules dès qu'on exposait ses œuvres. Même l'Impératrice était allée la voir jusque dans son château de By, près de Fontainebleau.

— Et Marie ? reprit-il, tu lui as dit que pour la sélection on avait retenu trois de ses œuvres ?

— Non, je te laisse ce plaisir. Tu es son juge préféré, elle a confiance en toi. Vas-y. Et puis tu sais, elle ne va vraiment pas bien.

— Mais comment le sais-tu ?

— Sa mère me l'a dit. Elle en a pour un an à vivre. Pas plus.

— Un an ! Une jeune fille aussi fraîche qui respire la santé ! Je ne m'en serais jamais douté.

Dans l'atelier où la conduisit Julian, Alba n'eut pas un seul mouvement, pas la moindre expression qui puisse laisser entrevoir son malaise. Et pourtant, si Julian savait le choc que lui fit cette première leçon ! Elle prit sa place sous son œil aigu et elle accrocha sa feuille de dessin sans un battement de paupière. Puis elle leva les yeux pour donner son premier coup de crayon. La femme nue qui posait sur l'estrade n'était pas des plus jeunes, son corps lourd offrait des formes complexes à dessiner et très difficiles à regarder pour une jeune fille qui n'avait jamais vu une femme nue d'aussi près. Alba et sa mère vivaient dans un espace réduit, mais elles étaient très pudiques et se ménageaient des moments d'intimité lors de la toilette, de l'habillage et du déshabillage. Ici, la femme était accroupie comme si de rien n'était, les plis de son ventre avachi reposaient sur ses jambes repliées et de grosses veines couraient sur ses cuisses grasses et molles. La plante de ses pieds était recouverte d'une corne épaisse et, bien qu'elle ait mis un semblant de soin à se présenter et que la pose très étudiée épargne sa pudeur au profit de ses lignes complexes, son corps défait parlait de sa vie plus qu'elle n'aurait pu en dire. Une immense émotion étreignit Alba à la vue de cette peau et de cette vie mise à nu, tandis que Rodolphe Julian désignait à ses élèves, du bout d'un long bâton, les parties à développer ou à atténuer :

— Regardez bien là, disait-il en appuyant le bâton sur le haut de la cuisse, regardez l'ombre, elle est bleue, mais si vous la prenez de biais, il y a même du blanc. Alors soyez attentifs à la lumière, ça change tout.

Alba regardait le bout du bâton courir sur tout le corps et elle ne put s'empêcher de penser à sa mère. Ce fut si dur. Ce tout premier contact avec le dessin à l'atelier fut très fort, il imprima en elle une marque violente qui ne devait plus jamais disparaître de sa mémoire. Même au cours des mois qui suivirent, quand elle prit l'habitude du travail sur modèle vivant, même quand elle connut ces femmes qui posaient et comprit les liens respectueux qu'elles tissaient avec les jeunes filles de l'atelier, même des années après, Alba ne s'habitua jamais à cette situation. Et elle n'oublia jamais cette femme nue, accroupie comme une bête.

— Alors mademoiselle, vous vous en sortez ? C'est votre premier nu je crois, d'après ce que m'a dit M. Julian.

Tony Robert-Fleury s'était arrêté un instant et, en jetant un œil par-dessus son épaule sans qu'elle s'en aperçoive, il avait pu noter que, ma foi, la nouvelle se débrouillait très bien. Le modelé du corps apparaissait nettement et les proportions étaient là. Pour un premier travail, c'était remarquable.

— Fais attention, Alba, fit à voix haute Marie qui dessinait juste à côté, M. Tony Fleury est un homme influent, il préside aux destinées des tableaux du Grand Salon annuel et…

— Et je viens t'annoncer, jeune impertinente, la coupa Tony, que les trois œuvres que tu as envoyées sont acceptées. Tu seras aux cimaises cette année.

Un hurlement. Marie poussa un hurlement de joie, presque un cri de douleur tant il était intense. Elle sauta au cou du professeur, ahuri, et se mit à bondir partout comme un jeune chien fou affolé de grand air. Des larmes de bonheur inondaient son visage. Elle était si heureuse, sa joie était si forte et si sincère, que toutes celles de l'atelier applaudirent et vinrent l'embrasser. Exposer au Salon était en ces années-là l'unique possibilité de reconnaissance pour un artiste. Des scissions et des rébellions commençaient à apparaître avec des groupes divers, un salon des femmes peintres venait de naître, mais rien ne valait le Grand Salon de mai. Cette nouvelle fut un bref moment de bonheur dans un lieu qui en connaissait rarement, Alba l'apprendrait très vite. Une seule ne s'était pas jointe à la liesse générale. La jeune fille au profil aigu et à l'air peu engageant. Elle continua à dessiner comme si de rien n'était. Comme s'il ne se passait rien.

À la fin de la matinée, quand les élèves furent parties, juste avant de quitter l'atelier en compagnie d'Alba, Marie s'arrêta près de cette élève sombre. Elle s'appelait Louise Breslau et venait de Suisse. Sans argent, elle était arrivée à Paris avec le flot de sa génération d'artistes en quête de reconnaissance. Elle vivait dans des conditions très précaires et travaillait avec l'acharnement des vaillants. Toujours la première arrivée à l'atelier, elle était la dernière partie. Sa vie, c'était son art. Elle nourrissait une antipathie profonde pour Marie, l'enfant gâtée, la gosse de riche qui courait les salons mondains et les lieux de villégiature. Marie, qui avait un atelier pour elle alors qu'elle, Louise Breslau, passait des étés étouffants dans sa mansarde minuscule. Marie qui s'habillait de soie et de cachemire pour aller au théâtre ou à l'opéra pendant qu'elle grimpait la nuit dans son trou sous les toits où s'engouffrait le vent d'hiver. Marie, enfin, qui s'était mise à faire l'artiste et qui, pire que tout, avait du talent.

— Alors Louise, tu as vu, je serai aux cimaises cette année.

Louise Breslau lui jeta un regard d'aigle.

— Avec le tableau que tu avais fait sur l'atelier de Julian, siffla-t-elle, il pouvait difficilement en être autrement, non ? Quelle publicité ! Et puis, ajouta-t-elle, condescendante, sans doute as-tu fait des progrès.

Piquée au vif, Marie répliqua immédiatement :

— On m'a dit que pour ta part tu avais proposé un portrait.

— Oui, et alors ? sourcilla Breslau.

— Rien, c'est parfait. Je crois savoir qu'il s'agit du portrait de la fille de l'administrateur du *Figaro*.

— Je ne vois pas le problème, dit Louise sur ses gardes après avoir marqué un imperceptible moment de surprise.

Marie jubilait.

— Il n'y en a aucun. Au contraire. Faire le portrait de quelqu'un d'influent ça peut rendre service lors du choix du jury au moment de décerner les prix.

Et, sans attendre, elle tourna les talons. Une fois dans la rue, libérée, contente d'avoir eu le dernier mot, Marie raconta à Alba la guerre qui l'opposait à la Breslau, comme elle l'appelait.

— Tu vois, Alba, la Breslau n'en revenait pas. Je l'ai mouchée. C'est la meilleure d'entre nous, je te préviens, elle fait des pastels fabuleux et personne ne lui arrive à la cheville, mais elle a besoin de se faire remarquer elle aussi et son talent n'y suffit pas toujours. Elle ne savait pas que j'étais au courant pour son portrait. Si elle croit que je vais la laisser toujours insinuer des choses sur mon argent et mes relations sans me défendre, elle se trompe. La naïve Marie, c'est fini ! Fini !!!

Marie parlait tout en marchant et agitait les bras dans tous les sens, indifférente à l'effet qu'elle pouvait produire sur les passants, tout entière à sa colère.

Alba marchait près d'elle. L'élégance de la jeune fille russe, sa manie de s'habiller en blanc, ce chapeau en grosse paille jaune posé de travers et orné d'un nœud de mousseline qui ondulait au moindre de ses mouvements, quelle différence avec la robe de laine rêche et grise de la pauvre Breslau ! Alba aurait pu se sentir solidaire du dénuement matériel de Louise mais elle n'aimait pas son air revêche, méchant. Alba se sentait proche de Marie, dont un monde la séparait pourtant.

— Tu vois, continua la jeune aristocrate, quand je suis arrivée aux cours de Julian, elles ont été si jalouses de moi. Si méchantes...

Un nœud de sanglots noua sa gorge et elle dut s'arrêter de parler, laissant couler ses larmes. Puis elle retrouva presque aussitôt un sourire émerveillé.

— J'ai réussi. C'est ça qui est le plus important. Les juges ont pris trois tableaux. Je vais être au Salon. On verra mon travail. J'aime tellement mes petits Jean et Jacques, c'est si nouveau cette petite scène. Je n'en ai pas fait deux geignards comme ils font tous avec leur misérabilisme. Ils sont fiers, mes petits. Ils ont leur dignité, celle à laquelle tout le monde a droit. Tu te sens digne toi, Alba, non ?

Alba se raidit, ne comprenant pas où Marie voulait en venir.

— Oui, bien sûr, répondit-elle.

— Eh bien, eux aussi. J'ai bien réfléchi à ce que tu m'as dit l'autre jour au sujet de ce tableau, tu as tes raisons mais moi je crois que Jean et Jacques méritent bien un portrait. Leur tablier déchiré n'en fait pas deux idiots. Ils sont là, comme ils sont, et ils ont bien raison de nous regarder dans les yeux. Au nom de quoi ils les baisseraient ? Ils n'ont rien fait de mal. Je suis très fière de les mettre au Salon. Tout le monde les verra. Il y en a assez des nymphes dénudées, des vestales soupirantes et des paysannes en fleur de pacotille qui n'existent que dans le regard lubrique de certains des jurés ! Vive Millet, et Bastien-Lepage ! Avec eux au moins, les humbles sont transfigurés, ils atteignent des dimensions humaines. J'ai lu Zola, tu sais, et Maupassant. Ils m'ont ouvert les yeux et appris des choses. Tu les as lus, tu les connais ?

Marie était fantasque mais elle était vivante. Terriblement vivante. Il émanait d'elle une telle passion qu'elle vous emportait dans sa joie et jusque dans sa fureur. Marie riait, pleurait, se désespérait et Alba ne comprenait pas toutes ses colères, elle ne connaissait ni Zola, ni Maupassant ni Millet ni Bastien-Lepage, mais une chose était sûre. Avec Marie, c'était toujours la vie qui finissait par l'emporter, et elle riait de ses propres malheurs. Alba ne savait pas que cette amie nouvelle à laquelle elle commençait à tant s'attacher était condamnée, et elle ne pouvait savoir l'urgence à vivre qui la soulevait. Elles se séparèrent au pont des Arts. Marie regagnait les beaux quartiers et la très confortable opulence de son hôtel particulier et Alba s'enfonçait dans les ruelles pour rejoindre la mansarde où l'attendait Louise.

Quelques années auparavant, au temps où elle était reine dans tous les salons, Marie n'aurait très certainement accordé aucun intérêt à une fille comme Alba qui n'avait ni fortune ni rang. Mais la mort qu'elle savait si proche avait fait basculer ses repères habituels. Marie voyait désormais uniquement par le cœur et celui d'Alba lui semblait pur. Elle y trouvait l'intérêt que personne ne lui avait jamais accordé, elle qui avait suscité tant de fantasmes, de passions et de jalousies.

Et puis surtout, elle qui savait combien les médiocres arrangements et stériles querelles artistiques peuvent enlever d'idéal, devant l'aquarelle d'Alba, avec son bouquet de roses naïves flottant sur les eaux, elle s'était rappelé que l'art est aussi une forme d'innocence.

35

Au bout d'un mois à peine Alba avait pris un rythme idéal.

Le matin, à 7 heures, elle partait à l'atelier Julian où elle arrivait après une bonne heure de marche. Elle dessinait jusqu'à 13 heures avec une seule petite coupure vers 11 heures, puis elle revenait à la mansarde, achetait au passage les éventails vierges, remontait, avalait un bout de pain et se mettait à peindre les roses sur les éventails jusqu'à 19 heures. À ce moment-là Vivette arrivait, elles faisaient les comptes de la veille et la gamine repartait avec la marchandise.

Alba était satisfaite, tout se mettait en place. La seule chose qui lui pesait, c'était l'ambiance de l'atelier. Il y avait un rude esprit de compétition et une âpreté entre les élèves qu'elle n'avait pas connus chez Madeleine. Pour le travail, c'était nettement mieux que chez Mlle Robert, mais moins bien que chez Madeleine à cause des sujets que Julian lui faisait peindre. Elle copiait les maîtres classiques, alignait les perspectives et les pierres en ruine, les torses et les muscles. Elle ne comprenait pas qui pouvait s'intéresser à ces vestales dénudées et à ces déesses drapées, à ces dieux figés et à demi nus sur lesquels elle s'entraînait tous les jours. Mais ce qui la choquait le plus, c'était les ruines. Pourquoi fallait-il faire des architectures « cassées », au lieu de belles constructions en bon état ? Ça lui rappelait les deux gamins de Marie avec leurs habits déchirés.

D'où venait à ces gens riches qui se payaient des maisons luxueuses et qui portaient des habits merveilleux ce goût pour les ruines et les vêtements déchirés ? À ce qu'elle vivait comme une contradiction troublante, Alba n'avait pas de réponse. Elle avait voulu peindre de somptueux bouquets de roses en pensant que, comme Madeleine, elle séduirait ainsi une riche clientèle éprise de beauté. Or ce qu'elle découvrait la faisait douter. Julian disait que le goût des collectionneurs changeait et il ne jurait que par les scènes de genre.

— Les roses de Madeleine, c'est un style qui a vécu, d'ici peu plus personne n'en voudra. Attaque-toi à de vrais sujets, la clientèle veut de l'antique, de l'historique en petit format pour les salons, les appartements. Les bourgeois n'ont pas tous des salles de bal pour accrocher nos grandes œuvres. Les petits formats, c'est l'avenir. Dépêchez-vous d'en profiter mesdemoiselles, parce qu'avec la photographie qui nous vole les grands sujets et les impressionnistes qui théorisent à tout va, on va passer à autre chose et là… vous pourrez retourner à vos maris et à vos broderies !

Alba écoutait ces grandes envolées avec beaucoup d'attention.

Pourtant, Julian pouvait raconter ce qu'il voulait et même avoir raison, dans le fond de son cœur elle était sûre d'une chose. C'est en peignant les roses qu'elle avait éprouvé ses plus grandes émotions, ses plus grandes joies et sa plus terrible souffrance. Et jamais les hautes colonnes des temples antiques dressés vers le ciel et les dieux menaçants et puissants qu'elle dessinait imperturbablement ne lui avaient fait ressentir quelque chose de comparable à ce qu'elle avait connu en recréant la fragilité et la beauté de ces fleurs éphémères. La nuit d'orage revenait inlassablement dans ses pensées.

Elle avait beau essayer d'oublier cette nuit de douleur où ses roses blanches s'étaient teintées de son sang, elle n'y arrivait pas. Elle n'avait pas voulu garder le tableau et elle l'avait confié à Vivette sans lui donner d'explications mais en lui faisant promettre de ne le montrer à personne.

Vivette avait juré, craché !

Alba ne lui avait pas dit que, depuis ce tableau, elle avait définitivement renoncé à peindre d'autres bouquets de roses.

Sauf ceux des éventails qui étaient la seule exception qu'elle s'accordait. Et Vivette rouvrait la plaie régulièrement, sans s'en rendre compte.

— Tes roses rouges, elles sont... Tiens, c'est mieux que tout, j'en pleurerais de les regarder ! Quelle beauté !!! Tu dois peindre des roses, Alba, c'est ça qu'elles veulent les dames. Je te le dis moi. Quand je leur montre...

— Qu'est-ce que tu dis ? hurla Alba. Tu avais juré de ne les montrer à personne !

— Mais ne crie pas comme ça ! s'empressa la petite, affolée, je te parle de celles que tu peins sur les éventails. Elles s'extasient toutes ! Tu peindras jamais rien de plus beau que ces fleurs, je le sens, et je m'y connais mieux que ton Julian. Perds pas ton temps avec lui. Il sait les peindre, lui, les roses ?

Alba tenta en vain d'expliquer à Vivette qu'il était important de passer à autre chose. Les acheteurs voulaient des œuvres « antiques », « historiques ». Elle lui dit que Julian connaissait le marché, qu'il était un professionnel et que les roses de Madeleine c'était déjà du passé...

— Du passé, les roses !!! Vivette bondit, effrayée d'entendre pareille hérésie. Mais tu es folle ou quoi ? Et d'où il sort ça, ton Julian, que les roses c'est du passé !!! Je vais l'emmener avec moi quand les dames s'extasient, ça lui changera les idées à cet incapable ! Les femmes se jettent sur les roses depuis toujours. Et ça, tu m'entends Alba, ça m'étonnerait un peu que ça s'arrête demain. Les roses, elles sont dans le cœur de toutes les femmes, dans leur cœur ! (*Tout en parlant, Vivette tapait sa poitrine de son petit poing fermé tant elle ne pouvait croire à ce qu'elle avait entendu.*) Il faut être sacrément idiot pour dire une ânerie pareille, continua-t-elle, ce n'est pas la peine d'être un grand monsieur et d'avoir fait des « œuvres » comme tu dis. On s'en fiche de son « antique ». Les femmes, elles s'en fichent, je te le dis, moi ! Je le sais ! C'est des roses qu'elles veulent.

Alba resta bouche bée, ahurie d'une pareille charge.

— Tes roses, continua Vivette d'une voix étrangement radoucie, c'est plus que du soleil, c'est plus que tout... ça donne du bonheur même à ceux qui savent pas ce que c'est le bonheur. Parce qu'elles sont si belles qu'on rêve en les regardant. Et c'est grand, tu sais, de faire rêver ceux qui ne rêvent jamais. Tu peindras toujours des roses, c'est ta vie Alba. C'est ta vie !

Au fur et à mesure qu'elle parlait, la petite était devenue grave et Alba la sentait même au bord des larmes. Elle se demandait où Vivette pouvait trouver des mots pareils et elle ne comprenait pas d'où lui venait cette émotion soudaine, mais elle n'eut pas le temps d'approfondir. Aussi naturellement qu'elle avait enfourché la défense des roses, Vivette passa du coq à l'âne et revint à son sujet favori : faire davantage d'éventails pour gagner plus de sous.

Alba, bien que remuée par ce qu'avait dit Vivette, ne voulut rien changer. Il fallait réussir au Salon et c'est Julian qui l'y aiderait, de ça au moins elle était sûre ! Ce jour-là, pourtant, elle remarqua que la gamine avait fait d'incroyables progrès. Sa façon de parler, de se tenir, c'était imperceptible mais la petite se modulait, comme un caméléon qui, au contact d'autres univers, en devine les nouveaux codes et s'adapte. Un jour, sa métamorphose prit même un tour plus précis.

Comme tout le monde dans la cour, Louise connaissait la situation de Vivette et, à force de la voir venir le soir et d'échanger quelques mots avec elle, elle l'avait prise en affection. Un matin, n'y tenant plus de sentir son odeur plutôt nauséabonde, elle avait fait bouillir de l'eau, préparé la cuvette des grands jours, le savon de Marseille, et elle était allée chercher la petite. Vivette avait connu son premier bain. Toute maigrichonne dans ce baquet gris, les cheveux trop longs mouillés et collés dans son dos, elle avait l'air de ce qu'elle était : une petite misérable mal nourrie et qui avait grandi trop vite. Louise frictionna à tout-va, tailla dans la tignasse ébouriffée, retailla et brossa dans tous les sens. Puis elle fit tremper les vêtements dans une bassine, les frotta avec acharnement et les mit à sécher à la fenêtre. Vivette se laissa faire sans dire un seul mot, signe chez elle d'une grande perplexité. À la place de sa tignasse rousse pleine de nœuds, Vivette avait une belle chevelure soigneusement coiffée qui dégageait son front et mettait en valeur ses yeux pétillants. Mieux, elle sentait le propre. Une bonne odeur de savon de Marseille. Louise lui façonna aussi une robe avec des morceaux de tissus récupérés au couvent.

Quand le dernier ourlet fut cousu, quand Vivette enfila la robe de laine ivoire gansée de bleu, Louise rayonna. Elle regardait la petite avec des yeux éblouis comme si elle la voyait pour la première fois. C'est elle qui avait fait ce miracle, et avec trois fois rien ! En la regardant, elle ne cessait de répéter :

— Ça alors ! Ça alors !

De son côté, Vivette ne savait plus comment se tenir. Depuis sa naissance, elle n'avait jamais porté que des chiffons récupérés à droite et à gauche. Libre de tous ses mouvements, elle ne s'était jamais posé la question de son maintien mais là, d'un seul coup, dans un vêtement fait à sa taille, elle sentait son corps maintenu et cette sensation nouvelle la déstabilisait complètement. Malhabile, elle n'osait plus bouger, elle ne se reconnaissait pas.

— Et alors ! Tu ne dis rien ? Tu es belle pourtant, tu sais, on a beau dire mais un bel habit ça vous change quelqu'un ! Si tu te voyais !

Louise attendait des cris de joie, au moins quelque chose pour lui dire qu'elle n'avait pas travaillé pour rien, que Vivette était heureuse de porter ces vêtements. Mais à sa grande stupeur Vivette se déshabilla et, sans rien dire, remit ses vieux habits dépareillés. Puis elle s'enfuit en courant dans l'escalier en emportant ses nouveaux habits dans ses bras. Louise n'y comprenait rien. Elle attendit le soir avec inquiétude. Que se passait-il dans la tête de Vivette ?

La gamine revint à la tombée de la nuit pour prendre les éventails et la désillusion de Louise fut totale. Elle en fut profondément meurtrie. Pourquoi Vivette rejetait-elle d'un coup tout ce qu'elle avait fait et qui leur avait donné tant de plaisir ?

Des jours passèrent et il ne fut plus question de rien. Pire, Vivette régressait, elle semblait même encore plus sale qu'avant. Et puis, un soir, elle arriva en retard, toute pâle. C'était si extraordinaire que Louise et Alba ne virent qu'une seule possibilité : elle devait être malade. Le lendemain elle ne vint pas. Elles attendirent le surlendemain, Vivette ne revenait toujours pas. Sans Vivette, plus de vente d'éventails, plus d'argent. N'y tenant plus, Alba décida d'aller voir ce qui se passait. Elle se dirigea vers le bâtiment le plus au nord de la cour, dans le seul angle où le soleil ne pénétrait jamais et qui gardait au sol une humidité noirâtre. Là vivaient les familles les plus déshéritées. Dans le couloir, l'odeur était pire que partout ailleurs et la porte de la chambre borgne où vivait la famille de Vivette était fermée. C'était très inhabituel. Alba frappa à la porte. Aucune réponse. Elle frappa plus fort, toujours rien. Ne sachant que faire et ne voulant pas repartir comme ça, devinant qu'il y avait quelqu'un derrière la porte, Alba se décida à l'entrouvrir. Une odeur atroce la prit à la gorge. Saisie, elle esquissa un mouvement de recul. Dans l'obscurité, assise sur la chaise à la place habituelle de sa mère, Vivette était en train de tordre les carcasses de fer à la lueur d'une bougie. Sur le lit on devinait une masse informe allongée et deux petits qui regardaient avec des yeux ronds. Les yeux exorbités, Vivette resta figée avec sa carcasse à la main face à Alba, ahurie. Comme Vivette ne bougeait pas, Alba ouvrit la porte en grand pour y voir davantage. L'air s'engouffra et le jour éclaira la pièce.

— Qu'est-ce qui se passe, qu'est-ce que tu fais là ? articula enfin Alba avec sa main sur sa bouche et sur son nez pour se protéger de la puanteur persistante.

Comme elle avançait dans la pièce, son regard fut attiré par la masse sur le lit qui ne bougeait pas. Elle reconnut la mère de Vivette. Allongée, les yeux ouverts, celle-ci fixait quelque chose avec un sourire béat au bord des lèvres. Suivant son regard, Alba découvrit au mur la grande aquarelle de roses rouges accrochée face au lit. Les rouges profonds des roses luxueuses qu'elle avait peintes vibraient à la lueur de la bougie.

Sidérée, Alba regarda Vivette qui était devenue toute pâle, puis elle regarda à nouveau la maman de Vivette et c'est seulement à cet instant-là qu'elle comprit. La maman de Vivette ne respirait pas, son regard ne voyait plus rien. Elle était morte et la puanteur venait de ce lit. Alba poussa un tel hurlement de terreur que les deux petits qui l'observaient, hagards, sursautèrent comme s'ils se réveillaient d'un long et douloureux coma et se mirent à hurler. Vivette se leva d'un bond, laissant tomber au sol sa carcasse de fer et d'un geste brusque totalement inattendu en un pareil moment, elle se jeta sur l'aquarelle qui ornait le mur et s'empressa de la détacher. Elle la roula prestement et le somptueux bouquet de roses rouges disparut entre ses mains. Fébrile, elle la tendit à Alba en s'excusant :

— Pardon, je l'avais mise là pour que maman la voie depuis son lit. Elle les aimait tant !

Puis elle s'assit près de sa mère et, comme si celle-ci avait encore été vivante, elle se mit à lui parler en lui caressant la tête avec une infinie douceur. Les deux petits s'étaient tus et Alba, pétrifiée, écoutait le récit de Vivette comme dans un songe.

— Tu sais, disait-elle, je ne t'ai pas trahie, j'ai montré tes roses à personne comme tu m'as dit. Je te jure... Mais quand j'ai vu que maman allait si mal, je les ai sorties de dessous le lit pour qu'elle voie quelque chose de beau avant de partir au ciel. Tu aurais dû voir les yeux qu'elle a faits ! J'ai même cru qu'elle allait revivre. Elle souriait, c'est la première fois que je l'ai vue sourire... tu comprends ? Tu me pardonnes ?

Alba n'eut pas le temps de répondre, la chambre fut envahie. La concierge venait de faire irruption, suivie de plusieurs personnes attirées par le hurlement d'Alba. Tous criaient et parlaient à la fois. Alba serra son aquarelle roulée entre ses mains et s'enfuit.

Elle courut sans s'arrêter jusqu'à la Seine.

Une atroce envie de vomir lui montait des entrailles. Elle s'arrêta au bord du fleuve, essoufflée. Les eaux lourdes charriaient des péniches de couleur. Son cœur s'était mis à cogner dans sa poitrine si fort qu'elle crut qu'il allait exploser. Elle revoyait Vivette, la morte avec ses yeux énormes, et les petits, leurs cris, l'odeur et... ses roses accrochées sur ce mur si laid. Elle serra l'aquarelle contre elle. Ses roses de sang vibrantes de son propre amour et de sa propre chair, ses roses faites pour l'amour de Frédéric, pour ce seul amour ! Elle réalisait que ces fleurs qu'elle avait peintes afin qu'elles vibrent un jour dans le cœur de celui qu'elle aimait tant, ces mêmes fleurs sacrées avaient échoué devant le regard vide de cette morte au visage ravagé par l'alcoolisme ! Alba manqua d'en chavirer de douleur. Il lui sembla qu'on venait de lui voler son âme. Le vent fouettait son visage et soulevait en vaguelettes frissonnantes les eaux sombres du fleuve. Elle restait immobile, glacée. Les péniches de couleur fuyaient avec leurs chargements vers des lieux inconnus et elle les regardait s'éloigner sans les voir. Elle réalisa que ses roses qui avaient vécu en dehors d'elle dans le regard de cette morte pouvaient partir un jour elles aussi à l'autre bout du monde pour éclairer le regard d'inconnus qu'elle ne connaissait pas et auxquels elle ne les avait pas destinées.

Alba découvrait dans sa chair que toute création échappe à son créateur.

Cette découverte fut d'une violence insoutenable. Comme ce fleuve, le fleuve des hommes emporterait l'amour qu'elle avait mis dans ses fleurs et tous pourraient s'abreuver à sa source. Que resterait-il alors pour celui qu'elle avait tant aimé ? Ce Frédéric qu'elle ne voulait plus ni voir ni entendre, mais dont elle rêvait encore qu'il puisse revenir dans sa vie tel qu'elle l'avait connu au premier jour, porteur d'un amour si fort. À quoi bon avoir mis dans sa peinture tout son amour si n'importe quel inconnu pouvait s'en emparer !

36

On sut que les enfants étaient restés silencieux pendant deux longs jours et deux longues nuits, accroupis sur le lit près de leur mère morte.

Vivette avait fait comme si sa mère était encore en vie. On ne put rien tirer d'elle, on ne sut ni comment ni pourquoi elle n'avait rien dit à personne, pas même à Alba ni à Louise qui étaient si proches d'elle. Le médecin qu'on fit venir pour constater le décès comprit que la mère avait eu une grosse pneumonie, qu'elle s'était couchée et ne s'était plus relevée. Dans l'état d'alcoolémie où elle était, il n'y avait rien d'étonnant. Vivette l'avait soignée comme elle avait pu en la frictionnant et en l'alimentant tant bien que mal, puis elle avait continué à vivre comme si de rien n'était.

Le malheur de Vivette provoqua une véritable commotion dans le cœur de Louise. Elle réalisa que pendant que la maman de Vivette se mourait, elle avait, en s'occupant de la petite, pris sans le savoir une place qu'aucune autre femme au monde ne pouvait prendre dans le cœur d'un enfant. C'est pour cette raison que Vivette avait fui, qu'elle avait remis ses vieilles hardes. Pour rester fidèle à celle qui l'avait mise au monde et qui, malgré son dénuement, n'avait jamais abandonné aucun de ses trois petits. Vivette fut gaie tant que sa mère fut vivante, mais sa joie s'en alla avec elle et elle se serait petit à petit enfoncée dans la nuit avec ses deux petits frères si Alba n'était venue ouvrir sa porte.

Louise prit les choses en main avec un courage et une énergie dont elle se croyait incapable. À presque quarante ans, elle, qui se sentait devenue molle et lourde, retrouva toute la vivacité de ses dix-huit ans. Elle n'acceptait pas un pareil malheur, il fallait agir. Pas question de mettre les petits à l'orphelinat ! Elle les extirpa juste à temps de la voiture des gendarmes qui s'apprêtaient à les emmener :

— Ils sont à moi, ils sont à moi ! hurla-t-elle en courant, à la grande stupéfaction des badauds rassemblés.

D'autorité, elle tira Vivette hors de la voiture où on l'avait assise, puis, sans que quiconque ait le temps de l'en empêcher, elle y monta et se saisit des deux petits. Elle fit si vite et avec tant d'assurance que personne ne s'y opposa vraiment, ni la concierge qui n'en revenait pas, ni les gendarmes qui étaient plutôt satisfaits d'être débarrassés du problème :

— Mais qui êtes-vous ? osa seulement le brigadier.

— Leur tante, mentit Louise sans hésitation.

Interrogée, la concierge confirma. Louise était une bonne locataire sans histoire, alors si elle voulait les gosses, elle se dit que c'était tant mieux pour eux.

— Bon, bon, fit le brigadier à Louise, alors vous vous en chargez ?

— Oui, oui. Ne vous inquiétez pas.

Ce fut tout, le ton de Louise était ferme et clair, personne n'en demanda davantage.

Quand ils furent partis, Louise s'en alla pour le couvent avec les gosses dans les bras. Vivette la suivit sans rien dire, comme une somnambule. Louise connaissait peu de monde mais elle remua tout ce qu'elle pouvait. Elle réussit à convaincre les sœurs de garder les enfants juste le temps de se retourner et d'organiser les choses. Puis elle écrivit aux femmes de Bagnères et leur expliqua la situation : il fallait trouver une famille pour les deux petits, au moins pour la première année. Vivette resterait chez les sœurs pour le moment, après on verrait. La réponse vint rapidement par retour du courrier. C'était oui, Jeanne garderait les deux petits avec l'aide de Juliette et de Colette.

« Ne te fais aucun souci, on n'a pas beaucoup de sous mais ils auront toujours de quoi manger et un toit, écrivit Juliette. Envoie les petits avec le pèlerinage du rosaire qui vient à Lourdes depuis Paris. Demande au père de votre paroisse, je suis sûre qu'il acceptera de les prendre en charge pour le voyage. Nous, on ira les chercher au train. Je m'en occuperai la journée avec Colette et la nuit ils dormiront chez Jeanne. On leur prépare une petite chambre bien mignonne. J'ai fait passer le lit de mon petit qui est devenu grand et Colette en a donné un autre qu'elle gardait au grenier. On en a profité pour fouiller dans les cartons, tu sais ici on a toutes mis de côté les brassières de nos bébés et leurs petits habits. On a retrouvé des merveilles ! Si tu savais comme on a ri en retournant nos cartons, ça nous a rappelé de beaux souvenirs, je revoyais mon poupon dans sa grenouillère ! Ah ! on a hâte de voir nos petits gaillards, ça va nous rajeunir ! Ils vont être bien soignés, ne t'inquiète pas. Et puis comme ça tu viendras nous voir cet été, qui sait, ça te décidera peut-être ? On pense à vous et à Alba, dis-lui combien ses roses nous donnent de bonheur. Elles sont si belles ! Jeanne les a accrochées dans sa cuisine et on en profite toutes. Surtout, dis-le bien à Alba ! »

C'était toujours une surprise pour Louise de s'entendre dire que les peintures de sa fille touchaient à ce point le cœur de ceux qui les regardaient. Cette lettre lui mit les larmes aux yeux, surtout ce *« nos petits »* que Juliette avait écrit naturellement. Quelle générosité ! Et si spontanée ! Elle sut vraiment pourquoi elle s'était tant attachée aux femmes de la rue Saint-Jean de Bagnères-de-Bigorre. Avant même qu'elles ne les aient vus, ces petits étaient devenus les leurs.

Les petits frères de Vivette partirent pour le Sud-Ouest et le grand air des montagnes dans un long train rempli de voyageurs heureux qui chantaient des airs pleins de candeur.

Sœur Clotilde et Louise les confièrent au père qui menait le pèlerinage et qui les accepta sans aucun problème, ravi lui aussi d'aider. Vivette regarda ses petits frères partir les yeux secs mais, dans son visage tendu, Alba pouvait lire une grande détermination et elle l'entendit dire dans un souffle :

— Je les reprendrai avec moi un jour.

Dès le lendemain, Vivette se remit à vivre comme si de rien n'était et plus un seul soir elle ne manqua le rendez-vous des éventails. Elle semblait même encore plus acharnée qu'auparavant. Un jour, elle entendit une cliente dire aux sœurs qu'elle avait acheté un gracieux éventail pour pas cher, cent sous. L'objet qu'elle brandissait était ordinaire, si ce n'est qu'il avait une élégante cordelette de satin nouée qui faisait son effet. L'information ne tomba pas dans l'oreille d'une idiote. Non sans mal car les sœurs étaient parcimonieuses, elle obtint l'autorisation de récupérer dans l'atelier de broderie les chutes de rubans, de cordelettes et autres bouts de satin ou de soie qu'elles ne pouvaient recycler et, avec ce sens inné de la débrouillardise qui lui avait fait faire de beaux bouquets avec des fleurs de caniveau, la petite réussit à décorer de fanfreluches improbables les éventails peints par Alba, leur donnant l'air de riches accessoires. Puis elle coiffa ses cheveux comme l'avait fait Louise, enfila la jolie robe gansée de bleu et, sans avertir Alba ni personne, elle fit passer la vente d'un éventail de quarante sous à cent sous. Le risque était grand de se retrouver avec de la marchandise invendue et Vivette n'était pas si fière en partant vers les boulevards. Pourtant le succès fut total. Vivette vendit les dix éventails. Sa joie fut sans commune mesure, immense. Elle avait pris une initiative osée et elle avait réussi. Elle rentra en courant, gravit les étages quatre à quatre, ouvrit la porte sans même frapper et jeta les cinquante francs sur la table d'Alba et de Louise, ahuries de ce déballage.

— Cent sous l'éventail !!! Mais tu es folle ! hurla Alba après qu'elle lui eut tout expliqué. Ça va durer quelques jours et après ce sera fini. Tu gâches le marché ! Tu n'aurais pas dû, on ne nous achètera plus rien !

Contre toute attente, Louise la coupa avec autorité :

— Vivette a raison. Elle s'y connaît mieux que toi, fais-lui confiance. Les cinquante francs, ils sont là et elle ne les a pas volés. Tu ferais mieux de la remercier au lieu de lui crier après. Occupe-toi donc de dessiner et pour la vente, laisse-la se débrouiller. À chacun son métier.

Surprise, Alba bredouilla quelques mots incompréhensibles. Depuis que sa mère avait sauvé les petits de l'orphelinat, elle avait moins d'arrogance et se taisait quand Louise haussait le ton.

Alba avait fui, elle avait laissé Vivette et les petits seuls avec ceux de la cour en emportant son tableau. Elle n'en était pas fière et pourtant, si c'était à refaire, elle n'était pas sûre de ne pas recommencer. Elle ne pouvait repenser à cette scène et à ses roses sur ce mur sans une énorme angoisse. Depuis ce jour, d'ailleurs, elle avait été incapable de dérouler l'aquarelle et elle l'avait glissée sous leur lit en la cachant tout au fond, contre le mur.

Pour les éventails, Louise avait vu juste, le soir suivant et tous les autres soirs, Vivette vendit tout. C'était seulement un peu plus délicat, il fallait aller aux bons endroits, là où les femmes ont des moyens. Vivette les connaissait bien et changeait de coin régulièrement pour ne pas éveiller la jalousie des autres marchandes. Un soir par-ci, un soir par-là, elle dosait ses apparitions, et s'il y avait dans les parages de la marchandise trop chère, elle filait ailleurs. Pas question de se mettre en concurrence avec celles qui payaient de lourdes patentes et qui auraient pu créer des problèmes.

Quand elles faisaient les comptes, Alba remerciait le ciel qui lui avait permis de rencontrer cette gamine que rien n'effrayait et Vivette retrouvait ce sourire et cette gaîté qu'on lui avait toujours connus. Leur affaire tournait bien, si bien même qu'au bout d'un mois elles eurent assez d'argent pour en envoyer à Bagnères, acheter une carriole et payer la patente. Vivette crut défaillir de joie. Légitime ! Elle était légitime ! Enfin, peut-être était-elle en train de l'emporter sur son destin de malheur.

— Tu vois, dit-elle en brandissant sa carte de patente sous les yeux d'Alba, cette carte c'est grâce à tes roses, et le sourire de maman là-haut dans le ciel, c'est aussi tes roses ! Elles sont magiques, je l'ai toujours su.

Alba frémit et tourna les talons. Elle ne voulait pas entendre parler de ses roses.

— Elle n'écoute rien, râla Vivette auprès de Louise, pourtant j'ai raison. Elle nous dit pas ce qu'elle peint chez ce Julian, mais moi je me méfie.

— T'occupe, répondit Louise. Le dessin c'est son affaire non ? De quoi tu te mêles ? D'ailleurs, j'ai des choses à te montrer.

— Ah bon, et quoi ? demanda la petite, surprise.

Louise s'agenouilla sur le plancher et glissa son bras sous le lit d'où elle extirpa sa boîte à trésors. Sous les yeux de Vivette, qui n'en revenait pas, elle sortit une série de mouchoirs qu'elle déplia délicatement.

— Ooooohhhh ! s'exclama Vivette en découvrant dans le coin des mouchoirs de ravissantes broderies de roses rouges.

— Je les ai brodées en cachette, avoua Louise. Figure-toi que j'ai trouvé une aquarelle d'Alba cachée sous le lit. C'est un magnifique bouquet de roses rouges. Si tu le voyais, une vraie merveille ! Je ne lui ai rien dit parce qu'elle ne doit pas vouloir me le montrer. Mais je n'ai pas pu m'empêcher de le regarder souvent et ça m'a donné envie d'en broder de pareilles. Qu'est-ce que tu en penses ?

Vivette s'émerveilla :

— Tu vas vendre les mouchoirs brodés avec les éventails, on aura plus de marchandise et on mettra les sous de côté pour descendre en train à Bagnères voir les petits, tu veux ?

Aller voir ses petits frères ! Et en train ? Vivette n'en croyait pas ses oreilles.

— Oui, s'enflamma-t-elle alors pleine d'espoir, et puis on pourra fabriquer d'autres choses. Dix sous plus dix sous, plus dix sous, ça monte vite !

Vivette s'y voyait déjà, elle bouillonnait et Louise, en l'écoutant, s'enthousiasmait, elle aussi. Elle se prit à rêver de broder des mouchoirs depuis Bagnères et de les envoyer à Vivette pour la vente à Paris. Mais il y avait tant de difficultés ! Comment payer à l'année une patente et un logement pour Vivette à Paris et en même temps un logement à Bagnères ? Il en faudrait des sous et on était loin du compte, même avec les éventails à cent sous. Devant la montagne à gravir, Louise reprit le sens des réalités. Pourtant Vivette avait le don de croire en tout. Avec sa ferveur tout devenait possible.

Alba sentait bien le changement qui s'opérait autour d'elle. Vivette et sa mère rayonnaient, étaient pleines d'énergie et l'ambiance dans la chambre était toujours gaie. Mais elle ne pensait encore qu'à son amour perdu, qu'à son Frédéric qui l'avait trahie, et n'avait qu'une obsession : le Salon !

— Quand ira-t-on à Bagnères voir les petits ? demanda Vivette un soir comme si elle lisait dans les pensées de Louise.

— Après le Grand Salon des Arts, juste avant l'été, répondit cette dernière. Mais surtout ne dis rien à Alba, ce sera une surprise. Elle ne pense plus qu'à ce salon, je ne sais pas ce qu'elle en attend parce qu'elle ne me dit rien mais je suis inquiète. Et je pense qu'après, si ça ne se passe pas bien, l'idée de partir là-bas la réconfortera.

37

— Écoutez un peu ça ! Mais taisez-vous, bon Dieu, sinon je n'arriverai pas à parler !

— Oh, oh ! Silence ! Silence ! M. de Montaiglon a quelque chose à nous dire. On l'écoute et on fait la photo aussitôt après.

Robert-Fleury adorait ces moments d'excitation juste avant l'ouverture du Salon quand ils se retrouvaient entre hommes.

On entendait à l'extérieur le grondement de la foule amassée qui attendait de pouvoir entrer, cependant que, sur son escabeau, à moitié dissimulé sous une toile noire, le photographe, dans un état de fébrilité extrême, réglait ses appareils. Pour l'aider à sa mise en place, deux gardes en blouse tiraient une corde derrière laquelle ils maintenaient tant bien que mal les membres du jury, indisciplinés et joueurs. Gais comme des pinsons dans leurs habits sombres comme des corbeaux, pantalons cassés juste ce qu'il faut sur des chaussures bien cirées, vestes noires à haut boutonnage et redingotes étroites, petits nœuds sur cols de chemise amidonnée et lavallières artistiquement nouées, ils agitaient leurs cannes en tous sens. Les membres du jury, quand ils n'étaient pas en scène et qu'il n'était pas question de l'évaluation de leurs talents réciproques, étaient rarement sérieux. Ils adoraient jouer aux élèves indisciplinés. Perché sur son escabeau, le photographe s'énervait :

— Calmez-vous, messieurs, calmez-vous ! Sinon je ne réponds plus de rien, la photographie sera floue et vous ferez des difficultés pour me la payer comme l'an passé.

— Notre photographe a raison, écoutez-moi, écoutez-moi ! beuglait le journaliste qui brandissait une revue à bout de bras.

D'un large revers de main, Tony Robert-Fleury fit taire tout le monde et Anatole de Montaiglon put enfin s'exprimer.

— Chers amis, comme le veut la tradition, j'ai millimétré le Salon en compagnie de Maignan ci-présent et je récapitule. Ainsi que vous pourrez le lire dans l'article d'ouverture que je vous consacre dans ma revue *Art Journal*, je vous informe en avant-première que cette année vous avez l'auguste devoir de juger trois mille six cent trois œuvres sur des sujets militaires, autant d'autres inspirées de l'Antiquité. S'ajoutent à cela deux mille quatre cent deux toiles de paysages et des scènes de genre, mille deux cent une d'intérieurs, autant de portraits, etc., etc. Soit un total de quinze mille six cent quatorze mètres carrés de toiles peintes !

Une clameur l'interrompit. Ce chiffre les fit exulter. Mais ce n'était sans doute pas assez pour Anatole. Il avait réservé une conclusion audacieuse destinée à mettre le feu aux poudres :

— Et ce n'est pas fini, écoutez ça, mes amis ! hurla-t-il.

La clameur stoppa net, qu'avait-il encore à dire ?

— Quinze mille six cent quatorze mètres carrés, dit Anatole de toute sa voix, c'est aussi, selon de savants calculs confiés à notre ami Maignan : treize kilomètres d'œuvres bout à bout.

Les rires fusèrent. Pris d'une frénésie incontrôlable, les jurés jouèrent avec leurs hauts-de-forme, les faisant tomber au sol à coups de canne. On aurait dit des enfants braillards qui, à la fête foraine, décanillent des boîtes de fer.

— Quel Salon, mes amis ! s'exclama Tony Robert-Fleury, ravi de ce brouhaha festif. On n'a jamais fait un aussi long parcours.

Déchaînés, les membres du jury trépignèrent alors de concert pour manifester leur immense joie. La cacophonie était à son maximum.

— Messieurs, messieurs, trépigna à son tour le photographe, si vous ne vous alignez pas immédiatement derrière la corde, je pars !!!

— Allons mon ami, ne vous fâchez pas, le calma Tony Robert-Fleury, nous sommes à vous.

Il y eut encore un peu de brouhaha, de rires, puis ils s'alignèrent, enfin conscients de l'importance du cliché. Il y eut bien quelques cannes en l'air, quelques hurluberlus chahuteurs, mais tous les hauts-de-forme avaient retrouvé leurs crânes respectifs. Le flash les immortalisa.

— Bon, fit Robert-Fleury, satisfait de cette entrée en matière. Et maintenant, chers membres du jury, reprenez votre air sérieux, l'heure est grave. On ouvre les portes.

— Oui, et préparez-vous à recevoir des volées de bois vert, cachez-vous dans la foule ! pouffa en rigolant un juré flanqué comme un grand diable.

— Mon Dieu, ajouta un autre en faisant mine de prendre un air dépité, Tony, avez-vous la liste de nos artistes qu'on a « envoyés au ciel » ? Que je les évite si par malheur je les croise !

Le Grand Salon étant l'unique lieu de reconnaissance d'un peintre et l'unique possibilité pour lui d'espérer vendre quelque chose, l'affluence était considérable. Au fil des ans c'était devenu pléthorique, aussi on accrochait les toiles de bas en haut et il n'y avait plus un seul espace de libre sur les cimaises du Salon. Forcément, si vous étiez tout à fait en bas, on avait peu de chances de vous remarquer, mais encore on pouvait se baisser. En revanche, si on vous « envoyait au ciel », c'est-à-dire tout en haut, autant dire qu'on vous excluait car il était impossible, vu la hauteur, de voir quoi que ce soit.

— Mais vous n'avez pas besoin de la liste, répliqua Fleury. D'ailleurs vous savez bien qu'il est impossible de s'y tenir, au dernier moment on a eu des pressions comme d'habitude et il a fallu décrocher et raccrocher. Même moi, je ne sais pas où j'en suis, alors ! Faites comme d'habitude, rejetez-vous la faute les uns sur les autres. N'hésitez pas à vous débarrasser des importuns, promettez avec force, dites que l'an prochain ils seront à bonne hauteur. Les promesses ça marche toujours, vous savez bien. « Les premiers seront les derniers », ce n'est pas moi qui ai inventé cette pieuse et efficace maxime. Utilisez-la ! Allez allez, au charbon !

Et il clama l'ordre d'ouvrir les portes.

Ce fut la ruée. Les visiteurs qui attendaient en masse se bousculèrent, certains manquèrent de périr étouffés, il y eut des évanouissements et des cris, des coups d'ombrelle, des robes déchirées, des hauts-de-forme écrasés. Il y eut quantité et quantité d'insultes.

De loin, perché sur son piédestal, Tony Robert-Fleury lissait tranquillement sa barbichette du bout de ses doigts. Il regardait cette foule élégante et cultivée entrer en se piétinant.

Cela promettait d'être un très grand Salon.

Alba et Marie laissèrent prudemment passer le gros de la cohue.

Cette année-là, il faisait beau et il régnait une douce ambiance propre aux premiers jours de printemps. Nombre de visiteurs prudents comme elles attendaient un moment avant d'entrer afin de ne pas être écrasés par cette foule. Ils déambulaient, sourire aux lèvres en tenant dans leurs bras des femmes gracieuses, vêtues des tout derniers modèles en vogue. Mousselines claires, chapeaux de paille fine avec nuages de plumes, longs colliers sur la poitrine, ombrelles de dentelle et bras gantés de chevreau blanc, ces dames et demoiselles ne se lassaient pas de faire admirer leurs toilettes.

Alba et Marie étaient venues ensemble avec Coco, le petit chien de la jeune aristocrate. Marie l'avait voulu ainsi.

— Je veux y aller avec toi et avec mon Coco. C'est tout.

— Aller au Salon avec moi ! Mais ce n'est pas possible. Je n'ai rien à mettre de convenable, avait dit Alba en montrant sa robe terne. Tu vas être si élégante, on va se demander ce que tu fais avec une fille pareille.

— Je fais ce que je veux, avait ragé Marie. Mais pour la robe tu n'as pas tort. C'est même essentiel, on te regarde des pieds à la tête. Tous ces gens-là sont pleins d'a priori. Inutile d'en rajouter ! Tu viendras t'habiller chez moi, on a la même taille. J'ai tout ce qu'il faut.

Alba s'était glissée dans les vêtements de Marie comme dans une seconde peau. Ils lui allaient à la perfection. Elle qui n'avait jamais porté rien d'autre que de mauvais tissus, elle avait eu en la robe de soie blanche un frisson de volupté qui lui était totalement inconnu.

— C'est drôle, avait dit Marie en la regardant, tu n'es plus la même et pourtant on dirait que tu as toujours été ainsi. Le luxe te va bien, tu le portes avec une aisance surprenante. Sais-tu que ce n'est pas si simple ? (*Et elle ajouta non sans malice :*) N'aurais-tu pas quelque prince par hasard dans ta famille ?

Un prince !!! Alba n'avait pu s'empêcher de rire.

— Non, ça au moins c'est sûr, avait-elle répondu.

— Eh bien, alors c'est ton naturel.

Un rouge de plaisir colora les joues d'Alba. Elle se sentit autre. Le gros de la foule ayant fini de rentrer dans le Salon, les derniers visiteurs s'y dirigèrent à leur tour calmement. Alba s'avança aux côtés de Marie dans la robe aux formes moulantes qui donnaient à son buste parfait un air de statue antique. Ses cheveux étaient relevés sur le haut de sa nuque et quelques mèches indisciplinées soulignaient l'or de son regard.

Elle était magnifique !

« Comme j'ai eu raison ! » se disait-elle intérieurement en surprenant les regards masculins qui s'attardaient sur sa silhouette racée.

Entrer dans ce Salon prestigieux, parmi cette foule élégante, savoir que sa toile était accrochée avec celles des grands peintres reconnus, tout lui semblait irréel. Et pourtant ! Elle y était. Elle était là où elle avait toujours voulu être, au cœur d'une société exigeante et cultivée. En cet instant, elle se félicitait d'être allée chez Julian.

Alba gravissait enfin les marches du Salon qui la mèneraient au succès ! Elle oublia les heures pénibles passées dans le froid de l'atelier à dessiner des choses contraignantes qui ne lui évoquaient rien et ne lui plaisaient pas, elle oublia l'austérité et la dureté des cours, elle oublia cette *Diane au bain* sur laquelle elle avait souffert sans aucun plaisir.

— Relève bien la traîne de la robe sur ton bras gauche sinon elle va te jouer des tours, lui souffla Marie à voix basse. Et puis souris, c'est capital. Il faut plaire. C'est ta première sortie, tu dois les éblouir.

Marie avait raison. Alba trouva naturellement les gestes élégants qui convenaient au port d'une pareille toilette. Elle releva délicatement le bas de sa robe, découvrant par ce mouvement une jupe de dessous en foulard garnie de broderies et dévoilant à ses pieds d'élégantes chaussures de satin noir à pointes chinoises. Marie avait organisé pour elle ce mélange savant de coquetterie très précurseur et Alba n'avait pas osé la contrarier. Elle aurait préféré plus simple qu'une robe à traîne, mais Marie s'était récriée.

— Tu es folle ou quoi ? Une robe sans traîne pour un événement pareil ! Si tu veux faire tes pas dans le monde tu vas devoir te plier à ses extravagances. Il n'y a que ça qui plaît : l'extravagance. Pour exister au Salon quand tu es une femme et que tu as réussi à être aux cimaises, il faut être vue et admirée. Ça facilite les choses. Allez viens, entrons !

38

La tante Mathilde ajusta son lorgnon.

Assise juste à l'entrée, avec à ses côtés son amie Louise de Brantes et Eugénie qui attendait Madeleine, fidèle à son occupation favorite d'observation des foules mondaines, elle n'en croyait pas ses yeux.

— Ça alors, s'exclama-t-elle, mais je ne rêve pas ! Regardez qui vient d'arriver ! C'est bien l'excentrique jeune fille russe dont tout le monde parle et elle est avec la jeune fille qui est venue me voir pour aller chez Mlle Robert ! Mais que fait cette jeune fille ici et dans cette tenue ? Et moi qui la croyais dans le besoin !

Eugénie prit son face-à-main, et pointa son regard sur Alba.

— Mais, fit-elle, je la connais. C'est la jeune fille qui a peint mon éventail. Je ne serai pas certaine de reconnaître son visage mais j'avais remarqué la couleur de ses yeux. Ce regard jaune d'or c'est si rare, je n'en avais jamais vu. Oui, oui, c'est bien elle. Quel changement !

— Je la croyais partie dans les ateliers du dessin de labeur, remarqua Mathilde. Je ne comprends pas comment elle a fait pour se retrouver ici, aussi élégante et avec cette jeune aristocrate russe. Curieux assemblage.

— Moi je ne suis pas si étonnée que ça après tout, reprit Eugénie. Madeleine m'avait dit qu'elle ferait du chemin et m'avait vanté son talent à propos de mon éventail. Elle y est donc arrivée. Quelle chance pour moi, mon éventail n'en a que plus de valeur.

— Tiens, l'interrompit Louise, regardez là-bas. N'est-ce pas Suzanne ? Mais ne m'aviez-vous pas dit, Mathilde, qu'elle était encore alitée. Elle est donc remise ?

Mathilde avait bondi :

— Suzanne est là ! Mais qu'est-ce que ça veut dire, ce n'est pas possible !

Pourtant elle dut se rendre à l'évidence.

Au cœur d'un groupe qui bavardait gaiement, maladivement amaigrie et pâle, Suzanne souriait exagérément d'un air hagard. Sa délicieuse robe de mousseline fuchsia faite pour son corps, il y a peu de temps encore magnifique, flottait tristement autour de ses membres osseux.

— Comme elle a maigri ! fit Louise, stupéfaite, cette grippe l'a visiblement anéantie. Je ne me doutais pas qu'elle avait été si malade.

Ni Louise ni Eugénie, pas plus que quiconque, n'était au courant de la crise que traversait Suzanne. Madeleine avait préféré parler d'un mauvais refroidissement, d'une sorte de grippe.

— Ah mais ! Elle est en compagnie de Frédéric Maucor, ajouta Eugénie.

Il était évident aux regards de tous, même à la distance où se tenaient les trois femmes, que Suzanne, éblouie, vouait à cet homme bien plus que de la sympathie ou de l'amitié.

Frédéric, lui, avait l'air absent et regardait négligemment la foule.

— Mon Dieu ! sursauta Mathilde. Qu'est-ce qu'elle fait avec cet individu ?

La tante avait un instinct féroce des choses de la vie. Dans cette scène banale et printanière d'un groupe de jeunes gens privilégiés et rieurs, elle pressentit un drame. Soudain, alors qu'elle s'apprêtait à se lever et à aller voir Suzanne pour la ramener à la maison, Mathilde vit le visage de Frédéric Maucor changer. Il avait vu quelque chose ou plutôt quelqu'un, et tout son être était tendu, apparemment, pour ne pas perdre de vue la personne qu'il avait repérée et que visiblement il cherchait. Mathilde tenta de voir de qui il s'agissait mais c'était impossible dans une pareille foule. Subitement, Frédéric quitta le groupe et Mathilde le suivit du regard. Elle le perdit un moment. Quand enfin elle le retrouva, il était près d'Alba. Des années d'observation dans des soirées et autres bals multiples avaient formé le regard aigu de tante Mathilde. Elle pensa aussitôt à Suzanne. Elle la chercha et la vit, paniquée, en quête de celui qui avait disparu. Avant d'avoir pu faire quoi que ce soit, Mathilde la vit passer, errer entre les groupes, regardant de tous côtés avec des yeux affolés. Elle en eut le cœur retourné, il fallait couper court et vite.

— Louise, vous qui êtes plus leste que moi, allez vite me la chercher, il y a quelque chose qui ne va pas.

Louise et Eugénie avaient assisté à toute la scène, et il n'était pas difficile de comprendre ce qui venait de se jouer devant leurs yeux.

— Vous croyez, Mathilde ? Je veux bien mais, vous savez, il faut laisser les jeunes faire leur vie, on ne peut pas intervenir et...

— Faites ce que je vous demande, Louise, insista Mathilde, je vous en prie. C'est plus sérieux que vous n'imaginez.

Louise se leva à contrecœur. Il lui semblait que Mathilde exagérait.

— Un chagrin d'amour, tout le monde en a eu dans sa vie, mon amie, reprit-elle. Je vous assure que vous ne devriez pas vous en mêler.

Mais Mathilde était grave.

— Faites, Louise, s'il vous plaît !

Hélas, il était trop tard. Louise, gênée par la foule, ne put rejoindre Suzanne à temps.

Celle-ci semblait un oiseau perdu, un peu fou. Frédéric et Alba n'avaient pas bougé. On les devinait coupés du monde. Dans sa frénésie, Suzanne jetait de tous côtés un regard désordonné et allait d'un groupe à un autre quand, soudain, elle les aperçut. Elle poussa un cri étouffé de bête blessée, un cri presque inaudible mais si douloureux que Mathilde en devina toute l'intensité rien qu'à voir ses traits déformés par la souffrance. Elle en fut retournée. Suzanne était devenue transparente et blanche comme une porcelaine prête à se briser en mille morceaux. Tout le sang s'était retiré de son visage. Louise de Brantes arriva juste à ce moment près d'elle. Elle lui prit fermement le bras :

— Où vas-tu Suzanne, et à quoi ça servirait ? Reste là.

Suzanne lui jeta un regard égaré et arracha sa main pour libérer son bras.

— De quoi vous mêlez-vous ? Il est à moi. C'est mon amant !

Et elle partit dans leur direction, laissant Louise médusée.

« Mon amant ! » Ce mot dans la bouche de Suzanne qui avait parlé fort sans se soucier de l'entourage lui parut inconcevable. Elle alla se rasseoir près de Mathilde.

— Vous avez fait une erreur, mon amie, lui dit-elle. On ne peut rien pour nos enfants dans les histoires de cœur. On peut juste être là. Vous ne réussirez qu'à rendre Suzanne encore plus folle de cet homme. Vous avez entendu, elle n'a plus aucune retenue. Plus rien ne compte pour elle, ni la bienséance, ni vous, ni moi, ni sa mère, ni personne. Sauf cet homme. Laissez-la.

Louise avait raison et Mathilde ne put qu'assister, impuissante, à une scène qu'elle n'aurait jamais voulu voir.

Quand Suzanne s'approcha de Frédéric, Alba venait juste de s'évanouir dans la foule, tirée par Marie qui se lassait de l'attendre. Dans un état second, Suzanne se jeta sur Frédéric :

— Ah, tu es là ! fit-elle en se suspendant à son cou, je te cherchais.

D'un geste sec celui-ci la repoussa. Il avait vu disparaître Alba brutalement sans comprendre ce qui l'avait happée, et la présence de Suzanne à cet instant précis le contrariait au plus haut point.

— Mais Frédéric, qu'as-tu ? demanda Suzanne. C'est moi, c'est moi.

Elle disait « c'est moi » avec affolement, comme s'il ne pouvait l'avoir repoussée que parce qu'il ne l'avait pas reconnue. Ne pouvant y croire, elle qui l'enlaçait encore ces derniers jours, elle insista :

— C'est moi, dit-elle d'une voix faible en lui prenant le bras.

Exaspéré, il la repoussa si violemment qu'elle tomba aux pieds du président de la chambre des députés, un ami et admirateur des toiles de Madeleine, qui fut stupéfait de la voir dans cette position peu flatteuse. Il y eut des cris, un peu de brouhaha, le président releva Suzanne, défaite, et tout le monde se retourna pour tenter de comprendre ce qui venait de se passer. Mais Frédéric était invisible. Entourée du président et de sa femme, Suzanne pleurait maintenant sans aucune honte. Sa coiffure tombait tristement et, sur son visage inondé de larmes, le maquillage avait laissé des traces noirâtres. C'était douloureux à voir, ce visage d'une jeune femme enlaidie par le mal d'amour.

Mathilde était anéantie par ce qu'elle venait de voir. Elle se leva pour aller chercher Suzanne mais, d'une main ferme, Louise la fit se rasseoir.

— Ne donnez pas à cet incident plus d'importance qu'il n'en a. Regardez, l'amie de Suzanne est près d'elle. Elle va l'emmener, laissez-les faire.

Effectivement, Isabelle entraînait Suzanne dans la foule. Comme personne n'avait eu le temps de comprendre ce qui s'était passé et qu'il n'y avait rien de particulier à voir, les conversations reprirent aussi vite qu'elles avaient cessé. L'incident fut oublié.

Sur la banquette de velours rouge, Mathilde était blême.

— Je le savais dès le premier jour, dit-elle d'une voix sourde. Ce Frédéric Maucor est un homme dangereux, il a un double visage et je ne suis pas étonnée de celui que je viens de découvrir. Je le redoutais. Mais j'étais loin de penser que Suzanne...

— Allons Mathilde, ne vous en faites pas trop. Suzanne va vite oublier, personne n'a rien vu et personne ne se doute de sa liaison avec cet homme. Sa réputation restera intacte.

— Mais ma pauvre Louise, vous voulez dire au contraire que tout le monde doit être au courant puisqu'elle n'a pas l'air de s'en cacher. Faut-il que nous ayons été aveugles sa mère et moi ! Et pour que Suzanne soit dans cet état, c'est que c'est déjà trop tard. Elle est allée trop loin et ça ne se remettra pas comme ça. Dès le premier jour où je l'ai vue près de cet homme, j'ai su que ça poserait des problèmes. Je le pressentais. Mais je n'ai pas été vigilante. Comment aurais-je pu prévoir que c'était à ce point de folie en elle ! Je n'ai rien vu.

— On est toutes pareilles, Mathilde, on croit suivre nos enfants à la trace et ils nous échappent toujours. Ne dramatisez pas, je vous trouve excessive.

— Vous ne pouvez comprendre Louise, dit Mathilde, effondrée, mais croyez-moi, cette fois j'ai un mauvais pressentiment.

Sur ce, elle se leva.

— Je vais aller la retrouver, ne dites rien à Madeleine.

— N'y allez pas, fit Louise de Brantes. Laissez-la avec ses amis, ils seront plus efficaces que vous. Attendez ce soir. Isabelle saura la ramener à la raison, c'est une jeune fille très solide. Madeleine a besoin de vous, restez ici. N'avez-vous pas senti combien elle était inquiète en partant faire le tour du Salon ?

Mathilde se ravisa. Son amie avait raison, elle ne pouvait laisser Madeleine un jour pareil.

Alba n'avait rien vu de la scène qui venait de se dérouler. Marie l'avait tirée si rapidement et avec tant d'autorité qu'elle n'avait pas pu réagir. Maintenant, Frédéric avait disparu, happé par la foule et elles se rapprochaient des cimaises.

— Où sont nos toiles ? questionnait Marie qui tenait dans ses bras le petit caniche Coco. Regarde bien, Alba.

Mais Alba n'avait plus la tête aux cimaises. La foule, les toiles, les jurés, tout le Salon avait disparu dans un seul nom et un seul visage : Frédéric. Elle avait beau le chercher désespérément du regard, elle ne le voyait plus, Marie l'avait attrapée si vite.

— Je n'y comprends rien, fulminait Marie, je ne vois pas mes toiles. Mais où diable les ont-ils mises ?

Soudain, elle s'arrêta net :

— Ça alors. Regarde, Alba, là, en face. Qu'est-ce que je vois ! C'est la toile de Louise Breslau. Le fameux portrait d'Isabelle de Rodays ! Ah ! Celui-là, ils l'ont mis bien en vue, on ne risque pas de le rater.

Marie n'était pas dupe, le portrait fait par Louise Breslau avait toutes les chances d'être en bonne place. Pour sa qualité, qui était réelle, mais aussi parce que la jeune demoiselle n'était pas n'importe qui.

Marie secoua nerveusement Alba. De toute évidence cette dernière ne l'écoutait pas. Elle était ailleurs.

— Mais à quoi penses-tu ? fit Marie, agacée. On n'a pas encore trouvé où ils ont accroché nos toiles et toi tu rêves ! Sors de la lune un peu ! Allez, viens !

Alba esquissa un sourire, Marie avait raison. À quoi bon penser à Frédéric après ce qu'elle savait de lui. Il fallait plutôt s'occuper de retrouver sa toile, c'était le plus important. Il y allait de son avenir. Elles firent donc le tour du Salon trois fois, regardant avec avidité toutes les toiles. En vain. Elles ne trouvèrent pas les leurs. Marie était survoltée. Elle ne pouvait y croire. Dans son affolement, elle avait posé Coco à terre et le pauvret, enseveli sous la foule, manquait de se faire écraser par les pieds des visiteurs qui ne le voyaient pas.

— Mais ce n'est pas possible, ce n'est pas possible ! répétait Marie de plus en plus nerveusement, où ont-ils mis nos toiles ? Qu'en ont-ils fait ? On a dû mal chercher.

Mais le doute commençait à s'insinuer dans sa tête. Et si on ne les avait pas accrochées aux cimaises ! C'était une telle trahison qu'elle ne pouvait l'imaginer. Marie avait les larmes au bord des paupières et sous ses airs de diva, elle tremblait d'émotion.

— Ça alors ! C'est invraisemblable. Sur les trois toiles qu'ils m'ont prises, pas une aux cimaises. Et la tienne non plus, c'était bien la peine de nous faire trimer. Ce n'est pas possible, il a dû se passer quelque chose ! Viens, on va chercher Tony, il va nous expliquer ça. Il m'a fait tout un plat de mon travail, Julian t'a fait travailler comme une esclave et maintenant ils n'accrochent pas nos toiles. Je veux comprendre.

Et elle l'entraîna vers le bureau des membres du jury qui se tenait au centre du Salon. Elle était tellement contrariée qu'elle tirait sans y prendre garde sur la laisse du petit chien Coco qui commençait à avoir une drôle de démarche. Tiré au sol, il glissait plus qu'il ne marchait, et se cognait aux pieds des uns et des autres.

Minuscule, épuisé de tant d'efforts, il avait de plus malencontreusement entouré son cou d'un tour de laisse supplémentaire et il respirait difficilement. Il aurait pu périr étouffé s'il n'avait eu la force de sortir de son petit corps frêle un ultime gémissement si affreux que, par miracle, Alba l'entendit. Coco était au bord de l'étranglement. Effrayée de le voir dans cet état, elle se baissa précipitamment, le prit dans ses bras et défit la laisse autour de son cou. La tête penchée sur le côté, langue pendante, l'animal se remit à respirer petit à petit tout en portant sur celle qui venait de le sauver d'une mort affreuse un regard plein de reconnaissance. Ses yeux mouillés la fixaient avec une douceur immense.

Aspirée par ce regard, Alba resta saisie.

Dans les yeux du petit Coco, un autre regard lointain revint à la surface.

En surimpression de l'élégante foule qui en cet instant bruissait devant son regard, venu de temps lointains et obscurs, Alba aperçut une énorme truie couverte de boue qui s'avançait vers elle. Tel un immense décor qui se déchire, elle vit ce chien venir s'interposer entre elle et l'affreux animal.

Alba serra Coco contre elle.

Elle revécut tout, comme la première fois, au moulin. Elle revit ce chien Filou contre lequel elle se blottissait pour dormir à la belle étoile quand les meuniers l'oubliaient dehors, ce qui arrivait souvent. Il léchait sa figure et la regardait avec ce même regard humide et doux qu'avait eu Coco. Il avait été le compagnon fidèle de sa petite vie, il l'avait protégée de toutes les terreurs enfantines qui surgissaient au cours de ces interminables nuits où tout lui était inconnu et où le moindre bruit paraissait si effrayant.

Quelque chose se brisa dans le cœur d'Alba.

Elle était arrivée au Salon fière et élégante, avec l'assurance d'accéder enfin à une nouvelle vie, et voilà qu'elle ne trouvait pas sa toile et que la présence de Frédéric et le souvenir de Filou faisaient resurgir des souvenirs et des fantômes douloureux. Tout ce qu'elle avait eu tant de mal à oublier revenait à sa mémoire comme pour la ramener à ses origines sombres et lui rappeler qu'elle ne serait jamais une de ces femmes insouciantes qu'elle voyait déambuler dans ce lieu brillant.

— Là-bas. Regarde. Il est là-bas !

Marie venait enfin de repérer Tony Robert-Fleury dans la foule.

— Viens vite, il va m'entendre, crois-moi.

Elle se jeta sur Tony et, paradoxalement, après qu'elle l'eut abreuvé de questions, celui-ci n'eut aucun mal à la calmer.

— Allons mignonne, tu es sélectionnée, c'est déjà bien. Tu sais bien qu'on ne peut pas accrocher les toiles de tout le monde. On a posé les tiennes dans une salle derrière avec d'autres, les journalistes peuvent les voir s'ils veulent. Et en plus, mais je ne devrais pas te le dire, je crois qu'on a prévu un prix pour toi.

— Un prix ! Et vous ne m'exposez pas ! Mais qu'est-ce que vous dites ? Un prix à une toile qu'on cacherait dans la remise. C'est inconcevable, vous mentez, Tony, je le sens !

— Allons, allons, fit Tony agacé. Ne pousse pas trop loin, je n'aime pas beaucoup qu'on me traite de menteur. Si tu crois que je n'ai que toi en tête, tu te trompes. Heureusement que tous ici ne font pas des esclandres sinon je rends mon tablier.

Puis, avisant Alba, il se tourna vers elle sans plus de ménagement pour Marie.

— Mon Dieu, quelle métamorphose, Alba ! Vous êtes en beauté ! Vous faites honneur à notre Salon. Savez-vous que votre toile est aux cimaises. Vous pouvez être fière. Bien sûr, elle est accrochée un peu haut, mais bon, c'est une première.

Alba ne comprenait pas ce qui se passait. La toile de son amie si douée était au placard et la sienne était aux cimaises. C'était le monde à l'envers. Elle n'arrivait pas à y croire mais réussit à remercier. Quant à Marie, elle était dans tous ses états. Dans cet univers impitoyable, geindre ne servait à rien. Elle réussit à se contenir, à ravaler ses larmes et à se convaincre qu'un prix serait mieux que rien du tout. Tony Robert-Fleury le sentit. C'était un vieux renard, il avait tant d'artistes à satisfaire qu'il ne pouvait répondre à toutes les demandes, mais il savait promettre pour faire retomber la tension. Malin, il revint vers Marie.

— Oui, tes deux petits *Jean et Jacques* ont été soumis aux jurés et les journalistes ont pu les voir. Oui, tu as un prix. Tu es une tête de mule, poursuivit-il. Attends demain, tu verras au moment de l'affichage des prix. Je suis sûr que tu y seras.

Le mal au cœur de Marie était profond. Elle s'était fait une telle joie de voir sa toile accrochée, autant pour elle que pour les enfants qu'elle avait peints. Elle y tenait comme à la prunelle de ses yeux. Marie avait vu la peinture de son époque changer, loin des normes académiques comme la *Diane au bain* que Julian avait imposée à Alba, elle avait vu vibrer des êtres humains de chair et de sang dans les toiles de Bastien-Lepage, un jeune peintre qu'elle admirait beaucoup. Millet avait sublimé le monde paysan, elle lui en vouait une immense admiration. Et les impressionnistes qui savaient si bien attraper le soleil ! Marie savait qu'elle ne vivrait plus longtemps et elle ne voulait pas passer à côté de ce moment fort de l'histoire de la peinture qui renouait avec la vie. Le sang, l'air, la lumière, toute la sève de la terre circulait dans les toiles des nouveaux peintres. Aujourd'hui, Marie savait qu'elle avait atteint en peinture quelque chose de profond. Elle méritait les cimaises. Quelle injustice et quelle déception de s'en voir bannie !

— Tu sais, dit-elle à Alba d'une voix douloureuse, je ne suis pas dupe. Tony ment. Il ne m'a pas assez défendue. Il s'est contenté de sélectionner mes toiles pour montrer qu'il s'y intéressait et puis voilà, elles sont restées dans l'arrière-salle avec les rebuts. Il ne s'est pas battu pour qu'on les accroche. J'ai mal, si tu savais comme j'ai mal !

Le petit chien Coco avait retrouvé toute sa vitalité et il aboyait maintenant tout en sautillant autour de Marie. Les larmes aux yeux, elle le prit dans ses bras et le serra bien fort :

— Mon pauvre Coco, viens, je deviens folle avec cette peinture. Je t'ai oublié.

Elle se tourna vers Alba. Celle-ci était de plus en plus mal à l'aise. Les souvenirs envahissaient sa tête, et les chaussures à pointes chinoises la faisaient atrocement souffrir. Il lui semblait que c'était une autre qu'elle qui était là dans cet habit élégant et elle avait envie de fuir.

— Viens, dit alors Marie, on va chercher ta toile.

Elles eurent du mal à la trouver mais soudain Marie la vit :

— Regarde, Alba, elle est là-haut ta Diane, tout là-haut. Eh bien, ils ne t'ont pas gâtée. Ils t'ont directement envoyée au ciel. Pas étonnant qu'on ne la trouve pas.

Alba leva la tête. Impossible de voir sa toile. La hauteur des plafonds était telle qu'on ne voyait du tableau que le bord de son cadre. Elle qui avait cru que son heure était enfin arrivée ! Quelle désillusion !

— Au moins, fit Marie non sans humour, les encadreurs peuvent être satisfaits, d'en bas on voit bien leurs finitions.

La déception d'Alba était immense. Pauvre idiote qu'elle était ! La foule riait, bruissait de toutes parts, on admirait des œuvres, on poussait des cris, on congratulait des artistes, Louise Breslau rayonnait devant son portrait, et du travail d'Alba on ne voyait que la menuiserie du bord du cadre.

— Bonjour Alba, tu es magnifique, je ne t'aurais pas reconnue.

Madeleine Lemaire s'avança. Les joues d'Alba s'empourprèrent. Elle se sentait toujours coupable d'avoir quitté l'atelier de l'Impératrice. Elle venait de faire tout le tour du Salon et avait repéré la *Diane au bain* d'Alba. Madeleine affichait un sourire plein de bienveillance.

— Monsieur Julian t'a mise bien haut, dit-elle en pointant le doigt vers le plafond. Dommage, tu avais bien travaillé. J'ai vu ton œuvre hier avant qu'on ne l'accroche. Ce paysage et cette Diane sont pleins de maîtrise. Quoi que tu fasses finalement et quel que soit ton sujet, tu es douée. Mon confrère l'a bien compris en te prenant dans ses cours. Mais il ne faudrait pas qu'il te décourage, tu mérites mieux que cette place où on ne te voit pas.

Alba bafouilla. Elle ne voulait pas montrer sa déception.

— Oh, je... enfin, c'est la première fois. C'est déjà bien d'être sélectionnée.

— Bien sûr, bien sûr, fit Madeleine, conciliante. (*Puis elle ajouta avec gentillesse en la regardant de pied en cap.*) Tu es très belle ainsi habillée, Alba. Je ne t'avais jamais vue avec de pareils vêtements.

Alba se sentit mise à nu dans sa robe d'emprunt et dans ses souliers trop chic qui lui faisaient si mal. Pourquoi avait-elle accepté cette tenue ? Elle s'en voulait maintenant. Ce n'était pas elle de se glisser dans les vêtements d'une autre juste parce qu'ils étaient plus beaux que les siens.

— Ah, mademoiselle Bashkirtseff, continua Madeleine en se tournant vers Marie, j'ai vu vos toiles également, elles sont remarquables. J'aime surtout votre pastel de Mademoiselle Dina, il est de très grande facture. Je crois que mes confrères aussi ont apprécié.

Tony n'avait donc pas menti, il avait montré ses toiles. Les traits de Marie se détendirent et du coup, soulagée, elle remercia Madeleine. Un compliment de l'Impératrice, c'était mieux que rien. La célèbre aquarelliste, elle, n'était pas dupe. Pour Marie, elle ne représentait rien. Elle salua et partit sans en dire plus, continuant sa visite comme si de rien n'était. Elle avait la célébrité, l'argent, mais que de blessures enfouies. Elle se savait ridiculisée par la génération montante et sentait le vent changer. Les fêtes et les bals ordonnaient toujours autant de fastes et elle y était toujours l'Impératrice des roses, mais son monde allait déclinant. Madeleine anticipait la fin de son règne. Quand elle peignait ces fleurs qui l'avaient rendue si célèbre, elle laissait de plus en plus souvent leurs pétales choir sur le sol. Parfois même elle allait jusqu'à les peindre fanées.

Ses dernières toiles portaient l'empreinte d'une tristesse infinie.

Alba regardait s'éloigner celle qui lui avait ouvert la porte d'un certain paradis et qu'elle avait délaissée pour se conformer aux directives de Julian qui ne lui avait donné aucun plaisir et qui la reléguait au rang des exécutantes.

Sa toile là-haut ne voulait plus rien dire, elle n'avait même pas rempli sa mission de mettre Alba en valeur. Elle ne servait qu'à ajouter un chiffre de plus sur la liste des élèves de Julian accrochées au Salon. On parlerait de lui et le travail des femmes serait complètement oublié.

— Ils se fichent de nous ! s'écria alors Marie.

Cette petite phrase vint éclater dans la tête meurtrie d'Alba. Au loin, Julian et Tony trinquaient avec des membres du jury devant la toile d'un de leurs élèves favoris. Un certain Louis qui avait dressé une immense fresque de cinq mètres sur trois.

« Fais un petit format, c'est l'avenir » : Julian avait susurré ces mots à Alba pour la convaincre de peindre une petite *Diane au bain* de quatre-vingt-dix centimètres sur cinquante centimètres. Ridicule ! Alba réalisait en voyant Julian honorer Louis en un jour pareil que l'avenir n'était pas le présent. En ce moment ne comptaient que les œuvres monumentales. Pour faire parler de soi, il fallait en imposer ou faire scandale. Pas de juste milieu.

« L'extravagance », disait Marie. Surtout en art !

Quelle gourde ! Elle avait travaillé avec acharnement pour rien. Rieurs, Julian, Tony et Louis se gratifiaient au loin de franches accolades. Alba se sentit manipulée, épuisée, vidée par cette quête vaine dans les allées du Salon, par la déception de cet accrochage, par le mensonge fait à Marie. Que de trahisons ! Tout dans cette journée dont elle attendait tant avait été affreux. Sans parler de ses pieds réduits à l'état de bouillie.

Une colère soudaine la prit. Sans état d'âme, elle subtilisa une chaise à un monsieur qui allait justement y poser ses fesses et, sous ses yeux ahuris, elle défit les brides de ses chaussures qu'elle enleva avec rage. Le sang circula librement dans ses pieds meurtris et un immense bien-être l'envahit.

— Partons ! dit-elle à Marie d'une voix déterminée.

— Partir ! Mais tu n'y penses pas ! fit celle-ci, surprise du ton ferme d'Alba.

— On s'en moque de tous ces gens. Viens.

Et elle s'en alla pieds nus avec ses chaussures à la main aux côtés de Marie qui se savait observée tant elle était connue mais riait trop fort en jouant avec son petit Coco pour donner prise aux moqueries qu'elle entendait dans son dos.

39

Dans le Salon, les conversations allaient bon train. Des groupes s'étaient formés, par affinités ou par rencontres. Journalistes, galeristes, artistes, collectionneurs et acheteurs, la fièvre gagnait le Salon. On allait passer aux choses sérieuses : les commandes et les achats qui dépendaient, pour beaucoup, des prix qui seraient accordés le lendemain. Un acheteur préférait miser sur un primé et, même si les jeux étaient déjà faits, certains espéraient encore se glisser parmi les gagnants. Dans les dernières heures, ils faisaient jouer toutes leurs relations. Pour les grandes signatures ce n'était qu'une occasion de plus de se montrer mais même ceux qui prétendaient s'en « ficher complètement » tenaient à y être plus que tout.

Au centre d'un petit groupe, le peintre Renoir tentait de faire comprendre quelque chose à Degas. Il faisait de grands gestes devant son ami mais celui-ci restait stoïque. À ce moment-là, Madeleine Lemaire passa près d'eux. Ils la saluèrent et Degas lui fit un baisemain dans les règles.

— Chère Mme Lemaire, dites-nous, comment trouvez-vous le Salon cette année ? Avez-vous vu de belles choses ?

Madeleine savait à quoi s'en tenir par rapport à Degas. Il était aimable mais il ne la classait pas parmi les artistes. Il lui posait cette question juste par politesse. Mais elle lui répondit en souriant comme si de rien n'était.

— Oui. J'ai vu des œuvres de quelques jeunes filles qui me paraissent excellentes.

— Et chez les messieurs, qu'avez-vous retenu ? demanda Renoir dans sa barbe, un brin moqueur.

— Tout, répondit Madeleine sans hésitation. Chez eux tout est bon, comme toujours.

Et sur un sourire aimable, laissant Renoir et Degas se débrouiller avec une repartie aussi inattendue, elle s'en alla rejoindre sa tante qui l'observait de loin.

— Avec qui parlais-tu ? questionna aussitôt Mathilde.

— Avec des artistes peintres, ma tante, sans doute de futurs génies. Ils iront au musée.

— Qu'avez-vous vu de beau, sinon ? demanda Louise de Brantes.

Il y avait de moins en moins de surprises au Salon et tout le monde le savait. De grandes fresques lassantes et des sujets convenus. Mais, à la grande surprise de Mathilde, de Louise et d'Eugénie, Madeleine prit un air extasié.

— J'ai vu de très belles choses.

Eugénie sursauta :

— Ça alors ? Moi j'ai fait un peu le tour en te cherchant et je n'ai rien vu. De qui s'agit-il ?

— D'une certaine Louise Breslau, mais il y a aussi cette Marie B. dont on parle tant dans les dîners, une certaine Amélie Beaury-Saurel et aussi une Suisse, Sophie Schaeppi.

— Eh bien, lâcha Mathilde, en voilà une nouvelle, que de jeunes filles ! Et chez qui sont-elles ?

— Chez Julian.

— Oh alors ! s'écria Mathilde, je suis tranquille, ça doit sentir le « prix de Rome », la fameuse couleur uniforme et lavasse de Julian !

— Tu te trompes, cette fois, les œuvres de ces jeunes filles sont de très haut niveau.

— Ah, fit Mathilde étonnée, et qu'ont-elles de si exceptionnel ?

— Elles ressemblent aux jeunes filles qui les ont faits. Ce sont des univers à elles. Pas des univers imposés par Julian. Et le talent est là. Surtout cette Louise Breslau, elle a peint une séance de thé remarquable pour son âge. Elle a à peine vingt-six ans. Et la jeune Russe a fait deux gamins très inattendus mais émouvants, sans mièvrerie.

Mathilde en avait assez entendu. Elle savait qu'en ce moment Madeleine n'avait pas le moral, qu'elle avait de plus en plus tendance à se déprécier. Alors maintenant elle voulait voir de ses propres yeux.

— Une séance de thé ! dit-elle en se levant. C'est fait pour moi. Allez, venez, on y va toutes ensemble, on va bien voir si Madeleine a raison.

Elles mirent un certain temps avant d'arriver près de la toile car au passage il fallut saluer les uns et les autres, faire des compliments. Ce pourquoi Mathilde préférait ne pas bouger.

Enfin elles virent le *Thé de cinq heures*. Il était très mal placé dans le fin fond d'une allée à l'extrémité du Salon mais une fois qu'on l'avait trouvé, il était visible, à bonne hauteur. Mathilde ajusta son lorgnon, signe d'une grande concentration. Louise et Eugénie en firent autant. Plantées devant la toile, elles la scrutèrent dans ses moindres détails.

Dans un coin de pièce, devant une cheminée surmontée d'un miroir qui reflétait le salon, un homme et deux jeunes filles prenaient le thé dans un service de porcelaine à fleurs bleues posé sur une petite table de bois installée devant le feu. Les tissus souples des robes, le marbre froid de la cheminée, la finesse du vase à jacinthes en Sèvres ajouré et doré à l'or fin, la fragilité des fleurs, la position si juste de l'homme, la chair de son cou, le reflet doré des cheveux de la jeune fille qui servait un thé dans un service dont on entendrait presque le bruit. Tout était plein de maîtrise et de sensibilité.

— Vous aviez raison, Madeleine, s'exclama Louise la première. Cette jeune femme a un grand talent.

Eugénie en rajouta :

— On s'y croirait !

Seule la tante Mathilde ne disait rien. Penchée sur l'œuvre, elle en étudiait tous les détails, les braises du feu, le petit réveil dans la pénombre, les éventails accrochés au mur et coincés dans le cadre du miroir selon la vogue du moment. La jeune artiste ne s'était octroyé aucune facilité. Elle avait réalisé un remarquable condensé de maîtrise technique et d'univers intime. Il n'y avait rien à dire. Pour Mathilde, le *Thé de cinq heures* était « exceptionnel » et le portrait de Mlle de Rodays qu'elles virent ensuite, également. Rien n'y manquait. L'attitude élégante et en même temps enfantine de la fillette, ses vêtements si chic et les différents angles du cadre.

— Tu as vu, dit Madeleine, elle ne s'est pas contentée de faire des fonds unis ou vaguement structurés par des ombres, elle a tout peint. Les murs, le tapis du sol et la banquette de bois tourné recouverte de velours de Gênes.

— Oui, laissa enfin tomber Mathilde, impressionnée. « Breslau » ? C'est bien le nom de la capitale de la Silésie prussienne, non ? Sais-tu d'où elle vient ?

— De Suisse, et elle vit dans une mansarde avec trois francs six sous.

— Ça ne me surprend pas, fit Mathilde. Pour arriver à un tel niveau, elle a dû y consacrer non seulement toutes ses journées, mais aussi toutes ses nuits.

— Quelle horreur ! s'écria Eugénie. Toutes ses nuits ! Et sa vie personnelle, alors ? Ses amis, ses amants peut-être même, à son âge il en faut.

— Pourquoi ? rétorqua Mathilde. Je suis sûre qu'elle s'en passe. Elle est de ces jeunes artistes qui sacrifient tout pour leur art. Ce n'est pas facile et le prix qu'elles payent me paraît très lourd et elles sont bien naïves. J'espère que l'histoire leur donnera la place qu'elles méritent. Mais je n'en suis pas si sûre.

— Cependant elles percent, remarqua Madeleine, les jurés parlent avec admiration du travail de Louise Breslau qui commence à être reconnue.

Mathilde eut une moue dubitative.

— Reconnue ! C'est vite dit. Oui, dans leurs discours toujours dithyrambiques, ça, je n'en doute pas. Mais ce ne sont pas les discours qui comptent. Concrètement, voyons demain s'ils la récompensent, voyons s'ils la font accéder à la notoriété, et surtout à l'argent qui va avec. Si elle accède à l'argent, là je me dirais, oui, ils la reconnaissent. Sinon...

— Ils ont prévu des prix.

Mathilde regarda sa nièce avec attention. Elle lui parut soudain bien fragile elle aussi sous ses airs de grande aquarelliste.

— De quoi t'inquiètes-tu ? demanda-t-elle. Toi aussi tu es reconnue, et depuis longtemps. Tu vends tes toiles à prix d'or. Je sais que c'est dur et que tout tient sur tes seules épaules, je sais que tu supportes mal le mépris dans lequel les critiques de la vague montante tiennent le travail que tu fais. Mais dis-toi que c'est pareil pour toutes les générations. Continue, ces jeunes artistes feront un autre chemin que toi et c'est bien comme ça.

— Mais je ne suis pas inquiète, soupira Madeleine. Tu sais bien de quoi je veux parler. Ils ont accroché les quatre toiles de mes élèves tout à fait au bout, en hauteur, personne ne les voit. C'est comme si je n'existais pas.

— Mais que dis-tu ? Tout le monde te connaît !

— Oui, on me flatte mais ça ne va pas plus loin.

Elle hésita et ajouta d'un ton sincère :

— Ça me fait mal parfois.

— Quelle idée ! Ça te ferait une belle jambe s'ils parlaient de toi, ça changerait quoi puisque tu vends très bien ? Rien. Alors continue. Tes bouquets apportent du bonheur à ceux qui les regardent, ils sont si pleins de fraîcheur qu'ils donnent confiance. On se sent heureux rien qu'à les regarder. On ne peut pas toujours avoir sur les murs des peintures qui vous sautent à la gorge tellement elles sont laides, ou qui remettent tout en question. Ça finirait par faire douter de la vie et ça, ce n'est pas bon. Il faut de la beauté et la beauté de tes roses apaise, Madeleine. Tu es aussi utile que tous ces révolutionnaires du pinceau, ne l'oublie jamais.

Madeleine esquissa un sourire. Mais Mathilde lui faisait tellement de bien avec ses raisonnements simples.

— Au fait, tante Mathilde, fit-elle, Montaiglon m'a affirmé avoir vu Suzanne au Salon. Je lui ai dit que c'était impossible, qu'il avait dû se tromper.

Mathilde avait espéré que personne n'aurait parlé de Suzanne à Madeleine mais heureusement elle était sur ses gardes.

— Ne t'inquiète pas, dit-elle, j'ai vu une jeune fille qui lui ressemblait beaucoup. Dans les salons tout le monde croit voir quelqu'un, il y a une telle foule. Allez viens, allons rejoindre les autres.

Et elle entraîna Madeleine vers leurs amies qui avaient continué à longer les allées. Mathilde prit soin de marcher avec assurance comme toujours. Mais elle était sérieusement inquiète et réfléchissait tout en faisant semblant d'écouter les commentaires d'Eugénie sur un « magnifique » salon qu'elle aurait bien aimé s'offrir.

Mathilde devait redonner confiance à Madeleine. Ce n'était pas le moment de flancher après toutes ces années de travail ! Et surtout il fallait s'occuper de Suzanne. Couper court à sa folie.

40

Frédéric s'était demandé s'il ne rêvait pas en voyant Alba.

Depuis leur dernière rencontre, il n'avait cessé de voyager dans toute l'Europe...

Prague et la rive gauche de la Vltava, le port de Kiel au bord de la mer Baltique et le sombre rocher de la Lorelei caressé par les eaux froides du Rhin. La petite église d'Orlik, dans les Beskydes slovaques, qui semblait au bout de tant de siècles tenir debout comme par miracle, et la baie de Naples, douce dans sa courbe, si ample. Les petits matins dans les palais de Rome ou dans ceux de Venise, le dôme de la cathédrale Sainte-Marie-des-Fleurs qu'il voyait depuis la chambre de son hôtel, à Florence. Et puis la France. D'un bout à l'autre de ces voyages incessants, çà et là, des amis et des femmes qui l'attendaient plus ou moins et les inévitables casinos ou les salles de jeux clandestines. Il écrivait parfois à Alba comme il l'avait promis, mais au fur et à mesure que les casinos et les tapis verts s'étaient succédé, il avait oublié sa promesse et il aurait été incapable de dire le temps qui s'était écoulé depuis sa dernière lettre.

Frédéric avait laissé glisser les jours, il avait laissé Alba se poser dans son souvenir comme une plume légère, présente toujours, absente tout le temps. Il la retrouverait, il l'aimerait, il réglerait tout ce qu'il devait régler, il ferait… demain. Et encore demain. Et les jours passaient.

Comme il se trouvait à Paris, il était allé au Salon des Arts parce que c'était un endroit gai, riche de rencontres. Mais la dernière personne qu'il pouvait s'attendre à voir sous les lustres de ce Salon brillant, parmi cette foule prestigieuse et cultivée, c'était Alba. Aussi, quand elle lui apparut, rayonnante de beauté dans cette robe de soie blanche qui moulait les courbes de son corps, il avait ressenti un très grand choc. Quel changement ! Était-ce bien elle ? Et quelle sensualité ! C'était presque trop.

Dès la première fois où il avait vu Alba au bord de ce lac pyrénéen, Frédéric avait su voir sa beauté particulière. Elle se devinait. Mais aujourd'hui, dans cette jeune femme à l'allure racée, où était la jeune fille discrète qui avait tant remué son cœur ?

Quand elle avait surgi, il avait couru vers elle sans y croire, persuadé de s'être trompé. Mais quand il s'était retrouvé face à l'intensité de son regard d'or il n'avait plus eu aucun doute. Il avait bel et bien retrouvé Alba, celle dont le souvenir n'avait jamais véritablement quitté sa mémoire. Seulement, celle qu'il avait en face de lui était une autre Alba.

Cela n'avait duré qu'un très bref instant. Avant qu'elle ne disparaisse, happée par la foule, il avait eu le temps de lire dans son regard une dureté au moins aussi grande que sa stupéfaction, mais il n'avait pas eu le temps d'aller plus loin.

Juste après, il y avait eu cet incident avec Suzanne qui l'avait excédé. Il estimait ne rien lui devoir puisqu'il ne lui avait jamais rien promis et il lui avait même mille fois répété comme à tant d'autres : « Je ne te promets rien, n'attends rien de moi ! »

Il l'avait repoussée violemment et il avait fui sans même se rendre compte qu'il l'avait fait tomber.

Frédéric se savait peu fiable. À force de trahisons et d'arrangements avec lui-même, il se sentait moins sûr de lui qu'auparavant. Son visage et son corps encore jeunes commençaient à accuser le coup de fatigues extrêmes et d'excès répétés. Cette dernière année avait été encore pire que toutes celles qu'il avait connues. Il ne s'était rien refusé, et quand il lui arrivait de croiser ses traits dans le reflet d'un miroir, il y cherchait en vain ce charme que l'on disait « magnétique » et qui lui avait rendu tant de services. Où était passée l'exaltation qu'il éprouvait autrefois au cours de ses errances ? Frédéric faisait désormais les choses sans y trouver de véritable plaisir. Une nausée ne le quittait plus. Le mal-être s'était insinué dans son cœur et jusqu'au fond de son âme. Son ventre n'était plus qu'un douloureux cratère, vide.

Alba réveilla en lui une émotion très douce et il se sentit à nouveau prêt à dompter tous ses démons, capable de toutes les abnégations. Il perçut au bord de ses lèvres ce goût de la vie qui s'était usé en lui à force de trop vouloir toutes les choses, et surtout les pires.

Alba, c'était la lumière de l'aube, c'était le chemin possible d'une joie retrouvée qui s'ouvrait enfin devant lui.

Mais il y avait ce regard si dur qu'elle lui avait jeté. Il s'était senti troublé. Déstabilisé par la nouvelle apparence d'Alba, si élégante, si fière, il s'était contenté de l'observer de loin en prenant soin de ne pas la croiser à nouveau et de ne jamais se trouver dans son angle de vue.

Que faisait-elle ici ? Avait-elle une toile aux cimaises ? Ça lui paraissait un peu tôt car il se disait qu'elle manquait d'expérience. Mais au souvenir qu'il avait de l'aquarelle du bord du lac il se dit qu'après tout, avec un talent aussi précoce, ça n'était pas impossible.

Frédéric se mit en quête de la toile d'Alba. Il verrait plus tard comment faire pour la revoir.

En rentrant, Alba avait raconté sa journée à Louise et lui avait dit que tout s'était très bien passé, que Julian l'avait félicitée et que sa toile était bien accrochée.

À quoi bon inquiéter sa mère, de toute façon, à ce moment précis, Alba ne savait plus très bien où elle en était et la désillusion était si grande, après tant d'efforts, qu'elle ne savait plus très bien ce qu'elle voulait faire de sa vie.

Un immense découragement l'avait envahie à la sortie du Salon, après qu'elle eut quitté Marie. Elle avait vu encore une fois son amie partir vers les beaux quartiers et, encore une fois, elle s'était enfoncée dans les ruelles sombres. Mais compte tenu de ce qui s'était passé, difficile de se dire que son art la sauverait.

En cet instant précis, Alba ne croyait plus en rien. Elle se sentait vidée, sans aucune ressource.

Dupée par Julian, elle s'était trahie elle-même et du coup elle avait scié la seule branche solide sur laquelle elle pouvait s'appuyer avec force : sa passion pour son art.

Elle avait accepté de peindre cette *Diane au bain* qui ne lui avait procuré aucune émotion et qu'elle avait exécutée avec réticence, au lieu de peindre ce qu'elle avait au fond du cœur. Comme le lui disait Marie avec juste raison, Alba savait qu'il lui fallait apprendre « les bases ». Mais là, pour ce Salon, elle avait le sentiment que son travail avait servi la cause d'un marché qui n'était pas le sien et qui en plus ne lui rapportait rien. Et elle se jura que désormais plus personne ne pourrait contraindre son art à n'être qu'une simple exécution. Elle préférait ne plus jamais peindre quoi que ce soit. Car, au Salon, elle avait découvert que la reconnaissance du travail artistique des jeunes filles et des femmes était un vain mot. Ses illusions étaient tombées d'un coup. Dans les univers du dessin de labeur, les femmes étaient les petites mains indispensables et elles étaient nombreuses, mais sur la scène artistique, sous les feux de la gloire, on pouvait les compter sur les doigts de la main. Pire, on ne voulait pas d'elles.

« Ils se fichent de nous ! »

C'est Marie qui avait raison.

Pourquoi est-ce que c'était toujours des hommes qui jugeaient les œuvres du Salon ? Et pourquoi estimaient-ils que les tableaux de fleurs n'avaient pas d'importance ? D'où leur venait cette certitude qu'un bouquet n'est pas une œuvre d'art ? Alba pensa que ces hommes-là ne savaient peut-être tout simplement pas regarder les fleurs.

Pourtant, elle, plus qu'aucune autre, savait tout ce que l'on peut dire et donner dans un bouquet de fleurs. Elle se souvenait de cette nuit où les roses blanches étaient nées librement sous ses doigts, généreuses et multiples. Pleines d'amour pour Frédéric. Des roses immaculées qui disaient son immense confiance en lui et dans la vie tout entière. Des roses faites pour l'éternité de l'amour, des gerbes superbes ! Elle se souvint enfin de cette nuit d'orage où, trahie par celui qu'elle aimait plus que tout au monde, déchirée de douleur, elle les avait rougies de son propre sang avec fureur.

Alba ne pouvait faire les choses à moitié, elle croyait à la vertu des chemins immenses. Elle croyait férocement que le destin des êtres humains est d'aller quelque part et elle ne pouvait imaginer que l'on reste au rivage en regardant au loin l'horizon infini. Un souffle puissant l'emportait bien au-delà des hautes cimaises du Grand Salon, dans ces zones inexplorées du ciel, là où ne peuvent voler que les oiseaux libres.

En quittant ce Salon, elle savait qu'elle ne serait plus jamais celle qui demande ou celle qui doit. Ni à Julian, ni à quiconque. Mais elle se souvint que c'était grâce à Madeleine Lemaire qu'elle en était arrivée là, et qu'elle avait une dette envers Mathilde.

Dès ce soir Alba allait payer sa dette.

41

Quelqu'un ! À cette heure-ci ! Qui cela pouvait-il bien être ?

— Léontine ! Va vite ! cria la tante depuis le salon.

La nuit tombait et Léontine passait en revue les indésirables capables de se manifester à une heure pareille. Elle allait encore être obligée de préparer une tisane, quelle poisse ! Aussi, quand elle vit le petit minois froissé de cette gamine des faubourgs qui serrait dans ses bras un rouleau de papier comme s'il eût été un trésor, sa colère tomba immédiatement.

— Qui es-tu ? questionna-t-elle sans ménagement.

— Je m'appelle Vivette.

En quelques mots, celle-ci expliqua la raison de sa visite.

Dans le salon, la tante s'impatientait :

— Qui est là Léontine, qui est-ce ? !

Léontine secoua la tête tout en tirant Vivette vers le salon.

— Ne criez pas comme ça, on vient, on vient. C'est de la part de l'élève de Madame Madeleine. Vous savez, celle qui était venue vous voir pour aller prendre des cours chez Mlle Robert.

Ça alors ! Mathilde n'en revenait pas. À cette heure ? Que pouvait-elle bien lui vouloir ? Et cette gamine qui venait de sa part, qui était-elle ? En tout cas, elle n'avait pas l'air timide.

Vivette regardait tout autour d'elle en écarquillant les yeux.

— Je suppose que tu n'es pas venue pour admirer mes tapisseries, ne put s'empêcher de maugréer Mathilde. Que veux-tu ?

Vivette cessa d'examiner la pièce et expliqua d'une traite qu'elle venait de la part d'Alba porter cette aquarelle pour Mme Herbelin, « comme promis et en remerciement ».

— Et tu l'as roulée comme un vulgaire papier ! C'est du joli. Elle doit être fraîche ton aquarelle ! Enfin, ouvre-moi ça sous la grande lampe de la table, que j'y voie quelque chose.

Le ton était direct et autoritaire. Vivette s'exécuta :

« Au moins, avec celle-là, on ne tourne pas autour du pot », se disait-elle.

Un brin théâtrale, elle déroula précautionneusement l'aquarelle d'Alba. Suspendues à son geste, Mathilde et Léontine retenaient leur souffle.

Les roses apparurent les unes après les autres, éblouissantes dans leur rouge sang.

Devant une apparition Mathilde n'aurait pas été plus stupéfaite. Tout comme Léontine, elle n'en croyait pas ses yeux. Vivette les regardait tour à tour. Elle repensait à sa propre mère. C'était le même émerveillement, la même incrédulité.

Un cœur battait dans ces roses et le rouge coulait dans leurs pétales comme dans des veines.

— Ces roses ! On dirait... qu'elles sont vivantes !

Vivette buvait les paroles que Mathilde prononçait malgré elle à voix haute. Vivantes, les roses ! Elle sentit l'émotion la submerger mais elle mit toute son énergie à se contenir. Qu'aurait-elle pu raconter si elle s'était mise à pleurer ? Parler de sa maman ? À ces femmes ? Jamais ! Elle se dépêcha d'enfouir le plus loin possible l'image de sa mère. Elle était morte, c'était mieux pour elle et ses petits frères. Maintenant, seuls comptaient le présent et l'avenir, voilà ce que Vivette se disait en regardant les fleurs.

Quant à Léontine, qui, dans cette maison, avait vu passer des tableaux de toutes les sortes et de toutes les couleurs, elle était comme sa patronne : éblouie et impressionnée. Mais le tableau réveilla aussi en elle un regret, qui revenait parfois dans la solitude de ses nuits : elle aurait bien aimé recevoir un jour des roses qui parlent d'amour, des roses comme celles-là.

Il y eut un moment de silence. Mathilde se reprit la première :

— Léontine, va chercher mon prie-Dieu et mon chapelet. On va faire une dizaine de « Je vous salue, Marie ». Ça vaut bien ça, je suis sûre que c'est Notre Dame qui nous envoie ces roses juste ce soir. Tu m'entends, Léontine. C'est un signe du ciel, nous sommes sauvées.

Léontine sortit de ses rêveries. Vivette n'y comprenait rien et la bonne lui expliqua à l'oreille qu'il ne fallait pas se faire trop de mouron et qu'il valait mieux s'exécuter.

— C'est une vieille manie de Madame. Quand il se passe quelque chose de très important on doit immédiatement se mettre à genoux.

— À genoux, mais pour quoi faire !

— Pour remercier la Sainte Vierge Marie, pardi, fit Léontine.

Vivette n'avait jamais été au catéchisme, pas plus qu'elle n'avait déjà mis les pieds dans une église. La Sainte Vierge, le bon Dieu, c'était un peu vague dans sa tête.

— Mais c'est pas la Sainte Vierge qui envoie les roses, insista-t-elle naïvement. C'est Alba, je vous l'ai déjà dit.

Léontine la regarda comme une chose étrange.

— Cherche pas à comprendre. Y en a pour deux minutes.

Vivette se plia à cette étrange demande sans plus de difficulté. Après tout, elle n'était pas si mal que ça dans ce magnifique salon.

Quand la prière fut terminée, Mathilde s'attaqua énergiquement à mettre son projet à exécution.

— Bon, maintenant, Léontine tu vas aller dans ma chambre avec cette demoiselle, vous allez me décrocher le grand cadre doré qui est au-dessus de mon lit et vous le descendrez.

— Grands dieux ! s'écria Léontine. Vos hortensias bleus ! Votre plus beau tableau ! Mais qu'est-ce qu'on va en faire ?

— Fais ce que je dis et après va me chercher Georges. Dis-lui de préparer la voiture. On sort.

— On sort ! Qui sort ? demanda Léontine, stupéfaite.

— Nous. Et cesse de poser des questions. File chercher le tableau.

Pour une fois, Léontine s'exécuta sans rien dire et Vivette la suivit.

Sans l'avoir voulu, elle se trouva enrôlée dans une histoire qui allait la conduire fort tard dans la nuit. Ce qui ne lui déplaisait pas, bien au contraire.

À la grande surprise de Léontine, Mathilde enleva les hortensias bleus du magnifique cadre doré « qui avait coûté une fortune » et glissa à leur place les roses d'Alba qui s'y ajustèrent à la perfection.

Elles ne purent retenir un cri d'émerveillement. L'or du cadre sublimait les étranges rouges de ce bouquet poignant.

« Ces rouges, ces rouges ! ne pouvait s'empêcher de penser Mathilde, où diable les a-t-elle trouvés ? »

Elle se reprit pourtant assez vite. Tant d'émotion au cours d'une soirée qui ne promettait rien que de très habituel, elle en était doublement ragaillardie. Excitée par l'idée qui lui était venue, elle expliqua enfin à Léontine et à Vivette ce qu'elle attendait d'elles.

— Maintenant que ces roses sont bien encadrées, nous allons les installer à la meilleure place. Celle qui leur est due...

Léontine termina la phrase à sa place :

— Dans votre chambre à la place des hortensias !

Mathilde leva les yeux au ciel :

— Laisse-moi finir, Léontine, au lieu de dire des bêtises. Penses-tu que je ferais tant de tracas pour ça. Tu n'y es pas du tout. Ces roses iront au Salon. On va les installer à la place d'honneur, face à l'entrée.

— Au Salon ! Ah, et quand ?

— Tout de suite, Léontine, tout de suite.

Léontine et Vivette se regardèrent, perplexes. Faire entrer en pleine nuit une œuvre non sélectionnée dans un Salon aussi prestigieux que l'était ce Salon annuel, cela ne leur apparaissait pas tant difficile à faire que pénible à mettre en route à une heure pareille. Ni l'une ni l'autre ne mesuraient exactement ce que la décision de Mathilde signifiait car ni l'une ni l'autre n'avait conscience des impossibilités d'une pareille manœuvre. Cette inconscience fut à la base du succès total de l'opération car elles n'émirent aucune réticence. Bien au contraire, stimulées par la beauté de la toile, ayant obscurément l'impression de participer à quelque chose de bien, elles y mirent toute leur énergie.

— Tu es toujours en relation avec ta Fifi ? demanda Mathilde à Léontine.

Léontine sursauta :

— Fifi !

— Tu sais, reprit Mathilde qui avait en mémoire les confidences de sa bonne, ton amie d'orphelinat, celle qui en sait de bonnes sur Michaux, le membre du jury qui fricote avec les jeunes modèles dès que sa femme a le dos tourné et qui prend des sous pour un travail qu'il ne fait pas.

— Et comment que je suis en relation ! s'empressa Léontine qui ne voyait pas où Mathilde voulait en venir. On est comme des sœurs, je vous ai dit.

— Bien, alors allons voir ta Fifi de ce pas. Elle va nous être très utile.

Elles sortirent toutes les trois dans la nuit sous le regard éberlué de Georges qui avait été tiré de son premier sommeil et se demandait bien quelle nouvelle lubie avait pris Madame.

— Chez Michaux, boulevard Malesherbes ! lui cria Mathilde.

Léontine suivit les ordres sans se rebiffer. Il y avait dans cette soirée un piment inhabituel, un souffle d'aventure. Elle s'était prise au jeu et se demandait, selon son expression favorite, si sa patronne « n'était pas un peu fêlée ». Que venait faire Fifi dans cette histoire de tableau ?

Dans la voiture, Mathilde dévoila le plan qu'elle avait imaginé.

— Magnifique ! hurla Léontine qui ne perdait pas le nord. Quelle idée ! Je n'y aurais jamais pensé, mais c'est merveilleux !

— N'est-ce pas ? fit Mathilde, contente bien que surprise de cet enthousiasme.

Elle ne tarda pas à en avoir l'explication :

— Après avoir fait ce que vous dites, continua Léontine, Fifi ne pourra plus rester chez Michaux, vous devrez l'embaucher, je ne vois pas d'autre solution.

— Ah voilà ! s'exclama Mathilde qui, dans la précipitation, n'avait pas pensé à cet aspect des choses. Je comprends mieux.

Elle réfléchit un court instant.

— Tu as raison, Léontine, avec ce que ta Fifi va faire pour nous, je n'ai pas d'autre solution. Dis-le-lui bien :

à la clef de son accord il y a son embauche à tes côtés, chez moi.

Léontine n'en croyait pas ses oreilles, elle avait tant et tant attendu ce moment, elle avait tant rusé de mille stratégies pour faire embaucher sa Fifi. En vain. Or voilà que cette nuit le miracle se produisait. Elle se jeta au cou de Mathilde comme une gamine.

— Allons, allons, dit celle-ci d'un ton bourru, tu me remercieras après.

Mais, en son for intérieur, elle était ravie. Elle ne doutait plus de revenir victorieuse.

Quand Fifi entendit cogner au volet de sa chambre qui donnait sur la rue en rez-de-chaussée, elle crut qu'il se passait quelque chose de grave. Mais après que Léontine lui eut tout expliqué en long et en large, elle ne se le fit pas dire deux fois.

— Léontine ! s'exclama-t-elle. Mais c'est le bon Dieu qui t'envoie ! Tu me sauves la vie ! J'étais au bord de la dépression !

Fifi réalisait que pareille chance ne se reproduirait pas deux fois. Dix ans qu'elle était au service de Michaux. Dix ans qu'elle commençait à en avoir plus qu'assez de ses mensonges. À sa femme, à ses amis, à ses relations professionnelles, au curé. Que d'embrouilles ! Fifi n'en pouvait plus des complications que cela engendrait, des contorsions qu'il lui fallait faire pour ne pas enfreindre les ordres de ce faussaire. Elle avait horreur de ce qu'il l'obligeait à dire aux uns et aux autres pour cacher ses mesquineries et ses frasques.

— Mais, ajouta-t-elle dans un sursaut d'inquiétude, tu es sûre que ta patronne va m'embaucher parce que...

— Sûre, je te dis ! Juré ! Depuis le temps que je la tannais, tu penses bien que j'ai sauté sur l'occasion. On lui rend un service, elle nous rend la pareille. Bien joué, non ! C'est notre chance, Fifi ! On va travailler dans la même maison, et c'est une bonne maison, je peux te l'assurer ! Allez allez, file. Va réveiller Michaux, vite.

Fifi n'y alla pas, elle y courut. On aurait dit qu'elle avait des ailes.

Quand toute l'opération fut terminée, quand le tableau *Roses rouges* fut installé à la place d'honneur au lieu d'une scène de nymphes courant près des rivières pour laquelle avait posée la petite amie de Michaux et les jeunes maîtresses de plusieurs de ces messieurs, Mathilde se coucha, le sourire aux lèvres. Quelle jouissance que cette petite scène qu'elle venait de s'offrir sur un coup de tête, et qui avait si bien fonctionné. Elle revoyait Michaux en pyjama dans la porte entrouverte de son hall d'entrée, ses rares cheveux hérissés sur le pourtour de son crâne chauve et ses lorgnons de travers qui la regardait, hagard.

Quand Fifi était venue le chercher jusque dans son lit, le menaçant de tout révéler à sa femme qui dormait près de lui s'il ne faisait pas ce qu'elle allait lui demander, Michaux avait manqué de s'étrangler. Mal réveillé, pris de court devant la détermination ahurissante de sa bonne d'ordinaire si soumise, il était descendu et avait alors découvert Mathilde Herbelin garée devant chez lui.

— Quel est ce cauchemar ? s'insurgea-t-il, incrédule. Je vais me réveiller, ça n'est pas possible !

Hélas, Michaux dut se rendre à l'évidence, il était bel et bien réveillé ! De terreur, complètement déstabilisé, il s'exécuta avec une rapidité inouïe. Contraint de s'habiller à la va-vite, il fit ouvrir le Salon en pleine nuit et dans la plus totale discrétion. L'affaire ne prit pas plus d'une heure.

Même au meilleur de ses prévisions, jamais Mathilde n'aurait osé en espérer autant. Elle avait joué de chance.

Sa première grande surprise en arrivant au Salon en pleine nuit fut de constater que les étiquettes des prix avaient déjà été accrochées sur les gagnants et que les membres du jury avaient relégué aux oubliettes les toiles de ces jeunes femmes que lui avait montrées Madeleine et qu'ils prétendaient défendre.

— Ça alors, fit Mathilde en se tournant vers Michaux, les jeux sont déjà faits ? Mais, je croyais que Louise Breslau et la jeune Marie B. étaient prévues pour avoir un prix chacune. Où sont-ils donc ?

Michaux joua les innocents. Il ne savait pas, n'était pas au courant et, crut-il bon d'ajouter :

— C'est vrai, elles l'auraient mérité.

Ce fut le mot de trop, Mathilde s'en empara.

— Eh bien, dit-elle, puisqu'elles le méritent, on va les accrocher sur le panneau central, auprès du tableau des roses.

— Mais on ne peut enlever les toiles de nos artistes, s'insurgea Michaux, pris à la gorge, ils vont hurler !

Mathilde se posta devant lui et le regarda droit dans les yeux :

— Hurler ! Allons donc, vous les calmerez. Quelque chose me dit que vous y arriverez très bien. « Honneur aux dames ! », c'est une de vos maximes favorites, vous n'aurez qu'à dire que pour une fois vous l'avez mise en application. Je ne me fais aucun souci.

Aidé par Georges, Vivette et Léontine, sous les yeux ahuris des gardes auxquels il expliqua qu'il y avait du changement, Michaux obéit.

Mathilde elle-même n'en revenait pas.

— C'est incroyable, dit-elle à Léontine après qu'elles eurent déposé Vivette. Voilà ce Michaux qui paraît toujours si sûr de lui, maître de toutes les situations et si raisonnable, prêt à faire tout et n'importe quoi sur une simple menace de sa bonne et de moi-même. Je me demande comment il va expliquer la chose demain aux autres jurés. Sans parler des jeunes maîtresses de tous ces messieurs qui ont posé pour les nymphes et auxquelles ils ont promis monts et merveilles. Comment vont-ils faire, tous autant qu'ils sont, pour expliquer qu'ils ont décidé de ce nouvel accrochage ?

— Oh ça, fit Léontine, Michaux dira n'importe quoi sans problème. Mentir, ça lui vient naturellement.

— Oui, tu as raison, acquiesça Mathilde. Mais les autres...

— Les autres, pareil. Aucun ne veut d'histoire. Si vous voulez mon avis, ils la fermeront.

Mathilde sourit. Elle buvait du petit-lait car sa bonne avait doublement raison. Les membres du jury préféreraient se taire plutôt que de faire des vagues, au cas où ça leur retomberait dessus. Mathilde les connaissait par cœur et elle les avait vus à l'œuvre bien souvent.

— Mais dites-moi, madame, poursuivit Léontine qu'une question tracassait. Pourquoi a-t-il fallu faire tout ça en pleine nuit ? On aurait pu porter les roses demain matin, ça aurait été plus simple, non ? Fifi aurait même parlé plus facilement à Michaux au lieu d'aller le chercher dans son lit et risquer de réveiller sa femme.

— Impossible ! répliqua Mathilde sans hésitation. Le Salon une fois ouvert, on n'aurait rien pu faire. Il y en aurait toujours eu un pour se rebiffer. À cette heure de la nuit on n'a croisé personne à part les deux gardes, tu as bien vu. On avait un boulevard devant nous et Michaux n'a pas fait un pli. En plus, réfléchis bien, il va tout expliquer à notre place, et ça c'est inestimable ! Pendant que nous allons tranquillement dormir dans nos lits, il va faire le tour des popotes pour avertir les membres du jury un à un et les convaincre de ne pas bouger. Demain matin, à l'ouverture, ils se trouveront devant le fait accompli. Tous ! Impossible de dire quoi que ce soit sans avoir à donner des explications. Et je m'en chargerai, crois-moi. Ils m'en savent capable. Quel scandale, toute la presse s'emparerait de l'incident. Je n'ai plus rien à perdre aujourd'hui, ma vie est faite et bien faite. Autant que je serve à ces jeunes femmes qui le méritent et à ces fleurs qui m'ont donné tant de joie dans la vie. Tu ne peux pas savoir, Léontine, le bonheur que j'ai eu cette nuit de les voir trôner à la meilleure place, face à l'entrée du Salon ! J'en ai eu le cœur retourné. C'est bête je sais, mais ça a été plus fort que moi.

Léontine comprit qu'il venait de se jouer dans cette soirée quelque chose d'important pour sa patronne, quelque chose dont elle ne mesurait pas toute la portée.

— Crois-moi, ajouta Mathilde, c'est un vrai cadeau du ciel que cette aquarelle m'ait été offerte, juste ce soir. C'est un miracle. Grâce à Alba, on parlera de Madeleine et de son enseignement. La presse va s'en accaparer et dans tous les salons on en parlera longtemps. Ces roses rouges ont une puissance de séduction tellement ravageuse qu'elles vont balayer d'un seul coup tous les exploits picturaux. Même les meilleures toiles du Salon n'y résisteront pas. Et sais-tu pourquoi Léontine ?

Léontine attendait la réponse, suspendue à ses lèvres. Mathilde laissa alors tomber ces mots pleins de mystère :

— Parce que rien ni personne ne résiste à un tel cri d'amour !

42

Avertis par Michaux, tous les membres du jury accoururent à l'aube.

— C'est une honte ! hurla l'un d'eux, qui tournait en rond. On ne peut tolérer cet affront !

— Un affront, renchérit un autre, vous appelez ça un affront ? ! Mais c'est pire, bien pire. C'est une ignominie, une mascarade, c'est un vol pur et simple. La police doit intervenir !

Ce dernier mot jeta un froid et calma les esprits surchauffés.

— Pas question, trancha Michaux, effrayé. Vous savez comme moi que quand les hommes de loi s'en mêlent, on ne sait jamais où ils vont s'arrêter.

Il y eut un frémissement. Tous se sentirent concernés et après un court silence, en désespoir de cause, quelqu'un questionna :

— Mais alors, que fait-on ?

Tony Robert-Fleury s'avança :

— Rien.

Un murmure désapprobateur parcourut la petite assemblée. Il la calma d'un geste ferme :

— J'ai bien dit, et je le répète au cas où vous ne l'auriez pas bien compris, nous ne faisons rien. Nous ne bougeons pas et nous applaudissons ces dames et ces demoiselles. Soyons bons joueurs et adoptons la célèbre maxime : « Puisque la situation nous échappe, feignons d'en être les organisateurs. » Ce n'est pas si grave après tout et ces toiles méritent bien qu'on leur rende hommage. Au moins une fois. Qu'est-ce qu'on risque ?

Sur ces bonnes paroles, il se dirigea vers le nouvel accrochage.

— Venez et, au lieu de vous énerver, regardez ces roses rouges, avouez : elles sont exceptionnelles, non ?

Il y eut bien quelques réticences, quelques rages enfouies, mais tous se plièrent à l'évidence. Le charme des roses d'Alba était grand. Bon an mal an, ils se rangèrent à l'avis de leur président. L'affaire était réglée, ils joueraient le jeu.

De toute façon, ils n'avaient pas le choix.

C'est ainsi qu'à l'ouverture des portes, les premiers visiteurs, surpris, se virent conviés par des jurés tout sourires à admirer la sélection de prestige accrochée à la place d'honneur au premier rang :

— Nous inaugurons une nouvelle tradition, expliqua le président avec un sens de l'adaptation inégalé.

— Quelle magnifique idée ! approuva une dame ravie.

Sidérés par la vue de ces toiles pleines de fraîcheur, les visiteurs s'avancèrent et, très vite, s'agglutinèrent devant les roses d'Alba. Bientôt il fut impossible à quiconque de les approcher. Dans les profondeurs de ces rouges, tous ressentaient un mystère qu'ils n'arrivaient pas à nommer :

— Garance, disait l'un.

— Vous n'y êtes pas, c'est un mélange de vermillon avec du brun et une pointe d'ocre.

— Pas du tout, trancha un troisième, à la base c'est un rouge cardinal. Tout simplement.

— Taisez-vous donc ! lança, agacée, une dame en contemplation.

Il y eut un court silence. L'âme meurtrie d'Alba vibrait dans les pétales de ces roses au rouge inqualifiable, ravivant dans le cœur de chacun des sentiments intimes. Les nouveaux arrivants cherchaient à savoir quelle était cette toile qui attirait tant de monde et dont personne ne connaissait l'auteur. Le nom de Madeleine Lemaire circulait, on parlait d'une de ses élèves. Rapidement, la foule attirant la foule, la cohue fut invraisemblable.

Délaissant les portraits imposants, les champs de bataille à la gloire des conquérants éphémères et les divinités de chairs fades et rosées qui constituaient l'essentiel du Salon, les visiteurs voulaient voir cette œuvre dont tout le monde parlait.

Ce fut un triomphe. Les *Roses rouges* d'Alba réveillèrent dans cette masse avide mille désirs enfouis et inavoués. Leur parfum enivrant soulevait des passions immenses, un fleuve de feu se déversait dans les cœurs de ces milliers de spectateurs. Tétanisés, happés. Ils ne pouvaient s'en éloigner. Les offres des collectionneurs pour s'en emparer grimpaient de minute en minute. La déraison s'emparait des plus raisonnables. On parlait de millions !

Au bureau du Salon, les membres du jury étaient blêmes :

— Il faut que cela cesse, affirma l'un. C'est le monde à l'envers, tout ce bruit pour des fleurs. Nous sommes ridiculisés. Nous ne pouvons pas accepter de voir cette Alba ravir la vedette à nos grands artistes. Les journalistes ne parlent que d'elle, demain la presse en sera pleine !

— S'il ne s'agissait que de la presse, ça ne serait pas si grave, intervint le président. Moi, ce sont plutôt les collectionneurs qui m'inquiètent. Ils sont acharnés et n'en démordront pas. Ils veulent ces roses, un point c'est tout. Si on bloque leur vente, on bloque tout. Je vais envoyer tout de suite un coursier me faire signer une décharge de vente par cette Alba. Il faut accepter une offre et vite, que ça finisse. Une fois que les *Roses* seront vendues et qu'ils ne pourront plus les avoir, ils passeront à d'autres toiles. On a des œuvres en magasin, il ne faudrait pas qu'elles nous restent sur les bras.

— Ça alors, je n'y avais pas pensé ! sursauta un petit homme à chapeau qui manqua d'en avaler sa pipe.

Le coursier partit avec ordre de revenir au plus vite. Le président avait eu du nez, un quart d'heure plus tard, un monsieur très élégant entra dans le bureau. Tous ici le connaissaient bien. C'était un riche collectionneur dont les autres guettent les choix pour acheter comme lui.

Négociateur avisé, il ne s'embarrassa ni de préliminaires ni de salutations et alla chuchoter un chiffre à l'oreille de Tony Robert-Fleury. Celui-ci manqua d'en avaler sa barbe.

— Pour le tableau des roses, vous êtes sûr ? lui fit-il répéter.

— C'est ça, mais c'est tout de suite, dit le collectionneur. Je vous signe le mandat. On est d'accord ?

Les membres du jury se regardèrent, stupéfaits. Aucun n'avait entendu la proposition mais, à la mine de leur président, ils comprirent que le montant de la somme proposée était exorbitant. Ils avaient trop attendu, les *Roses* de cette inconnue allaient faire exploser des plafonds jamais atteints. La rumeur fit le tour du Salon à la vitesse d'une traînée de poudre :

— Un chiffre astronomique a été proposé au bureau, dit quelqu'un dans la foule.

— C'est accepté ?

— C'est signé ?

— Tant que ce n'est pas signé, rien n'est joué.

Les questions fusaient, on s'interrogeait. Dans le bureau, le collectionneur impatient attendait le retour du coursier. Il arriva enfin.

— Elle avait l'air drôlement surprise, l'artiste, crut bon de dire le coursier, et, vu où elle crèche, elle ne pouvait pas refuser. Elle a vite signé.

Tony le remercia vertement, agacé de son déballage devant le collectionneur. Peine perdue. Indifférent à l'émoi que son achat suscitait, ce dernier signait tranquillement l'acte définitif qui le rendait propriétaire du tableau d'Alba.

Les *Roses* étaient vendues.

Il y eut des cris de déception et même des malaises. Certaines dames et demoiselles qui pressaient leurs époux et amants de leur faire ce cadeau comprirent qu'elles ne posséderaient pas ces roses extraordinaires. Elles ne pouvaient y croire.

Dans le bureau, le président Fleury observait le collectionneur. Cet homme n'était pas du genre à casser son coffre pour les fleurs d'une inconnue. Redoutable acheteur, il avait pour coutume de se payer des signatures et de faire baisser les prix. Jamais de les faire monter. Tony posa la question qui le taraudait :

— Mon cher ami, on se connaît depuis un moment et vous avez un sens de l'estimation très sûr. Peut-on savoir ce qui vous a plu dans ces fleurs au point de les payer un tel prix ?

Le collectionneur lui tendit le mandat accompagné de cette brève réponse :

— Elles m'ont bouleversé.

Tony ne put retenir un rire nerveux.

— Bouleversé ? C'est bien la première fois que vous surpayez vos émotions. Et sans discuter, cela ne vous ressemble pas.

— Je veux les *Roses* dès que possible chez moi, continua l'autre comme s'il n'avait rien entendu. Je compte sur vous n'est-ce pas, dès la fermeture du Salon.

Puis, après réflexion, il ajouta :

— Il y a des coups de cœur qu'on ne discute pas. Ça peut arriver à n'importe qui, même au plus âpre des négociateurs comme moi. La preuve.

Et il quitta le bureau, laissant Tony Robert-Fleury sur une dernière interrogation, cette fois sans réponse. Un homme comme celui-là peut-il subitement changer de comportement juste pour un coup de cœur ? Juste pour un bouquet de roses ? Mais il n'eut pas le temps de réfléchir à la question, le juré Maignan arrivait avec une incroyable nouvelle. La plupart des tableaux des jeunes filles étaient vendus, des collectionneurs sérieux avaient signé des promesses d'achat et n'avaient pas discuté les prix.

Tony poussa un profond soupir et sortit devant la porte du bureau. Dans la foule, massée autour des toiles, il croisa le regard de Mathilde Herbelin. La vieille miniaturiste, si longtemps tenue à l'écart de toutes les récompenses officielles, rayonnait. Que dire ? Il préféra se montrer bon joueur et lui adressa un signe discret. Il tourna les talons. L'argent n'était pas extensible dans la poche des collectionneurs, il devenait urgent de placer leurs propres artistes.

C'est alors, juste au moment où il rentrait dans le bureau, qu'un jeune homme l'agrippa par la manche :

— Combien pour les *Roses rouges* ?

Frédéric Maucor venait d'arriver au Salon et de découvrir l'œuvre d'Alba.

Tony le regarda avec commisération :

— Vous n'êtes pas au courant ?

— ...

— Elles sont vendues.

43

Alba fut emportée par la tourmente du succès.

Tony vint lui annoncer en personne qu'elle avait gagné des milliers de francs avec ses roses. Il avait compris tout l'intérêt qu'il avait à s'occuper de cette fille qui, d'après lui, allait gagner beaucoup d'argent dans les années à venir :

— Ça y est, Alba, lui dit-il en posant sur la table un gros paquet de billets, tu es lancée. Cet argent est une avance, le reste sera déposé à la banque où on va t'ouvrir un compte.

Alba dut s'asseoir tant le choc était immense. Ce qu'elle avait espéré depuis des années arrivait enfin. Elle ne pouvait y croire et pourtant, l'argent était bien là, sur la table. Elle tendit la main et toucha les billets, ils étaient bien réels. Ce contact lui fit un effet bizarre, il ne lui évoquait rien de connu. De son côté, Louise réalisait que l'argent, qui lui avait si durement manqué tout au long de sa vie, arrivait en quantité. D'un seul coup. C'était tellement impensable, tellement hors de tout ce qu'elle s'était jamais autorisé à espérer qu'elle s'évanouit et glissa au sol. Tony sursauta au bruit sourd qu'elle fit en tombant et Alba reprit ses esprits.

— Maman ! Qu'est-ce qui t'arrive ! hurla-t-elle, affolée. Mais Tony la rassura :

— C'est rien, c'est la joie. Viens, on va la mettre sur le lit.

À eux deux ils parvinrent à la hisser sur le lit, et quand elle reprit ses esprits et qu'il vit que tout allait bien, Tony s'en alla en annonçant qu'il reviendrait dès le lendemain.

— J'ai des propositions de contrats. Tu vas pouvoir choisir, ils sont plusieurs marchands à te vouloir dans leur galerie. Compte sur moi pour faire monter les prix !

« Faire monter les prix ! » Le rêve d'Alba de devenir riche et célèbre se matérialisait en un seul instant. Une heure auparavant elle n'était encore qu'Alba dans sa mansarde alors qu'en cet instant même, elle était devenue celle qu'on se dispute et qu'on est prêt à payer à prix d'or.

— Mon Alba, fit Louise revenue à elle. Mon Alba...

Sa voix se brisa et elle tomba dans les bras de sa fille en pleurant de bonheur, ou de fatigue, ou d'émotion tout ensemble. Elle n'arrivait pas à parler et se contentait de répéter le nom de sa petite. Il lui était impossible de saisir ce qui se passait et s'il n'y avait eu ces billets sur la table, elle aurait pensé rêver. C'est quand Vivette entra dans la chambre qu'elle commença à y voir plus clair. Vivette avait le sens des choses immédiates, elle prenait à bras-le-corps tout ce qui se présentait, souffrance et bonheur, elle ne calculait pas, ne retenait rien. Quand elle sut ce qui venait de se passer, la petite poussa un cri de joie tellement intense que toute la cour l'entendit. Vivette avait une incroyable aptitude au bonheur et elle les entraîna fêter l'événement dans un restaurant où, jamais de leur vie, ni Alba ni sa mère n'auraient osé poser les pieds.

Ce fut un repas dont le souvenir allait rester toute leur vie. Vivette passa la commande comme elle avait entendu les riches le faire aux terrasses des restaurants. Elles mangèrent de la bisque d'écrevisses, de la longe de veau rôtie aux aromates et, pour dessert, une spécialité de la maison, des rissoles aux poires. Jamais Louise n'aurait imaginé être aussi heureuse ni même qu'un tel bonheur puisse exister.

Quand elles rentrèrent le soir, un peu grisées, saoulées de plaisir, elles ne purent se résoudre à se mettre au lit et elles passèrent toute la nuit assises autour de la table à échafauder tout ce qu'elles allaient faire maintenant avec cet argent.

— Il est à Alba, dit Vivette, sérieuse tout à coup. Elle va l'économiser. Moi, j'ai le mien maintenant, n'est-ce pas Louise ?

Alba fit des yeux ronds, elle comprit qu'il s'était passé des choses dans son dos. Louise lui expliqua le marché des broderies qui tournait à plein et lui annonça qu'elles avaient pris des billets pour Bagnères, pour aller voir les petits. Pour Alba, c'était beaucoup en une seule fois. Les choses qui étaient allées si mal si longtemps allaient bien d'un seul coup. Toutes. Ça paraissait véritablement irréel.

Comment croire qu'on a réussi quand on a tant manqué et que le chemin a été si dur et si long ?

Il fallut du temps. Quelques semaines pour que les nouvelles données du succès d'Alba, et de ce qu'il allait bouleverser dans leur quotidien, prennent toute leur place.

Petit à petit, Alba découvrit la force que donne le sentiment d'être en accord avec soi-même et avec ses désirs les plus profonds. Réussir sa vie en la peignant et voir sa propre mère sortir de la nuit, elle n'aurait pas pu rêver mieux. Son talent était reconnu, on lui parlait avec déférence. Collectionneurs, marchands, galeristes, tous voulurent la rencontrer. On discuta contrats, argent, commandes. Elle prit les choses comme elles se présentaient et crut ce que le président lui en raconta, à savoir que Mathilde Herbelin avait montré sa toile de roses et que les jurés, subjugués, avaient décidé de la mettre à l'honneur et de rendre hommage à toutes les toiles des autres jeunes filles. Pas plus que Marie ni quiconque, elle n'eut la véritable explication de ce qui s'était passé. Mathilde, Léontine et Vivette gardèrent le secret avec une incroyable solidarité.

Louise et Vivette partirent pour le Sud-Ouest et Alba resta à Paris. Comment partir dans un moment pareil, c'était impossible.

Alba découvrit la liberté. Ces journées de printemps furent magnifiques et l'emportèrent dans un tourbillon qui la rendit folle de joie.

On la demandait de tous côtés et Marie l'aida dans l'aménagement d'un véritable appartement. C'était un trois pièces, clair et pas loin de la Seine. Le soleil y entrait à flots. Un paradis. Alba n'écrivit pas à Louise pour lui demander son avis. Sa mère et Vivette auraient la surprise en revenant. Conseillée par un banquier, elle plaça son argent et, guidée par Marie, elle fit les boutiques, acheta des toilettes et du parfum. En très peu de temps, elle changea de vie et d'allure. Les hommes la regardaient et la courtisaient, les femmes la complimentaient sur son art. Elle courut les soirées aux côtés de Marie.

Désormais, rien ne pouvait l'arrêter. Oublié Frédéric, oubliés les mauvais jours, Alba était ivre de bonheur.

La seule chose qu'elle n'oubliait pas, c'était son travail. Elle s'y mettait tous les matins avec une régularité exemplaire. Devant le grand chevalet qu'elle s'était offert et qui trônait dans la pièce lumineuse de son nouveau salon, elle hésitait avant de poser la première touche de couleur. Contrainte par son nouveau marchand de refaire les *Roses rouges* du mythique bouquet, elle se demandait comment elle allait pouvoir satisfaire ces riches acheteuses qui avaient signé les commandes.

— Regarde, Marie, dit-elle à son amie qui passait la voir, j'ai beau travailler les rouges, je n'obtiens pas le même résultat. Mes fleurs sont belles, mais...

— Mais elles ne sentent pas le soufre, c'est ça ? Et ça t'étonne ? enchaîna Marie d'un air de deux airs.

Alba se raidit. Le soufre ? Quelle drôle de comparaison, se dit-elle. Marie aurait-elle compris d'où venait ce rouge qui avait soulevé tant de fantasmes ? Que savait-elle de la passion qu'Alba avait éprouvée pour Frédéric dans cette nuit d'orage et de douleur ? Rien, Alba en aurait mis sa main au feu.

— Tu peins ce que tu vis Alba, reprit Marie. Le public l'a senti dans ton bouquet. Moi aussi : il embaumait l'Amour. Es-tu toujours amoureuse, Alba ?

Comme elle l'avait fait dans le patio de l'hôtel à Cauterets, Marie lui posait cette question sans détours. Que répondre ? Frédéric paraissait si loin, l'euphorie du succès, des soirées et des rencontres nouvelles avaient enseveli jusqu'à son souvenir.

— Tu ne réponds pas, tu gardes le secret ? Même avec moi ?

Marie avait penché sa tête de côté et souriait comme une gamine en quête de révélations. Alba lui rendit son sourire. Ces derniers temps elle avait acquis une légèreté dont elle se serait crue incapable. Le succès et les louanges sur son talent et sa beauté avaient dénoué les fils d'angoisse qui la tiraillaient avant de toutes parts.

— Je n'ai pas de secret, répondit-elle.

— Alors, insista Marie. Amoureuse ou pas ?

Alba eut un infime temps d'hésitation :

— Non. Je ne suis pas amoureuse. Je ne suis plus amoureuse.

En prononçant ces mots elle ressentit un léger pincement. Elle n'avait jamais fait de confidences à qui que ce soit.

— Ah, tu avoues, fit Marie, j'en étais sûre. Donc tu as aimé ? Et on peut savoir qui c'était, je le connais ?

— C'était un inconnu, s'empressa de dire Alba.

Marie s'apprêtait à rire de cette réponse quand une affreuse toux la prit. Bientôt elle fut incapable de respirer, elle crachait du sang. Effrayée, Alba voulut courir chercher un médecin mais Marie l'en empêcha. La crise diminua petit à petit et, au bout d'une heure, la jeune fille respirait à nouveau normalement.

Elle rassura Alba :

— Ce n'est rien, tu sais, les médecins disent qu'il me faut le grand air. Je devrais retourner dans les Pyrénées. J'ai beaucoup aimé ces montagnes, elles sont à la fois sauvages et apaisantes. Et cette lumière sur ce lac. Tu te souviens de ce lac ?

Alba était méfiante. Où Marie voulait-elle en venir ? Mais Marie ne pensait plus à faire des allusions. Sa maladie, qu'elle savait mortelle, lui faisait oublier les codes habituels de la bienséance. Il lui restait si peu de temps. Elle allait droit au but et parlait sans mystère. Vivre devenait urgent. Elle raconta ce souvenir :

— Te souviens-tu quand tu étais restée sur la berge et que nous étions partis en barque ? Sur le lac, le guide nous a raconté une histoire affreuse. Un couple d'Anglais s'était noyé plutôt que de se séparer. Ils étaient morts afin de pouvoir s'aimer. C'est triste n'est-ce pas ? Il faut vivre d'amour et non pas en mourir, non ? Les autres étaient émus, moi pas, ce récit m'a fait froid dans le dos. Je n'aime pas les histoires d'amour qui finissent mal. C'est peut-être pour ça qu'il y a quelque chose en amour que je n'ai jamais pu atteindre. Parce que l'amour finit toujours mal et que je ne le veux pas. Moi je crois à l'amour éternel, celui qui dure toute la vie. Il existe, n'est-ce pas, Alba ? Dis-moi, est-ce qu'on m'aimera ?

Alba était saisie. Ce cri était le même cri qu'en cet été lointain dans le patio, si impudique et si douloureux. Comment Marie pouvait-elle manquer d'amour ? Comment y croire ? Alba ne savait que répondre. Mais Marie continuait :

— Cet homme, il t'a aimée ?

Alba se rétracta.

— Je t'en prie, insista Marie, dis-le-moi. Est-ce que cet homme t'a dit qu'il t'aimait ?

Marie suppliait comme si elle devait d'urgence connaître la réponse d'Alba.

— Oui, lâcha enfin Alba dans un souffle. Il me l'a dit tant de fois et écrit si souvent avec tant de force.

À cette confidence, Marie laissa échapper un gémissement plaintif.

— Alors… comment peux-tu douter de l'amour ? cria-t-elle. Tu as été aimée, Alba, tu as été aimée à la folie sinon tu n'aurais jamais pu peindre des roses pareilles. Je l'ai compris en voyant ton tableau au Salon. Et tout le monde l'a compris. C'était un tel cri d'amour que ça aurait été indécent s'il n'y avait eu cette puissance que seule une passion immense peut faire naître dans l'être humain. C'est la passion d'amour de toi pour cet homme et de cet homme pour toi qui vibre dans ton tableau. Tes roses étaient faites de feu et de sang. Elles sont votre amour, Alba. Pourquoi crois-tu que le public les a tant aimées ? Et celui qui les a payées à prix d'or, que crois-tu qu'il a acheté ? Des roses ? Bien sûr que non. Je vais te le dire, moi, ce qu'il a acheté…

Marie criait plus qu'elle ne parlait et Alba l'écoutait, saisie.

— Ce collectionneur a tenté d'acheter ce qu'il ne peut atteindre : cet Amour absolu qui rend les hommes fous et que nous cherchons tous. Et toi qui l'as vécu, tu doutes ? Quelle folie ! Moi je ne doute pas une seule seconde, Alba. Je sais dans ma chair qu'ils n'aiment ni ma peinture ni moi, et c'est de ça que je vais mourir, tu m'entends. Je vais en mourir alors que toi, Alba, tu peux vivre de l'avoir connu. Même dans un seul baiser, on sait combien on a été aimée !

Alba ne disait plus rien. Marie hurlait maintenant et tout son être n'était que douleur.

Plus tard, quand elle fut calmée, elle changea brutalement d'attitude. D'un geste nonchalant, comme si rien ne s'était passé, elle recoiffa du bout des doigts ses mèches rebelles et noua son chapeau de paille :

— Viens, dit-elle, enjouée, on va faire les grands magasins. Il y a plein de choses merveilleuses à voir.

Alba n'avait plus aucune envie de sortir. Avec Marie, on passait souvent du rire aux larmes mais cette scène avait été plus forte que les autres et Marie ne mesurait pas à quel point Alba était bouleversée. Ne sachant quelle contenance adopter, elle mit en silence un élégant chapeau de paille et suivit son amie.

Les merveilles des grands magasins ne lui firent aucun effet, pas plus les toilettes que les magnifiques métrages de tissus que l'on étalait devant leurs yeux. Les mots de Marie s'étaient incrustés dans sa chair et la brûlaient telle une plaie ouverte. Marie venait de lui faire comprendre combien Frédéric l'avait passionnément aimée et elle le ressentait maintenant. Maintenant qu'il était si loin et qu'il était trop tard.

44

Mathilde finissait de boucler les bagages en vue du départ pour le château de Réveillon et houspillait Léontine et Fifi. Il manquait toujours quelque chose. Madeleine attendait de pouvoir les alléger de quelques paquets et regardait par la fenêtre. Elle vit une silhouette familière traverser la rue :

— Ça alors ! s'écria-t-elle, stupéfaite. Cassignol !

— Non ! s'exclama Mathilde qui en lâcha la chemise qu'elle tentait de faire rentrer dans une malle pleine à ras bord. Que peut-il bien vouloir ? On ne l'a plus revu depuis le Salon. Et il vient maintenant ! Ce n'est pas le jour.

— Ne dis rien surtout, conseilla Madeleine. Le Salon a été un succès, il ne faudrait pas nous le mettre à dos à nouveau.

Mathilde sourit. Si Madeleine savait ! Car sa nièce aussi avait cru la version officielle. Cassignol, en revanche, devait être au courant. Que le jury ait subitement décidé de rendre honneur aux dames, il en fallait plus pour lui faire avaler pareille couleuvre. Que venait-il faire ?

— Ma chère Madeleine, dit Cassignol dès que Léontine l'eut introduit. Toujours aussi élégante. On ne parle que de vous et de votre élève Alba, car ce n'est pas avec Julian qu'elle a appris à peindre des roses, n'est-ce pas ?

Félicitations pour la qualité de votre enseignement, je m'incline.

— Merci, très cher, répondit Madeleine sur ses gardes.

Comme personne ne l'invitait à s'asseoir, Cassignol chercha un siège mais tous les fauteuils étaient déjà sous une housse.

— Excusez-nous, fit Mathilde, contrariée par ce discours inutile de Cassignol, tout est rangé. Nous partons pour Réveillon.

— Bien, bien, bredouilla Cassignol, je ne vais pas vous déranger longtemps. Vous souvenez-vous, continua-t-il, imperturbable, en s'asseyant sur la housse d'un fauteuil recouvert, de ce jour lointain où j'ai manqué de m'étouffer à cause d'un gâteau ?

Prises de court par le souvenir de cette séquence malheureuse, Mathilde et Madeleine opinèrent.

— Eh bien, j'aurais mieux fait d'avaler ce gâteau tranquillement, poursuivit le critique malicieux, car cette Légion d'honneur que vous réclamiez alors pour vos fleurs et qui fut la cause de ce désagrément, ça y est. Vous l'avez, Madeleine !

Mathilde et Madeleine parurent ébahies. Un instant paralysée par la stupéfaction, Madeleine s'effondra sur un fauteuil :

— La Légion d'honneur ! Moi ! J'ai la Légion d'honneur ?

— Oui, ma chère. Pour vos fleurs et pour votre carrière. Je mentirais si je vous disais que c'est à mon initiative mais quand j'ai entendu que votre nom circulait, je l'ai fermement appuyé. Car, grâce à vous et à votre chère tante (*et il décocha un coup d'œil en direction de Mathilde*), j'ai regardé les tableaux des fleurs et des femmes d'un œil plus ouvert et, ma foi, je m'en suis très bien porté.

Mathilde et Madeleine n'en croyaient pas leurs oreilles. Cassignol jubilait :

— On vous remettra la prestigieuse médaille très vite. Mais... chuuutttt, ne dites rien, je ne suis pas chargé de vous l'apprendre. Simplement (*il regarda à nouveau la tante Mathilde*), j'avais encore ce petit gâteau en travers de la gorge et vous annoncer cette bonne nouvelle l'a enfin décoincé. Je me sens beaucoup mieux.

Puis, après quelques mots anodins sur l'été à venir et le plaisir qu'on aurait à se retrouver à l'automne, il prit congé et s'éloigna, laissant les deux femmes perplexes.

— Comme la vie est étrange, dit la tante Mathilde en l'observant qui retraversait la rue, il faut attendre ses vieux jours pour se comprendre. On croit le pire d'un homme et c'est le meilleur qui vient quand on ne l'attend plus.

Peu importait la médaille, Madeleine vit que le visage de sa tante s'illuminait et elle en éprouva une immense paix. La joie l'envahit à son tour. Tout paraissait si simple, parfois. Sans qu'elles aient besoin de rien se dire, les deux femmes se regardèrent. Elles pensaient à la même chose : Suzanne et son interminable langueur.

— Cet été, je suis sûre qu'on va la tirer de là. Je me sens tous les courages.

Madeleine avait parlé avec un ton calme bien différent de celui, si angoissé et fébrile, qu'elle avait en permanence ces dernières années.

Les yeux de la vieille tante s'embuèrent légèrement. Mathilde comprit qu'elle avait réussi à relever le dernier défi qu'elle s'était donné : enfin sa nièce ne doutait plus et souriait à la vie.

Le soleil filtrait par les hautes verrières du salon, un parfum d'herbes coupées montait du petit jardin et flottait dans les airs. La vie pouvait être si douce.

Devait-il la haïr ou la remercier, il ne savait pas. Toujours est-il que depuis que Mathilde Herbelin l'avait abordé sans ménagement, Fréderic Maucor n'était plus le même.

— Venez par ici, j'ai des choses à vous dire et je ne compte pas y revenir deux fois.

Elle l'avait pris par surprise et il l'avait suivie. Il connaissait ce visage sans pouvoir mettre un nom dessus.

— Je ne vais pas y aller par quatre chemins, lui avait dit Mathilde. Ma petite-nièce a voulu mourir à cause de vous. Or rien de ce qui vous concerne n'est à la hauteur d'un pareil sacrifice.

« La tante de Suzanne ! » pensa-t-il alors.

— Vous avez à peine dans votre répertoire une dizaine de morceaux de violon et vous êtes incapable d'en jouer un de plus. Et s'il ne s'agissait que de violon je ne serais pas là. Mais tous vos univers, violon ou sentiments, ne mènent nulle part. Vous faites illusion uniquement quand vous jouez devant un nouvel auditoire ou que vous dupez de mots une femme qui ne sait rien de vous. Que vous vous contentiez de peu c'est votre problème. Mais vous allez sortir de la vie de Suzanne définitivement. Que je ne vous revoie pas.

Le tout fut dit sans une hésitation, d'une seule traite. Et le ton était sans appel. Bizarrement, Frédéric fut incapable de réagir. Depuis sa découverte du tableau d'Alba, il n'était plus en état de mener le moindre combat. Les roses d'Alba hurlaient d'amour pour lui et il en était encore sonné.

— En souvenir de votre mère Diane, je vais pourtant vous donner un conseil, continua Mathilde, un peu surprise par son silence. Si vous arrivez à prendre conscience de vos pauvres lâchetés, n'hésitez pas. Quittez cet air ténébreux et devenez clair. Alors peut-être vous aurez une chance de devenir vivant. C'est ce que je vous souhaite de mieux.

Elle s'en alla, et il resta ainsi un long moment, dans la foule indifférente. Dehors, sous les grands arbres, les visiteurs heureux déambulaient devant la brasserie où il s'apprêtait à entrer. Il voyait ces jolies femmes qu'il avait si souvent joué à séduire et reconnaissait çà et là quelques visages. Mais cela ne lui procura aucune satisfaction : quelque chose en lui venait de se briser définitivement. Jamais de sa vie quelqu'un ne lui avait fait la morale. Il n'avait même aucun souvenir d'une autorité comparable à celle que venait d'exercer Mathilde sur lui et peut-être, au fond, l'attendait-il depuis toujours. L'usure du jeu, des situations qui se répètent, des illusions que l'on donne et que l'on entretient, c'est cruellement vrai mais, au bout du compte, on s'y brûle les ailes.

Un homme s'approcha. Il écartait largement les bras tout en aspirant gaiement l'air printanier :

— Frédéric, mon ami. Avez-vous senti la fraîcheur de cet air, cette odeur enivrante ! De quoi nous mettre en appétit, qu'en pensez-vous ? Venez ce soir, j'organise un repas. Soyez des nôtres, il y aura de belles fleurs comme toujours.

Frédéric le regarda, ahuri.

— Ce soir ? répondit-il. Non. Je pars.

— Encore ! Et où serez-vous...

Mais Frédéric s'éloignait déjà et l'homme, déçu, rentra dans la brasserie avec un haussement d'épaules.

Il marchait maintenant vers les grands boulevards. Il avait dit « je pars » comme ça, juste pour signifier qu'il n'était plus là, qu'il n'était plus le même. Que rien ne pouvait plus l'enivrer, pas même un air de printemps. Il regardait le soleil qui brillait là-haut dans le ciel bleu et il se demandait s'il retrouverait Alba, s'il était possible de renaître un jour.

45

Le hall du Frascati était toujours aussi beau mais il lui parut moins intimidant que lorsqu'elle y était entrée la première fois.

Félix marqua un léger temps d'arrêt. Ce visage lui rappelait quelqu'un. Il ne mit pas longtemps à se souvenir. Il l'avait à peine entrevue quand elle s'était enfuie mais il n'avait pas oublié le regard d'or qu'elle lui avait lancé, juste avant que le joueur n'arrive. De loin, en la voyant entrer dans cette robe sombre qui marquait sa taille et son buste, il avait cru avoir affaire à une de ces Espagnoles du nord, racées et altières, qui venaient parfois à l'hôtel. Elle était métamorphosée.

Un jeune groom s'avança :

— Bonjour mademoiselle, soyez la bienvenue. Puis-je vous aider ?

Alba ne sut quoi répondre. Que faisait-elle ici ? Quand elle avait su que Frédéric était à Bagnères, elle n'avait plus eu qu'une obsession : courir vers lui et lui dire qu'elle avait compris combien il l'aimait et qu'elle l'aimait aussi.

Tout avait commencé par une lettre de Bagnères. Sur l'enveloppe, l'adresse d'Alba à Paris était écrite malhabilement comme si quelqu'un l'avait recopiée. Alba la tourna et la retourna, intriguée, avant de l'ouvrir. Elle contenait un simple papier plié avec ce très bref message :

« il é la je lé vu » et c'était signé « Vivèt ».

Il aurait été inutile que sa jeune amie en écrive davantage, Alba avait compris. Vivette avait vu Frédéric à Bagnères.

Rien dès lors n'aurait pu la retenir. Son destin et celui de Frédéric étaient liés, Alba en était sûre.

Elle prit le premier train sans prévenir personne et s'en alla vers les Pyrénées avec mille étoiles au fond de ses yeux d'or. Elle n'avait aucune idée de ce qu'elle ferait, de ce qu'elle lui dirait si elle se retrouvait devant lui mais c'était plus fort qu'elle, elle avait voulu revenir au Frascati.

Et maintenant qu'elle était là, le groom attendait sa réponse. Elle inventa brusquement un petit mensonge pour savoir si Frédéric était dans les parages et ne pas avoir à le demander directement.

— J'ai une amie, Marie B., qui doit arriver d'un jour à l'autre, dit-elle. On m'a dit avoir vu M. Frédéric Maucor au concert et comme ils se connaissent, je pensais que peut-être elle était avec lui.

Le groom fronça les sourcils :

— Au concert ? Ça m'étonnerait. Mais son amie tenez, regardez, la voilà.

Alba se mordit les lèvres. Voilà à quoi ça menait de dire n'importe quoi, qu'allait-elle ajouter maintenant ?

Elle se retourna vivement. Suzanne se tenait juste derrière elle :

— Alba ! fit Suzanne, stupéfaite. Que fais-tu là ?

Elles étaient face à face et Alba contemplait son visage certes un peu amaigri mais toujours très beau. Tout en Suzanne était parfait. Ses cheveux, sa peau et sa robe floue, si féminine. Alba accusa le coup :

— Je...

— Tu viens le chercher, n'est-ce pas ?

— De quoi parles-tu, Suzanne ?

Suzanne éclata d'un petit rire cristallin :

— Comme ça te va mal de jouer la comédie, Alba ! Tu es venue pour Frédéric, je le sais. Sinon pourquoi serais-tu ici ?

Alba se sentit mise à nu. Le groom les observait d'un drôle d'air et les clients de l'hôtel regardaient en passant ces deux jeunes femmes si belles et si différentes qui semblaient s'affronter.

— C'est trop tard pour toi, lança Suzanne. Il m'a emmenée à Bagnères avec lui. Pourquoi le poursuis-tu ? Pour lui, tu n'existes plus.

« Tu n'existes plus » ! Cette phrase tombait mal car s'il y a bien une chose dont Alba ne doutait plus, c'était de son existence en ce monde. Cette existence, elle l'avait gagnée, arrachée au sort. Elle avait tout donné pour sortir du néant et ni Suzanne ni Frédéric n'allaient l'y renvoyer. La douleur de les découvrir à nouveau ensemble ne l'anéantirait pas. Elle fit front :

— Je suis ici pour moi-même, dit-elle en regardant Suzanne droit dans les yeux. Bagnères-de-Bigorre est ma ville et les Pyrénées sont mes montagnes. C'est là que je suis née. C'est mon pays.

Jamais Alba n'avait été aussi convaincue des mots qu'elle prononçait. Ce pays où elle avait découvert la lumière et l'amour lui offrait, à la seconde où ses jambes vacillaient et où elle ne savait plus quoi dire, l'abri protecteur d'un territoire. Elle n'avait aucune explication à donner de sa présence pour cette simple raison : elle était chez elle.

Ce fut au tour de Suzanne d'être surprise. Alba était de Bagnères ! Elle crut comprendre alors pourquoi Frédéric était venu ici, Frédéric qu'elle avait suivi sans qu'il sache et qu'elle n'arrivait pas à trouver dans l'hôtel. Déstabilisée, l'esprit confus et douloureux, sachant qu'elle n'avait plus rien à perdre, elle mentit et se fit méchante :

— Tu es chez toi ? Ça tombe bien, tu vas pouvoir y rester. Frédéric m'a raconté votre petite aventure. Sais-tu qu'en matière de roses, il m'a avoué que j'étais, et de loin, la plus belle. Tu vois, Alba, comme je l'ai souvent dit à maman, la beauté de la nature l'emportera toujours sur celle de l'art. Tes fleurs valent peut-être de l'or mais elles n'auront jamais dans le lit de Frédéric le pouvoir de ma chair.

Et, sur ces derniers mots, Suzanne tourna les talons et monta avec une grâce calculée le grand escalier. Elle avait su qu'à Paris, Frédéric avait cherché à racheter les *Roses rouges* et il avait quitté l'hôtel ce matin sans dire où il allait. Il ne restait à Suzanne qu'à rentrer à Paris. De dos, Alba ne pouvait voir les larmes qui inondaient son visage. Elle venait d'être brutalement rejetée et avant de quitter ce pays où elle était venue une dernière fois essayer de conquérir le cœur de celui qu'elle aimait, elle n'avait pas trouvé d'autre parade à sa souffrance que ce mensonge vain.

Alba restait en plein milieu du hall, écrasée par les paroles de Suzanne. Félix, qui avait observé la scène, libéra le groom et s'approcha d'Alba qui tremblait encore.

— Que se passe-t-il, mademoiselle, vous cherchez quelqu'un ?

— Non, non, je venais voir...

Sans lui donner le temps de finir et tout en gardant un ton très professionnel, Félix lui glissa à voix basse :

— M. Frédéric Maucor vient de partir au lac.

Elle lui jeta un regard éperdu :

— Le lac ! Quel lac ?

Félix esquissa un sourire :

— Le lac, ici, il n'y en a qu'un seul vrai.

Alba le regarda d'un air stupide puis, comprenant enfin, elle s'enfuit à toutes jambes.

« C'est une habitude qu'elle doit avoir de partir en courant », se dit le maître d'hôtel. Et, après avoir sermonné le groom qui ne savait pas tenir sa langue, il retourna à la réception.

46

L'histoire des hommes n'est qu'un éternel recommencement.

Le guide redescendait vers Cauterets quand il croisa Alba. Bien que le temps ait passé, il reconnut tout de suite la jeune fille qu'il avait ramenée du lac un jour d'orage.

— Où allez-vous dans cette tenue ? lui demanda-t-il à la vue de sa robe élégante et légère, de ses chaussures fines et de sa tête nue.

— Au lac, dit Alba.

Il leva son bâton vers le ciel bleu :

— Dans moins d'une heure l'orage sera là, il sera au moins aussi violent que celui dans lequel nous avons tous failli rester. Vous ne devez pas monter.

— Est-ce que vous n'auriez pas vu un homme qui...

— Oui, je l'ai croisé. Il portait je ne sais quoi, il avait l'air bien encombré. Je l'ai averti mais il n'a rien voulu entendre.

Était-ce le sentiment du « divin » qui régnait sur ces montagnes, le vent léger, toujours est-il que le visage d'Alba s'éclaira. Frédéric était allé là-haut pour la retrouver. Elle en était sûre.

— Vous ne devez pas monter, insista-t-il.

Mais Alba n'écoutait plus, elle regardait vers le ciel. La passion l'avait reprise, Frédéric était sur ses lèvres, ses bras autour de son corps et rien, plus rien n'aurait raison d'elle. Aucune force, aucun dieu, pas même le diable.

Le regard du guide avait des reflets étranges. Il s'écarta du sentier et la laissa passer.

L'orage prit Alba en pleine course mais elle n'avait pas peur. La pluie trempait sa robe, glissait sur son visage, la terre collait à ses chaussures et les lui arracha, elle ne cessa pas d'avancer pour autant. Rien n'aurait pu l'arrêter dans sa course folle. Quand elle arriva enfin au bord du lac, dans un rideau de pluie elle aperçut Frédéric qui ramait.

Elle courut le long des berges en criant son nom mais le fracas du tonnerre couvrait sa voix.

Que faisait-il, où allait-il dans cette barque ? La pluie ruisselait et il ramait toujours. Alba eut un affreux pressentiment. Et s'il allait mourir ! Elle hurlait maintenant de toutes ses forces, en vain. Il ramait toujours vers le centre du lac. Le vent poussait les nuages. Soudain, comme en ce jour lointain qui les avait réunis, une clarté illumina les eaux du lac et la pluie s'arrêta de tomber aussi vite qu'elle avait commencé. Frédéric cessa de ramer. Quelques rayons de soleil trouèrent les nuages lourds. Il tira du fond de la barque un grand paquet. Alba ne voyait pas bien ce qu'il faisait. Elle essuya son visage trempé d'un revers de manche et quand elle rouvrit les yeux, elle crut défaillir.

— Mes *Roses rouges* !!!

Même à cette distance elle les reconnut de suite. Comment cela était-il possible ! Comment son tableau de *Roses* qui aurait dû être accroché sur les murs du riche collectionneur se retrouvait-il dans cette barque fragile, entre les mains de Frédéric ? Elle le vit prendre la toile et la tenir à bout de bras comme pour mieux voir les *Roses*. Des paroles lui venaient par bribes portées par le souffle du vent. Frédéric parlait aux *Roses*. Que disait-il ? L'orage s'était tu. Le silence devenait impressionnant. Alba ne respirait plus, elle ne pouvait croire à ce qui allait se passer. Elle aurait voulu que le temps reste suspendu. Que tout s'arrête. Que plus rien ne bouge.

Comme dans un rêve, elle vit Frédéric serrer passionnément les *Roses* contre lui et se pencher sur le lac. Comme on confiait les morts au fleuve dans les peuples antiques, il posa les *Roses rouges* sur les eaux noires et les sublimes fleurs de l'amour s'enfoncèrent doucement dans la masse sombre, et quand elles eurent disparu tout à fait dans un ultime tourbillon des eaux, il poussa un cri déchirant.

Les yeux d'Alba se brouillèrent de larmes, elle n'entendait et ne voyait plus rien. Elle tomba à genoux dans les eaux froides de la berge.

Le lac, les montagnes, Frédéric, tout disparut de sa vue.

47

Le temps s'était calmé.

Sur la surface des eaux redevenues lisses, une embarcation glissait.

Le guide n'avait pu se résoudre à laisser ces deux-là seuls dans l'orage. Il était arrivé peu de temps après Alba et avait assisté à toute la scène. Il avait juste eu le temps de courir pour retirer Alba des eaux qui allaient l'emporter, et maintenant il allait chercher Frédéric.

Il était monté dans une barque sans hésiter, il n'aurait pu supporter de vivre une deuxième fois ce qu'il avait vécu dans sa jeunesse. Le guide avait appris ici même qu'il faut toujours prendre au sérieux les histoires d'amour qui font mal. Debout dans sa barque, Frédéric regardait fixement les eaux où les roses avaient sombré.

Le guide avançait en silence, on n'entendait plus que le léger clapotement de ses rames.

Il frissonna en approchant de cet endroit maudit où le jeune couple d'Anglais s'était noyé il y a bien longtemps. Ils étaient arrivés serrés l'un contre l'autre. Le guide était tout jeune quand ils étaient venus louer sa barque. Pour faire le malin devant les autres, il s'était moqué d'eux car, au pays, tout le monde connaissait leur histoire d'amour impossible. Il ne l'avait pas fait méchamment, mais inconsciemment. Les deux amoureux n'avaient pas compris car ils ne parlaient pas sa langue et ils l'avaient remercié naïvement, pensant qu'il leur disait une gentillesse. Il revoyait encore en cet instant les regards humides de bonheur que lui avaient adressé les deux amants incompris quand il les avait poussés dans leur embarcation.

Les mots du guide étaient les derniers mots que les deux amants avaient entendus sur cette terre. Aussitôt après, ils s'étaient laissés mourir ensemble dans les eaux. Jamais le guide n'avait pu s'en remettre. Depuis toutes ces années, le temps n'avait pas atténué sa culpabilité et il revenait sans cesse dans la paix de la nuit prier à sa façon pour les amants noyés. Il leur disait les mots qu'il aurait dû prononcer ce jour-là, il leur disait que l'amour, même incompris des autres, reste toujours l'amour.

C'est pour ça qu'il était devenu berger. On disait qu'à force d'avoir prié le ciel, il lisait dans le secret des étoiles.

Il glissa doucement sa barque contre celle de Frédéric, et quand il le ramena auprès d'Alba, il eut l'impression de ramener du fond du lac l'appel désespéré de cet amour lointain qu'il n'avait pas su comprendre.

Il redescendit vers la plaine, laissant Frédéric et Alba enlacés. L'amour qu'un jour d'orage un dieu avait déposé dans le cœur de ces deux-là y battait toujours.

Le guide partit l'âme en paix. Pour la première fois il respirait, empli du sentiment d'avoir enfin payé sa faute. Il connaissait ce dieu qui veillait sur ces Pyrénées et il était tranquille. L'orage ne reviendrait plus.

Le ciel retrouva son bleu d'azur intense.

Dans la lumière revenue, ce fut comme si Alba voyait Frédéric pour la première fois. Ses cheveux, ses yeux, tout en lui paraissait beaucoup plus clair. Il n'était plus l'homme sombre qu'elle avait connu.

— Mais, s'écria-t-elle stupéfaite, tes yeux sont bleus !
— Oui, répondit Frédéric en riant. Ils l'ont toujours été.
— Mais non, insista Alba, incrédule, ils étaient sombres, comme tes cheveux. J'en suis sûre.

Elle ne rêvait pas et avait en mémoire avec une grande précision la couleur brune des yeux du violoniste. Or ceux du Frédéric qui était près d'elle étaient d'un bleu profond. Son visage même semblait un autre visage. Devant son air désemparé, Frédéric sourit et la serra tout contre lui :

— Je te crois Alba, et si tu as une bonne mémoire, alors je ne vois qu'une explication à ce mystère.

Elle attendait, perplexe.

— Moi, je m'appelle Frédéric. L'homme brun dont tu as le souvenir, tu es bien certaine que c'était moi ?

Comme elle ne disait rien, il continua d'une voix changée :

— Je crois moi que c'était quelqu'un d'autre. Tu veux savoir pourquoi ? Parce que moi aussi j'ai le sentiment de t'embrasser pour la première fois.

Ils s'enlacèrent loin de tout, loin de la fureur du monde et du bruit, au bord de ce lac paisible et doux rendu à la vie et à l'amour.

Désormais, les roses du lac de Gaube parleraient de bonheur.

ÉPILOGUE

Louise s'installa à Bagnères avec les petits, elle vivait enfin pleinement dans la tranquillité. Vivette s'occupa des affaires d'Alba. En très peu de temps, elle réussit tout à la fois à développer son commerce à Paris et à négocier ses premiers tableaux. Les commandes de roses affluaient. Dans tout ce bonheur, Alba connut une immense peine, son amie Marie mourut en pleine jeunesse, dans l'indifférence, laissant une œuvre magnifique remplie de fraîcheur. Comme la vie avait changé !

Frédéric et Alba firent de beaux et de lointains voyages et il lui fit découvrir des pays et des villes qu'elle ne connaissait pas.

Mais jamais elle ne retrouva en lui l'homme ténébreux de l'orage et, plus le temps passait, plus il lui semblait que l'homme avec lequel elle avait commencé cette histoire n'était pas celui avec lequel elle la continuait.

De toute sa vie, elle ne put élucider ce curieux mystère. Elle vécut donc avec ce sentiment inexpliqué, et quand il lui arrivait de passer devant l'hôtel Frascati, elle éprouvait un très long frisson.

Dans la même collection

Bernadette Pécassou-Camebrac
La belle chocolatière

« – Écoute-moi bien, Lucille. Ces messieurs ont sÛrement leurs raisons pour se passer de la Sainte Vierge. Mais moi je te le dis et ne l'oublie jamais. Nous les pauvres, on n'a qu'elle. [...] Elle seule pour nous aider et nous écouter quand on n'a plus rien et quand on a mal. »

En ce milieu du XIXe siècle, à Lourdes, dans les milieux aisés, la science a pris le pas sur la foi. La bourgeoisie ne jure plus que par les « scientifiques », même si elle ne manque pas de se montrer à l'église chaque dimanche.

Au *Café Français*, Louis Pailhé, pharmacien et chocolatier, disserte volontiers sur les mérites de Pasteur. Mais il ne se doute pas que Sophie, sa femme, vit une grande passion avec un bel hussard ténébreux. Pas plus qu'il n'imagine que l'apparition de la Dame blanche à la jeune Bernadette Soubirous puisse bouleverser l'avenir de la ville...

Bernadette Pécassou-Camebrac
Le bel Italien

« *C'était un homme à la haute silhouette, avec un manteau noir. Quelque chose d'inconnu qui venait de très loin serra le cœur de Sophie. Ce fut pour elle la révélation fulgurante de l'attente de toute sa vie. Elle sut à cet instant qu'elle avait attendu cet homme dès le premier jour.* »

À Lourdes, en 1903, dans le hall de l'Hôtel Moderne où elles prennent le thé, Sophie voit soudain sa grand-mère, la belle chocolatière, s'effondrer en criant à la vue d'une apparition : « L'Italien... l'Italien, là-bas... c'est lui... » Ce sont ses dernières paroles. Quel mystère se cache derrière ces mots ?

Dans cette petite ville où les légendes sont parfois aussi fortes que les solidarités, Sophie va devenir une jeune fille à la beauté orgueilleuse et au caractère affirmé. Elle rêve de passion dévorante et d'amour éternel. Sa quête d'absolu va la mener à la rencontre de son destin.

8359

Composition Nord Compo
Achevé d'imprimer en France (Malesherbes)
par Maury-Imprimeur le 25 mars 2008.
EAN 9782290355671
1er dépôt légal dans la collection : mai 2007

Éditions J'ai lu
87, quai Panhard-et-Levassor, 75013 Paris
Diffusion France et étranger : Flammarion